ABEL SE ONTWAKING

A se Abel ontwaking

CHRIS KARSTEN

Human & Rousseau
Kaapstad Pretoria

Vir Christof

Kopiereg © 2010 deur Chris Karsten
Eerste uitgawe in 2010 deur
Human & Rousseau,
Tweede druk 2012
'n druknaam van NB-Uitgewers,
Heerengracht 40, Kaapstad
Omslagillustrasie van pou deur Estelle Wilken
Omslagfoto van masker van stock.xchng
Bandontwerp en tipografie deur Michiel Botha
Geset in 11.25 op 13.75 pt Granjon

ISBN 978-0-7981-8349-9

Epub 978-0-7981-5330-0

The timeless instant passed; the pendulum reversed its swing. In an empty room, floating amid the fires of a double star twenty thousand light-years from Earth, a baby opened its eyes and began to cry. – Arthur C. Clarke, *2001: A Space Odyssey*.

1

In die spieël, klaar geskeer, sy vel tintelend, betrag Abel sy gesig. Die haatlike gelaatstrekke, onvoltooide knoeiwerk van 'n lomp beeldhouer. Dan die beeltenis van 'n hand, die een wat die skeermes vashou, en soms die skalpel. En strelende oor die voorkop, die wange en ken, oor die brug van die plat neus, ontsluit die aanraking van die vingers aan sy vel die gekoggel en verstoting.

Hy leun vooroor. Is dit 'n druppel water wat daar in die binnehoek van die lui oog uitglip? In die spieël dep die kussing van 'n voorvinger die druppel en bring dit na die punt van die tong. Souterig. 'n Traan, dink hy gelate. Hy het grootgeword met versmading en wantroue in die wêreld, 'n traan is gepas.

Net sy moeder kon hy vertrou. Van kleintyd af het sy hom aangemoedig om sy troos in isolasie te gaan soek. En by haar. By haar is hy homself, by haar hoef hy hom nie in hoeke en skadu's teen die aanblik van mense te verskans nie, hoef hy nie 'n masker van meelewing te probeer dra nie.

Nou 'n trekking aan die mondhoeke, net 'n grimas. Abel glimlag selde. Maar oor 'n maand is sy verjaardag. En hy gaan homself bederf met 'n besondere geskenk: 'n nuwe gesig.

Dit is nie 'n impulsiewe besluit nie, hy het lank daaroor getob.

Hy staan voor die spieël en voel hoe die opwinding diep in hom roer en opwel. Dit begin met 'n trilling in sy bene asof hy in 'n atmosfeer van gewigloosheid wil sweef.

En 'n aanvallige gesig. Vir 'n spesiale okkasie, 'n spesiale gemoedstemming, wil hy 'n mooi gesig voorsit.

Maar natuurlik, dink hy met 'n wispelturige knip van sy lui

oog, sal hy eers sy moeder se mening gaan vra. Soos die gebruik in alle groot besluite, is háár seën nodig. Tog het hy geen sweem van twyfel nie. Sy moeder sal begryp, sy sal sy behoefte verstaan aan 'n opwindende tussenspel met 'n nuwe gelaat.

Nie noodwendig die gesig van 'n man nie, verkieslik nié. Eerder die fyn gelaatstrekke van 'n jong vrou, peins hy voor die spieël. Die dogter waarna sy moeder so gesmag het.

Ja, dink Abel nou geesdriftig en effe duiselig, vir sy nuwe voorkoms wil hy die perfekte gelaat van 'n jong vrou hê, delikaat en nog onbedorwe; 'n teder vel van saggelooide maagdeperkament wanneer hy haar gesig oor syne aantrek.

2

Die vrou in byderwetse slenterdrag stap eers by die toonvenster verby, steek dan vas, soos winkelkykers doen as iets die oog vang. Op koers na die Gucci-boetiek, maar op 'n Saterdagoggend in 'n winkelsentrum is die bestemming net die hoogtepunt van 'n genotlike wandeltog. Slenter, drink koffie, blaai deur 'n nuwe boek, luister na 'n CD-snit, pas 'n deftige sonbril op, koop kaas en olywe vir die aand se gaste, miskien 'n vrylopende hoender, nou bevrore, vir Sondagmiddag se ete, voel aan jou palm die tekstuur van 'n handgeweefde tapyt uit Turkmenistan. Op pad na die Gucci-bloes en Zanotti-sandale is jy deel van die promenade. En as 'n bonte samekoms van makabere gesigte agter 'n toonvenster jou aandag trek, steek jy vas, al is dit net uit nuuskierigheid.

Sy ken etniese Afrikamaskers; tiekie-'n-bos in die padstalletjies van snuisternysmouse, saam met beeldjies uit seepsteen, Afrikadiere uit hout, bric-à-brac van leer, erdewerk en kleurryke kraletjies. Sy steek vas, hierdie is nie net nog 'n kuriowinkel nie, nie ingeprop met rakke vol nuttelose soeweniers nie, eerder 'n antikwariese galery. En dit is wat haar interesseer, dit is haar veld: oudhede. Sy stap in.

Die lokaal is yl gemeubileerd, byna gewyd uit luidsprekers sagte klanke van 'n vioolkonsert, 'n aroma van muskus in die lug. Enkele voetstukke in die middel van die vloer, op elkeen 'n bisarre artefak uitgestal. Teen die mure die starende oë, asof sy die fokus is van 'n heilskare van heidense gesigte wat op haar afkyk, haar opweeg, 'n swygende oordeel vel.

In 'n hoek, of hy wegkruip vir die uitgeholde oë teen sy mure, sit die eienaar, bestuurder, bewaker van hierdie gelate, agter die skerm van die skootrekenaar op sy tafel – geelhoutblad, stinkhoutpote, merk sy op.

"Sê as ek kan help." Sy stem, 'n fluistering, styg skaars uit bo die musiek.

Sy betrap sy oë tersluiks op haar, asof hy haar spesiaal tussen die ander besoekers uitsoek vir sy attensies. Gewoond dat mans haar beloer. Dit vlei haar. Lenig, met swierige rondinge en 'n effense kurwe aan die nekrug, het sy 'n aura van afsydigheid. Hare agter in 'n lae chignon aksentueer haar lang, dun nek, wek die indruk van 'n slanke swaan wat op water verby die maskers dryf, met rustige verposings wanneer een haar aandag lok en sy 'n précis lees:

Afrikamaskers, nagespeur tot die vroeë Steentydperk, is van groot seremoniële, kulturele en godsdienstige betekenis. 'n Masker is die draer se band met voorvadergeeste om die kronieke van sy voorgeslag te laat voortleef. Hierdie Yohure van Tweneboa-hout, gepoleer en met metaalinleg, word in die Ivoorkus tydens 'n dodedans gedra om stamlede met die afsterwe van 'n familielid te vertroos. Dimensies: lengte 41,91 cm, breedte 20,32 cm; gewig 0,9 kg.

Sy dink sy bestee te veel tyd in hierdie galery, loer na haar horlosie. Maar die Gucci's en Zanotti's gaan nêrens heen nie. Haar kennis en belangstelling is in meubels van 'n honderd jaar en ouer, en in antieke silwerware, keramiek, glasware. Hierdie relikte nie haar smaak nie, maar die gesigte teen die mure lok haar. Soos die aardige artefakte op die voetstukke in die middel van die lokaal, gemummifiseerde kopvelle, verswart maar kompleet met hare en gesigte, groteske produkte van koppesnellers in Papoea-Nieu-Guinee, die Kongo, die woude van die Amasone.

Die skouerblaaie, met dun bandjies van haar bloes, prominent wanneer sy vooroor leun:

Tsantsa; Jivaro-Shuar, circa 1900.

Die Jivaro-Shuar van die Andes tussen Ecuador en Peru oes die tsantsa (verkrimpte kop) van 'n vyand in 'n godsdienstige rite as 'n

demonstrasie aan familiegeeste dat 'n onreg in die hegte familiekultuur
van die Jivaro-Shuar met bloedwraak nagekom is.

Van ouderdom ses word 'n seun onderrig in die rites wat verband
hou met sy familie se vetes oor lang tye, soms selfs dekades, met ander
stamfamilies. Van ouderdom agt vergesel hy sy huishouding se koppe-
snellers vir praktiese ervaring. Hierdie daaglikse gesprekke met die
seun, en sy deelname aan strafekspedisies, word voortgesit tot hy vol-
wassenheid bereik en die stam tevrede is dat hy sy verpligtinge be-
hoorlik begryp.

In die hoek van haar oog beweging by die geelhouttafel. Hy
het opgestaan. Kort van statuur, maar kry dit reg om nog kleiner
te lyk. Sy tred aarselend, of hy hom ontuis voel tussen mense. By
die groepie nuuskieriges om die verkrimpte koppe kom hy tot
stilstand, sy adamsappel wip 'n slag, en hy begin sy toeligting in 'n
sagte stem, saaklik en stamelend, soos iemand wat skugter is om
die aandag op hom te vestig.

"Om 'n kopvel as trofee te oes, sny die kakáram die kop tydens
'n plegtigheid eers heeltemal van die liggaam los terwyl hy dit aan
die hare vashou. Die onthoofding duur net enkele minute vir so
'n gesoute leier van 'n stamfamilie."

Van effe opsy beskou sy die Jivaro-gesig, luister na sy eentonige
stem, sonder kadense of infleksies om stemming te probeer skep.

"Die proses om die hele kopvel met gesig en al van die skedel te
skalpeer, duur vyftien minute. Dit word gedoen met insnydings
weerskante van onder die ore tot agter aan die basis van die nek.
Die los agterste flap word met hare en al opgetrek tot op die
kroon van die kop sodat die lem van binne af die kraakbeenweef-
sel van die neus en ore teen die skedel kan lossny terwyl die vel
van die gesig afgeskil word. Die oë word verwyder en die skedel
weggegooi.

"Aan die hare word die volledige kopvel dan in kookwater
gedompel te midde van 'n rituele gechant van die hele familie. Ná
twintig minute word die deurweekte vel aan 'n spiespunt gelaat
om droog te word.

"Teen dagbreek die volgende oggend word die lippe en ooglede met pylnate toegeryg en die vel verder uitgedroog deur sand onder 'n vuur te verhit en by die nekopening in te gooi, soos in 'n buidelsak. Die sand word met die vuiste vasgestamp om die vorm van die skedel te herwin. Hierna word 'n gladde, plat klip in die vuur verhit, en oor groot piesangblare word die buitelaag van die vel bestryk totdat dit droog en verswart voorkom. Die hare word uitgekam."

Hy draai weg, laat hulle toe om die uitleg te absorbeer.

Verdiep in die gesig van die ongelukkige slagoffer van 'n stamvete in die Andes, skrik sy vir die stem agter haar: "Kyk hoe duidelik is die pylnate steeds. Sulke fyn werk. Doen jý naaldwerk?"

So na aan haar dat sy die warm, klam asem op haar kaal skouer kan voel. Sy draai na hom toe om, moet effe afkyk na sy gesig, na die tong wat te groot lyk vir die klein mond wanneer hy praat.

"Nee, ek doen nie naaldwerk nie," sê sy. Haar ma borduur graag, maar dit noem sy nie.

Mia Vermooten het die gewoonte aangeleer, en nie net weens haar lengte nie, om op mense neer te kyk. 'n Verworwe hebbelikheid, want sy is onder 'n sinkdak op Touwsrivier gebore. Hy is kort, bonkig, moet sy maangesig na haar oplig. Sy kan die uitdrukking nie peil nie, die trekke soos van klei. Nee, eerder die tekstuur en kleur van deeg; hier 'n homp vir 'n neus, daar 'n klont vir 'n wang en kies, hier vir die riwwe van die wenkbroue, te min vir die ken; lukraak aangelap en aangeplak asof die boetsering nog gedoen moet word.

"Die relikte is van museumgehalte, uniek," sê die man op wie sy afkyk.

"Aardig," sê sy.

"Wat van só 'n gekrimpte kop vir jou sitkamer? 'n Tsantsa as belegging én geselsstuk."

"Gee my die ritteltit."

"Die tsantsas het besondere simboliek."

"Mooi dinge, dís waarvan ek hou; vloeiende lyne, goeie proporsies," sê Mia.

Die enigste goeie ding van Touwsrivier, vertel sy – ás sy oor haar afkoms uitgevra word – is dat dit langs die N1 tussen Kaapstad en Johannesburg is. Sy het darem eers haar pa gaan groet, maar nie in die truspieël gekyk toe sy die grootpad noorde toe vat nie. Gucci en Zanotti help om Touwsrivier uit haar kop en herinneringe te ban.

Sy tree tru van hom en sy verkrimpte kop. Is gesteld op haar private ruimte. Bekyk hom uit haar hoogtes. Aan elke wang 'n rosige kol, asof hy soggens moeite met 'n blosser doen vir kleur aan 'n vel wat selde son sien, en nie meer jonk nie. Ramings is haar sterkpunt, daarvoor is sy opgelei en het sy verfyn; ramings is haar wérk. Maar sý ouderdom is moeilik om te skat, miskien al in sy middeljare, as sy die plooie en verweer op sy gesig in ag neem, die yl hare, die vlekke op die vel van sy breë hande, die bultende buik wat die hemp en kruisbande span. Vir haar lyk die galery-eienaar soos 'n ronde dwerg. Of 'n minlike hemelkind.

"Miskien 'n masker?" vra hy.

"Miskien," sê sy.

"Maskers speel al eeue 'n rol in baie kulture. Agtiende-eeuse Europese gemaskerde dansballe, antieke Griekse akteurs, Chinese dra dit steeds op tradisionele vierings, Afrikamaskers vir kulturele geleenthede, op dankseggings vir goeie reën en oeste, as afskeid aan afgestorwenes . . ."

Sy sweef na 'n wit masker. Dalk tóg so een teen 'n muur as geselsstuk vir haar partytjiegaste?

Hy volg haar. "Elke masker se vorm en versierings het 'n spesifieke doel. Hierdie Punu van Gaboen verbeeld vroulike skoonheid, hoewel net mans dit mag dra."

Hy is, dink sy, soos 'n ou hond wat smag na 'n klop op die kop; sy hét so 'n uitwerking op mans, en laat hom begaan.

"Die rif weerskante van die neus na die ore toe, die diamant-vormige insnydings aan die voorkop, dit dien alles as ornamentele juwele. Hou jy van juwele? Ja, ek sien jy hou van versierings aan jou liggaam."

"Die wit gesig . . ."

"Van seldsame wit oker, simbool van reinheid. Hou jy van die Punu?"

"Maar die bos hare . . ."

"Die hare is 'n aanduiding van rykdom en status."

"Ek sal dink oor die Punu."

"Die Punu is nie te koop nie. Miskien 'n Ngil, ook wit van ge-laat, maar kaolienklei, nie oker nie."

Sy hou van die simboliek van status en reinheid. Maar haar blik vernou verby hom en sy maskers na die kas in die hoek.

"Daardie kas, die tallboy langs jou geelhouttafel?"

Sigbaar teleurgesteld dat sy artefakte haar nie aanstaan nie, en sy wonder of sy hom nie tog maar met 'n hand op sy ronde skouertjie moet vertroos nie.

"My moeder s'n," sê hy, maar dit is asof die woorde ineens opnuut sukkel om by sy vet tong verby te glip, die punt sigbaar tussen sy lippe wanneer hy praat.

"Nie maskers en kopvelle nie, maar meubels, dis eintlik waarin ek belangstel," sê sy, streel met haar vingers oor die gladde geel-houtblad. Aan meubels vat sy graag, nie aan vreemdelinge nie, selfs nie om 'n goedige oompie op te beur nie.

Van haar hand op sy tafelblad kyk hy na haar gesig op. "Ons 't 'n hele huis vol ou meubels."

"Sal jou ma van hulle wil verkoop?"

"Baie geheg aan haar ou goed."

"Ons is handelaars in oudhede, betaal die beste pryse vir kwa-liteit."

"Hierdie maskers en tsantsas is antikwiteite."

"Ons lyn is meer . . . is sagter op die oog."

"Maar doods, meubels praat nie met jou soos die maskers en tsantsas nie, vertel nie stories nie." In sy mondhoeke nou wit spat-sels speeksel soos salpeterskuim aan 'n perd se lieste.

"Sal jy jou ma vra?"

Hy bied sy hand aan. "Ek's meneer Lotz."

Die vingers kort, koue worsies in haar hand, maar goed versorg, die naels skoon en geknip.

"Sal jy omgee, meneer Lotz, as ek die tallboy van nader bekyk? 'n Besondere kas."

Hy trek die laaie oop, drie bo-laaie, onder 'n deur. Kan verwar word met 'n jonkmanskas, maar beslis 'n tallboy. Sy merk literatuur oor maskers in die kas – *Rituele, Maskers en Offerandes; Idia, Koninginmoeder; Die Jivaro-koppesnellers;* oor astronomie – *Die Big Bang; Galaksies en Konstellasies; Ptolemy's Almagest;* brosjures oor teleskope – *Gids tot teleskope vir amateur-sterrekykers; Jou eie observatorium in tien maklike stappe.*

"Ek hou van die tallboy. 'n Bellweb, 1920's, skat ek. As jy dit wil verkoop."

"Moet dit eers met my moeder bespreek. Sy't ook baie ander en beter stukke."

"Kan ek kom kyk?"

Nie oorgretig nie, weet sy, want dan styg die prys. Maar as die tallboy 'n aanduiding is, 'n voorsmaak van wat wag.

"Ek sal haar vra," sê meneer Lotz weer, bestudeer haar; een oog knipperend uit pas met die ander een.

"As ek mag inbreuk maak, om die meubels te kom besigtig. Ons betaal kontant."

"Wat van 'n masker?"

"Die tallboy, meneer Lotz . . . Ek wil dit vir myself hê. In my sitkamer het ek net die plek daarvoor. Hier's my kaartjie."

Mia Vermooten. Waardeerder. Antikware, lees hy hardop. "Sal jou bel as ek met my moeder gepraat het." Hy lig sy gesig na twee geraamde foto's op die tallboy. "Eintlik my oorlede ouma se kas."

Die foto's is op 'n vaal lagie waar meneer Lotz se kort arms en stoflap nie kan reik nie. Een foto van net 'n vrouegesig.

"Jou ma?"

"Ja."

Strak gelaat, hare in 'n bolla, liplose mond, oë wat 'n bars kan kyk.

Op die tweede foto twee vroue met 'n jong seun, opgeskote, so veertien, vyftien, skat sy.

"En dié een? Dis mos sy op hierdie foto ook?"

"Dis ek," sê hy. "Saam met my moeder en ouma Hannie."

Mamma se seuntjie, dink Mia Vermooten. Geen glimlagge nie, of die drietal onbewoë 'n diep, ellendige geheim deel.

"Jy die enigste kind?" vra sy.

"Jy't 'n mooi vel," sê hy van agter haar skouer.

Sy draai haar gesig skuins om. "'Skuus?"

"Die tekstuur," sê hy, "sag soos satyn."

"My vel?"

"Jy beskerm dit teen die son. Dis goed. En gereelde bevogtigers."

"Velsorg is belangrik," sê sy, ietwat verbaas oor die trant wat die gesprek inneem.

Dit is of hy haar takseer, soos sy die tallboy takseer.

"Vel, jou grootste orgaan . . ."

"Ek moet gaan."

Nou haastig, en sy loer vir laas, afkeurend, met die uitloop na die gesigte op die voetstukke.

"Sal jou bel," sê hy agterna. En by die deur hoor sy 'n laaste mompeling agter haar: "Pavo", kan ook "pou" wees. Sy glimlag tevrede. Goeie besluit om by die maskerwinkel vas te steek. Mia Vermooten meen sy het 'n goudmyn van ou meubels raakgeboor. Tom Spottiswoode sal in sy noppies wees met haar oggend se terloopse werk – ás sagmoedige Neelsie sy ma kan oortuig om van haar oudhede afstand te doen. Ou mense is tog so verknog aan hulle ou goed. Ook haar eie ma. Sulke sentimente is vir Mia ietwat van 'n raaisel, dat mense nuttelose artikels kan laat stof vergaar sonder om die geldwaarde daarvan te besef, of in ag te neem. Sy hoop meneer Lotz en sy stoetse ma laat haar nie in die steek nie. En sy was eerlik oor daardie tallboy, 'n pragstuk vir haarself.

Vat nou reguit koers Gucci-boetiek toe, op met die roltrap. Tyd verspil met die maskers en perkamentgesigte, maar op die duur die moeite werd. Hoop net hy bel.

3

Die ou huis en stoor is op 'n groot ou burgerregerf. Agter die geboue is die leivore van vergane tuinakkers opgevul en opgedroog van jare in onbruik. In die plek van groenteplante groei nou, heuphoogte, net lappe kakiebos, oliebol, dissel, en laer onder versteek, is die uintjies en botterblomme en molshope. Oorkant die grensdraad van die versaakte tuinakkers begin die veld, en verder aan, ver oor die veld, die sagte geruis van karre op die R82 stad toe. Die stoor is ruim, sonder deure, gebou met sementblokke, ongepleister en ongeverf gelaat; 'n sinkdak met roesgate waardeur sonstrale op die ou implemente en gereedskap val wat eens in die groentetuine gebruik is. In 'n hoek van die stoor 'n deur na 'n pakkamer.

Die werf en geboue wek, soos die hele kontrei, 'n atmosfeer van groot verwaarlosing, verweer en byna wanhoop.

Maar in die pakkamer is 'n man besig. Hy dra tuingereedskap uit – 'n graaf, 'n tuinvurk, 'n hark, 'n houtbyl, 'n saag. Hy gooi dit in die stoor op 'n hoop rommel. Hy verwyder alle voorwerpe van metaal uit die pakkamer, enigiets wat as wapen gebruik kan word, wat beserings kan toedien. Op mankolieke rakke van plank teen 'n muur is blikke en bottels en plastiekhouers met onkruiddoders en pesdoders, raklewe reeds jare verstryk. Antivries vir sy bakkie en kar. En leë brandewynbottels, etikette verbleik en onleesbaar, maar hy onthou die soort van lank gelede. Kry selfs die byna vergete reuk van die alkohol in sy neus wanneer hy die stowwerige bottels uit die pakkamer dra, sy vingers om die nekke asof dit 'n pes is wat kan aansteek. Hy sleep 'n swaar houtkis met gereedskap oor die vloer uit. In die kis klouhamers, tange, skroewedraaiers, moersleutels, troffels, 'n byl. Agter op die sleepsel stuif die stof op, dartel in die ligstrale deur die dakgate.

Hy haal diep asem van die inspanning, beskou die pakkamer. Op die ou matras kuttels van rotte en muise, en skimmel. Hy los die matras in die pakkamer. Ook die kartondose, al pap van reën wat inlek deur die roesplekke, vol tydskrifte, boeke en koerante, aangepak van stof en motgevreet. As hy soek, sal hy sy pa se ou tydskrifte vir amateur-sterrekykers kry, sy handleidings vir die kweek van groente en kruie; sy broer se tydskrifte met glansfoto's van kaal vroue wat hulle sondige liggame uitstal; selfs 'n koerant van lank gelede met 'n berig oor die dood van 'n pa en seun. Maar die bladsye van al dié leesstof nou saf en muf en geel.

Aan die dakbalke uitgedroogte snoere van uie, knoffel, mieliekoppe met bruin baard en blare en wit en geel pitte so hard as klippers.

Hy teug 'n slag diep aan die bedompige lug vol stof, asof hy krag soek om die voorwerp van die boonste rak af te lig. Hy balanseer homself prekêr op een van die bokse om by te kom. Hy tel dit versigtig af, plaas dit op die werkbank waaraan die klemskroef vasgebout is, en vou die plastiekseil oop. Hy knip die deksel van die swart langwerpige houer oop. Ondanks die seil is die inhoud met 'n laag stof bedek. Hy vee oor die stof en onder sy vingers verskyn die pragtige diep wynrooi van die vernis.

Hy betrag die viool, op sy gesig geen uitdrukking nie, maar in sy kop die klanke, in sy geestesoog die skim van die violis wat die pragtige melodie met sy strykstok uit die vier snare optower. Die suiwer, skoon note wat oor die stil aandwerf sweef, oor die malse groentetuine, en oor die veld daaragter waar die molle en dassies en springhase in die skemering ophou met hulle gevroetel en gesnuffel en geskarrel wanneer die klanke hulle bereik. Dit is 'n 1942-Van de Geest, die rugkant van vlammende esdoring, die voorkant van fyngegreinde Kanadese spar, beslag in bukshout, die

F-openinge herinnerend aan Guarneri, onberispelike krulwerk van 'n meesterambagsman.

Die klanke vervaag en hy knip die deksel vas, draai die vioolkas weer in die seil toe, bêre dit terug op die boonste rak, en dryf die staalspykers met 'n hamer deur die plank om die enigste klein venster van die pakkamer te verseël.

Buite aan die grendel van die deur 'n nuwe slot voor hy huis toe stap, die kombuis so vyftig tree van die stoor af. Agter hom, by hulle voerplek in die stoor, die gekraak van beendere van klein diere in die kragtige kake van twee pit bulls.

4

Sy kry die oproep 'n week later, op 'n Saterdagoggend. Hy en sy maskers en mummiegesigte, en sy tallboy, al byna vergete in 'n donker hoek in haar agterkop, op daardie plek waarin die rommel van onbereikbare drome en vrugtelose verwagtinge opgevee word. Sy stem effe aarselend.

"Dis ek, meneer Lotz, van die . . ."

"Van die maskers," sê sy.

"Jy kan hom kry," sê hy. "My moeder sê as die prys reg is, kan jy die tallboy kry."

"En die ander?"

"Jy kan na die ander ook kom kyk. Sy's sat vir al die ou meubels, moeg vir afstof en poleer."

Seker ook nie meer jonk nie, dink Mia Vermooten, gedagtig aan die foto en meneer Lotz se eie beleënheid.

"Jy kan die tallboy laat haal."

"Vandag?"

"Ja."

"En die ander meubels, wanneer kan ek hulle kom takseer?"

"Môre," sê meneer Lotz.

"Môre is Sondag."

"Môremiddag. Teen vieruur, wanneer ons klaar gerus het. Al tyd wat ons het."

"Is sy . . . jou ma nie dalk in die week beskikbaar nie?"

"Net Sondae. Sodat ek teenwoordig kan wees. Sy maak op my staat."

Sodat sy die ou vrou nie inloop nie, vermoed Mia.

"Goed, gee die aanwysings."

Sy het klaar 'n afspraak Sondagmiddag in die etensuur, haar dag reeds vermors, kan net sowel daarna die valuering gaan doen. Haar afspraak in die etensuur is in die Rainbow Tavern by Southgate, net 'n vlugtige ontmoeting, gewoonlik skaars vyf minute. Maar sy sal iets eet, 'n glasie wyn drink, die tyd verwyl voor sy na meneer Lotz en sy ma toe ry.

"Doradopark," sê hy. "Die paaie is sleg, stofstrate vol sinkplate. Ken jy Doradopark?"

"Nee, maar ek't 'n vier-by-vier en GPS. Ek's gewoond aan grondpaaie om meubels op vreemde plekke te gaan besigtig, selfs op plase."

"Bring die tallboy se geld saam," sê hy.

In 'n telefoongids kry sy Speedy Mini-Movers, 'For a quick move big or small'. Sy kon Tom Spottiswoode by die toonlokaal gebel het. Hy sou 'n drywer met 'n bakkie na die maskergalery toe stuur. Maar sal wil weet waarom die tallboy na haar blyplek gevat word, sal wil weet of sy dan besig is met 'n private versameling van oudhede. Hy sal nie gesteurd wees dat sy hom op 'n Saterdagoggend pla nie, maar hy sal lastige vrae vra wanneer hy vanaand oorkom as gas en in haar tuinhuis die tallboy sien waarvoor hy die bakkie moes stuur.

Mia Vermooten se partytjies is gesog en haar gaste word nooit teleurgestel nie. Almal weet op haar huispartytjies wag áltyd 'n bonus. Ook die bonus stel niemand ooit teleur nie. 'n Uitnodiging na 'n eksklusiewe partytjie in Mia Vermooten se tuinhuis in Rosebank word nie sommer van die hand gewys nie. Tom Spottiswoode sal wel, terwyl hy haar meubels goedkeurend beskou, in sy skik wees met die nuus van 'n skatkis van oudhede in die huis van meneer Lotz se Teutoonse ma. Hy hoef nie te weet waar sy aan die nuwe Bellweb-tallboy van neutehout kom nie.

Saterdagmiddag word die tallboy afgelewer, en sy verskuif dit totdat sy presies tevrede is met sy posisie, op 'n aks. Bo-op, waar mevrou Lotz en die tweede foto van die drietal op hulle ereplek gepryk het, kom nou 'n kissie van glansende rooshout, so groot soos die skoendoos van haar Zanotti-sandale. Haar huis, vriende en leefstyl ligjare van Touwsrivier af. Dit is soos sy dit verkies, dit is waarvan sy hou. Pronkery, geld, vryheid, sonder 'n bepaalde volgorde. En wanneer partytjiejoligheid en flenters gesprekke die aand haar ore bereik, dink sy sy is gelukkig, is sy behaaglik en sonder sorge.

"Lekker partyjie," kom sê Tom Spottiswoode voor die tallboy. "Maar jy meng nie."

Te dig aan haar, soos sy gewoonte is, dring haar ruimte binne.

"'n Besige week wat wag. Begin al môre, op die Sondag."

"Die tallboy is nuut."

Sy voel die hitte van sy liggaam, verwag die palm op haar boud, verskuif 'n tree weg.

"Ek't afsprake vir die hele week, tot Vrydag toe. Sal eers Vrydag terug wees."

Hy vra nie uit nie, en sy bied nie inligting aan nie. Dit interesseer hom nie waar en by wie sy die oudhede kry nie; hy stel in die opbrengs belang. Profyt, is Tom Spottiswoode se mantra. En wanneer hy 'n bietjie lighoofdig word, verskuif sy fokus van profyt tot fornikasie. In die tuinhuis soet kruiegeure van wierook en potpourri en *cannabis indica*; op 'n tafel se glasblad verdeel 'n vrou met lang naels wit poeier met 'n rooi Joker. Tom Spottiswoode met die jel in sy hare nie onaantreklik nie, maar dit is 'n perk wat sy stel: meng nie liggaamsvloeistowwe met 'n kollega nie, en lig sy hand ferm van haar boud weg.

Sy gaan slaap alleen in haar kamer nadat die laaste gaste weg is; 'n foto van haar ma op haar bedkassie die enigste herinnering aan Touwsrivier.

Sondag word sy eers tienuur wakker, voel besonder opgewek en doen moeite met die versorging van haar hare en grimering, krabbertjies in haar ore, kettinkie met goue kruis om haar nek, ring met klein diamante in die vorm van 'n madeliefie aan haar middelvinger. Gemaklik maar met sorg geklee, gepas vir 'n sink-

23

plaatpad en 'n besoek aan stowwerige ou meubels, maar tog ook vir 'n middagete in 'n restaurant. Ontwerpersjeans en die nuwe Gucci-sybloes sonder bra. Nog jonk, nog nie dertig nie, vermoed een van die minder goeie gene van die drie en twintig wat sy van haar ma gekry het, het haar borste voortydig laat versak. Maar danksy die mastopeksie dra sy nou selde 'n bra, en teen veertig, vyf en veertig, is sy van plan om hulle wéér te laat lig. Die voordeel van geld, sy gun dit vir haarself, en geen suigeling se voorreg om aan húlle te rem nie.

Sy pak ook 'n koffer met klere vir vyf dae. En bel haar ma. Sy bel haar ma elke Sondagoggend op dieselfde tyd. Sy gee haar ma tyd om uit die kerk te kom, miskien tien minute op die kerkpaadjie te staan en klets, dan huis toe te loop, haar Bybel en gesangeboek neer te sit, haar hoed af te haal, 'n borsel deur haar hare te trek, en by die telefoon in die gang te gaan sit en wag.

Haar ma, stiptelik, tel met die tweede gelui op.

"Is dit jy, Mia-my-kind?"

Dit is hoe haar ma élke Sondag die telefoon beantwoord: "Is dit jy, Mia-my-kind?" Al is dit 'n ritueel, al is die oproep en die tyd so afgespreek.

"Ja, Mams, dis ek. Hoe gaan dit met die bors? Wat sê die dokter?"

Die jeremiades óók roetine: kroep op die bors, jig in die heup, liddoring op die kussing van die groottoon. Voordat die gesprek, voorspelbaar, verskuif tot Boet, by die koöperasie bevorder tot assistentbestuurder: veevoer; getroud met Magda, laerskoolonderwyser, en hulle drie spruite, die punt van ouma Truia se hart. Vir haar broer bel Mia selde, net op verjaardae. Vir Boet het Mia weinig te sê, en hy vir haar; geen ongedurigheid nie, net 'n weggroei van mekaar af sedert sy die N1 gevat het, haar gaan vestig het op 'n ander planeet weg van kleinburgerlike Touwsrivier.

Touwsrivier, begraafplaas van stoomlokomotiewe en haar pa.

Wanneer die spoorweghuisie vibreer van die gerammel van

treine, was die oorlog later ál waaroor haar pa saans kon pieker, oor joiners en hensoppers en bittereinders, oor die Kolonie se verraad teen die Boere, tot kotsens toe, het dit vir haar gesmaak. Dit is die ding van ou mense: leef in die verlede; klou aan ou meubels en ou stories.

Die gesprek met haar ma eindig ná 'n halfuur, sy aktiveer die huis se alarm en stap met haar kleretas uit na die Toyota RAV vir haar eerste afspraak van dié Sondagmiddag in die Rainbow Tavern by Southgate.

5

Aan vierkantige houtrame is huide gespan, van dassies en molle, rotte en katte. Voor hy hulle aan die rame span, volg Abel 'n eeue oue proses om die pelse te ontvleis, te onthaar en te looi. Hy het die resep lank terug ontvang van sy e-pos-vriend in België, 'n maker en bereider van velyn wat hy verkry van die sagte vel van ongebore kalwers en lammers. Maagdeperkament. Maar sy Belgiese vriend noem dit op die Duitse benaming: Jungfernpergament. Jungfern, het hy verduidelik, en nie sonder 'n tikkie hebbelikheid nie, verwys na 'n maagd, en Jungfernhäutschen na die himen van 'n maagd. Maar dit bloot terloops, het sy vriend uit Brugge in sy e-pos gemeld.

Teen 'n muur van sy werkkamer langs die kombuis het Abel 'n werkbank vasgebout, bloot houtsparre soos dié wat vir 'n tuinpatio of dekvloer langs 'n swembad gebruik word, die werkbank so groot as 'n enkelbed op pote, en nie te hoog nie, want Abel is kort van statuur. Bokant die werkbank hang 'n sterk gloeilamp in 'n oop skerm met goeie refleksie. Die lig is nodig vir die fyn snywerk op die bank, oorgetrek met 'n plastieklaken.

Aan die voetenent 'n wasbak met net 'n koue kraan wat hy bloot met 'n swart plastiekpyp uit die kombuis herlei. Aan die koppenent 'n laaikas met instrumente. In 'n hoek 'n kas, die deur verwyder en met gaas vervang. Binne droograkke waarop sy huide en pelse lê nadat hy hulle van die spanrame verwyder het. Op die vloer tussen die rame staan die kruike, flesse, potte en emmers van verskillende groottes, van glas, erdewerk en plastiek, waarin hy sy mengsels aanmaak en sy huide piekel. Van die potte het deksels wat dig sluit om verdamping van veral die sout-en-aluin-oplossings te verhoed. Die houtvloer het hy met teëls bedek, altyd nat van die water van huide wat drup wanneer hy dit in die potte en emmers roer en uitspoel en uitlig.

Op nog 'n muurrak bottels met reinigers en preserveermiddels: terpentyn, lynolie, arseensuur, soutsuur, koeksoda, gliserien, sinksoute, medisinale alkohol, formaldehied, salisielsuur, steenaluin. Van hierdie middels koop Abel by 'n groothandelaar wat voorrade aanhou vir die taksidermiese bedryf, soos ook die salinometer om die sterkte van die sout-en-aluin-mengsels te toets.

Sy instrumente – die pinsette, chirurgiese naalde, else, skalpels met lemme van verskillende graderings – kry hy meestal in hardewarewinkels of apteke. Die slagtersmes van soliede staal vir kraakbeen is die beste op die mark, vervaardig deur J. Russell & Co. van die Green River Works in Turner's Falls in Massachusetts. Die chirurgiese tange, een gekrom en een reguit, kan die bene en nek van 'n skilpad afknip, waarborg die handelaar in taksidermiese toerusting. En skêre van verskillende vorms en groottes om dunner bene, of spierweefsel en senings, te knip. Die getande looimes uitstekend om weefsel van droë huide af te skil, die gladde een vir groen vel, bedoelend nog nat en vars. Die else vir gaatjies aan die some van die huide sodat hulle styf aan die rame gespan kan word.

Op hierdie Sondagoggend is Abel met die pels van 'n springhaas besig. Hy het die haas drie aande tevore geskiet. Die hase en dassies kom uit die veld op soek na kos in die vergane groentetuine. Maklike prooi en Abel geniet sy jaguitstappies in die tuine. Op sy werkbank het hy die haas dieselfde aand afgeslag. Hy het die skalpel gebruik vir die eerste fyn snitte, daarna die Russell-mes om die hipodermis van die skelet los te kry.

Dit is noodsaaklik, het Abel geleer, om 'n groen pels so gou moontlik te bewerk voordat bloed te hard in are begin stol. Fyn geaarde bloedvate aan 'n droë vel verleen wel soms 'n besonderse tekstuur aan die eindproduk, maar die yster in bloedplasma het uiteindelik 'n bederwende invloed op die raklewe van die vel. Die doel is juis om die finale produk permanent teen skimmel en muf en bakteriese aftakeling te beskerm.

Die afgeslagte haaspels het vir twee dae in pekelwater gelê. Daarna het hy dit afgespoel en oorgeplaas in 'n plastiekemmer met 'n mengsel van lymwater en aluin wat hy deurlopend kom roer het sodat dit die vel en pels deeglik deurweek om selle en sagter weefsel af te breek, soos die vet en haarfollikels.

Abel bevoel en toets die pels se hare en toe dit in klosse aan sy kort vingers loskom, keer hy die emmer met die haaspels in die wasbak uit en spoel die slymerige vel deeglik onder die lopende water van die kraan af. Hierna span hy die pels, hare onder, oor 'n dikkerige PVC-pyp en gebruik 'n stomp stopmes om al die vet, weefsel, huidare, kliere en spiermembrane aan die vleiskant af te skraap. Dit is 'n tydsame proses, maar hy is nie haastig nie. Hy het al, in die jare wat hy geleer het om sy huide te looi, agtergekom dat hierdie stadium van die proses 'n belangrike voorbereiding is vir die uiteindelike gehalte van 'n saggebreide vel. As hy hierdie vleiskant nie egalig skoonskraap nie, ontstaan verhardings in die vel, en dit deug nie wanneer jy die sagte vel uiteindelik in jou hande troetel en vou en frommel nie.

Nadat hy aan die vleiskant klaar is, spoel hy weer die vel onder die kraan af, en terug by die PVC-pyp begin hy opnuut skraap, dié keer met die looimes aan die harekant. Tydsaam skraap hy nie net die oorblywende hare af nie, maar ook die epidermislagie, versigtig om nie dun dele van die dermis te beskadig nie. Hy verwyder die porieë, haarwortels, vetkliere en alle omliggende weefsel. Ook hierdie proses vereis deeglike skraping.

Abel geniet sy stokperdjie en neurie sag saam met die viool-klanke. Hy het 'n luidspreker teen die plafon van sy werkkamer aangebring sodat hy na Paganini kan luister wanneer hy met sy huide besig is.

Die vel is glibberig in sy hande toe hy dit in 'n flou water-enasyn-bad uitwas om van die los hare en epidermisselle ontslae te raak en die normale pH te herstel. Hy span dit styf aan 'n hout-raam om te laat droog word. Die spanning is nodig sodat die vel nie te hard word terwyl dit uitdroog nie.

Buite aan die voet van 'n houttrap wat aan die kant van die huis na die tweede verdieping oplei, gaan steek hy die vleisbraaivuur aan en keer na die werkkamer terug. Hy voel aan die ander velle aan die spanrame, betas hulle met sy gevoelige vingers, stryk oor die oppervlakke, en kry 'n gedroogde dassievel, klaar met puim-steen glad geskuur.

Die paar kilogram se vars beesbreins wat hy by die abattoir in City Deep gaan koop het, het hy in leë plastiekbakkies vir mar-garien van vyf honderd gram elk verpak vir die vriesgedeelte van sy yskas. Een so 'n pakkie ontvries hy nou in sy mikrogolf en gooi die inhoud by warm water in sy elektriese versapper. Hy meet ook 'n paar gram gliserol by en skakel die versapper aan. Die dik slykmengsel, die kleur van vars salm, keer hy in 'n plastiekskottel uit. Hy week die dassievel vlugtig in water en be-gin die breinmengsel met sy vingers in die huid invryf. Hierdie is die heel belangrikste deel van die hele looiproses. Hy het aan-vanklik geëksperimenteer met ander substanse as beesbreins, soos natuurlike plantolies, om die kollageenweefsel en -proteïene van die vel te olie en soepel te hou. Maar die brein van 'n dier bevat net die regte natuurlike tannien om die vel te looi, was die advies uit Brugge. Die gliserol dien as antibakteriese middel om die lewens-duur van die vel te beskerm.

Abel behandel albei kante van die huid met sy breinmengsel, wring dit uit, smeer dit in, wring dit uit, herhaaldelik.

Die laaste deel van die proses geskied nie in die werkkamer nie, maar buite by die vleisbraaivuur wat nou tot net gloeiende kole uitgebrand het. 'n Digte rookwolk sonder vlamme styg op toe hy nat bloekomhout op die kole plaas. Hy hang die dassiehuid aan die haak van 'n driepoot oor die rook, vou 'n ou stuk seil om die stellasie en haak dit vas sodat die rook nie ontsnap nie maar op die huid gekonsentreer bly. Enige teken van 'n vlammetjie blus hy onmiddellik met 'n spatsel water.

Abel voel die tinteling van opgewonde afwagting, betrap homself 'n slag dat hy na die grondpad agter die bloekoms loer. Los dan die beroking van die dassiehuid en begin die bloederige karkasse en weefsel van die afgeslagte diertjies op sy werkbank opruim. Die vloer van die werkkamer nou soos dié van 'n informele slagplek, beplas en bemors van vloeistowwe – van gestolde bloedplasma, van geel bloedserum, van water en looipreparate, vermeng met weefsel, vet, hare en beentjies van klein diere. In die werkkamer hang die reuk van bloed en dood. Daaraan is hy gewoond.

Hy dra die emmer met karkasse uit, die twee pit bulls om sy bene, hygende tonge, rooi oë glurend. Langs die muur van die stoor keer hy die inhoud van die emmer op 'n hoop ou verbleikte bene uit. 'n Stank van verrotting en ontbinding styg op terwyl die twee honde gulsig begin vreet.

Terug in die kombuis spoel hy sy hande in die wasbak tussen vuil skottelgoed af, verskuif die versapper opsy waarin die reste van die beesbrein stol. Hy skakel 'n ketel aan vir koffie, ontdooi spaghetti bolognaise uit 'n supermark se yskas in die mikrogolf. Op die blad van die kombuistafel stoot hy tussen stapels ou koerante, tydskrifte en vuil eetgerei plek oop en eet sy Sondagmiddagete en drink sy koffie. Hy los die foeliehouer met oorblyfsels van die spaghetti bolognaise op die tafel tussen die ander borde met kosreste toe hy terug vuur toe uitstap.

Hy is van plan om sy moeder later die middag, wanneer die son begin sak, oor sy nuwe projek in te lig, en oor sy plan vir 'n nuwe gesig. Sondagmiddae gesels hy en sy moeder, dit is hulle gehaltetyd saam.

Net die gedagte aan 'n saggelooide vrouevel oor sý gesig stuur 'n sensuele prikkeling deur hom. Maar seks, selfs net persoonlike aanraking met enigiemand, man óf vrou, is nie een van Abel se behoeftes nie. Daarvoor het sy moeder hom té goed grootgemaak. Seks is 'n duiwelse ding, het sy hom geleer, by hom ingedril.

Langs die vuur in die skadu van die huis dein dit stuk-stuk in sy geheuespens soos dryfhout op golwe, al haar verwysings uit die Bybel, van die Ou tot die Nuwe Testament, na sedelose en listige vroue, van Eva in Genesis tot die hoer van Babilon in Openbaring, en al die teregwysings tussenin:

Want dit is die wil van God: julle heiligmaking; dat julle jul moet onthou van die hoerery.

En veral insiggewend oor vroue met merke aan hulle velle:

En op haar voorhoof was 'n naam geskrywe: Verborgenheid, die groot Babilon, die moeder van die hoere en van die gruwels van die aarde.

6

Van Southgate na Doradopark, steeds op haar koers, is haar
bestemming later die Sondagaand die Vaaldriehoek. Haar oor-
nagbespreking vir die aand in 'n viersterhotel aan die Vaal-
rivier by Vereeniging, binne bereik van haar eerste afspraak
Maandagoggend. In 'n hoewehuis by Rietspruit aan die Barrage
is 'n ou katel van skaars mopanie, die hout so hard as klip.
Daarna Sasolburg toe vir die Laat-Victoriaanse lampettafel met
marmerblad en art nouveau-teëls as spatplaat, 'n sirkelroete na
Koppies vir die ses Thonet Nr. 14-stoele van beukehout, Parys vir
die eikehoutbuffet met ingelegde houtmosaïek, Fochville vir die
jonkmanskas van lindehout. Teen Vrydag terug in Johannesburg
met haar waardasielys sodat Tom Spottiswoode sy goedkeuring
kan teken en die lorrie stuur. Sy het haar afsprake netjies ge-
skeduleer; Mia Vermooten hou van orde in haar lewe, dog nie
ongeneë vir soms 'n aangename verassing nie, soos wat die Lotz-
huis alles kan oplewer.

Met die GPS en die padkaart langs haar op die sitplek vind
sy maklik sy aanwysings deur die doolhof van Doradopark se
villagestrate. Teen vyf voor vier op 'n stil Sondagmiddag kry
sy Opaalstraat met sy groot erwe en die ou plaashek regs, skeef
aan geroeste skarniere. Sy klim uit die RAV, die wit verf van die
bakwerk nou rooi van die padstof, sleep die hek oop, ry in, sleep
die hek toe. Ver agter 'n bos bloekoms merk sy die huis, maar eers
toe sy verby die bome is, kry sy 'n beter blik, en is half verbaas. Sy
het meer verwag van die netjiese meneer Lotz.

'n Aura van groot verwaarlosing. Die huis 'n vierkantige

dubbelverdieping, skyn-Tudor, meen sy. Weerskante van die voordeur skuifraamvensters, simmetries bo herhaal. Klimop begroei wild die skilferende fasade, verberg die vensters, rank oor die portiek van die voordeur. Eens pragtige houtrame verdor. In die versameling van stof en modder van jare se versuim groei onkruid welig in dakgeute. In die voortuin vae aanduidings van eens fleurige blombeddings, nou oorgeneem deur kikoejoe, hakea, suring, omgedolwe deur molle.

Sy hou stil, betrag die stil huis en werf, word skielik bewus van beweging by haar deur. Leun venster toe, sien die honde, geruisloos wagtende. Sou meneer Lotz haar kar hoor aankom het? Hy verwag haar tog. Sy sit en wag, beskou die huis, waag dit nie uit met die honde nie.

Hy kom nie by die voordeur uit om haar te verwelkom nie, maar van agter om die huis aangeslof. Meneer Lotz dra 'n voorskoot waaraan hy nou sy palms afvee terwyl hy haar tegemoetkom.

"Trek hier agter in, in die skaduwee van die huis, sodat die son nie jou kar bak nie," nooi hy met sy groot tong en blosende gesig.

Toe sy die RAV se deur oopmaak, aan die skadukant uit sig van die grondstraat agter die bome, vra sy: "Maak jy biltong?"

"Jy kan seker so sê."

Slanke bene toe sy uitklim, elegant asof sy aan meneer Lotz se werf 'n groot guns betoon. En toe sy opkyk, merk sy weer die geknip van sy lui oog. Sy betrap 'n vreemde emosie in haar: bejammering. Ja, dink sy, eintlik voel sy jammer vir arme meneer Lotz, en dit is nie dikwels dat sy iemand jammer kry nie. 'n Week hart, het sy in die stad kom leer, is 'n vloek; 'n dik vel, dit is wat jy nodig het vir sukses.

"Hier's die geld vir die tallboy, soos jy gevra het."

Hy hou sy hand uit. "Klam, droog en vetterig," sê hy, druk die geld in die sak van sy voorskoot sonder om te tel.

"Wat?"

33

"'n Mens se vel. Die drie belangrikste ekologiese gebiede op 'n mens se vel: klam, droog en vetterig."

"Jy weet baie van vel af."

Hy lig sy gesig na haar op. "Het ek jou al oor jóú mooi vel gekomplimenteer?"

"Jy hét, meneer Lotz."

Sy wil die meubels sien, nie oor vel ginnegaap nie, buig en vee met 'n Kleenex die stof van haar sandale af.

"Jy ken hout, ek ken vel." Hy stap vooruit, vervolg oor sy skouer. "Harige, klam oksels is net 'n paar handbreedtes weg van gladde, droë voorarms. Maar ekologies so verskillend as 'n reënwoud van 'n woestyn."

"Die meubels? Ek't nog 'n lang pad voor."

Hy stap nie agterdeur toe nie, lei haar in die rigting van die stoor en die donker venster van 'n pakkamer.

"Die pH van die vel is vyf punt vier. Ek kan sien jy gebruik goeie reinigers en versagters."

"Ek doen moeite met my voorkoms."

"So sag en soepel. Jóú vel."

"Dankie, vir nóg 'n kompliment."

Sy wonder waar die ou vrou is, strak mevrou Lotz met die outydse bolla, eienaar van antieke meubels.

By die stoor, met sy hand aan haar elmboog, slaan die hoendervleis van die koue aanraking ineens op haar kaal skouers en voorarms uit. Hy stuur haar verby die ou bakkie en kar, die hoop skroot, na die deur van die pakkamer waar sy die eerste meubelstuk vir haar waardasie verwag. Alles so gehawend en vervalle, maar aan die deur 'n blink, nuwe slot.

7

Teen 'n helling van vyf grade bereik adjudant Ella Neser 'n draf-spoed van agt kilometer per uur toe haar selfoon op die hand-doek begin vibreer. Sy sweet, haar asem hyg. Sy sien die naam van die beller en verstel die trapmeul vir afkoeling. Sy is fiks, elke oggend sesuur in die gimnasium vir kardio-oefeninge, dep met die handdoek die sweet aan haar gesig en nek en arms. Sy skakel die nommer terug. Wanneer hy jou bel, selfs douvoordag in jou vrye tyd in die gim, is dit raadsaam om Silas Sauls nie te lank te laat wag nie.

"Kolonel?" vra Ella Neser, haar asem nog effe gejaagd van spiere wat na suurstof smag, hartklop af tot honderd en twin-tig.

"Waar's jy? Hoekom is jou sel af as ek bel?" Knorrig, hy moes wag.

"Ek oefen . . ."

"Ek tel jou oor tien minute op. Moenie my wéér laat wag nie."

Sy reken sy het tyd vir 'n stort. Maar toe sy by die glasdeure uitstap, in haar sweetpak met die klam handdoek vergeefs aan't afdroë aan haar hare, wag hy al, trek weg met die deur skaars toe. Sy smyt haar sportsak op die agterste sitplek, die handdoek bo-op.

"Wat's die haas, kolonel?"

"Die haas is moord, adjudant. 'n Dooie liggaam in ons juris-diksie. Dís die haas. Hoekom het jy nie ordentlike klere aan nie?"

"Jy moet ook 'n slag gim toe kom. Jy sal beter voel."

En beter lyk, wil sy byvoeg, maar sy ken hom, ken sy drempels.

"Ek was besig met brekfis toe hulle bel," sê hy, en wag, asof hy haar uitdaag tot nóg 'n onbesonne opmerking. "'n Vrou. Alberts Farm."

"Haweloos?"

Die Alberts Farm-bewaringsgebied, naasgrootste groen long in die Johannesburgse metropool, negentig hektaar van natuurlike grasveld. En langs Montgomeryspruit aan Albertskroon se kant maak skunnige karakters nes. Beskonke bloedlatings hier nie ongewoon nie, maar vereis gewoonlik nie die vroegoggendse teenwoordigheid van 'n takbevelvoerder van die eenheid vir ernstige en geweldsmisdade nie, steeds bloot bekend as "moorden-roof".

"Haweloses, of die slagoffers van haweloses, word selde met 'n diamantring aan 'n vinger gekry. Of met oorringe. Haweloses het selde naellak aan hulle vingers en tone."

"Wie't haar gekry?" vra Ella Neser, hande gevou op die skoot van haar sweetpakbroek. Aan háár vingers geen diamante nie, net 'n goue seëlring van agtien karaat, en aan haar naels, kortgeknip, deurskynende lak, vir hulle beskerming, nie optooiing nie.

"'n Stapper. Hy't douvoordag om die dam gaan stap, soos elke oggend."

By Northcliff Corner vat Silas Sauls die draai af in Langstraat, regs in Sesde Weg, weer regs in Agste Straat by die park in, op met die lang plaveipad na die parkeerplek toe. Hier, in die middel van Alberts Farm, hou hy stil tussen voertuie van Misdaadtoneelbestuur, Forensiese Dienste, Eenheid vir Ernstige Geweldsmisdade, K9-honde-eenheid, 'n ambulans, en 'n bakkie met 'n toegeboude bak, op 'n sypaneel 'n opening waar 'n suigwaaier draai, onder die waaier geskilder: *Gautengse Patologiedienste*; bloot 'n staatslykwa.

Sy klim uit en beskou die vista. Die vista is belangrik, het sy geleer; die eerste geheelindruk van die misdaadtoneel, om die bos te sien, as't ware, nie net die bome nie. Regs tussen die bome deur die oop veld tot doer onder by Montgomeryspruit. Links die omheinde historiese grafte met drie obeliske van die Geldenhuysen Albertsfamilie. Verder agter die grafte die beboste kliprantjie met die artesiese fontein. Reg voor haar, 'n paar honderd meter verder, die dam. Van die parkeerterrein na die dam is die gras gesny, maar Alberts Farm word ter wille van biodiversiteit as natuurlike fauna en flora bewaar, nie gemanikuur nie.

Dit is onder die groot wilgers op die oewer van die dam waar die polisiemanne bedrywig is. Die geel plastiekbaniere klaar gespan om die toneel af te sper, die forensiese ondersoekers in hulle oorpakke met kappies om hulle hare, latekshandskoene en skoenhulsels om nie die toneel met hulle eie spoorweefsel, hare en skoensole te kontamineer nie. Om die liggaam is die veld in 'n ruitestelsel uitgemerk sodat dit sistematies bespeur, geïnspekteer en uitgepluis kan word, elke graspol, elke soolafdruk, elke spoor-element. Met gereelde tussenposes flits die lig van die polisie-fotograaf se kamera. Ella Neser staan op die periferie langs die kolonel. Hulle wag dat die forensiese ondersoekers hulle taak by die liggaam afhandel, ongelukkige hoofkarakter in hierdie vroeg-oggendse drama.

Sy is op haar rug uitgestrek, selfs haar arms teen haar sye aan-gedruk, asof sy met sorg so uitgelê is. Haar oë oop, uit ooghoeke 'n bloederigheid soos trane, of sy daar lê en huil, starende na die hemel. Haar voete kaal, die lak aan die toonnaels donkerrooi. Die jeans oënskynlik onversteur. Wit bloes uitgetrek en weer los oor haar bolyf gedrapeer om haar naaktheid te bedek. Sy het nie 'n bra aan nie.

Dit is hierdie gesig wat Ella Neser telkens nog onkant betrap, hierdie onwaardigheid waaraan 'n slagoffer uitgelewer is, hierdie weerlose blootstelling aan die elemente en nuuskierige oë.

Kolonel Silas Sauls moet die los bloes ook opgemerk het: "Het iemand aan haar geraak? Aan haar klere?" Hy wys na die bloes. "Luitenant Julies?"

Jimmy Julies van forensies kom orent. "Dis soos ons haar gekry het. Niemand het aan die liggaam of klere geraak nie. Haar aan-valler moes haar met die bloes bedek het."

"Het julle haar skoene gekry; sandale, tekkies, wat ook al? 'n Bra?"

"Hierdie is nie die moordtoneel nie," sê luitenant Julies. "Sy's elders dood en hier kom los."

"Waar's die patoloog?" vra Silas Sauls. "Hoe lank lê sy al hier?"

"Op pad. Eet eers sy brekfis klaar."

Brekfis, dink Ella Neser, almal tog so gesteld op hulle kos, en stryk met haar vingers deur haar hare, voel die klammigheid. Nat hare in die oggendlug, die resep vir 'n goeie verkoue. Vir haar, so het sy gehoop, muesli met vetvrye jogurt ná die gim. Deesdae alleen, nie meer soggens spek en eiers nie.

"Verkragting wat in moord eindig?" wonder sy hardop langs haar kolonel.

"Hoekom weer die jeans aantrek en nie die bloes nie?" sê hy. "Maar dit sal dokter Koster kan bepaal, of sy verkrag is . . . wanneer hy klaar is met sy brekfis."

"En die oorsaak van dood."

Sy sien geen sigbare wonde en bloed nie. Om die nek van die jong vrou 'n hangertjie, goue kruis in die kuiltjie van haar keel. Onder rooi hare steek 'n goue oorring uit, om die tenger pols van haar linkerarm 'n horlosie, aan die middelvinger van haar regterhand 'n ring met klein steentjies, gerangskik in die vorm van 'n madeliefie, vermoedelik die diamante waarna Silas Sauls verwys het. Die lak aan die vingernaels dieselfde kleur as aan die tone.

Vermoor, maar nie van haar juwele beroof nie?

Luitenant Julies se selfoon lui. Hy kyk om in die rigting van die parkeerplek waar die blou dakligte van die polisievoertuie flits, druk die sel in sy sak en staan opsy.

"Die patoloog is hier. Sy's julle s'n."

Ella Neser gaan hurk by die liggaam en vat die rubberhandskoene by kolonel Sauls. Die bloes, merk Ella, is van sy, nie prêt-à-porter uit 'n winkelrak van Woolies of Stuttafords nie. Silas Sauls lig 'n punt van die bloes op, delikaat soos haar ma 'n kantdoilie van 'n suikerpot sou oplig. Hy hou dit tussen sy duim en wysvinger, brom iets wat sy nie kan uitmaak nie, laat sak die sagte materiaal op haar vel terug.

"Geen merke aan haar bolyf nie."

Ella reik na die etiket: Gucci. "Ook nie aan haar hande nie. Geen naels afgebreek nie, geen teken dat sy weerstand gebied het nie."

Silas steun orent, met 'n sug en hoë fluitklank deur sy neus, en kyk hoe die patoloog onder die polisiebanier deurbuk. Dié plaas 'n swart instrumentetassie langs sy voete, haal handskoene uit sy baadjiesak, wriemel sy hande in, sy oë op die liggaam van die vrou.

"Nog vars."

Strek sy vingers in die elastiese handskoene, gee hulle skiet.

"Ja, en 'n spoedige bepaling van tyd van dood, en oorsaak van dood, sal waardeer word," sê Silas Sauls.

"Sy's goed versorg," sê Ella. "En nie 'n toevallige slagoffer nie."

Dokter Koster loer vlugtig na haar.

"O, en dit kan jy vasstel deur bloot na haar te kyk?"

Met sy mond na haar gedraai, bereik 'n aardige aromamengsel haar neus. Gebraaide uie vir brekfis? Sigaar saam met sy oggend-koffie?

"'n Aanvaller sal nie 'n toevallige slagoffer se juweliersware los nie," sê sy. "Sal nie respek vir haar naaktheid betoon nie. En ver-kragtings en onsedelike aanrandings is gewelddadig, laat merke aan die vel."

Sy het dit al agtergekom, sélf ervaar: hulle trap op jou, in hier-die domein van mans, as jy nie diknek is nie. Verdra jou bloot as vroulike kwota, sluit jou uit van die kring van tjomme, van die kroeg-en-toilet-obseniteite. Daarom bly sy fiks, daarom kan sy haar skote op die skietbaan se kolskyf net so goed groepeer as enige skerpskutter van die reaksie-eenheid, woon sy kursusse in misdaadtoneelbestuur en forensiese tegnieke by, daarom is haar slaaptydleesstof handleidings van die vier Gedragsanalise-eenhede van die FBI se akademie in Quantico, Virginië; teenterrorisme, misdade teen volwassenes, misdade teen kinders en ViCAP, Violent Criminal Apprehension Programme. Sy het moord-en-roof gekies, twee jaar gewag vir 'n vakature, en is nie van plan dat op haar getrap word nie, al is vroulike moord-en-roof-speurders yl, nie alte welkom sonder hare op die bors nie.

Dáárom is sy parmantig, vra geen spesiale behandeling nie, en is tevrede toe dokter Koster swyg. Sy knieë kraak toe hy by die liggaam hurk en sy tassie oopvou. Die eerste strale van die son val nou deur die bome se takke, flikkerend en glimmerend op die vlekvrye staal van die instrumente. Hy plaas sy handpalms weerskante van haar kop, toets die stramheid van haar nek, lig met 'n penflits eers in die een oog, dan die ander een, bestudeer haar keel, tas met sy vingers aan die nekspier, verwyder die bloes, bestudeer haar bolyf, af na die jeans, en ontblote enkels en voete, waar hy weer, soos met haar kop, drukking toepas om die proses van lykstyfheid te bepaal.

Ná hierdie eerste kursoriese in situ-ondersoek is sy aandag terug by haar gesig. Hy dwing haar kake oop en ondersoek die mondholte met 'n spatula en penlig, ook die neus en ore, soos 'n huisdokter doen voordat hy 'n diagnose vir verkoue waag. Hy bring sy lig na die vel van haar keel en nou kan Ella, toe sy vooroor leun, die merke sien.

"Sy's verwurg," sê dokter Koster. "Kneusings aan die vel van haar keel en nek. In die sklera van haar oë petegiale bloeding, die blouerige voorkoms van haar lippe en vingerpunte toon sianose. Ek sal dit in die outopsie kan bevestig, maar ek sal geld sit op verwurging of versmoring."

"Tyd van dood?" vra kolonel Sauls.

Ook hý, weet Ella, sit graag 'n geldjie op iets; eers die ponies, maar nie meer nie. Het 'n nuwe stokperdjie ontdek, en glo heel winsgewend.

"Rigor mortis is volkome," sê dokter Koster. "Dit versprei van die kop laer af. Ook haar enkels en voete al ten volle verstyf." Sy gedagtes en kommentaar hardop, 'n gewoonte van baie dekades oor outopsietafels. "Volledige rigor mortis vat twaalf, dertien uur. Op agt en dertig uur begin die styfheid omkeer weens ontbinding. By haar, is ek oortuig, is al geringe inwendige ontbinding van sagte weefsel, en bakteriese gasse. Werk dit tru uit van die tyd toe die liggaam ontdek is. My skatting: sy's langer as twaalf ure dood, minder as dertig. 'n Meer spesifieke tyd sal ek in die outopsie eers kan bepaal."

"Iemand moes haar laas nag of vanoggend vroeg hier kom aflaai het," sê Ella. "In die donker, om dit ongesiens te kon doen."

Opnuut 'n geklap van litte toe dokter Koster orent kom, hom strek, en sê: "As julle nie omgee nie, of al gee julle om, help my om haar om te draai sodat ons kan kyk wat ons aan haar rugkant vind. Adjudant, vat die voete. Kolonel, jy die skouers."

Halfpad omgedraai snak Ella Neser sag. 'n Groot, oop wond aan die rug, noukeurig reghoekig, asof 'n A4 of A5 op haar regterblad uitgemeet is voor die skerp lem in die vel en weefsel begin sny het. Sand en stof en gras aan die gestolde bloed van die rou wond gekoek. Op die plek waar haar rug gelê het, minder droë bloed, meer bloedserum aan die grashalms.

"Die moordenaar het 'n stuk vel en weefsel verwyder," sê dokter Koster terloops en onnodig, asof hy in sy outopsiemikrofoon oor sy bevindinge verslag doen.

"Hoekom?" vra Silas Sauls.

"Het sy gelewe toe hy dit gedoen het?" wonder Ella.

"Sy't gebloei," sê die patoloog. "Dooie mense bloei nie. Sy't geleef toe sy gesny is. Maar nie hier nie. Sy't op 'n ander plek gebloei, op die moordtoneel."

"Gesny sonder om weerstand te bied." Sy draai haar kop weg, maar haar oë bly op die gruwelike wond. "Dalk onder verdowing? Tog seker nie by haar positiewe toe haar vel uitgesny is nie."

"Die outopsie sal sê."

Dokter Koster soek onder haar hare, volg met die posterieure ondersoek van die liggaam nou dieselfde prosedure as toe sy op haar rug gelê het, van die agterkop af na die voetesole toe. Daarna bind hy sakkies om die hande sodat hy in die lykhuis onder die naels kan skraap – as sy dalk tóg 'n krap na haar aanvaller ingekry het, dalk velselle onder 'n nael bewaar het as leidraad na haar aanvaller se DNS, en sy identiteit.

"Sy's joune, adjudant," sê kolonel Silas Sauls. "As jy haar wil hê."

Sy kyk verras na die kolonel. "Jy bedoel . . ."

"Of ek kan Fred Lange vra. Hy's 'n ou hand, jy kan hom bystaan en leer."

"Nee, ék sal haar vat," sê Ella.

"Jou eerste moord, en sorg dat jy hom kry."

Hy praat met haar, maar ook sý oë is vasgevang deur die liggaam van die jong vrou op die gras by sy voete. Sý dogter, skat Ella, is ongeveer dieselfde ouderdom, miskien 'n jaar of twee ouer. Hy sien haar nie dikwels nie, maar dít, hier voor hulle, is enige pa, enige ouer, se ergste nagmerrie.

"Ek sal jou bel vir die outopsie, adjudant," sê dokter Koster. "Dis 'n goeie leerskool, veral in jou eerste moordondersoek. Ek sal jou bel dat jy saam kom kyk wat haar liggaam vir ons sê, watter leidrade sy oplewer. Dis beter dat jy self sien wat gebeur. Dit gee jou 'n beter begrip. Op papier is die resultate van 'n regsgeneeskundige ondersoek onpersoonlik. Maak hierdie een persoonlik, nie omdat dit jou eerste as ondersoekbeampte is nie, maar omdat jy in dié aanvaller se kop wil inkom. Dis nie 'n gewone geval nie."

Geen moord is gewóón nie, wil sy sê. Maar vra net: "Wanneer?"

"Wat's dit vandag? Dis vandag Woensdag. Sy sal tot môre moet wag. Ek't reeds ses ander. Kan niemand voortrek nie. Sy moet agter in die tou inval."

"Haar identiteit . . . miskien iets in haar jeans se sakke?" En nie sommer jeans nie, ontwerpersjeans.

Dokter Koster knip sy tassie toe. "Haar sakke is leeg. Dalk lewer haar vingerafdrukke en DNS 'n naam op." Hy stroop die handskoene af. "Laat kom die lyksak en draagbaar. En ek sien jou wanneer ons haar oopmaak, adjudant Neser."

Op swikkende knieë en met dun, krom skouers of hy swaar dra aan sy swart tassie, die lang pad tussen die bome en oor die gras terug in die rigting van die flitsende polisieligte.

"Sien jy kans vir die ondersoek? Gooi ek jou by die diep kant in?" Silas Sauls se oë op die wond aan die vrou se blad.

"Ek sal dit doen," sê sy. "Ek sal hom kry."

Net twee jaar by moord-en-roof, maar lankal nie haar eerste moord nie, wel die eerste as ondersoekbeampte. By luitenant Fred Lange sal sy nie leer nie; sy het die beste leermeester. Silas Sauls, in sy sestigs en wel net 'n kolonel, is die héél beste, is haar persoonlike opinie. Sy het hom gesien werk, aan sy sy. Hy lyk nie nes 'n boelhond nie, hy ís een. As hy sy kake in jou slaan, los hy nie. Al twee keer bevorder, twee keer gedemoveer. Die laaste keer was hy brigadier Sauls. Maar hy stamp koppe. Dit is te verstane, dit gebeur in enige organisasie. Sy hebbelikheid is egter om die verkeerde koppe uit te soek, die hoë koppe. Dan word hy teruggestamp, onder toe: brigadier, kolonel, nou luitenant-kolonel. Nie goeie loopbaanstrategie nie; nie vir hóm nie, vir haar wel. As hy afgestamp word, bly hy in die veld, kan sy by hom leer. Soos nou. In 'n hoek van sy nurkse hart, vermoed sy, is 'n klein plekkie vir haar gereserveer.

"Wat beteken dit, die stuk vel wat uitgesny is?" vra sy. Nie eintlik 'n vraag nie, net 'n gedagte wat sy hardop uitspreek.

"Kry haar identiteit," sê Silas Sauls. "Dis voorrang. Nie hoe sy dood is nie, nie wáár sy dood is nie. Haar naam. Leer haar ken, leer alles van haar af, tot jy haar beter ken as vir jou eie suster. Die res sal volg."

"Ek't nie 'n suster nie."

"Jou broer dan."

"Ek't ook nie 'n broer nie."

"Dêmmit, Neser . . ."

"En jy wéét dit."

43

"Ek bedoel, leer die slagoffer ken, en jy vind die spoor van haar aanvaller. Veral in hierdie geval. Soos jy sélf opgemerk het, sy't g'n toevallig in sy pad gekom nie."

Dit, weet sy, is bedoel as pluimpie. Dit is soos Silas Sauls pluimpies uitdeel. G'n klop op die skouer nie, g'n soetsappigheid nie; bloot 'n terloopse erkenning. En vir daardie erkenning sal sy hom wys wat sy kan doen. Hy gee haar die kans en sy sal hom nie teleurstel nie. Bogger Fred Lange.

En sy opmerking oor haar familie, weet sy óók, is net sy manier van praat. Natuurlik weet hy álles van haar familie af, veral van haar pa.

Haar selfoon lui, maar toe sy die beller se nommer sien, druk sy die knoppie om die oproep af te sny. 'n Rukkie later kom die stemboodskap. Sy herken die man se stem en wis dit uit sonder om te luister wat hy te sê het. En sy háát vroue wat hokkie speel.

8

Op 'n grou, mistige dag begrawe Bob Sweeney sy ma. Sy afskeid van sy ma is met weemoed, maar hoofsaaklik berusting. Sy lê op 'n mooi plek, 'n vredige plek, onder 'n majestuese rooi spar in die gedenktuin van die kerk van sint Mary.

Lisa plaas die blomme op die hopie vars grond, klein soos 'n molshoop, en haak haar hand by sy elmboog in.

"Kom, Pa," sê sy, in haar ander hand 'n tweede gerf blomme.

Uit die Atlantiese Oseaan stuif die digte misbank aan, deur The Narrows, oor die MacKay-brug in die Bedford Basin op. Aanstons sal 'n wasige kleed Halifax bedek, sal die neweling ook in die takke van die sparre hang, hierdie rusplekke van goeie siele knus toevou, asof God sy eie palm oor hulle hou. Dit is waar sy ma nou lê, en sy is nie alleen nie.

"Gaan jy maar," sê Bob Sweeney vir sy dogter. "Ek wil nog 'n bietjie hier ronddwaal."

Hy trek die jas stywer om sy skouers en sit die tweedpet op sy kop terug, verstel dit effens vir die regte hoek, en om sy bles teen die koel lug te bedek. Die herfs kom vanjaar gou, dink Bob Sweeney. Maar daar sál nog warm dae wees, hierdie koue vlaag sal weer wyk, want dit is laat Augustus, eintlik nog somer.

Die ander begrafnisgangers reeds weg, meestal oues, sy ma se vriende en tydgenote; kan nie meer te lank buite vertoef nie, moet gou die hitte van hulle klein kamers opsoek vir die pyn in rumatieklitte.

"Ek sal vanaand kom kuier, vir ons iets maak om te eet," sê Lisa, 'n drukkie van vertroosting aan sy arm, haar lippe op sy wang.

"As jy besig is . . ."

"Ons kan eet en deur Ouma se goed gaan. As Pa wil."

Bob Sweeney knik net. Dit is die plek, hierdie hoek onder die groot ou spar, waar ook hý hom onbetwisbaar en laastelik sal bevind, en dit hou vir hom geen vrees of trepidasie in nie. Die ewige rus wil hy ingaan op geen ander plek as by sy Sweeney-clan nie. Ook hy sal 'n klipkruis kry met sy naam uitgebeitel. Net die kruis en die sederkissie met sy as in, en bo-oor sal die grasperk van die tuin weer toegroei, die viooltjies sal blom, die Livingstone-madeliefies, die pienk meiblomme, en in die winter sal die sneeu kom en hy sal deel wees van die aarde.

By sy voete die klein vierkant grond omgedolwe waar Bob Sweeney sy ma se kissie ter ruste kom lê en toegegooi het. Op die grond ruikers met purperkaartjies van afskeid. Vir háár kruis het hy reeds opdrag gegee.

Mary Sweeney.

"Ek gaan nou eers. Pa moenie te lank bly nie, dit word koud, die mis kom aan."

Hy lig sy kop op toe sy 'n paar tree weg is, hou sy dogter dop toe sy by 'n ander kruis buk, die blomme teen die stam van daardie kruis neerlê. Sy sit 'n oomblik stil op haar hurke, kop geboë. Kom dan orent, wuif vir hom en stap tussen ou grafstene deur hek toe. Hy haal sy hand uit sy jas se sak en wuif haar agterna.

Nou begin Bob Sweeney dwaal, weg van sy ma se hopie af na die kruis met Lisa se tweede gerf. Hier buig hy af, vee met sy vingers oor die mos wat die naam oorkruip. Maar ná vyftien jaar is die mos deel van die proses, dink hy.

Sarah Sweeney.

Lisa was net vyf toe háár ma dood is. Te vroeg weg. Sam sewe. Jammer dat Sam nie ook vir sy ouma se begrafnis kon kom nie. Maar Bob het begrip. Saskatoon is ver; in dieselfde land, maar 'n halwe wêreld weg.

Sy Sarah moes vandag hier saam met hom sy ma kom begrawe het. Dit is nie reg dat 'n mens so vroeg sterf nie. Sy ma was vyf en tagtig, of is dit ses en tagtig? Vol en goeie lewe, en hulle was bymekaar tot op haar einde, van Sarah se dood af. Sy ma het ingetrek en die twee kinders help grootmaak, vir Sam en klein Lisa.

In die mistige laatmiddag dwaal hy verder, om die spar se stam. Hiérdie kruis staan al twintig jaar hier ingeplant.

Sy pa, Samuel Sweeney.

Nou het sy ma haar ten laaste by hom kom aansluit, nou is hulle weer saam.

Hy dwaal na die volgende kruise. Sy Sweeney-grootouers, dan sy oumagrootjie. Hier steek hy opnuut vas, dié inskripsie onleesbaar, maar Bob ken dit.

Anne Sweeney, 1882 – 1900.

Net agtien jaar oud. Veels, veels te vroeg; nie ongewoon vir daardie tyd nie, 'n eeu en langer gelede, komplikasies van longontsteking kort ná die geboorte van haar baba. 'n Taai baba het oorleef sonder ma en pa, want onder die spar is 'n afwesige kruis. Anne lê alleen, sonder haar man.

Will Sweeney, Bob se oupagrootjie.

Ook Will het jonk gesterf. In September 1900, net twee en twintig, en Anne enkele maande later, in November van dieselfde jaar. Anne kon hulle baba vir twee, drie maande koester; Will het sy klein William nooit eens gesien nie. Will Sweeney se laaste rusplek is 'n ongemerkte gat in die grond, sonder kruis of kopstuk, iewers in 'n ver land, iewers in die noordoostelike binneland van Suid-Afrika, duisende kilometer van Kanada af.

Dit is die afwesige Will Sweeney wat al hoe meer, veral nou ná sy ma se dood, in Bob se gedagtes kom krap en woel en dolwe. En aan mites en stories leen Bob nie sy ore uit nie. Feite. Dit is sy werk en sy geaardheid.

Hy draai om en drentel weg om huis toe te gaan. Vanaand, nadat hulle klaar geëet het, sal hy en Lisa in sy ma se kamer ingaan en haar persoonlike besittings uithaal en sorteer. Dit sal nie lank duur nie. Die kledingstukke wil Lisa by die welsynswinkel gaan afgee. Hoede, skoene en warm jasse is daar altyd welkom. Die dokumente is in die hoededoos bo in haar hangkas. In die boks ook haar testament. Karige nalatenskap, maar die testament sal die eksekuteur help om die afhandeling van die boedel te bespoedig, om die lewe en dood van sy ma af te sluit. In die boks verwag hy nie aandelesertifikate in winsgewende hout-, velle- of gaskorporasies nie, ook nie bankdokumente oor 'n seldsame muntversameling in 'n kluis in die Bank of Nova Scotia nie. Nee, geen sprake van so iets nie. Dog vir haar meer werd as al die goud van die Klondike, is die sentimentele skat wat in haar hoededoos bewaar word; die briewe en geskriffies en aandenkings, oorgeërf en aangevul, geslag op geslag, vandat Edward en Rhona Sweeney tydens die groot Aartappelskaarste op die Billow uit Ierland padgegee het, deel van die instroming van verhongerde en verflenterde Ierse immigrante na die Nuwe Wêreld.

Onder die spar wel, maar in sy ma se hoededoos, weet Bob, het Will Sweeney nie 'n leemte gelaat nie. Bob ken die buitelyne uit familievertellings, en wanneer hy en Lisa om die tafel in daardie boks gaan delf, hoop hy, sal hy self sien en lees hoekom dit dan so bestem was dat Will in die jaar 1900 in 'n ver land moes sterf. Hy sal graag wil weet, dieper wil delf, na die feite wat deur al die mites en stories toegespin is. En wie sal hom verkwalik? Nou op aftrede het hy iets nodig om hom besig te hou en die soeke na afstamming is 'n gewilde tydverdryf, mense sit selfs voor die TV en kyk hoe wildvreemdes hulle stamboom uitpluis.

9

Op dokter Koster se wange is grys stoppels wat sy skeermes ge-
mis het. Sy het dit aan haar pa se wange ook opgemerk; ouer mans
is nie glad geskeer nie, miskien oor die ruheid van die vel se vore
en groewe en kreukels, miskien oor swak oë in 'n skeerspieël. Of
dalk gee hulle maar net nie meer om nie.

Haar pa val in 'n ander kategorie, en nie deur sy eie toedoen
nie. Haar pa val in die kategorie van misdaadstatistieke, selfs nie
eens meer "slagoffer" nie, lankal afgemerk tot net 'n vergete syfer.
Nie vir haar nie, nie vir haar ma nie, en sy weet, ook nie vir Silas
Sauls nie. In 'n koma met 'n koeël in die kop en 'n sertifikaat vir
dapperheid in 'n laai.

Miskien 'n syfer, maar sy vel is, ten minste, nou altyd glad
vandat haar ma hom soggens skeer. As sy gaan kuier, gesels sy
en haar ma en hou sy haar ma se vingers dop. Sy doen moeite
om sy rimpelvel met die een hand se vingers plat te stryk vir die
delikate roete van die elektriese skeerder, 'n sagte gebrom oor sy
wange, oor sy bolip, sy ken, af in sy keel. En agterna die streling
met die rugkant van haar vingers vir stoppels wat sy kon gemis
het. Maar hy weet dit nie, voel nie haar teer vingers aan sy gesig
nie.

Sy het die linnemasker oor haar mond en neus, haar oë op die
patoloog, op die grys bakkestoppels. Tussen hulle op die tafel van
vlekvrye staal die naakte liggaam van die jong vrou van Alberts
Farm. Die tafel teen 'n effense helling vir die afloop van water en
liggaamsvloeistowwe na die afvoerklep.

Sy kyk af na die kop met die rooibruin hare, die haarwortels

49

valerig, versuim met die Clairol Nice 'n Easy Root Touch-Up, dink Ella.

Sy betrap haarself nou by die vrou se borste, by die chirurgiese litteken onder elke bors. Ferm, mollige borste. Die plastiese chirurg het goeie werk gedoen, wonder wie hy is. Nie dat sy hom nou al benodig nie, miskien oor 'n paar jaar. Skoongeskeerde oksels.

Sy hoor die patoloog se stem. "Blokkasie van die lugweë en nekslagare sny die vloei van suurstof en bloed na die brein af en serebrale hipoksie tree in. Petegiale bloeding kom voor, soos hier in die oë. Kan jy dit sien, adjudant? Die klein rooi kolletjies in die wit van haar oë waar haarvaatjies gebars het? Van drukking aan die nekare lek haarvaatjies bloed in die oë."

"Sou sy dit gevoel het? Sou sy gevoel en geweet het dat sy besig is om te sterf?"

"Hy, as ons aanneem dis 'n man, het geweet wat hy doen, sy duime op die nekslagare. Kneusings weerskante van haar tragea. Vier, vyf minute, op die langste, toe was sy dood."

Dokter Koster draai die kop links, ondersoek die nek, dan regs.

"My raaiskoot is dat sy op haar rug gelê het. Hier. Sien jy hierdie kneusings? Terwyl hy met sy duime gedruk het, het sy vingers om haar nek geklem vir houvas en sterker drukking op haar keel."

"Sal ons afdrukke van sy vingers op die vel kan kry?"

Hy tuur deur die ligvergrootglas, skud sy kop. "Handskoene aangehad. Die vel is nie beskadig deur vingernaels nie. In die inwendige outopsie, as jy wil bystaan, sal daar bloeding aan die nekspiere wees en frakture aan die horing van die tiroïed, dis die kraakbeen van die adamsappel, en aan die klein hidoïed, die tongbeentjie."

"Sy't haar nie teengesit nie. Sy't nie gekrap en geveg nie."

"Lyk nie so nie. Die vel van haar polse en enkels is verkleur. Sy was vasgebind. Nie tou nie, maskeerband. Hier's die gom nog aan haar armhare. Miskien sal die skrapings van die naels iets

50

oplewer. Maar geen naels gebreek nie. Oorsaak van dood: serebrale hipoksie. Daaroor het ek geen twyfel nie."

"Sou sy by haar bewussyn gewees het toe hy haar rug sny?" vra Ella. "Sou sy die pyn kon voel?"

"Miskien onder sedasie, daarmee sal toksikologie kan help. Sy't aan haar borste laat werk."

"Kan mens die ouderdom van die littekenweefsel bepaal? 'n Idee kry wánneer sy aan haar borste laat werk het?"

"Alle wonde volg dieselfde patroon van heling, of dit in 'n mesgeveg of op 'n operasietafel opgedoen is. Haar mastopeksie nie ouer as ses maande nie."

"Gemolesteer? Is daar tekens van verkragting?"

Haar lang bobene verrassend tenger, die vel in die lieste byna deurskynend, die pubes sekuur gesnoei.

"Haar jeans en onderklere was nie versteur nie. Geen kneusings of skaafmerke nie. Om seker te maak, sal ek vir semen dep, vir die suurfosfatase-ensiem en glikoproteïen."

"'n Bietjie laat daarvoor, sou al gedegradeer het as sy so lank dood is?"

"Sperm bly langer in 'n dooie liggaam bewaar as in 'n lewende vrou. Jou vagina is 'n wonderlike ding, adjudant. Ons het al sperm tot twee weke ná dood nog in 'n kadawer opgespoor. As sy verkrag is, sál ons die tekens vind."

Nadat dokter Koster volgens voorgeskrewe prosedure al die SAECK-monsters vir die Sexual Assault Evidence Collection Kit gedep en verseël het, help sy assistent om die liggaam op haar maag om te draai.

Hy verskuif die groot ligvergrootglas oor die wond op haar blad.

Van sy opmerkings, besef Ella, is vir háár ore bedoel, nie net vir die mikrofoon na die digitale opnemer wat later vir die regsgeneeskundige verslag getranskribeer sal word nie.

"Wanneer bloed stol, vind 'n skeiding plaas tussen die soliede donkerrooi plasma en die geel serum. Aan dié wond op haar rug is dit duidelik dat sy erg gebloei het toe hy aan haar gesny het. Die plasma stol gou, die serum kan tot vier en twintig uur later nog uit so 'n wond uitsyfer. Ná ses ure begin die eerste tekens van roofvorming. Nie by haar nie. Sy was dood voordat haar witbloedselle met hulle proses van heling kon begin het. Sy's dood kort nadat hy die snywerk aan haar rug gedoen het."

"Sy was bedwelm."

"En vasgebind."

"As sy nie bedwelm of vas was nie, sou sy teruggeveg het."

Dit is wat sý, Ella Neser, sal doen. Sal tot haar laaste asem veg. Krap, slaan, byt, skop, met haar volle twee en vyftig kilo's. Pocket rocket, noem die bier-en-braaivleis-tjomme haar, het Stallie in 'n onbewaakte oomblik uitgelap. Jong konstabel Ricardo Stalmeester van die radiokamer het óók nie baie hare op die bors nie.

"Ons sal toksikologiese toetse laat doen," sê dokter Koster. "My teorie: hy het haar vasgebind en bedwelm, daarna losgemaak en op haar maag omgedraai om by haar rug uit te kom. Hy het die vel verwyder, kompleet met onderliggende vetweefsel. Die erge bloeding het ontstaan toe hy deur die dermis gesny het."

Dokter Koster draai sy gesig van die wond af na Ella Neser toe.

"Jy't nie 'n baba nie, adjudant?"

"Ongetroud," sê sy. "En nie haastig nie."

"Die dag as jy swanger word, kan jy onthou: dis in die retiku-lêre gebied van die dermis waar jou rekmerke gevorm word. Het jy 'n tatoe?"

"Uh . . . 'n kleintjie."

"Hoop jou tatoeëerder het geweet wat hy doen. Dis in dieselfde gebied van die dermis waar 'n goeie tatoeëerder sy ink wil vestig, nie vlakker nie, en veral nie dieper nie. Nie infeksie gekry nie?"

"Nee."

Die patoloog blyk tevrede te wees, sy aandag terug op die wond.

"Nadat hy die vel aan haar rug verwyder het, kompleet met hipodermis, het hy haar op haar rug teruggedraai en haar toe verwurg. Dis my teorie."

"Waarom 'n stuk vel uitsny?"

Dokter Koster swaai die arm van die vergrootglas terug oor die wond, buk nader, verstel die fokus, pik met 'n pinset tussen gras en grond in die rou wond, lig iets uit, bestudeer dit onder die vergrootglas.

"Hare," sê hy.

"Hare in haar wond?"

"Vreemd. Harde hare, stekelig soos van 'n hond. Het sy dalk 'n steekhaarbrak?"

"Wanneer ons haar naam en adres het, sal ons weet."

"Miskien haar aanvaller se hond. Dalk kry die lab aan haar klere soortgelyke hare."

"Sal die soort hond bepaal kan word uit 'n ontleding van die hare?"

"Twyfelagtig, langhaar of korthaar dalk, maar nie tussen worsie en Jack Russell nie."

Dokter Koster druk die vergrootglas opsy en beduie vir die forensiese fotograaf wat die gedetailleerde foto's van die liggaam en wonde neem.

"Vat 'n mooi kiekie van die gesig vir die adjudant. Sy't een nodig vir identifisering." En aan Ella Neser: "Julle soek nog haar naam, nè? Vingerafdrukke niks opgelewer nie?"

Skud haar kop.

"Haar vingers is nie op AFIS nie. Soek nog by binnelandse sake. Miskien het sy aansoek gedoen vir 'n nuwe ID of paspoort. 'n Hele paar afdrukke van die gesigfoto's, asseblief. Ons sal by die spreekkamers van kosmetiese chirurge gaan navraag doen. Die fabrikaat van haar naellak naspoor, en 'n boetiek wat Gucci-bloese verkoop."

Dokter Koster soek 'n gepaste skalpel uit die skinkbord met instrumente om met die Y-insnydings onder die borste te begin vir die inwendige ondersoek.

"In haar dunderm en maag kan ons vasstel wanneer sy laas geëet het, en wát sy geëet het. Kos vat vier tot ses ure om te verteer.

53

Miskien is sy dood kort nadat sy geëet het, dalk kry ons kos wat haar iewers voor haar dood plaas. Dalk het sy en haar moordenaar eers saam gaan uiteet. Jy't tog gesê sy's nie 'n toevallige slagoffer nie. Miskien ken hulle mekaar. Dalk kry ons hirami of tako of varswaterpaling in haar maag. Dan kan jy ná die spreekkamers en boetieks ook met haar foto in soesji-plekke gaan uitvis."

Met die skerp lem sny hy deur vel en weefsel, van die litteken onder elke bors tot by haar sternum, dan een insnyding oor haar buik tot haar mons pubis.

Adjudant Ella Neser stap uit die lykhuis van die patologiese laboratorium uit, ry terug na die speurkantoor by moord-en-roof. In haar afskorting op haar lessenaar, die tweede dag al ná die ontdekking van die liggaam op Alberts Farm, steeds geen boodskap dat iemand 'n jong vrou met rooi hare as vermis aangemeld het nie. Sy was aantreklik, met 'n smaak vir juwele en duur klere, sy het haar borste laat opdollie, haar hande gemanikuur, voete gepedikuur, naels en hare goed versorg (al kort dié nuwe Root Touch-Up). Iemand moet al oor haar bekommerd begin raak het. Só 'n vrou verdwyn nie net sonder dat mense na haar begin soek nie; 'n minnaar, 'n werkgewer, kollegas, vriende, familie.

Op haar rekenaar begin sy nou ná die besoek aan die outopsietafel met 'n rekonstruksie van die moord, probeer sy begryp wat gebeur het. Die FBI se nasionale sentrum vir die analise van geweldsmisdade het 'n omvattende databasis, gegrond op duisende gevallestudies van Amerikaanse moordenaars, oor die denkprosesse, motiverings en gedrag van oortreders. Met riglyne oor vernuwende tegnieke aan speurders en ondersoekers om 'n moordenaar te identifiseer en vas te trek. Ella Neser glo sy is van dié nuwe skool en generasie speurders; hoef nie noodwendig 'n diep stem en 'n dik bos baard te hê nie, hoef nie haar vleis rou te eet en al staande by 'n krip van bier ontslae te raak nie.

Haar aanvaller het die rooikop nie gepynig of gemartel nie; sy is nie die slagoffer van verwoede aggressie nie. Geen dolle

54

steekwonde nie, al moet hy 'n mes gehad het, 'n mes met 'n skerp lem, soos 'n skalpel. Sy verstaan dat hy haar lewe op 'n byna genadige manier geneem het, sonder 'n wapen. Met sy hande. Deur sy hande te gebruik, was haar dood vir die moordenaar 'n baie persoonlike proses, dit verstaan sy ook. Hy wou voel hoe sy sterf; hy wou die sensasie ervaar wanneer haar hartklop en haar asemhaling ophou. Maar hoekom die verskriklike wond aan haar blad? Hoekom die vel?

Afgetrokke, skrik vir die groot figuur ineens langs haar lessenaar.

"Het sy iets vir jou vertel, daar op die outopsietafel?" vra kolonel Silas Sauls.

"Sy, of haar moordenaar, het 'n hond," sê Ella.

"Dis nie háár hond nie, sy's nie troeteldiersoort nie," sê hy.

Sy vra nie uit nie. Sy weet hy het nie 'n antwoord nie. Dit is bloot net iets wat hy weet. Net kennis oor mense wat hy in byna vier dekades van omgang met moordenaars en hulle slagoffers versamel het. Sy eie ingeboude gedragsanalise-eenheid.

"Hoekom 'n deel van haar rug uitkerf? Asof hy haar gevil het."

"'n Trofee, iets persoonliks."

"Hy kon 'n ring gevat het, 'n kledingstuk."

"Nie persoonlik genoeg nie. Hy wou 'n lewende deel van haar hê."

"'n Verworpe minnaar?" vra Ella.

"Miskien. Maar dié's gewoonlik meer gewelddadig, diep wrokkig. Raak besete van hulle emosies ontslae."

"Nie altyd nie."

"Gewoonlik. Daar's 'n patroon. Hy sou haar geslaan het, haar laat verstaan het dat hy nie genoeë neem met die toedrag van sake nie. Sy verwerping sou vir hom 'n vernedering gewees het en hy sou haar nie sagkens laat wegkom nie. Veral verkrag het. Dis die patroon van hoe sulke mans hulle eie mag, en onmag, uitleef. Nee, dié een is nie 'n minnaar of gewese minnaar nie."

"'n Kennis van haar?"

"Die meeste moorde, tagtig persent en meer, word gepleeg deur iemand wat die slagoffer ken. 'n Moordtoneel sal help. Miskien haar blyplek. Om te sien of hy genooi of ongenooi was."

"Sy't haar nie teengesit nie. As sy onverwags oorval is, sou sy teruggeveg het. Dis die eerste refleks. Ten minste een of twee gebreekte naels, velweefsel onder die naels; 'n vrou krap, dis instinktief, haar eerste verweer," sê Ella.

"En hy sou haar wou bedwing, miskien met 'n vuishou in die gesig, aan die polse vasgryp."

"In so 'n worsteling sou haar bloes geskeur het. Daarvan is geen teken nie, geen kneusings aan enige deel van haar vel nie, net die keel en nek waar sy vingers haar suurstof en bloedvloei afgesny het."

Haar selfoon onderbreek hulle.

"Dokter Koster sê toe hy haar hare skeer om die skedel oop te maak, het hy 'n prikwond in die vel gekry, agter haar regteroor onder die basis van haar skedel. Sy's ingespuit. Dit verklaar haar koma terwyl die aanvaller haar rug gekerf het. Hy stuur monsters na toksikologie. Vermoed 'n sterk susmiddel van die sentrale senuweestelsel soos van die bensodiazepien-klas."

Haar lessenaar kla met 'n sagte gekraak, Silas Sauls sit op die hoek van die blad sonder om eers die dossiere uit die pad van sy groot sitvlak weg te skuif.

"Sy't haar aanvaller herken," sê hy.

"Sy was gerus in sy teenwoordigheid. Sy't die spuitnaald nie verwag nie. Hy't haar bedwelm voor hy haar rug gesny, en haar verwurg het. Sy't nie gely nie."

"'n Kliniese proses."

"Maar sy motief? Hoekom haar doodmaak, so . . . byna sagkens, en dan 'n trofee van haar vat? Waarom moes sy sterf, as sy motief nie verkragting of wraak was nie?"

"Motiewe?" sê Silas Sauls, krap met 'n nael agter aan sy nek waar sy hare netjies geskeer en versorg is. "Motiewe is outyds, adjudant."

56

"Motiewe, so sê ons handboeke, is die eerste ding waarna ons soek, kolonel."

"Motiewe se moer, en verskoon my taal. Dink jy misdadigers, vandag in hierdie land, steur hulle aan sulke platvloerse verskonings soos motiéwe om te gaan moor? Dit gebeur net."

"Geleentheid, plek, motief, só word ons tog geleer." Sy trek aan 'n bruin dossier, hy gee skiet. "'n Motief verklein die poel van moontlike verdagtes."

"Wat's 'n rugbyspeler se motief om 'n teenstander se oë in 'n losskrum te probeer uitkrap? Wat motiveer inbrekers om 'n slapende ou man op 'n Saterdagmiddag op sy bed met pangas te gaan doodkap? Het dronkies diep motiewe as hulle mekaar op 'n Saterdagaand om 'n papsak wyn met messe steek? Dis alles net ontspanning, adjudant. Misdaad het in hierdie land 'n tydverdryf geword, 'n stokperdjie. Motiewe? Watse motiewe?"

Hy glimlag, nie 'n innige glimlag nie. Sy ken die kromming van sy lippe, daardie somber trek aan sy mond, 'n trek wat mense laat huiwer om toenadering tot hom te soek. Hy is niemand se broer nie, niemand is sý broer nie. Hy konformeer nie, verbind hom tot geen reëls en regulasies nie. Daarvan getuig sy demoverings. Ietwat van 'n vrat op die beeld van sy organisasie, maar 'n oorlewer.

Hy staan van haar lessenaar se blad op. "Laat kom daardie verslaggewer van die *Post*," sê hy. "Die misdaadjoernalis."

"Andy Collipepper."

"Bel vir Andy Collipepper, sê hy moet 'n fotograaf saambring. En gaan kam jou hare vir 'n foto."

"Is dit wys? Sal ons die aanvaller nie op sy hoede stel nie?"

"Hy's lankal op sy hoede. Ons kan nie langer wag nie. Moet haar naam kry en woonplek, die moordtoneel. Sy spoor word elke dag al hoe vaer. Wat sê jou geleerde boeke, adjudant, oor die eerste agt en veertig uur? En waar trek ons nou al?"

"Ons is met haar foto's uit na spreekkamers en boetieks toe."

"Dit kan nog twee, drie dae duur. Daar's honderde kwakke wat sny en stryk en met borste maai en pagaai. Ons kan nie wag

57

nie. Laat Andy Collipepper jou by Alberts Farm op die toneel afneem, gee hom 'n foto van die rooikop se gesig, voer hom met 'n paar sappige brokkies. Iemand sal haar wel in die koerant herken, dalk selfs 'n ooggetuie."

"Ons't ál die bosslapers ondervra. Niemand het iets gesien nie." Sy kyk na sy rug toe hy wegstap. "Watse sappige brokkies?"

"Enigiets. Los die spuitnaald en vermiste vel eers uit. Moenie dit vir Andy Collipepper voer nie," sê hy.

"Dis al wat sappig is," sê sy. "Behalwe die maai en pagaai met die borste."

Maar hy is reeds uit.

Sy buk onder die geel polisielint deur, gaan staan by die plek onder die wilgers waar die vrou se liggaam gelê het. Merkers met nommers wyd op en om die toneel tussen die graspolle en klippe ingepen op elke ruit waar die forensiese ondersoekers moontlike bewysmateriaal versamel het. Sy knip die leersakkie oop, aan 'n lang band oor haar skouer, haal 'n spieëltjie en lipstiffie uit. Dit is nie haar gewoonte om haarself in 'n spieël te bewonder, baie aandag aan grimering en haarwortels te bestee nie, maar Silas se opmerking oor haar hare laat haar besluit om haar lippe met 'n titsel kleur te verfris vir die foto. Sy voel ontuis voor 'n kamera, vermy openbare aandag, maar die kolonel is reg, dalk help 'n berig en foto om die vrou se identiteit gouer op te spoor. Daarvoor is sy bereid om die lipstiffie uit te haal, haar vingers deur haar hare te trek en vir 'n foto in die *Post* te poseer.

Vir die joernalis Andy Collipepper ken sy. Hy en Silas het 'n lang en informele werksakkoord: hy kry die eerste wenk vir 'n misdaadscoop, en wanneer Silas om 'n onuitgesproke rede 'n berig in die *Post* wil hê, word die versoek eerbiedig. Dit is 'n ooreenkoms tot albei se voordeel, en werk goed. Collipepper is eerste met groot nuus oor 'n moord, en Silas het toegang tot berigte wat hom kan help om 'n verdagte se spoor te vat.

Ook Ella Neser verstaan die nut van so 'n ooreenkoms, en al

tokkel Andy Collipepper nie haar snare nie – nóg in sy voorkoms nóg in sy geaardheid – is sy bereid om die reëls te buig. Die verbuiging of verontagsaming van reëls en regulasies is 'n subliminale rysmiering van haar eie streng etiek wat ongetwyfeld soos 'n verkouevirus in die lug van kolonel Silas Sauls na haar oorgedra word. Sy, én Silas, is nie veronderstel om met die media in die algemeen, of 'n joernalis spesifiek, oor enige misdaadondersoek te praat nie. Dit is die reëls en regulasies: sulke inligting word deur die polisie se media-afdeling gekanaliseer. Tydrowende rompslomp vir alle partye, en 'n joernalis se navrae uiteindelik in wollerige wettiese hokus-pokus beantwoord. Silas Sauls se verstandhouding met Andy Collipepper is eenvoudig: Ek gee jou die inligting en jy beskerm jou bron; brei daarop uit soos jy wil, vra kommentare en reaksies, ook deur amptelike polisiekanale, maar moenie my ondersoek bedonner nie.

Sy sien Collipepper en die fotograaf aangestap kom. Hy het 'n sonbril op, maar Ella Neser vermoed hy het eerder probleme met sy skildklier. Sy sproetvel pienk, uitgedroog en geskilfer soos dié van 'n speenvarkie. Hy bied 'n uitgestrekte hand aan. Onder haar vingers is die vel van die rugkant skubberig. Sy trek haar hand weg en hy reik na sy notaboek en pen. Aan sy pinkie 'n uitspattige goue ring met 'n swart steen, oniks, vermoed sy. So diep en swart wanneer die son die oniks vang, is daar geen refleksie nie, asof dit alle lig absorbeer.

"Hier's haar foto. Ons't nog nie 'n naam nie. Dis waarmee jy kan help met 'n berig in die *Post*. 'n Naam."

"Ek't jou in die gim gesien," sê hy. "Soos 'n besetene aan't oefen."

"Waar moet ek staan vir die foto?"

"Ons moet gaan koffie drink," sê hy.

"Ek't nie tyd nie."

Sy vel uitgedroog, maar sy lippe klam. Mans met klam lippe gril haar.

"Is dit 'n ja?"

"Waar wil julle my afneem?"

"Hoef nie koffie te wees nie, enigiets anders. Wil graag 'n meer informele onderhoud met jou voer, miskien oor 'n glasie wyn, iets om te eet."

"Is dit reg hier? Moet ek hier staan?"

"'n Profielstorie. 'n Mooi moordspeurder skop jy nie agter elke bos uit nie. Hoe jou kop werk, wat jou lok om moordenaars vas te trek, sulke goed."

"Ek's besig."

"Sien, dis waaroor ons kan gesels. Al die moorde wat jy moet oplos. Het jy tyd vir 'n persoonlike lewe? Is daar iemand spesiaal? Wat doen jy om te ontspan?"

"Wil jy eers oor die liggaam uitvra, of eers die foto neem? En jy haal my nie aan nie. My inligting is onoffisieel. Amptelik, vir 'n aanhaling, is my kommentaar: 'Geen kommentaar nie'."

Hy glimlag. 'n Meewarige glimlag om sy klam lippe.

"Ek's nie van gister af 'n joernalis nie, adjudant. Kan ek jou Ella noem? Ek en kolonel Sauls ken mekaar al lank. Ek weet hoe om sulke situasies te hanteer. My mond is gesnoer."

Die zip-beweging met sy duim en wysvinger in die lug voor sy mond irriteer haar, soos wanneer iemand 'n onsigbare aanhaling met sy vingers in die lug probeer beklemtoon.

"Luister, waar moet ek staan vir die foto?"

"Net daar," sê hy. "En Ella, wys met jou hand na die plek waar haar liggaam gekry is. Ons soek beweging op 'n foto, mense wat beduie, lag, mekaar omhels, nie staties soos petrolpompe nie."

"Lag, op 'n moordtoneel? Is jy simpel?"

"Bedoel net . . ."

Haar hand ongemaklik uitgestrek in die rigting van die plek op die graspolle waar sy gelê het.

"Te styf, lyk of jy versteen het," sê Andy Collipepper. "Leun bietjie oor vir 'n meer natuurlike pose."

Die klik van die kamera se sluiter.

"Hurk nou op die toneel, vat aan die gras," sê die fotograaf, klaarblyklik besluit om vir dié fotosessie self beheer oor te neem.

Ná die foto's trek sy haar T-hemp reg, gee 'n saaklike relaas oor die vordering met die ondersoek na die liggaam op Alberts Farm, en stap saam terug na die parkeerterrein langs die akasias en bloekoms.

"Wat van die profielonderhoud?" vra Collipepper toe sy in haar kar klim.

"Bel my later," sê sy en skakel die kar aan. "Bel my wanneer hierdie saak opgelos is, wanneer ek haar moordenaar opgespoor het."

"Ons kan dit vier," sê hy, vroetel aan die ring aan sy oorlel. "Jy skuld my vir die hulp. Wanneer ons die moordenaar van die vrou opgespoor het, koop ek vir jou sjampanje, Fránse sjampanje."

Asof sy nie haar éie sjampanje kan bekostig nie; asof polisie-vroue net bier ken, nie sjampanje nie.

10

Op sy babagesig geen uitdrukking nie. Abel lees die berig aandagtig, sy oë, effe peulende, stip op elke woord.

Die jong vrou wat Woensdagoggend gedeeltelik ontklee langs die dam op Alberts Farm gekry is, is vermoedelik verwurg. Die polisie is dringend op soek na naasbestaandes of vriende van die onbekende vrou.

Sy was goed versorg, met lang, rooibruin hare, en het 'n hangertjie met 'n goue kruis om haar nek gehad, goue oorringe, en 'n ring in die vorm van 'n madeliefie. Sy was geklee in blou jeans en 'n wit bloes.

Die slagoffer is waarskynlik in die loop van Dinsdagnag vermoor en haar liggaam op Alberts Farm gaan laat.

'n Outopsie is reeds gedoen, maar die ondersoekbeampte, adjudant Ella Neser, wou nie nadere besonderhede oor die bevindings bekend maak nie. "Geen kommentaar nie," is al wat sy wou sê. Weefselmonsters is na die forensiese wetenskaplaboratorium gestuur vir ontleding.

Eers teen die middel van die berig verskyn 'n sweem van emosie op Abel se gesig. Sy lui oog gaan aan 't knipper en oor sy wange versprei 'n rosigheid, sy tong se punt tussen sy lippe.

Neser wou ook nie uitwei oor leidrade wat die polisie op die toneel van die liggaam gekry het nie. Verkragting word nie uitgesluit nie. Haar bloes is los oor haar kaal bolyf gedrapeer.

Haar juweliersware is nie gesteel nie en roof word as motief in die gruwelike aanval uitgeskakel. Die vrou het ook ander wonde opgedoen wat daarop kan dui dat haar aanvaller waarskynlik 'n psigopaat is wat genot daaruit geput het om haar aan te rand en te vermoor.

Die polisie het die hulp van forensiese sielkundiges ingeroep om te help om 'n profiel van die aanvaller saam te stel.

'n Kriminoloog het aan die Post *gesê dat so 'n psigopaat gou weer kan toeslaan om sy bloedlus te bevredig. Dit is kenmerkend dat hulle gewetenloos optree en gewoonlik lafaards is wat veral weerlose vroue as slagoffers teiken. Die polisie vra die publiek se hulp om te sorg dat hierdie mal man so gou moontlik vasgetrek word.*

Sy oë wip na die foto's, terug na die teks van die berig. Die koerant se bladsye fladder sag in sy hande soos van 'n onverwagse briesie by 'n oop venster. Maar Abel se vensters is dig geslote, gordyne toegetrek. In hierdie huis is geen venster sonder gordyne nie, en altyd toegetrek. Abel leef in 'n skemerwêreld, selfs die ligkring van die gloeilamp net 'n troebel gloor. Die fladdering van die bladsye kom van die trillings in sy hande, die tremor wat diep in sy binneste begin, in hom opstu, nou in sy vingers tot uiting kom.

Hy kyk na die gesig wat die fotograaf op die outopsietafel afgeneem het, oë geslote, hare geborsel en weerskante langs haar bleek gesig getooi, vermoedelik spesiaal vir die foto. Dit lyk of sy slaap, maar niks kan die onheilspellende gelaat van die dood verbloem nie; geen blos of borsel of fotokomposisie nie. Die gesig op die koerantfoto, kan Abel sien, is dié van 'n eens mooi vrou, maar dood.

Nie die vrou op die groot foto langsaan nie. Op daardie foto poseer adjudant Ella Neser in volle, lewende glorie. Hy pers sy lippe en sy oë volg haar uitgestrekte hand na die toneel op die gras waar die liggaam gekry is, nog afgebaken met polisiebaniere agter haar.

Ella Neser, dink Abel, is sélf 'n mooi jong vrou. Lyk nie na 'n ondersoekbeampte in 'n moordsaak nie. Maar aan die kort kapsel kan hy iets van haar lees: saaklik en prakties, bestee nie ure voor 'n spieël aan hare en voorkoms nie; haar tyd en energie, so meen Abel, word aan haar werk gewy. Die titsel kleur aan haar lippe vermoedelik aangebring oomblikke voor die foto geneem is, van 'n lipstiffie wat nie te dikwels gebruik word nie, miskien soggens voor sy werk toe gaan. Sy dra, soos die gebruik is, nie 'n uniform nie, dog niks uitlokkends nie; 'n kuise T-hemp, gemaklike, los langbroek, sandale. Nee, háár energie en aandag is nie by grimering, kapsels en klere nie.

Maar dan, in die sagte lig van die gloeilamp met swak stroomspanning – net veertig watt – lig hy die koerant nader aan sy gesig, sy hand soekende na die vergrootglas op die koffietafel langs sy stoel. Onder die loep, met die staanlamp se lig van agter deur die lens, is die merk nou duideliker. Met haar arm wat uitstrek om die toneel uit te wys, trek haar T-hemp uit haar langbroek op sodat 'n stukkie van haar middel sigbaar is. Onder die broek se band, op die plek waar gewoonlik 'n litteken van 'n blindedermoperasie gelaat word, kruip 'n tatoeëring op haar maagvel uit. Hy leun nog nader, beweeg die loep op en af vir die beste fokus.

Hy sien 'n reeks van drie sterretjies aan die stert van een groter ster; die grootste ster nie groter as 'n vyfrand-munt nie, skat hy. Hy het dié ontwerp al dikwels gesien; 'n baie eenvoudige en delikate ontwerp, 'n getatoeëerde weergawe van 'n verskietende ster. Abel is geen tatoeëerder of kenner van die tatoeëerkuns nie, maar hy weet só 'n ongekompliseerde ontwerp van 'n ster is gewoonlik 'n aanduiding dat dit die draer se eerste is; niks uitspattigs nie, net iets kleins en versteek, en eenkleurig. 'n Tatoe-eksperiment amper, voordat dalk later met iets meer omvangryks, miskien 'n kleurryke pou, gewaag word.

Sak terug in sy stoel, laat die koerant oopgevou op sy skoot rus. Die adjudant wat die moord op die rooikopvrou ondersoek, het 'n tatoeëring, dink hy, nou meer ingenome. Boonop van 'n ster, een van sy gunsteling-onderwerpe.

Maar dan dwaal sy blik terug na die skrywer van die berig: Andy Collipepper. Dit is hý, nie adjudant Neser nie, wat die aanvaller 'n psigopaat noem, 'n lafaard, 'n mal man met 'n bloedlus vir weerlose vroue. Hy wonder of Andy Collipepper 'n tatoeëring het. En wáár op sy liggaam. Ja, dit sal hy graag wil weet. Hy sluit sy oë en begin diep deur sy neus asemhaal.

"Ontspan," mompel Abel by homself.

Ja, hy moet ontspan. Hy moet nie toelaat dat hulle hom so ontstel nie. Sit die musiek aan. Die musiek help altyd. Die musiek streel sy gemoed, herstel sy ekwilibrium; die viool is die susmiddel vir sy gees.

Abel sit die koerant langs sy stoel neer, staan op, begin met 'n vinger in sy CD-rakke na geskikte musiek vir sy gemoed-stemming soek. In sy rakke nét opnames van Paganini se kom-posisies, georden in konserte, soloviool, viool en orkes, viool en kitaar, viool en fagot, viool en klavier. Abel kan aan geen ander musiekinstrument dink wat 'n meer mistiese, skoner klank kan voortbring as 'n viool nie; so uniek soos die timbre van 'n mens se stem. Die registers van die viool se snare reik tot diep in sy siel, ontlok soet genot of bitter emosies, laat hom lag of huil. Maar dit is Paganini se styl wat Abel veral ontroer; met sy strykstok op die snare van hierdie grasieuse instrument is dit asof Paganini soms 'n wilde dier probeer tem, of aan sy boesem wil vertroos, of soms, byna besete wil tugtig. Abel kan Paganini sién wanneer hy na sy musiek luister: skraal en siedende met die viool onder sy ken, wilde boskasie soos demoniese horings, maar aan sy elm-boog iets magies wat sy arm en sy strykstok begelei. Asof hy sy siel self verkoop het. En dit is vir Abel 'n besonder gepaste meta-foor, hierdie voorstelling van Paganini met sy fiedel as 'n byna Faustiaanse karikatuur.

Die vinger huiwer by die *Cantabile*, Paganini se enigste kom-posisie vir viool en klavier, en net hiervan het Abel veertien weer-gawes. Maar die vinger soek verder, tik ongeduldig oor die rak van CD tot CD, tot by die afdeling vir soloviool, opnames van die vier en twintig capricci, sy allergunstelinge, die virtuositeit wat hom so bekoor. Steeds nie 'n maklike keuse nie. Ricci se helder metronomiese aanslag op die snare, Accardo se omsigtigheid asof hy sku is vir hierdie monsters van die meester, Perlman se onstuimigheid, Midori se poëtiese atmosfeer, Menuhin se spon-taneïteit. Maar, soos altyd, stop sy vingers by Michael Rabin. Wanneer Abel snags die uitspansel beskou, die konstellasies en sterre en verre galaksies, praat Accardo se viool met hom op die agtergrond. Maar wanneer hy ontsteld is, wanneer 'n joernalis oor 'n lafaard en 'n mal man skryf, dán soek hy Rabin, so intens asof die afsonderlike note in die lug tasbaar is.

Abel trek die CD uit, maak dit oop, streel met 'n sagte lap oor die oppervlak vir stof, plaas dit in die CD-speler met sy kragtige, suiwer luidsprekers. Maar hy skakel die musiek nog nie aan nie. Hy het nog een ritus om af te handel. Aan die muur oorkant die CD-rakke hang 'n twintigtal etniese Afrikamaskers, 'n claque in afwagting op die vioolvirtuoso se uitvoering. Stil en strak wag hulle lyfloos, party met hare, ander met die vere van wilde voëls, nóg met krale, almal met vreemde simbole uitgekerf of uit-gebrand op wange, neuse en voorkoppe.

Hy staan voor hulle, sy ronde buik uitgestu, sy kort arms ag-ter sy rug gevou. Dan kies hy een, 'n elegante vrouemasker van die Punu van Gaboen. Die wenkbroue in 'n hoë boog, die smal oë in die vorm van amandels, 'n smal ken. Weerskante van haar neusvleuels strek 'n opgehewe geruite rif tot by die lelle van haar ore soos letselweefsel van verskriklike meswonde. Die masker is uit Sese-hout gekerf, en een van die seldsame wit maskergesigte, die kleur verkry uit skaars wit okerklei aan die bolope van die Ngoumerivier, arm aan die ysteroksied van geel oker. Soms word kaolien gebruik, hierdie een met wit oker geverf, in kontras met die swart hareboskasie wat in gaatjies in die hout ingeweef en geheg is.

Hy lig die wit masker met die delikate gelaat van sy haak af en plaas dit oor sy gesig. Hy verstel die band met die Velcro agter sy kop totdat die masker stewig en gerieflik op plek is en hy deur die skrefiesholtes van die oë kan sien, wip die hare met 'n geoefen-de beweging van sy hande en vingers weerskante van sy kop in posisie. Hy gaan sit op sy stoel, leun na die kontroles van sy CD-speler en druk 'n knoppie. Die musiek begin, die ritueel is voltooi.

In die glimmering van die gloeilamp langs sy stoel, die res van die ou huis donker en stil, is sy aandag volkome op die trillende oktawe en arpeggio-akkoorde. In 'n kombinasie van frantiese spoed en salige grasie verdryf Paganini Abel se demone, die masker op sy gesig uitdrukkingloos.

En eers nadat die laaste akkoorde wegsweef en verdamp, keer Abel terug aarde toe, gaan sy oë agter die masker oop, is daar 'n beweging van wit in die uitgeholde ooggate van die masker.

Hy is verbaas dat die rooikopvrou nog nie uitgeken is nie. Al byna 'n week sedert sy verlede Sondagmiddag weg is om sy moeder se ou meubels te kom besigtig. Mia Vermooten, het sy haarself in die galery aan hom voorgestel. Hoe is dit dan moontlik dat die joernalis en die polisie steeds nie weet wie sy is nie?

Dit was 'n fout, dink Abel, om haar na die huis te laat kom. Sy kon die adres aan iemand laat glip het. Hy is 'n bietjie ongerus, maar nie te erg nie. Hy sal erken, ás daar navraag is, dat hulle 'n afspraak gehad het. Hy sal dit nie ontken nie, sal nie toelaat dat hy in 'n strik van leuens betrap word nie. Leuens is 'n gruwel, en versterk agterdog. Maar soms is 'n wit leuen nodig, nie om te bedrieg nie, maar om te beskerm. Ja, hy sal sê sy wou na ou meubels kom kyk, en hy het die hele Sondag op haar gewag. Sy het nooit opgedaag nie. Onbetroubaar en onhoflik, sal hy sê. En dit het hy nie van háár gedink of verwag nie. En skuld sy hom dan nie steeds geld vir die tallboy wat sy laat oplaai het nie?

Hy neem hom voor om nie weer die maklike uitweg te kies nie. Geen spoor weer wat na die ou huis op die groot erf sal lei nie.

11

Lisa het sy ma se klere op die bed neergelê, opgevou en ingepak vir die welsyn. Bo in die hangkas net die hoededoos nog oor. Bob haal dit uit, maak dit nog nie oop nie, sit dit in die eetkamer op die buffet neer, langs die foto van hom en Sarah saam, die laaste foto van haar. Kort hierna het die slopende siekte haar gepak. 'n Mooi vrou, dink Bob, en het daardie gene aan hulle dogter oorgedra. Nou wil hy ook gaan rus, ná veertig jaar aftree; die direkteur is van sy voorneme in kennis gestel, maar die brief nog nie aan die museum in Summer Street gepos nie. Hy wou eers sy ma begrawe. Dood en aftrede is twee traumatiese gebeurtenisse in 'n mens se lewe. Hy wil eers die een verwerk, dan die ander een.

Ná die aandete begin hulle bo in die boks, skil die inhoud af soos lae van 'n argeologiese uitgrawing. Heel bo die mees onlangse briefies, verjaardagkaartjies, sy ma se testament. Ja, geen sertifikate van voorsate met aandele in die Hudson's Bay Company of Anglo-Persian Oil nie. Maar ondertoe ou aandenkings, twee silwerkettinkies, 'n goue trouring – sy pa s'n, vermoed Bob – nog ou kaartjies en briewe, 'n retoerreiskaartjie op 'n boot tussen Halifax en Dublin. Wel enkele ou geldstukke; geen waardevolle Belzberg-versameling nie, net 'n paar Victoriaanse munte.

"Jy kan oorslaap. Jou bed is altyd oorgetrek, jy weet mos."

"Gaan Pa hier bly, alleen in die grote huis?"

"Nee," sê Bob Sweeney. "Dink mos aan aftree, 'n kleiner plek-kie."

"Aftree? Is Pa seker?"

Kinders, jong mense, is wêreldwys, weet van alles; van internet, facebook, twitter, sulke goed. Aftrede is nie deel van hulle verwysingsveld nie; jong mense glo nie aan oud word nie, dink hulle besit 'n ewige jeug.

"Ja, aftree en reis. Ek moet 'n plekkie kry wat ek kan sluit, toemaak net wanneer ek wil, en die wêreld gaan bekyk. Terwyl ek nog kan."

"Alleen?"

Jong mense is kuddediere. Verstaan nie die behoefte aan stiltes, aan die geselskap van jou eie gedagtes en mymeringe nie. Nie álles goeie mymeringe nie, maar herinneringe, goed en sleg, aan gebeurtenisse wat jou lewe help skep het. Jong mense verstaan nie die herkou aan gedagtes van lank gelede nie.

"Ja, alleen. Tensy jy wil saamgaan?"

"Waarheen?"

"Oral. Galápagos. Praag. Transsilvanië. Transvaal."

"Transvaal?"

"In Suid-Afrika, waar my oupagrootjie dood is. Die einde van Will Sweeney se kortstondige avontuur. Will en Anne was net twee maande getroud toe hy hom in Maart 1900 by Strathcona's Horse aangesluit het vir die tog Kaapstad toe."

"Maar hoekom?" vra Lisa. "Hoekom sy jong vrou los en oorlog toe gaan?"

"Die Boereoorlog was toe al maande aan die gang, die vermoede was dat dit nie meer lank sou duur nie. Hulle was vrywilligers wat net vir ses maande verkenningswerk vir die Engelse sou gaan doen. Hy sou in September terug wees, met geld."

"Hy't nooit teruggekom nie," sê sy.

"Hy's op 4 September 1900 dood, skaars vyf maande nadat hy in daardie land aangekom het. Op die slagveld gesneuwel. Sy beste vriend, Robbie Fernie, het sy paar besittings teruggebring. Van sy gelukbringer geen spoor nie."

"Nie veel geluk vir hom gebring nie."

Jong mense moet ook nog begryp dat geskiedenis gemaak word deur familiesages vol ongeluk en ellende; nie deur families van pais en vree nie. Tussen die briewe en dokumente en aandenkings op die tafelblad voor hulle soek Bob tussen die klompie ou munte. Vyf sente, tien sente, kry 'n vyf en twintig sent.

"So een." Hy hou dit na haar uit, met die profiel van 'n jong Victoria met 'n kroon op. *Victoria Dei Gratia Regina Canada*, lui die inskripsie, draai dit om: *25 Cents 1875*, omring deur 'n lourier-krans met nog 'n kroon bo.

"Will het dit áltyd by hom gedra, het Robbie Fernie glo vertel."

Bob Sweeney kry die boekie heel onder in sy ma se hoededoos. Met 'n blou lint aan die boekie vasgebind 'n bondel briewe, steeds in hulle koeverte. In sy jong lewe het sy oupagrootjie die kans be-nut om tóg 'n klompie herinneringe te versamel en agter te laat voor sy voortydige dood; nie baie nie, maar hy hoop betekenisvol, selfs histories van aard, as hy tussen die wol by die heilige evangelie kan uitkom.

Lisa maak die lint los, trek 'n vel vergeelde papier uit 'n koevert.

Bob Sweeney vat die boekie, die omslag van saggebreide leer; bewer, vermoed hy, en bevlek en bevat van rowwe behandeling. Binne is die potloodskrif dof, dog merkwaardig behoue, selfs grootliks leesbaar, maar hel op die oë, veral ou oë. 'n Soort titel: VELDBOEK, BOEREOORLOG.

"'n Dagboek?" vra sy.

Bob se groot vingers delikaat met die brose bladsye.

"Nee, wel datums en plekke by sy inskrywings, maar nie 'n dag-register nie. Eerder 'n kladboek, 'n memorieboek van spesifieke voorvalle en gebeurtenisse. Die eerste inskrywing is op Saterdag 14 April 1900." Kort nadat hulle op die SS Monterey uit Halifax in Kaapstad aangekom het.

"Ook die briewe begin in April," sê Lisa. "Lekker om ander mense se briewe te lees, al voel jy bietjie skuldig."

"Veldboekie en briewe as kroniek van sy noodlottige avontuur," sê Bob Sweeney, sý brief geskryf vir sy aftrede as kurator: kultuur-geskiedenis by die Museum van Nova Scotia. "Dié boekie en brie-we is 'n stukkie geskiedenis. Ons kan dit aan die museum skenk."

12

Haar uitgeslape kolonel toe wéér reg.

Dusver in sakstraat by die spreekkamers van kosmetiese chi-
rurge en boetieks met Gucci-bloese. Geen dokter of verkoops-
dame herken die gesig met die loodkleur en bleek lippe op die
foto nie. Dit kan natuurlik ook wees, vermoed Ella Neser, dat
geen plastiese chirurg betrokke wil raak by 'n moordondersoek
nie. Dokters is geneig om die kalklig te vermy, hou nie daarvan
om ten aanskoue van joernaliste en TV-kameras in howe aan te
kom om te getuig oor intieme sake van hulle pasiënte nie, veral
nie oor die hoe's en wanneers van ferm nuwe borste vir 'n mooi
rooikop nie. Dokters – anders as byvoorbeeld akteurs, dink sy
– voer 'n verskuilde beroepslewe in hulle spreekkamers; bevoel
en betas en besny agter die sosiale kontrak van dokter-pasiënt-
vertroue.

Maar toe haar selfoon lui en sy die stem hoor, weet sy dat Silas
Sauls reg was om sy pond vlees van Andy Collipepper van die *Post*
in te vorder.

"Dis my dogter . . ." Vrouestem onseker, huiwerig. "Lýk soos
sy . . ."

"Wie praat? Word u dogter vermis?"

'n Oomblik se stilte, asof sy moet dink of haar dogter vermis
word.

"Sy was nie vermis nie. Ek weet nie. Maar dit lyk soos sy." Weer
'n aarseling. "Dis mevrou Vermooten hier, Truia Vermooten."

"Het u nie kontak met u dogter nie? Dis al vyf dae."

"Nie elke dag nie. Ek't laas Sondag oor die foon met haar

gepraat. Sy't niks makeer nie. Sy't gelag en gesels." Weer 'n swye, 'n snuif. "Miskien is dit nie sy nie, miskien is dit iemand anders . . . wat soos sy lyk."

"Kan u inkom, foto's saambring? Kan u kom sodat ons lykhuis toe gaan?"

"Ek's nie van Gauteng nie. Ek's van ver, ek's van Touwsrivier. Ek kan nie inkom nie. Weet jy waar's Touwsrivier?"

"Wat's u dogter se naam, mevrou Vermooten? Is daar iemand in Johannesburg wat haar kan kom uitken, as dit sy is?"

"Mia. Haar naam's Mia. Mia se hare was laas rooi gekleur, donkerrooi, nie helder nie. Henna, ja, toe ek haar by my suster gesien het."

"Suster?"

"In Crosby, in Johannesburg. Bets bly in Crosby."

"U dogter se van? Is sy steeds Vermooten?"

"Vermooten. Mia Vermooten. Dis my dogter se naam. Maar miskien is dit nie Mia nie . . ."

"Kan u suster ons help? Kan u suster van Crosby dalk kom kyk of dit Mia is?"

"Bets het die foto in die koerant vir my seun by die koöperasie gefaks."

"Wat's haar adres, u dogter s'n? Ek sal by haar blyplek gaan kyk. En u suster se nommer, as ek Bets dalk nodig het?"

Die bekommerde ma van Touwsrivier bel Saterdagoggend, en Ella was van plan om Cresta toe te gaan, iets te gaan eet, in winkels rond te snuffel, 'n nuwe bloes en langbroek te gaan soek, gerieflike sandale daarby vir baie stap. Die inhoud van haar klerekas roep om vernuwing. Maar dit is hoe sy gemaklik is, veilig in bekende klere. Só het sy grootgeword, los en luiters, nie 'n poppie nie. Het seuns as maats verkies, en geleer om haarself te laat geld. Tog, 'n nuwe bloes, satyn op die vel pleks van die katoen van 'n T-hemp . . .

Weer die foon, skaars neergesit. Dié keer 'n manstem.

"Ek's 'n kollega en vriend van Mia Vermooten. Ek dink dis sy op die foto in die koerant. Sy't die hele week nog niks van haar laat hoor nie."

"Hoekom is jy nie polisie toe nie? Met wie praat ek?"

"Tom Spottiswoode. Sy doen haar eie ding, werk nie kantoor-ure nie. Fleksie-ure. Maar bel altyd om te sê waar sy is."

"Watse werk is dit? Hoe kan sy vermis word sonder dat iemand dit agterkom?"

"Ons is antiekhandelaars. Sy's 'n assessor van oudhede; meubels, silwer, kristal, porselein, albas. Haar spesialisveld is cottage-meubels van honderd jaar en ouer. Sy's gedurig op die pad, meest-al uitstedig."

"Jy't haar probeer bel?"

"Soms hoor ek vir dae niks van haar nie. Maar dis soos sy werk. As mense bel, ry sy om die waardasies te gaan doen. Ons is baie besig. Mense verkoop en verpand enigiets in hierdie dae, selfs erfstukke. Geld is skaars."

"Jy't gebel en probeer uitvind of sy seldsame oudhede opge-spoor het, miskien 'n Mingvaas?"

"Natuurlik, én boodskappe op haar stempos gelos. G'n reaksie nie," sê Tom Spottiswoode.

"Sal jy kom kyk of dit sy is?"

"Foto's kan misleidend wees, veral so een . . ."

"'n Tante sal ook kom help met die uitkenning. Maar beves-tiging sal goed wees."

'n Tweede mening, wou sy sê, soos dokters wanneer hulle 'n diagnose maak van 'n kwaal met gewoonlik noodlottige gevolge. 'n Tweede mening té laat vir Mia Vermooten, vermoed sy nou.

En terwyl sy haar tande borsel, lui die selfoon 'n derde keer, nog in haar slaapklere; nee, dink sy, nie slaapklere nie, die klere waarin sy slaap. Die rugbybroek en T-hemp, albei 'n hele paar nommers te groot, is gerieflik vir slaap. Darem al 'n koppie koffie, swart en sonder suiker, tussen ma Vermooten en kollega Spottiswoode.

"Ek't hom gesien," sê die derde stem van die oggend, die geslag obskuur, diep en hees, soos iemand wat baie rook, of 'n chirurgiese prosedure aan die larinks gehad het.

"Wie praat?"

"My lugtyd is op, bel terug."

Dalk 'n slag ordentlike nagklere ook gaan koop, vrouliker, in bababalou of poeierpienk. Die klere waarin sy slaap die oorblyfsels van 'n gawe verhouding, maar dié het van innige hartstog tot rugbybroek en T-hemp opgedroog. Nou háát sy rugbyspelers, en vroue wat hokkie speel.

Sy druk Reply. Geen aanpas van sjiek toppies vandag nie, die óú staatmakers sal eers nog moet doen.

"Ek bly op Alberts Farm," sê die stem. "Is daar geld vir inligting oor die berig in die koerant van die dooie vrou?"

"Nog nie 'n beloning nie, maar as jy inligting het wat kan lei tot die arrestasie en skuldigbevinding . . ."

"Hoeveel geld? Ek slaap langs die spruit."

"Ek kan nie sê nie. Sal eers moet hoor wat die beloning is. Wat het jy gesien? Watse inligting het jy?"

"Ek't Dinsdagnag iets gesien. Miskien ietsie vooruit, 'n paar rand? Ek't nie kos nie, ek't vier kindertjies . . ."

"Ons't almal langs die spruit ondervra. Is jy nie ondervra nie?"

"Ek was weg. Ek't Dinsdagnag van my broer af teruggekom. Ek't gaan kuier. Vir my kindertjies. Dis toe ek in die park loop dat ek iets gesien het."

"Wat's jou naam? Waar kan ek met jou kom praat?" En as nagedagte, maar dit sal uit haar eie sak moet kom: "Ek sal 'n paar rand saambring."

Die stem onmiddellik meer toegewend.

"Kry my by die ou grafte. Die munisipaliteit betaal my om die grafte skoon te hou. Ek's nie 'n leeglêer nie. Gaan op die oomblik net deur 'n swaar tyd en als. Die resessie vang nie net die rykes nie, jy weet. My naam's Susanna, jy kan my sommer San noem. Dis hoe almal my ken. San. Jy sal my sien; ek sal by Sophia Alberts se graf wag."

Die resessie, wil sy sê, is verby. Maar vra: "Hoe laat?"

Die sel reeds afgelui.

'n Ooggetuie, dink sy, spoel die tandepasta in haar mond uit, klim onder die stort in. Ook die beenhare sal moet wag, darem verberg onder die langbroek. Maar dié sal moet af voor sy weer in die gim kom. Sy het 'n moontlike naam en adres van die slag-offer, en twee mense wat 'n uitkenning kan doen. En San het iets gesien. Ná drie frustrerende dae het sy binne 'n uur op 'n vroeë Saterdagoggend 'n groot deurbraak gemaak in haar eerste moordondersoek. Miskien sal sy tóg verplig wees om 'n ietsie saam met Andy Collipepper te gaan eet, al is dit net ter wille van hulle sosiale kontrak. Hy het nie die lyf en voorkoms van 'n rugbyspeler nie, en al het hy 'n rugbybroek gehad, slaap sy eerder kaal as in sý skubberige broek of hemp.

Terwyl sy haar hare uitskud en afdroog, bel sy vir kolonel Silas Sauls.

"Ek wil die vrou gaan ondervra."

"Wat van die uitkenning?"

"Kan iemand anders gaan bystaan?"

"Dis nie net vir uitken nie, adjudant. Onderhoude moet gevoer word, ondervragings gedoen word. Ons moet te wete kom van Mia Vermooten se bewegings en gewoontes en vriende."

"Ek kan nie op twee plekke gelyk wees nie, kolonel. Ek dink 'n moontlike ooggetuie moet in hierdie stadium eers my aandag kry, voor sy verdwyn, of voor alles vervaag wat sy gesien het. Sy's nie iemand met 'n vaste adres of geheue nie. Sy woon by die spruit. Ek't niks teen mense wat by 'n spruit bly nie, maar hulle is geneig om aan kort geheues te ly."

'n Oomblik, maar nie van stilte nie, asof hy kou, sy brekfis eet.

"Ek sal gaan."

"Sélf gaan? Is jy seker? Fred Lange of iemand kan gaan."

"Sê mos ek sal gaan, hou op karring."

"Dis net 'n voorstel, hoef nie my kop af te byt nie."

Kalmer: "Ek sal self gaan en met hulle gesels ná die uitkenning, hulle besig hou tot jy opdaag. Vir Bets van Crosby en kollega Spottiswoode."

Sy vra hom liefs nie of sy kan terugeis vir 'n voorskot aan 'n informant nie. Nie as hy so knorrig is oor sy Saterdagoggend in 'n lykhuis nie. En streekkommissaris Pitso sal die horries kry; tel elke sent in sy begroting. Ou dokter Koster. Dié gaan nie knorrig wees nie, bloot bedonnerd, as sy hóm moes pla om 'n liggaam vir uitkenning gereed te kry. Nee, dink sy, veel beter om eerder vir San te gaan kuier by die ou graftes van die stigters van Sophiatown, Albertsville en Albertskroon. In haar beursie die geld wat sy getrek het vir 'n toppie en broek en sandale, prêt-à-porter by Woolies. 'n Deel daarvan nou bestem vir San van die spruit wat finansieel erg gedruk word deur die afloop van die internasionale geldkrisis. Wat met vier kindertjies in die sorg van 'n broer sukkel om kop bo water te hou, al help die parke-afdeling van die munisipaliteit met 'n grafhonorarium. Maar Ella Neser het geen twyfel nie: haar kleregeld gaan sorg vir groot makietie vanaand langs Montgomeryspruit.

Sy skink nog koffie saam met 'n sny roosterbrood om haar vir San van Alberts Farm te versterk. Nou die voordeurklokkie, en dit is skaars agtuur op 'n Saterdagoggend. Sy maak die voordeur oop. Hy staan buite die hek op die sypaadjie. Sy sien die letsel waar die soolknoppe van 'n rugbyskoen die vel van sy voorkop in 'n losskrum gekloof het. Sy het hom sélf gevat vir vier steke en elke aand die wond ontsmet en getroetel. Sy druk die deur toe.

Weer die klokkie en oor die interkom beveel sy: "Gaan weg!"

"Ella . . ." sê hy.

"Gaan weg."

"Kan ons praat? Net vir 'n rukkie?" Sy stem blikkerig, smekerig.

Haar mond by die interkom. "Ons't klaar gepraat."

"Nie ek nie," sê hy. "Ek's nog nie klaar nie. Jy hoef niks te sê nie. Jy kan net luister."

"Ek's besig."

"Net vyf minute."

"Ek't twee weke niks van jou gehoor nie, nou vra jy vyf minute?"

"Ek bel jou, jy antwoord nie. Ek los boodskappe, jy reageer nie. Dit was 'n fout, Ella. Ek's jammer."

"'n Fout? Jy's jammer?"

"Ja, baie jammer. Weet nie hoekom ek dit gedoen het nie. Kan dit nie verklaar nie. Het net gebeur. Sy beteken niks vir my nie."

"O, sommer net gebeur. Soos 'n dekhings. Nou't jy klaar gedek, twee weke lank, en jy wil terugkom want sy beteken niks vir jou nie. Skoert nou, Bam, sodat ek my werk kan gaan doen?"

"Ella . . ."

"Lóóp!"

Sy staan met haar kop teen die muur en hoor sy kar wegry. Niemand is sonder foute nie, en foute word reggestel. Maar ongedaan maak, só 'n fout?

Die hekkie het 'n geroeste slot aan, die ogiesdraad weggedruk vir toegang. As sy skoonmaak, is dit nie-amptelik en sonder permissie, vermoed Ella toe sy ook deurklim na die grafte toe.

San leun met 'n elmboog teen die graniet-obelisk van *Sophia Catharina Geldenhuys (Geboren Alberts). Geboren 15 Julie 1887 te Waterval. Overleden 19 Mei 1927 te Waterval.*

Dieselfde liggaamstaal, dink sy grimmig, as die verkoopsman van gebruikte karre by wie sy haar Citi Golf gaan koop het. Geen afslag nie en vyf duisend kilometer later brand die suiers vas. Maar dit is die kans wat 'n mens vat met verkoopsmanne en misdaadinformante; almal wil jou geld hê en in die kleinskrif verneuk hulle jou.

"Jy nie bietjie jonk vir 'n moord nie?" word sy begroet.

"Wat het jy gesien, San?"

"Word ek betaal vir my informasie?"

Sy haal die sigaret tussen haar lippe uit en poets die graniet met geel nikotienvingers.

"Ek sal jou iets gee, 'n voorskot. Ons doen dit nie gewoonlik nie. Ons betaal eers uit wanneer ons 'n verdagte gearresteer en die hof hom skuldig bevind het. Dis die prosedure."

"Maar sonder informasie, hoe kan julle 'n verdagte arresteer? En ek weet hoe lank die howe vat. My broer se saak was jare."

"Ek dog jy't Dinsdagaand by hom gaan kuier?"

"Ek hét. Hy't net ses maande gekry, lankal uit."

Haar oog op die grafnaald se kleinskrif: *En God zal alle tranen van hunne oogen afwisschen; En die dood zal niet meer zyn. Noch rouw, noch gekryt, noch moeite zal meer zyn; Want de eerste dingen zyn weggegaan.*

"Hoe laat was dit? Wat het jy gesien, San?"

"Ek't iets gesien. Dit was omtrent middernag. Miskien later."

"Kom wys my."

Deur die gras in die rigting van die dam.

"Hoeveel moorde het jy al ondersoek?" vra San. "Het jy 'n geweer?"

"Wat presies het jy gesien? Was dit nie 'n voël of 'n dassie nie?"

"Hier's nie dassies nie. Net doer anderkant op Melville se koppies."

"Miskien 'n skaduwee van boomtakke?"

"Ek ken skaduwees en ek ken dié plek. Dit was 'n mens."

Sy stuur hulle dam toe, onder die wilgers deur waar die liggaam gelê het, tussen die lang gras en riet voor hulle 'n veldpaadjie vind na die drassige uitvloei van die dam in 'n kleiner leliedam so honderd tree stroomaf. Die lelies duidelik in 'n moedige dog verlore stryd om oorlewing teen 'n indringerspesie; nie hiasinte nie, 'n verige, drywende loof wat sy herken maar nie die naam nie. Sy buk in die modder, kry 'n stuk beet en breek dit af.

"Parrot's Feather," sê San. "'n Pes."

"O, jy weet."

Ella effe verbaas, maar het in haar werk gou geleer om nooit té verbaas te wees nie, om mense nooit op die baadjie te takseer nie. Hulle verras jou altyd, veral die straatslimmes.

"My ma't van hulle in haar visdam gehad toe ek klein was. 'n Pes, jy kry hom nie uit as hy eers vat nie." Sy beduie na die nabygeleë huise van Northcliff oorkant lae grenspale. "Ek't hier verbygeloop van De La Rey-straat af. Dis waar my broer my kom aflaai het. Daar op die hoek van De la Rey en Zulu. Ek't hier deurgeloop terug spruit toe."

"Toe sien jy die figuur?"

"Hy moes hier kortpad deur die veld gevat het. Miskien het hy nie van die vlei en leliedam geweet nie."

"Hy? Was dit 'n man wat jy gesien het? Was hy alleen?"

"Hy was alleen. Hy't soos 'n man gelyk. Maar sy gesig was snaaks, sy gesig maer en lank, soos dié van 'n vrou. 'n Wit gesig, soos 'n gees."

"Kon jy gelaatstrekke uitmaak, San?"

"Dit was donker, net 'n sekelmaan."

"Sal jy hom vir 'n kunstenaar van die polisie kan beskryf sodat hy 'n skets kan maak?"

"'n Identikit?"

"Ja, jy weet van identikits. Ons soek 'n identikit."

"Ek kan probeer, maar hy was al halfpad straat toe."

"Kan jy sy klere beskryf?"

Sy peins, vroetel na haar pakkie sigarette. "Donker klere, is al wat ek onthou. Ek't na die gesig gekyk. Oor dit so 'n snaakse gesig was."

"Het jy gesien toe hy wegry? Kan jy miskien die kar onthou? Daar was tog seker daardie tyd op 'n Dinsdagnag nie baie karre in De la Rey nie."

"Dit was 'n kleinerige kar, is al wat ek weet. 'n Hatchback, miskien 'n bakkie met 'n kappie op, het dit gelyk. Maar as die ligte aan is, kan jy mos nie 'n kar in die nag eien nie. Jy sien net die ligte."

Sy blaas die rook deur haar neus uit, beduie met sigaret tussen die vingers na die toneel terug by die dam waar Mia Vermooten se liggaam gekry is, oorkant die bosse en lang gras nog die flertse van die geel polisiebaniere in die skadu's van die wilgers.

"Sien, dis daar waar hy haar gaan los het, toe vat hy kortpad hier verby heining toe."

San het duidelik vroeër al die toneel kom verken. Soos tientalle ander nuuskieriges.

"Hy't in die straat gestop, hier by Northcliff se kant? Nie daar oorkant by Agste Straat ingery nie?" sê Ella.

Sy vou die afgebreekte Parrot's Feather in 'n Kleenex toe, haal haar selfoon uit en pons Silas Sauls se nommer op haar Speed List.

"Wat nou weer?"

"Ek weet dis 'n Saterdagoggend, kolonel, maar ek't die kunstenaar nodig."

"Bel hom."

"Ek sal hom bel, maar ek't ook weer 'n forensiese span hier by die leliedam nodig. Ons kan dalk leidrade kry op sy roete; skoenspore, vesel van sy broek aan bosse."

"Ek sal Jimmy bel terwyl ek wag. Die tante en kollega het nog nie opgedaag nie, ook nie dokter Koster nie. Hou die publiek weg van die plekke wat die vrou uitwys. Kan sy vertrou word? Sulke mense doen en sê enigiets vir geld. Sorg dat dit nie verder gekontamineer word nie. En moenie geld belowe nie. Streekkommissaris Pitso . . ."

"Ek dink sy't beslis iets gesien; kan wel 'n verdagte wees."

Draai terug na haar ooggetuie van die wit gesig in die sekelmaan.

"My lugtyd is op," sê San.

"San, ek moet jou besonderhede kry, volle naam en kontaknommer, en jou broer se adres. Ek kan nie *Montgomery-spruit, Alberts Farm* as adres aangee nie."

"My rookgoed is ook op."

"As die polisie kom, sal ek vir jou gaan koop. Is jy dors? Moet ek koeldrank kry, miskien tjips te ete?"

"Gaan jy my ietsie gee ook, 'n voorskot, soos jy gesê het?

80

Ek's dors, ja, miskien 'n bier. Ek drink Black Label. En Texan Plain."

"Geen drank voor die skets nie. As jy met die identikit klaar is, kry jy 'n voorskot."

"Ek't gedog hy's een van daardie kerkmense wat altyd Sondae hier langs die dam kom kerk hou. Hulle glo aan grootdoop, wee'jy. Sondae kom preek en doop hulle by die dam. Hulle sing en speel op tromme. Party Sondae, as ek nie besig is nie, kom sit ek daar en luister hoe hulle sing en preek."

"Hoekom dink jy dit kan een van hulle wees?"

Ella notuleer elke woord van San se relase, hoe onbenullig ook al, elke afdwaling van haar onsamehangende gedagtes. Iewers, later, kan 'n terloopse of obskure opmerking tog wel 'n sinvolle leidraad oplewer, of tot een lei.

"Partykeer het van die kerkgangers se gesigte merke op. Jy weet, sulke wit smeermerke oor die wange en neuse. En hulle dra wit klede."

"Jy meen merke soos godsdienstige simbole. Baie sulke vroue verf hulle gesigte wit, iets te doen met hulle geloof en gebruike. Suiwerheid, dink ek."

"Simbole, ja. Ek't eers gedog dis só 'n vrou. Maar die figuur in die maanlig het nie 'n wit kleed aangehad het nie, en wat sou sy alleen en so laat op 'n weeknag hier kom soek? Hulle's Sondae altyd teen skemer klaar en weg."

Sy trap die stompie se kool onder haar sool plat.

"Ek dink jy moet dit optel, San. Anders kry forensies dit en wonder of dit die moordenaar se stompie is."

Sy buk af na die stompie toe.

"As jy my nie hier by die spruit of by my broer kry nie, is ek in Melville. My staanplek daar by die robot van Vierde Laan en Main, by die Roxy. Moet ek in die hof gaan getuig? My broer sê jy kry geld as jy gaan getuig."

Hulle verskuif onder die takke van een van die groot koeltebome in, Ella se oë op die wandelaars in die park, bedag op enigeen wat dalk kan afdwaal en die roete van die nagtelike verdagte kontamineer.

"Waar was die visdammetjie waar die Parrot's Feather jou ma soveel sorge gegee het? Waar't jy grootgeword, San?"

Geduld, dit is die ander eienskap wat Ella Neser aangeleer het in haar betreklike kort loopbaan as moord-en-roof-speurder. Sy wag saam met San onder die boom, oë verskuil agter 'n sonbril. Sy wou ook graag 'n byderwetse sonbril gekoop het, saam met 'n nuwe toppie en langbroek en sandale. 'n Oakley. Die prys van 'n nuwe enjin vir die Citi Golf, maar sy mag droom, besluit sy. Aan Gucci dink sy nie eens nie.

"Lydenburg," sê San.

"'Skuus?"

"Ons is van Lydenburg se Van der Merwes, dis waar ons grootgeword het. Ek en my broer. My ma't 'n visdam met koi gehad. Toe verongeluk my pa, die Parrot's Feather neem die visdam oor, die visse vrek, en die bank vat die huis terug."

"Toe kom julle stad toe."

"Toe kom ons stad toe." Sy haal haar laaste sigaret uit, frommel die pakkie op, mik om dit met 'n vinger weg te skiet, druk dit in haar sak. "Maar net ek en my broer. My ma't agterbly. Wat moet sy in die stad kom soek? het sy gesê. Dis 'n sondeplek, die stad."

"Dis waar," sê Ella. "Almal dink daar's geld in die stad, en dan krepeer hulle."

"My oupagrootjie het in die Boereoorlog geveg," sê San. "In Louis Botha se kommando. My oupagrootjie was 'n held, maar niemand steur hulle meer aan daardie helde nie. Hulle word mos vergeet. Die Kakies het hom op Devil's Knuckles geskiet."

Ella kyk na San, verskuif die ou sonbril op haar hare.

"Devil's Knuckles daar in die berge anderkant Lydenburg, net anderkant Mauchsberg. Ken jy dit?"

Ella skud haar kop.

"Daar's 'n monument op Lydenburg vir die oorlog, vir almal wat daar gesneuwel het. Nie net vir die Boere nie, vir die Kakies ook, en vir ander. Hulle't mekaar verniet doodgeskiet toe ou Paul Kruger al in Lourenço Marques sit, wee'jy. Dis wat my pa altyd vertel het."

"Daar kom hulle nou," sê Ella, die sonbril terug oor haar oë, op die polisiemotors wat by die parkeerplek in die park stilhou. "Hulle gaan jou saamvat vir die identikitskets. Ek sal jou kom haal en terugbring wanneer die kunstenaar klaar en tevrede is. Dan sal ek die voorskot vir jou gee."

"Wat van die rookgoed, en ietsie om te drink?"

"Dit gaan koop ek nou, terwyl jy vir forensies die roete uitwys waar jy die figuur met die wit gesig in die sekelmaan sien loop het."

In 'n vulstasiekafee by Northcliff Corner betaal sy uit haar klere-geld vir twee koeldranke, slap tjips en 'n pakkie Texan Plain toe kolonel Silas Sauls bel.

"Die tante en kollega het haar uitgeken. Mia Vermooten. Haar woonadres klop ook met die een wat die ma vir jou gegee het. Ek't die tante se kontakbesonderhede gevat, en dié van die kollega, Tom Spottiswoode. Gesê jy sal hulle Maandag bel vir afsprake."

"Forensies is aan die gang en ek's nou eers klaar hier in die park, ry nou na haar adres toe."

"Laat Jimmy nog 'n paar manne kry vir haar blyplek. Ek kry jou daar."

Sy is voor die kolonel by Mia Vermooten se tuinhuis in Rose-bank, in 'n veiligheidskompleks met elektroniese hek; gated complex, noem hulle dit. Sy druk Mia Vermooten se huisnom-mer op die toetsbord by die hek in. Geen antwoord nie. Sy pons ander huisnommers totdat sy by een antwoord kry, haarself identifiseer en die hek oopgly. Teen die hek 'n plaket van 'n sekuriteitsmaatskappy – Armed Response, 'Do you feel lucky, punk?' – verantwoordelik vir die huisalarms. Dit kos verskeie oproepe en dreigemente van dwarsboming van die gereg voordat 'n reaksievoertuig opdaag om haar polisie-identiteit uit te klaar

83

en die huisalarm te deaktiveer. Hierna bel sy 'n slotmaker, en weer moet sy dreig toe hy op 'n lasbrief aandring.

Self nou nukkerig dink sy dat Silas Sauls veel minder oorredingsvermoë – en geduld – met sulke versoeke sou hê. Teen hierdie tyd terstond die deur al uit sy kosyn uitgeskop. Maak hulle nekke styf net omdat sy 'n vrou is.

"Jy's dikbek, adjudant." Hy hou agter die slotmaker stil. "'n Deurbraak, jy behoort bly te wees. Forensies nog nie hier? Dog julle't die plek al klaar geprosesseer."

"Jy't self gesloer om hier uit te kom, kolonel."

Op sy hemp 'n verdagte nat vlek, soos 'n vergeefse veeg met 'n klam lap oor 'n bloedkol. Sy vermoed tamatiesous.

"Agtuur vanoggend laas iets geëet."

Die slotmaker stoot die deur oop.

"Pos jou rekening," sê kolonel Sauls.

"Julle skuld my nog geld vir die vorige keer," sê die slotmaker. "Dis al twee maande terug."

Ja, besluit Ella Neser, op hierdie Saterdag is niemand besonder vrolik nie.

"Ek werk by moord-en-roof, nie by tesourie nie," sê kolonel Sauls. "Pos jou rekening."

"Ek sal dit persoonlik gaan aflewer," sê die slotmaker. "En vir my geld wag."

"Vat 'n slaapsak saam. Skoert nou, ons is besig met 'n moordondersoek."

Die geklingel van die groot bos meestersleutels in die slotmaker se hande ineens stil.

"Is sy dood?"

"Dis polisiebesigheid."

Die slotmaker klim in sy paneelwa en ry by die hek uit.

Ook luitenant Jimmy Julies van forensies is nie te ingenome om op 'n Saterdag, nou middag, te werk nie. Maar Ella weet dit is bloot uiterlike vertoon; wanneer hulle begin, is hulle sistematies en deeglik en laat hulle nie aanjaag nie.

Die kombuis en eet-sit-gedeelte is oopplan, vensterdeure uit na 'n agterpatio met netjiese klein tuin. Die res bestaan uit 'n enkele slaapkamer met en suite-badkamer. Weelderige dekor. Geen stukkende ruite, gebuigde of afgesaagde diefwering nie, geen gedwonge toegang nie. Netjies en ordelik, oënskynlik niks uit sy plek uit nie.

Die binnekant van 'n huis, dink Ella, sê baie van die bewoner. Hierdie plek soos 'n skouhuis, nie ontuis op foto's in 'n glanstydskrif oor binneversiering nie. Die duvet oor die bed nie haastig reggetrek nie, op die vloer nie stukkies onderklere of rugbybroeke en T-hemde waarin geslaap is nie, nie nat handdoeke oor die bad se rand of klere wat bo uit 'n vol wasmandjie uitpeul nie. In die kombuis geen skottelgoed in die wasbak of borde en bekers op die droograk wat nog weggepak moet word nie. In die sitkamer geen tydskrifte op die vloer of boeke oor moordenaars op koffietafels nie. Wel op 'n rak van blink vernis glansboeke oor antieke silwerserviese, Wedgwood-keramiek, Venesiese glasblasers en ou Kaapse meubels.

Duidelik versamel Mia Vermooten in haar soeke na oudhede ook waardevolle artikels vir haar eie genot en gebruik – en waarskynlik investering. Kwaliteite wat sy eerder in Johannesburg as op Touwsrivier sou aangeleer het. Langs die TV-kabinet sien Ella die pragtige tallboy, drie laaie bo, onder 'n deur, byna soos die een wat sy van haar pa geërf het, maar dié is van oregon. Sy maak die deur oop. Bottels drank: duur whiskies, konjak, vodka, rum. Op die tallboy trek 'n lang glasvaas haar aandag, Boergondies gekleur, langsaan 'n plat houtkissie, deurskynende lakvernis. Met haar voorvinger in die latekshandskoen stoot sy die deksel op, maar die tallboy te hoog om binne-in die kissie te sien, selfs al strek sy haar op haar tone. Sy haal dit af en plaas dit op die eetkamertafel. Op die deksel delikate insetsels van melkerige perlemoer, die fyn skarniere van geelkoper. In die kissie 'n eklektiese versameling artikels. Velletjies vierkantige wit papier, bruin kardoesies met inhoud wat vir die oningewyde oog en neus as gedroogde kruie sou voorkom, bongpype met elegante stele en koppe met gekompliseerde patrone en simbole gekerf, glashouers met wit poeier, 'n rooi Joker uit 'n pak speelkaarte.

Stoute Mia, dink Ella, roep haar kolonel nader.

"Sy kan die slagoffer van 'n verbroude dwelmtransaksie wees."

"'n Klimvoël," sê Silas Sauls.

"Met baie bling."

"Ek sal rondvra oor dwelms."

Sy ken die kolonel se rondvra. Sy eie, private kudde informante, nie een amptelik gekontrakteer nie, konglomerasie van lieplappers, snolle, straatlopers, suiplappe, skurke, en allerlei gebroedsels. Maar wanneer die kolonel begin rondvra, kry hy áltyd 'n antwoord.

"Miskien kry hulle bloed in haar huis," sê sy. "Van daardie rugwond sou sy baie gebloei het."

Luminol, wat op die hemaglobien-molekules van die rooibloedselle reageer, kan die geringste voorkoms van latente bloed aandui, selfs ná sorgvuldige opruiming.

"Geen teken van bloed nie," sê Jimmy Julies. "Hierdie is nie die moordtoneel nie."

"Jy't nie gedink jou eerste saak gaan só gou opgelos word nie, adjudant?" sê Silas Sauls.

"Die bure het haar Sondagoggend laas gesien, niks vreemds opgemerk nie. Haar kar is ook weg," sê Ella. "Dalk het sy Sondag al self na haar noodlottige ontmoeting met haar aanvaller gery."

"Wat jou vermoede versterk dat sy hom moes geken het, dat sy nie 'n toevallige slagoffer is nie."

"By die hek is 'n sekuriteitskamera. Sondag se opnames sal sê hoe laat sy by die hek uit is."

Sy kyk na Silas, en dit kos hom net 'n enkele oproep na Armed Response, ineens hulpvaardig om die digitale CCTV-beelde in hulle operasionele kamer na te gaan van Sondag se kom en gaan by Mia Vermooten se toegangshek. Die enigste beweging by die hek wat Ella interesseer, is 'n wit Toyota RAV, registrasienommer dieselfde as dié wat Tom Spottiswoode van Mia se RAV verstrek het. Toe die RAV by die hek stilhou om uit te ry, is die tyd op die beeld 11:29, Sondagoggend 11 Augustus.

Sy oefen nie meer saans in die gim nie, nou soggens. Tot twee, drie weke gelede was dit nog haar roetine om saans gim toe te gaan, wanneer die rugbyspelers ook oefen. Sy het saam met die haker gaan oefen. En wanneer hulle klaar geoefen het, het hulle huis toe gery, in sy vier-by-vier met sy dik uitlaatpyp. Háár huis in Westdene. Dit is waar hy ingetrek het, in háár huis, en dit was lekker om hom daar te hê. Sy is langs die rugbyveld, sy verpleeg sy wonde, sy vryf sy seer spiere in, sy was sy wasgoed, sy kook vir hulle kos, sy raak in sy arms aan die slaap, met sy reuk van muskus en Deep Heat in haar neus. Twee weke gelede, nee, nou al drié, het álles verander. Nou oefen sy soggens, was net haar eie wasgoed, maak net vir haarself kos, en nie meer spek en eiers vir brekfis nie. En sy slaap alleen in 'n groot rugbybroek en T-hemp wat na wintergroen ruik.

Hierdie Saterdag is sy nie langs 'n rugbyveld nie, en wil nie dink aan wie sy wonde nou verpleeg, sy spiere invryf nie. Die aand ry sy van Mia Vermooten se tuinhuis Westdene toe en sien die vreemde kar voor haar hek. Sy stop, wag dat haar hek ooprol. Andy Collipepper klim uit. Soos 'n drol aan 'n wolkombers, is die uitdrukking wat sy onder die manne van die rugbyveld en moord-en-roof hoor.

"Wat soek jy hier, Andy?" vra sy deur die venster.

"Het julle al haar naam gekry?"

Hy stap saam toe sy inry.

"Jy kon gebel het."

"Ek kon," sê hy, "maar ek het nie. Ek wou jou persoonlik kom vra. Gaan jy my innooi?"

"Kom," sê Ella. "Ek't bier in die yskas. Drink jy bier?"

"Ja," sê hy.

"Dis al drie weke oud."

"Dis beleë," sê hy.

"Ja, ons weet wie sy is. Dis waar ek my hele Saterdag deurgebring het. Met 'n moordondersoek."

"Kan ek haar naam kry vir my berig? Is sy uitgeken, is haar familie ingelig?"

"Ja. Maar jy verswyg jou bron," waarsku sy.

"Dis ons akkoord. Wat van 'n foto? Van haar in lewende lywe, nie van 'n lyk nie."

"As jy saamspeel, kry jy 'n foto ook, maar eers volgende week. As jy saamspeel, kry jy volgende week saam met die foto ook 'n identikit."

"Jy't 'n verdagte, so gou?"

Hy lyk beïndruk, drink 'n tweede beleë bier, stapelvoedsel vir rugbyspelers, en is nie haastig nie.

Haar sel lui. Sy herken die nommer, en antwoord nie. Dit is nou omtrent die tyd op 'n Saterdagaand dat sy die watte en jodium en Betadine sou uithaal, die kamfer en comfrey, die Deep Heat en wintergroen.

Andy Collipepper staan op. "Jy's seker besig op 'n Saterdagaand. Sal jou bel vir 'n ordentlike afspraak, nie inval en jou bier kom drink nie."

Nie mý bier nie, wil sy sê. Maar swyg, anders sit hy dalk weer. En nee, sy is nie meer op 'n Saterdagaand besig nie, drie weke al nie, maar dit sê sy ook nie. Sy wil hê hy moet loop, sy wil alleen wees. Sy wil oor Mia Vermooten dink. Loop nie saam hek toe nie, maak dit net van die deur af met afstandbeheer oop sodat hy kan uitstap, en sien nie die bakkie in die aandskemerte 'n ent straataf nie.

13

Sy woonplek is nie groot nie; Abel benodig min ruimte. Die vensters bedek met dik veloergordyne, nooit oopgetrek nie, die skuiframe nooit opgeskuif om lug in te laat nie. Die houtrame, soos die voordeur, verseël in hulle kosyne. Abel bewoon die boonste gedeelte van die huis. Dit beslaan sy slaapkamer, badkamer, tweede slaapkamer, eens sy broer s'n, nou Abel se sitkamer vir sy musiek en maskers en meditasies. Toegang tot die huis is agter by die kombuisdeur, waar hy die eetkamer as werkplek omgeskep het. Die kombuis en werkkamer die enigste vertrekke op die grondvloer waarin hy gereeld kom.

Die deur uit die kombuis na die gang en res van die onderste gedeelte van die huis bly toegesluit, uit respek vir sy moeder se privaatheid. Dáárdie gedeelte van die huis is hare, met haar slaapkamer (eens gedeel met sy pa), voorhuis en sy oorlede ouma Hannie se slaapkamer, en 'n badkamer. Selfs die trap uit die voordeurportaal na die boonste verdieping gebruik hy jare al nie meer nie. Buite langs die kombuis het hy die buitetrap opgebou soos na 'n solder, om sy moeder nie te steur met sy kom en gaan nie.

Onder langs die buitetrap – nie veel meer as 'n kontrepsie wat na 'n lang houtleer lyk nie – lê verkoolde houtstompe en die as van 'n vuur, met 'n driepootstellasie van yster en 'n haak, asof hy graag hier 'n kospotjie oor die vuur laat hang.

Van die stofpad af – op kaarte en diagramme van stadsbeplanning aangegee as Opaalstraat – is die huis, twee honderd meter van die hek by die uitdraai, skaars sigbaar agter 'n bos bloekoms, en gekamoefleer deur die lower van klimop. Selfs snags skaars 'n flikkering van lig deur vensters. Maar ondanks die troostelose verlatenheid van die huis en erf, was daar nog net een keer 'n poging tot 'n inbraak. Twee nagtelike rondlopers uit op kwaad het vergeefs by 'n venster van die eetkamer probeer inkom. Wat hulle in die lig van 'n flits gesien het, het hulle laat padgee, aangepor deur die geruislose verskyning van twee pit bulls. Die nuus het versprei en die huis word vermy; plek van die duiwel, is die straatmite.

Dit pas Abel. Hy hou nie van kuiermense nie. Hy en sy moeder wil alleen gelos word. Selfs geen telefoon nie.

Bo in sy musiekkamer het hy één verbouing gedoen. Hy het 'n gedeelte van die plafon en 'n dakplaat verwyder. Op die dakbalke het hy 'n klein vierkantige houtvloer van omtrent twee vierkante meter vasgespyker. As hy met 'n trapleer na hierdie solder opklim, het hy oor die huis se dak 'n uitsig van 360 grade na die hemelruim.

As bedekking teen die elemente het hy 'n eenvoudige oplossing gekry. Die dakplaat wat hy verwyder het, het hy op 'n houtraam gemonteer, en aan die houtraam rollerwieletjies van nylon uit 'n hardewarewinkel. Op die dak het hy twee lang hoekysters vasgebout waarop die houtraam se wiele soos op treinspore kan oop- en toerol. Nou kan Abel op die plafonvloer opklim, 'n knip losmaak, sy solderdakkie oopskuif en die uitspansel bewonder.

In hierdie solderruimte is Abel se Dobsonian-teleskoop, sy verkyker, sy refraksie- en fokuslense, sy filters en sterrekaarte. Dit is 'n beskeie observatorium, maar hy het niks meer nodig nie. En snags geen besoedeling van stadsligte nie. Die enigste lig wat hy deur sy teleskoop sien, is dié van fotone van honderde, duisende, selfs miljoene, ligjare ver. Hier, bokant die huis se dak, kyk Abel as't ware in die verlede terug, toe die aarde nog woes en leeg was. En onder uit sy luidsprekers, terwyl hy hom aan die sterre en diepste galaksies verwonder, vervul die klanke van Paganini se vioolkomposisies hom met 'n gevoel van allerbehae.

Maar op hierdie Saterdagaand, skaars 'n week ná die dood

van Mia Vermooten, is Abel nie in sy solder nie, maar buite sy kombuisdeur, sy gesig na die hemel gedraai waar Sirius sy verskyning maak. Hy hoef nie te soek nie; hy kan Sirius se posisie presies beskryf, die hondster in die konstellasie Canis Major, deel van die gevolg van die jagter Orion. Sirius is miskien die helderste ster, suiwer wit, magnitude -1.46, tagtig triljoen kilometer van die aarde af. Maar die rooi ster Betelgeuse is Abel se gunsteling.

Tog vanaand is sy aandag nie by sterre nie, maar by huide en velle en pelse. Môreaand miskien, as daar nie wolke is nie, besluit hy. Môreaand sal hy met die trapleer opklim, die solderdakkie op sy spore oopskuif en sy teleskoop op die uitspansel rig. Miskien op die Oog van God, die Helix Nebula in die konstellasie Aquarius, sewe honderd ligjare ver. Vergeleke met daardie afstand is Sirius se nege ligjare net 'n katspoegie. Ja, besluit Abel, Sondagaand wil hy na die hemelse oog kyk.

Hy stap in, deur die kombuis na sy werkkamer toe, na die droogkas waar die gelooide huide gebêre word. Hulle lê op draadrakke soos dié wat vir die opwas van skottelgoed in 'n kombuis gebruik word. Dit is die huide wat hy ruil vir sy houtmaskers, soms saam met 'n bybetaling in kontant vir 'n werklik uitsonderlike masker. Sy huide is van so 'n goeie gehalte dat hy net die beste maskers kan uitsoek. Hy stel nie belang in die ruwe maskers wat langs padstalletjies aan toeriste gesmous word nie. Hy versamel net outentieke maskers van museumgehalte; maskers met spesifieke simboliese betekenis. Die maskers wat hy verkoop, is byna sonder uitsondering oorspronklikes wat van geslag tot geslag in Afrika-families en -gemeenskappe oorgedra en op stamseremonies gedra is, soos die slytasie getuig en die aanpaksels van sweet en koolstof van baie vure en rook. En hy het 'n betroubare agent wat hom nog nooit in die steek gelaat het nie. Oor sy maskers en gekrimpte koppe onderhandel hy met niemand anders nie as met Jules Dagaari.

Wanneer Jules Dagaari twee, drie keer 'n jaar sy opwagting by die galery in die winkelsentrum maak, is Abel opgewonde soos 'n kind. Jules Dagaari dra aan sy vingers ringe met edelstene wat in kleure van die reënboog flits en flikker, om sy nek goue kettings, stap met 'n selfvoldane swenk in sy heup. Abel vermoed as Jules Dagaari terugreis na sy basis in Bujumbura in Burundi word die ringe en kettings versteek. In dié hawestad aan die Tanganjika-meer sal spoggerige Jules Dagaari sy lewe nie seker wees met selfs net 'n enkele goue ring aan 'n pinkie nie.

Jules het hom al genooi om by hom in Bujumbura te gaan kuier, saam te gaan op 'n ekspedisie om na maskers te gaan soek. Abel oorweeg dit, die versoeking is groot. Hy sal dit met sy moeder bespreek.

Met Jules se laaste besoek, en dit was al langer as vier maande gelede, het Abel 'n spesiale opdrag gehad. 'n Replika van die masker van Idia, die iyoba, of eerste koninginmoeder, van Benin in Nigerië. In die Britse Museum in Londen is 'n gedenkkopstuk van geelkoper wat op die altaar geplaas is met haar afsterwe. En in die Metropolitan-museum in New York haar sestiende-eeuse masker van ivoor, met tussen haar oë twee vertikale inlegsels van metaal as simbool van haar magiese kragte. Daar word gesê dat Idia hierdie masker self by geleentheid gedra het. Vir 'n outentieke replika van Idia se masker is Abel bereid om 'n klein fortuin te betaal.

Wat Jules met sy huide doen, traak hom nie, vermoedelik vir tamboere, beursies, gordels en ander handwerkartikels van leer.

Maar die gelooide vel wat hy nou uit die boonste droograk haal, is nie vir verkoop of smous of ruil nie. Hy moet die finale afwerking nog doen, die some onegalig soos dit in die looi-en-droog-proses gerek en gekrimp het. Maar wanneer hy daarmee klaar is, sal dié stuk vel reghoekig geknip wees, net groter as A5-formaat.

Dit was die eerste keer dat Abel met dié soort vel gewerk het, en hy het dieselfde prosedures en resep gevolg, al was daar natuurlik nie hare om af te skraap nie, net donserigheid wat maklik saam met die epidermis afgekom het. Die vel is baie delikaat en hy het dit met groot sorg hanteer, veral versigtig om nie die gekleurde patrone in die dermis te beskadig nie. Daardie ontwerp is belangrik vir die eindproduk, dit is hoekom hy dit gekies het.

Hy staan met die vel in sy hand, sag soos fluweel onder sy vingers, frommel en vou dit, troetel dit, druk dit aan sy neus, adem die sagte geur van die gliserol, voor hy dit oopstryk en aandagtig onder die skerp lig betrag vir gebreke – vlekke, verhardings, die geringste imperfeksie; haal selfs sy loep uit die buidelsak van sy voorskoot.

Perfek, dink hy ingenome, en weet nie waarom hierdie nuwe fase van sy projek hom met soveel huiwering vervul het nie. Om hierdie stukkie vel te vil, was maklik. En die patrone, ondanks die pekel en aluin, het pragtig bewaar gebly, selfs die pigmente van die kleure. 'n Besonder kleurryke tatoeëermerk.

Hy is bly dat sy die pou gekies het met sy iriserende blougroen aan die kop en bors, die kastaiingoranje van die rug, die bronsgroen oë aan die stertvere. Soos met sy maskers is dit die simboliek van die pou wat aan Abel die meeste vertel van die draer van die merk. En in sy navorsing het hy met 'n tikkie ironie vasgestel dat die pou in antieke tye die simbool van onsterflikheid of herrysenis was. Onsterflikheid en herrysenis is vir Abel van groot betekenis.

Daar is ook mitologiese afbeeldings van twee poue wat die poorte van die hemel bewaak, en veral vir hom van belang: die ou Grieke het die pou toegewy aan Juno, godin van die hemelruim en sterre. Want hy weet – hiervan is hy 'n kenner en het nie navorsing nodig nie: "Pou" is die algemene benaming vir en simbool van die konstellasie Pavo, in grootte vier en veertigste van die agt en tagtig konstellasies in die uitspansel, sy posisie op regte klimming 20 uur, afwyking -65 grade.

Hy sou verkies het dat sy bloot dié gedeelte van haar vel met die besondere tatoeëermerk vrywillig aan hom skenk. Maar dit wou sy natuurlik nie doen nie.

Abel beskou homself nie as 'n geweldenaar nie. Inteendeel, hy

93

is verweeklik, selfs verwyf in sy voorkoms en handelinge. Maar soms is dit nodig om 'n perk te oorskry, soos in enige beroep waar die doel die middele heilig. Daarom móés sy, weens haar hardkoppigheid, daar op die plastieklaken lê terwyl hy die vel op haar blad geoes het. Op die werkbank wat hy gebruik om die pelse van klein diere te vil.

Nou het hulle haar liggaam gekry en die joernalis van die *Post* noem hom 'n mal man. Maar wat weet hý? Wat weet hý van die fyner dinge van die lewe? Het hy, daardie Andy Collipepper, al met soveel ontsag en onvervalste bewondering die sagte, soepel vel van 'n jong vrou in sy hande gebrei en gekoester? 'n Vel met die kleur wat genoem word "kosmiese *latte*", die koffieskakering van *caffè latte*.

Ook hierdie kleur, met sy tint van room, is vir Abel besonder paslik. Dit is die naam waarop 'n groep sterrekundiges van die Johns Hopkins-universiteit in Baltimore in 2002 besluit het as die gemiddelde kleur van die heelal nadat hulle monsters versamel het van die elektromagnetiese uitstraling van 200 000 galaksies. Die regstelling met "kosmiese *latte*" is gedoen nadat die gemiddelde kleur van die kosmos vroeër verkeerdelik aangedui is as 'n skakering van turkoois.

Hy verskuif Andy Collipepper na die spens van sy geheue, en plaas die pouvel op die droograk terug, nie om dit verder te laat uitdroog nie, maar om te sorg dat dit genoeg lugsirkulasie kry terwyl dit nog so vars gebrei is. Later sal hy dit 'n paar keer met olyfolie invryf, dán behoort dit gereed te wees vir sy nuwe, persoonlike projek.

Maar dit is 'n taamlik omvattende projek en één so 'n vel nie naastenby voldoende nie.

Die rooi Betelgeuse is een van die sterre wat die vroeë Arabiese en Persiese astronome as 'n vaste ster beskou het. Ulugh Beg (c. 1393) se boek *Zij-i-Sultani* oor 944 vaste sterre word steeds beskou as die belangrikste sterrekatologus in die tydperk tussen Ptolomeus en Tycho Brahe, en Ulugh Beg het in sy observatorium in Samarkand nie eens 'n teleskoop gehad nie; sý waarnemings het hy net met sy Fahkri-sekstant gedoen. En dit is wat Abel navolg met sy waarnemings, beskrywings, posisies, kleur en magnitude van sterre. Saam met twee sketse en illustrasies vir elke konstellasie, een van buite die hemelbol, een van binne. Sý kosmiese joernale, hoop hy, sal eendag in dieselfde asem genoem word as Ptolomeus se *Almagest*, Azophi se *Book of Fixed Stars* en Ulugh Beg se *Zij-i-Sultani*.

Hy voel besonder tevrede met sy werk van die dag en meen hy verdien 'n goeie nagrus. Hy kan nie begryp as mense kla dat hulle nie goed kan slaap nie. Vir hom is slaap maklik. Mense wat sukkel om te slaap, glo Abel, is mense wat nie weet hoe om hulle demone te hanteer nie. Hy het nie so 'n probleem nie, syne verskuif hy bloot na 'n hoek van sy brein, en daar lê dit, soos iets wat hiberneer.

Maandagoggend klim Abel in sy ou Mazda. 'n Bedrywige dag lê voor en hy het 'n blos op sy wange. Hy en sy moeder het lank en diep gesels. Sy het haar seën gegee vir sy planne. Nou is sy eerste afspraak by die bank, en hopelik sy laaste. Hy het net 'n raps meer as 'n miljoen rand oor in die rekening van sy geldmarkfonds. Dié wil hy nou ook onttrek en aan die bankbestuurder kennis gee dat hy sy rekening sluit. In die voorafgaande twaalf maande het Abel sy investerings stelselmatig gekapitaliseer. Hy het, tereg, gemeen dat sy geld beter vir hom kan werk in eiendomme as in 'n bank. Toe die huismark in duie stort en banke huislenings inkort, het Abel kontant gehad vir goeie winskope. Hy leef Spartaans en het geen materiële behoeftes nie, en wil nie nog 'n eiendom koop nie.

Maar hy het wel groot beplande uitgawes. Hy het sy oog op 'n nuwe teleskoop, 'n groot 203 mm-Maksutov Cassegrain, volledig met elektroniese bykomsrighede. En hy wil 'n reis onderneem na die ESO-observatorium in La Silla in die suidelike deel van die Atacama-woestyn, ses honderd kilometer noord van Santiago de Chile. Hier, op 'n hoogte van 2 400 meter, het die Europese

Ruimte-observatorium van die mees gesofistikeerde en grootste teleskope, nie net in die Suidelike Halfrond nie, maar ter wêreld. Dit is in La Silla dat die pragtige foto's van die Oog van God in die gaswolke van die Helix Nebula geneem is, en dit is hier waar die kragtige teleskope die eerste keer ingezoem het op twee buiteplanete in 'n ruimtesone van bewoonbare lewe buite die aarde se sonstelsel, Gliese 581 ε (epsilon) en Gliese 581 δ (delta), wat albei in die konstellasie Libra om hulle sterson Gliese wentel.

Ná hierdie opwindende besoek aan Chili wil Abel in New York na die Idia-masker in die Metropolitan gaan kyk. Daarna beplan hy 'n tweede oorsese reis, dié slag Europa toe, na die Idia-kopstuk in die Britse Museum, en dan, op dieselfde reis, wil hy by sy e-pos-vriend Ignaz Bouts in Brugge in België gaan kuier. Vir hierdie besoek sal hy 'n uitvoerpermit van die departement van landbou moet kry om sy Jungfernpergament-velle saam te vat. Hy sal van sy dierehuide saam verpak vir Ignaz Bouts se klein bindery van boekbande van leer.

Vir die omslae van sy joernale wil hy natuurlik nie dierehuide gebruik nie, selfs nie dié van ongebore kalwers en lammers nie. Vir sý omslae net die spesiale Jungfernpergament, en versier met delikate gravures in 'n goue aksent om die rande. Ignaz Bouts het vir hom voorbeelde ge-e-pos. Abel hou veral van die sestiende-eeuse randmotief op die omslag van *Hakluyt Travels and Voyages* wat Ignaz gestuur het.

En Abel sal sy velle nie kleur nie, die natuurlike kosmiese *latte* moet behoue bly, saam met hulle besondere patina en tekstuur. Op die voorblad net die titel: *Kosmiese Reise, Vol. 1*. Hy hoop om uiteindelik 'n reeks joernale van ten minste tien volumes te hê. Onder die titels, in Gotiese skrif ook in goue stempel, sal die ontwerp van elke joernaal verskil. Vir die ontwerp van die voor-blad van *Vol.1* het hy reeds 'n pou. Abel hoop om saam met die pou ten minste nog twee, dalk drie, velle gereed te hê om na Ignaz Bouts saam te vat. Hy het juis een gesien wat hom besonder interesseer. 'n Haas, simbool van die konstellasie Lepus.

96

Die Lepus het hy op die sagte boesem van 'n jong vrou sien uitsteek. Die ontvangsdame in die private bank waarheen hy nou op pad is om die laaste gedeelte van sy beleggings te onttrek. Sy gebruik baie grimering, is versier met oorringe en nekkettings en ringe, en die hals van haar rok te laag gesny; die soort vrou waarteen sy moeder hom so ernstig vermaan.

Dat die tatoeëring van die Lepus oënskynlik sonder kleur net in swart ink gedoen is, onbelangrik. Hy soek nie uitspattige kleure op élke voorblad van sy joernale nie. Al vereiste is dat dit delikaat en met sorg gedoen is, nie 'n ruwe agterplaas-tatoeëring wat die dermis ontsteek het nie – en natuurlik, die belangrikste, 'n ontwerp van kosmiese betekenis.

En laastens vir sy uitgawes, miskien daardie besoek aan Jules Dagaari in Bujumbura, om saam met hom na maskers te gaan soek, dalk selfs 'n gekrimpte kopvel.

14

Lisa Sweeney is gelukkig, kry 'n parkeerplek in Sackville Street. Haar bestemming 'n straatblok weg van die hawe af in die rigting van die Neptune-teater in Barrington. 'n Soel dag, nie koud nie, nie warm nie. Van die see af 'n bries wat haar aan die komende herfs herinner. By die deur draal sy 'n oomblik, kyk see se kant toe, teug aan die lug. Sy het die besluit lank bepeins, met vriendinne gesprekke gehad, uitgevra oor pyn, die plek self 'n paar keer kom verken, met Skookum Jim gesels, die flash-ontwerpe teen sy mure en in sy bundels bestudeer. En gisteraand die besluit geneem.

Sy stoot die deur oop, die ateljee van Skookum Jim 'n smal affêre wat van die sypaadjie af diep inloop. Sy was by ander ook, maar onder haar vriendinne was min twyfel oor Skookum Jim se stamboom in die inkbesigheid. Jy wil nie jou vel aan 'n krapper uitlewer nie, veral nie vir jou eerste tatoe nie. Skookum Jim is hoog aangeprys vir sy vaste hand en delikate vernuf met die naalde.

"Jy't besluit, jy't jou tatoe kom kry," sê hy, in jeans met rafels aan die knieë en some en moulose frokkie wat sy eie inkversameling ten beste uitstal: harte en sterre, slange en drake, skepe en ankers, visse, vlinders en kaal vroue wat aan sy vel kleef.

"Twee visse, en nie groot nie," sê Lisa.

Onder die toonbank haal hy 'n bundel met visse uit. "Koi of karp?"

"Koi," sê sy, leun oor, druk met haar voorvinger op 'n ontwerp. "Só iets."

"Koi is vir volharding, krag en doelgerigtheid," sê Skookum Jim. "Karp vir wysheid en lojaliteit."

"Koi," sê sy. "En jy sê dis nie seer nie?"

Teen die flash-mure meisies met kaal bolywe, klippers in volle seil, doringdraad om boarms, Gotiese kopbene, kleurryke skoenlappers en meerminne (met kaal bolywe), gebroke harte, vlammende tonge, ankers, astrologiese tekens.

"Dis nie seer nie. Het jy besluit wáár? Die area van die niere is pynlik, ook die dun vel van die ribbekas en bo-op die voete."

"Gedink hier aan my sy, so van die heup af op. Nie te groot nie."

"Jy wil dit wegsteek," merk hy op. "Jy kan dit hoër vat, miskien langs die kontoer van 'n bors aan die ribbes. Met jou asemhaling, met die deining van jou bors, sal dit lyk of die koi leef."

"Wie sal dit sien? Nee, liefs laer af na die heup toe."

Op sy voorarm, terwyl hulle saam deur die bundel blaai, beweeg 'n slang saam met die trekking van sy armspiere.

"Twéé visse?"

"Ek's 'n vis," sê sy. "Pisces is gewoonlik twee."

"Kan net een ook wees."

"Een is iets anders, nie 'n sterreteken nie."

"O," sê Skookum Jim, "dan's twee beter. Kleur?"

"Ja, maar nie bont nie, twee of drie skakerings. Dis al. Soos hierdie een."

Agter in die ateljee gaan lê sy op haar sy, trek haar bloes op, haar jeans oor haar heup af, haar blik op die parafernalia van tatoeëerdery: die masjien, naalde, medisinale alkohol om die vel te reinig, Vaseline, Dettol, papierhanddoeke, botteltjies met kleurpigmente.

Hy kopieer die ontwerp van twee koi op haar vel. Die sagte gebrom van die tatoeëermasjien toe hy met die naalde vir die belyning van haar visse begin, 'n geluid soos dié van 'n tandarts se boor.

"Net 'n bietjie pyn, jy sal gewoond raak daaraan," sê Skookum

Jim. "Die naalde vibreer teen twee duisend stekies per minuut. Die belyning nie te erg nie, die arseernaalde seerder om die tinte in te vul. Wil jy kyk?" Hy verstel 'n spieël. "Maar lê stil. As jy bloed sien, lê stil."

"Gaan ek bloei?"

"Net 'n sypeling van die haarvaatjies. Die diepte is belangrik, nie te diep nie, nie te vlak nie."

In die spieël die vae sproei van ink en bloederigheid wat hy kort-kort met 'n papierhanddoek afvee, die reuk van Dettol in haar neus, die velgedeelte waar hy die fyn belyning van die skubbe aan 'n koi se stert doen, glinsterend van die gliserien.

"Hulle sê dis 'n keerpunt in jou lewe wat mens 'n tatoe laat kry. Dink jy so?" vra sy.

"Dis so," sê Skookum Jim.

"Jy't al baie sulke keerpunte gehad."

"Ek hét."

"Soos wat?"

"Eerste liefde. Eerste seks. Eerste keer dat my hart gebreek is."

"En vir elkeen 'n tatoe?"

"Ek hou nie dagboeke nie, ek gaan nie eendag my memoires skryf nie. My tatoes vertel my lewe, my hoogtepunte en my laagtepunte. Ek steek niks weg nie. Wat's jóú keerpunt?"

Die dood van haar ouma? Nee. 'n Veldboek van 'n voorsaat? Nee. Haar pa se beplande aftrede? Miskien.

En sê: "My familie sterf uit. Net my pa's oor. En nou's ek besig om iemand se briewe en dagboek te lees, om meer van ons stamboom te ontdek, iets wat my nog nooit tevore gepla het nie."

"Almal wil deesdae van hulle stambome weet. Ons wil kyk wie ons was voor ons gebore is."

'n Tatoeëerder, meen sy, is soos 'n haarkapper, iemand by wie jy spontaan kan bieg. Iemand wat met jou hare of met jou vel werk, is iemand wat meer van jou behoort te weet. Hare en vel is lewende goed, nie soos tande nie. Dit is nie maklik om geheime van die hart met 'n tandarts te deel nie, nie met sy hande en bore in jou mond nie.

"Dagboeke is persoonlike goed," sê sy.

"Soos tatoes," sê hy. "Ek's nie skaam vir persoonlike goed nie. Ek's 'n oop boek. Wat lees jy van jou stamboom?"

"Ek lees dat Anne Sweeney al swanger was toe haar Will weg is om in Suid-Afrika in die Boere se oorlog teen die Engelse te gaan veg."

"Killing for peace is like fucking for chastity," sê Skookum Jim.

Sy vermoed tatoeëerders het diep insigte van die menslike psige, entoesiastiese beoefenaars van Zen kōan of so iets, soekende na rasionele begrip: Wie was ons voor ons gebore is? Fucking for chastity?

"Is jy nie oor jou stamboom nuuskierig nie?"

"Nay," sê hy, "sommer balls. Ek weet wie ek was en wie ek is."

Sy is nie, soos haar pa en broer, besonder aangetrek deur dinge van 'n militaristiese aard nie, in haar derde jaar in binnenshuise argitektuur aan die Dalhousie-universiteit in South End op die skiereiland van Halifax. Maar Will Sweeney se briewe en boek bevat 'n eenvoudige, aangrypende vertelling oor gebeure in 'n era en in 'n land wat vir haar so bekend is as die agterkant van die maan. Sy haal dit uit haar sak, 'n dunnerige boekie, die dowwe potloodskrif reeds grootliks ontsyfer, maar frases en gedagtes van Will Sweeney se notulerings bly spook en sy blaai dikwels daarheen terug, versigtig sodat haar vingers nie die skrif verder beklad nie.

"Wat skryf hy als, dié ou-oupa van jou?" vra Skookum Jim.

"Ou-ou-oupa."

"Whatever."

"Hy skryf in Junie 1900, drie maande nadat hy in Transvaal aangekom het, is hy meer opgewonde oor Anne se swangerskap as oor die oorlog."

Sy lees hardop aan Skookum Jim voor, dié luister swyende, net die gebrom van die naalde, die geprik op haar vel, sag op die agtergrond Black Sabbath. Of luister hy, verveel sy hom? Maak nie saak nie; hy het g'n keuse nie.

"Will skryf hy dink die oorlog gaan verby wees nog voor die Strathconas 'n enkele skoot op die Boere geskiet het. Hy sê Roberts – wie's Roberts? – se magte kom in Johannesburg aan en dit lyk of die Strathconas nooit bestem was om in 'n vreemde oorlog te gaan veg nie. Hy's oortuig hy sal betyds in Halifax terug wees vir hulle baba se geboorte in September. Luister jy?"

"Ene ore. Nou anderdag 'n vampier op 'n bors gedoen. Jy wil nie daai storie hoor nie."

In Augustus 1900 sneuwel die eerste Strathconas en Paul Kruger se Transvaal word as deel van die Britse Empire geproklameer. Maar belangriker, Will Sweeney kry 'n brief oor Anne se kroep, haar knaende gehoes.

"Dis waaraan sy dood is, longontsteking, kort ná die baba se geboorte."

"Amper klaar," sê Skookum Jim. "Hoe lyk dit?"

"Soos 'n wond met gekleurde bloed. Hoor hier: op 16 Augustus 1900 word drie Boere-spioene in Tommie-uniforms gevang. Een Boer vra of die Strathconas hulle gaan skalpeer soos die Indiane doen."

"First Nations," sê Skookum Jim, "só word ons nou genoem."

Hy smeer Vaseline aan 'n stuk gaas, genoeg om die hele tatoe te bedek, plak die gaas met hegpleister vas.

"Voel soos erge sonbrand," sê sy, die vel rooi en opgehewe in die spieël.

"Moet dit nie in water laat week nie."

"Hoe was ek my dan?"

"Jy was onder die stort, nie in die bad nie. Hou dit droog. Was met ongeparfumeerde seep, gebruik bevogtiger tot die vel volkome herstel het. Dit sal self genees."

Sy staan op, trek haar klere reg.

"Dankie dat jy geluister het."

"As jy bekommerd is, kom sien my. Maar my naalde is skoon,

daar sal nie ontsteking wees nie," sê Skookum Jim. "Ek's nie 'n krapper nie."

Elke aand sedert haar ouma Mary se dood ry Lisa by Scotia Square se rigting uit na haar ouerhuis in Bedford. Hy wys dit nie, maar sy weet hoe swaar haar pa dit vat, veral nou ineens alleen in daardie huis, met al sy herinneringe in elke kamer, op elke rak. Soms vat sy iets te ete saam, soms maak sy daar vir hulle kos, soms kom drink sy net tee en gesels met hom. Hy waardeer dit, al is van die kuiertjies so kort.

"Jy hoef nie elke aand te kom nie."

"Het Pa al die brief gestuur?"

"Ja."

"Is Pa seker dis die regte ding, ná al die jare?"

"Ek't vandag na 'n blyplek gaan kyk. Te duur."

"Pa moet in die stad kom bly. Dan's ons nader aanmekaar."

"Ek soek nie een van daardie moderne plekke nie. 'n Ou plek, 'n plek waarin mense al geleef het. Dis wat ek wil hê."

"Ek sal help soek."

Sy trek haar trui uit, vandag weer somer.

"'n Plek wat ek kan toesluit en vergeet."

Haar oog val op die reisbrosjures.

"Het Pa op 'n reis besluit?"

"Ek gaan vir Will Sweeney soek," sê hy, kyk op na haar, wag vir haar reaksie.

"In Transvaal?"

"In Suid-Afrika."

Sy staar na die brosjures, trek een nader. Dit is die begrafnis van ouma Mary wat sy gedagtes aan die loop gesit het. Die ou serke en kruise onder die sparre, die veldboek en briewe in die hoededoos, die ou munte, die vermiste gelukbringer.

"Gaan nie maklik wees nie. Dis lank terug." Skepties oor hierdie pelgrimstog van haar pa. "Miskien moet Pa eers iewers gaan uitrus, in die son gaan lê. Wat van die Bahamas?"

"Hulle is nie heeltemal vergete nie."

"Sal Pa regkom?"

"Jy knies verniet."

"Ek dink die son, dis wat ék sou doen."

"Gun 'n ou man sy giere."

"Al die misdaad daar. Vat nie net jou goed nie, slaan jou sommer oor die kop ook."

"Ek sal Lydenburg toe ry, 'n gedenksteen vir die Strathconas is daar opgerig."

"Christine Roxford se ouers was in Kaapstad op vakansie. Op Tafelberg met 'n mes gedreig en van hulle geld beroof."

"In Ottawa is ook 'n monument vir hulle."

"Pa gaan alleen wees."

"Jy kan saamkom."

"Om na ou grafte te gaan soek?"

"Daar's wilde diere."

"Hier ook."

"Olifante en leeus. Ons kan 'n paar dae in Londen oorbly. Van Londen sal jy hou, van die . . ."

"Van die vibe. Ja, Londen klink beter. Maar die son, dis eintlik wat ék soek."

"Dink daaraan." Hy staan op vir nog teewater en oor sy skouer: "Is jy klaar met die briewe en veldboek?"

"Amper. Hy was so seker dat hy ongedeerd huis toe sou kom. Dat sy gelukbringer sy werk sou doen."

"Ek's dit aan hom verskuldig om hom te gaan soek."

Sy leun oor die tafel om die tee te skink, haar bloes trek uit die jeans op, ontbloot die gaasbedekking.

"Londen?" vra sy.

"Het jy 'n besering, daar aan jou sy? Was jy by die dokter?"

"Sommer niks, net 'n klein tatoe."

"Dink daaraan om saam te kom," sê hy weer.

Lisa skuif haar pa se koppie na hom toe en neem weer haar plek aan die tafel in.

"Londen," sê sy. "Ja, ek sal tog daaraan dink. Net ons twee op reis, net ek en Pa. Om mekaar beter te leer ken."

"Ken ek jou nie?"

"Nie alles nie."

"Ja, nie alles nie, het nie geweet jy bedink 'n tatoe nie."

"Pla dit Pa, my visse?"

"Nie visse nie. 'n Skedel sou dalk pla, of 'n ring deur jou neus. Dit sal pla."

"Sien, dis hoe ons mekaar kan leer ken. En op die volgende reis sal ek tuisbly, as 'n nuwe gier Pa pak." Sy glimlag, druk haar pa se hand. "Hoe klink dit?"

"Dit klink gaaf," sê Bob Sweeney. "Jy sal dit geniet. Jy en jou nuwe tatoe."

15

Onder die starende blik verskuif Emma Adams ongemaklik, trek-
trek aan die rok se halssoom. Dat mans se oë haar bewonder, dié
geniet sy, en wat in hulle koppe aangaan, traak haar nie. Sy is
sexy, sy weet dit. En sexy is tog geen sonde nie. Maar sy wonder
wat in hierdie meneer Lotz se kop aangaan. So beteuterd daar op
die groot bank, so ontuis tussen al die simbole hier in die hart van
Mammon. En telkens wanneer sy opkyk, betrap sy die geknip van
'n oog op haar boesem, flikker die punt van 'n tong. Waardeer hy
ook haar rondinge? Nie dat dit saak maak nie, want meneer Lotz
kon haar pa gewees het. Hy lyk soos iemand wat sy dogter kan
bederf, soos haar pa háár bederf. Maar in meneer Lotz se oë lees sy
nie byval of bewondering nie, eerder of hy 'n prys probeer bepaal
vir 'n artikel wat hy oorweeg om aan te koop. Of miskien sien hy
haar bloot nie raak nie, is sy gedagtes op ander plekke. By sy geld.
Emma vermoed min kliënte van die private bank dink aan iets
anders as hulle geld.

Maar dit is presies hoe meneer Lotz haar laat voel, wanneer
sy opkyk en sy oë op haar sien. Soos 'n artikel wat hy oorweeg
om aan te skaf. Nie 'n duur kar of fênsie meubels nie; meneer
Lotz lyk nie na so iemand nie, eerder inhalig. Of hy 'n slapelose
nag het vir elke sent wat hy uitgee. Dit is asof hy haar takseer,
nie heeltemal in sy smaak vind nie, tog na waarde bepeins. Of
miskien is hy maar net nog 'n man met 'n fetisj oor borste.

"Koffie, meneer Lotz?" vra sy. "Jammer vir die gewag, die be-
stuurder sal enige oomblik beskikbaar wees."

"Ja, dankie."

Effe bot, of net ingedagte, meen sy.

"Meneer Lotz, het jy in die kelder parkeer? As jy daar parkeer het, sal ek jou toegangskaartjie valideer. Dan betaal jy nie parkeergeld nie. Ons kliënte parkeer verniet."

Sy gedagtes nou versteur, lyk dit; kyk haar aan asof hy onseker is oor waar hy parkeer het.

"In die kelder?"

"Ja. Of het jy in die straat parkeer?"

"In die kelder," sê hy.

"Dis die veiligste," sê sy. "Jou kaartjie vir die stempel?"

Hy vroetel. "Parkeer almal verniet?"

"Nee," sê sy. "Net die staf en ons kliënte."

"My kar is oud," sê hy.

"Maak nie saak nie, dis verniet. Of jy nou 'n ou kar het, of 'n nuwe Rolls-Royce."

Hy hou die kaartjie uit.

"Het jý 'n Rolls-Royce?"

Sy glimlag meewarig. Nie 'n mooi man nie, dink sy, maar 'n goeie hart, nie altyd seker of dit gister of vandag is nie.

"Nee, ek's net 'n ontvangsdame, nie een van die kliënte nie. Ford Focus. My pa't dit vir my gekoop."

Sy bring die kaartjie met die stempel saam met die koffie vir hom.

"Gee vir die wag by die valhek. En moenie dit nou verloor nie, meneer Lotz."

Hy bly sit toe sy vooroor buk en die koffie op die tafeltjie plaas, tussen uitgestalde finansiële tydskrifte en glansbrosjures oor dienste wat die bank aan te bied het. Met die bukslag stu haar boesem oor haar hals. Vanoggend toe sy haar voor die spieël beskou en haar klere uitsoek, het sy nie aan meneer Lotz gedink nie. Toe sy die rok aantrek en haar vol halslyn betrag, was 'n ander kliënt se afspraak in haar gedagtes. Dit is een van die voordele as ontvangsdame van 'n private bank; minimumbankkostes, prima minus 'n paar persent op lenings om 'n kar of woonstel te koop, en ryk kliënte, wel meestal oud en meer besorg oor hulle beleggings as oor flirtasies.

Nie Dawid Eigelaar nie. Hy is 'n ryk kliënt, maar bring op elke besoek vir haar 'n gerf snyblomme vir haar lessenaar. Ook hy het vandag 'n afspraak met die bestuurder, en hý was in haar kop toe sy haar drag uitsoek. Want sy het die tekens gelees, en Emma Adams is selde verkeerd wanneer sy die tekens lees dat haar feromone in die lug die neuse bereik van manne soos Dawid Eigelaar, eiendomsontwikkelaar. Sy meen wanneer hy vandag met die blomme aankom, gaan hulle flirtasie tot die volgende vlak gevoer word. Sy het al 'n oproep verwag. As hy haar uitnooi vir 'n skemerdrankie, sal sy die aanbod aanvaar sonder om gretig te klink. Sy sal hom 'n bietjie terg, dit is deel van die spel. Op hierdie volgende vlak, oor 'n glas met pienk gin, skarlakenrooi kersie en geel sambreeltjie in, sal sy oor hom uitvis, oor sy status as alleenloper, soos hy haar laat verstaan.

Vir só 'n geleentheid het sy haar vanoggend geklee, met die snoet van haar knusse hasie wat net vaag by die soom van haar décolleté uitloer, asof hy die oog lok na volle glorie. Daarvoor het Dawid Eigelaar ongebreidelde bewondering, nie tersluikse glimpse soos meneer Lotz met die blos op sy ronde maanwange nie. Sonder die aroma van Dawid Eigelaar se duur naskeermiddel.

Die kort, effe plompe meneer Lotz kom orent toe die bestuurder by die ontvangslokaal inkom om hom met uitgestrekte hande na 'n kantoor agter 'n toe deur te beduie.

Emma Adams lig haar handsak van die vloer op na die blad langs die telefoon en bet parfuum aan haar polse en borsgleuf. Daarna verfris sy haar lipkleur, vee met haar vingers aan haar hare, trek aan haar halslyn, en is gereed vir die volgende kliënt.

Gelukkig om hierdie pos te kry, daarvoor is sy haar bestuurder diep dankbaar. Haar gered uit die geestesdodende kassierehokkie van die handelstak, van die vuil geld wat haar hande besmeer, van die klaagliedere van klante wat ure in toue wag. Dit was twee jaar voordat die bestuurder haar voorkoms en kwaliteite raakgesien het, op soek na 'n nuwe ontvangsdame vir die privatebank-afdeling ná die aftrede van verstokte ou mevrou Uys. 'n Nuwe briesie is nodig, het die bestuurder in die onderhoud gesê. 'n Vriendeliker ontvangs vir belangrike kliënte. Banke is nie frivole besigheid nie, maar mense verander, hulle gewoontes en gebruike en persepsies. Banke is nie meer gewyde halle waarin manne in duur pakke en kalfsleerskoene investerings en opbrengste in fluisterstemme bespreek nie. In die nuwe Suid-Afrika, het die bestuurder aan Emma gesê, is die gonswoorde deursigtigheid, dienslewering, gelykheid. Die aansig van die bank moet verander, die bank moet verjong, as't ware ver-sexy; nie beuselagtig nie, maar kliënte moet hoflik, vriendelik en veral sag op die oog ontvang word.

Uiteindelik gearriveer met haar toetrede tot ontvangstatus. En dit wil gedoen word, meen sy. Van 'n plaashuis in die Kamdeboo tot 'n toringkantoor in Johannesburg. Moet 'n slag haar pa bel, hoor hoe dit gaan met die skape, wat die wolprys is. Haar pa se kind, en wanneer sy vir 'n vakansie plaas toe gaan, dra sy 'n bra, is haar boesem en hasie bedek. En kom terug met boerbeskuit en konfyt van Dorslandwaatlemoene, beesbiltong met geel vet, en 'n halwe Karoolam agter in haar kar vir oom Gert, afgetrede myner en nou faktotum van haar woonstelgebou. En haar ma is aangedaan as haar jongste moet teruggaan na die stad van sonde en verlokking.

Die gonser by die glasdeure. Agter die matglas laat die fleurigheid die ritme van haar pols versnel. Sien skaars meneer Lotz se figuur raak, merk nie sy vlugtige afskeidsblik op haar nie, ook nie die afkeurende trek om sy lippe toe hy by die deur moet wag sodat Dawid Eigelaar met die blomme kan instap nie.

Halfvyf die middag staan Emma Adams agter haar ontvangslessenaar op om haarself in die ruskamer te gaan opsmuk, dan met die hysbak af na die parkeergarage in die kelder. Haar afspraak met Dawid Eigelaar in Rosebank is halfses. Selfs in die middag se spitsverkeer behoort sy betyds daar te wees.

Toe sy by die parkeergarage in die straat uitry, merk sy nie die ou verbleikte rooi Mazda wat agter haar uit 'n parkeerplek wegtrek nie. Haar gedagtes nie by wat om of agter haar aangaan nie, maar by die man wat sy vir 'n skemerdrankie gaan ontmoet, sjarmant en welgesteld. Kom nie agter hoe die Mazda haar Ford Focus Rosebank toe volg nie, dikwels 'n hele paar motors tussen hulle.

En hy wag al, sý blik waarderend op haar snoetjie.

"Jy staar," sê sy.

"Kan nie help nie," sê hy, twee hempsknope oop sodat borshare kan uitkrul.

"Het jóú vrou 'n tatoe?"

"Nee," sê hy, vinnig.

"Nie 'n tatoe nie, of nie 'n vrou nie?"

"Van bed en tafel geskei," sê hy, vroetel met die sonbril op sy hare opgeskuif.

Áltyd van bed en tafel geskei, dink sy.

"Wat ís dit?" vra Dawid Eigelaar, owerspelige eggenoot van Katrien.

"Kyk sy oortjies," sê sy.

Die pienk gin is vinnig in haar kop, net twee glasies, en 'n roekeloosheid pak haar. Sy trek die soom effe af, ontbloot meer van die hasie op haar boesem. 'n Blou aar op haar heuningvel begin in haar keel, af tussen die molligheid van haar borste saam met die res van die hasie onder die soom in, soos 'n naelstring wat hom in sy warm nes bly voed. Met die deining van Emma se borste, met elke in- en uitaseming, is dit asof die hasie saamleef, sy eie polsslag het.

Sy kyk op, sien die man 'n paar tafels verder agter Dawid Eigelaar se rug. Sy is verras toe sy meneer Lotz herken, so alleen en ingedoke, sy aandag by 'n potjie tee, nie 'n skemerdrankie nie.

"Dit lyk of hy daar wil uitspring," sê Dawid Eigelaar, pa van Steven, ses, en Greta, vier. "Hoe lyk die res?"

Sy lag, lig haar glas.

"Vir my om te weet."

Toe sy weer opkyk, is meneer Lotz se oë op haar, sonder blyk van herkenning, asof hy deur haar kyk, na iets in haar, of agter haar. Soek na haar handsakkie.

"Ek moet gaan."

"Nou al?"

"Ek't 'n ander afspraak."

Lok uit, terg, gee 'n proesel, en onttrek. Laat hy wonder of iemand anders dalk vanaand met die hasie gaan speel. Dit is hoe die koketspel werk, het sy in die stad kom leer.

Die ander afspraak is met Doep wat sy pakkie kom haal wat hy laas nag in haar woonstel vergeet het. Doep was buite weste. Soms slaap Doep oor. Dit is Doep wat haar tot 'n tatoe oorreed het. Dit is Doep wat sy stash bring en in haar woonstel 'n joint kom rol. Sy het al 'n teug of wat van Doep se joint ingetrek. Sterk stuff, het Doep gesê. Goeie stuff. Suiwer. Wanneer Doep sy joint rook, steek hy 'n grens oor na maniese verrukking, sý verval in 'n toestand van versufte loomheid. Vir hom gesê hy is welkom, hy en sy joints, maar sy rook nie weer saam nie, nie eens sigarette nie.

Dawid Eigelaar staan traag op.

"Jy moet 'n slag op my naweekplasie kom kuier, daar aan die Vaalrivier."

"Ja," sê sy, en dink: die vis het gebyt, en die aas is net 'n snoet.

"Van watse kos hou jy? Grieks? Italiaans, dalk Thai?"

"Ek hou van soesji," sê sy.

"Miskien kan ons 'n volgende keer soesji gaan eet."

Dit is al donker, en hy stap saam met haar na haar kar toe, hou die deur vir haar oop, soen haar op die wang.

"Jy kan kom koffie drink," sê Emma. Dit is uit voor sy kon keer. "Ek't witwyn in die yskas?"

Impulsief, moet die gin wees, dalk die lippe op haar wang, die hitte van die vlugtige palm op haar heup.

By haar woonstel parkeer sy die Focus op haar aangewese parkeerplek onder 'n afdak. Doep kan wag, kan sy goed môreaand kom haal. In die lug hang die geure van kos wat vir aandetes voorberei is, die karre op die parkeerterrein agter die woonstel- gebou verlate, die bewoners aan tafels, of gereed vir die aand se TV-kyk. Hy hou agter haar stil. Sy hand om haar middel toe sy hom na haar woonstel lei. Haar hartritme versnel, haar hasie dein, en sy steur haar nie aan die ligte van nog 'n laat aankomeling nie. Maar dié kar wag net daar in die donkerte, enjin luierend, totdat sy en haar nuwe minnaar die deur van die woonstel toedruk, 'n lig binne aangaan, gordyne toegetrek word.

16

Sy kom om die hoek in haar straat af en merk die groot bakkie voor die hek van haar huis. Bullbars; sy bosbrekers, noem hy dit. In die kajuit, onthou sy, die geur van wintergroen en die skerp mentol van Deep Heat, diep brul uit sy dik uitlaatpyp van chroom. 'n Macho-ding vir 'n dekhings, 'n breker. Hy klim uit toe sy stilhou vir die hek om oop te skuif.

"Wat soek jy hier, Bam?" vra sy.

"Jy sny my af as ek bel, ignoreer my boodskappe, bel nie terug nie."

Asof alles eintlik háár skuld is.

"Omdat ek niks vir jou te sê het nie."

Groot en breed by haar deur toe sy uitklim, met sy bekende muskus, die wit letsel teen sy voorkop, vars kneusing aan sy wang, in haar afwesigheid opgedoen op 'n slagveld tussen pale.

"Jy lyk moeg, Ella," sê hy. "Is jy moeg?"

Sy reik na die inkopiesak met haar jogurt en maaskaas, Pro-Vita en muesli, laag in vet en glukose, hoog in vesel.

Hy strek sy hand uit.

"Gee, laat ek jou help."

Sy ruk die sak weg.

"Ek sal regkom."

Byna vier weke al koop sy nie meer eiers en spek en steaks en tjops nie. Maar heel onder in die inkopiesak 'n klein sondetjie: Midnight Velvet, met daardie sagte vulsel wat begin smelt die oomblik as dit aan jou warm tong raak, soos goeie sjokolade moet doen. Sy het dit nodig.

"Ons moet praat, Ella."

"Ek't niks te sê nie."

"Laat ék dan praat. Gee my kans."

"Jy't jou kans gehad, Bam."

"Dit was één keer, verdien ek nie nog 'n kans nie?"

"In my eie fokken huis, Bam! My eie slaapkamer!"

"Kalmeer . . ."

Sy sal graag met hom wil praat, wil vertel van die jong vrou wie se vel afgeskil is, wat gesterf het met kragtige vingers om haar keel. 'n Mens het iemand nodig met wie jy saans sulke goed kan bespreek. En sy hét gedink hy is so iemand. Sy hét gedink hy is anders. Dink almal nie so nie? Sy vra nie veel nie, sy het nie baie eise nie.

"Gaan praat met háár," sê Ella, soek na haar sleutels.

Handsak, inkopiesak, skootrekenaar oor die skouer, en die buitelig se dêm gloeilampie het weer geblaas. Moet dit sélf vervang. En sy kán. Sy weet hoe om elektriese drade in 'n prop te konnekteer, sy kan 'n skroewedraaier en hamer hanteer, 'n appelkoosboom snoei. Maar dit was so gerieflik met hom, om iemand te hê wat kon help met sulke goed, sulke mánlike goed wat altyd ontydig onklaar raak. Soos die dêm gloeilamp van die buitelig.

Hy sluit die deur met sy sleutel vir haar oop, tree tru dat sy kan ingaan, die koppige pakdonkie.

"En ek wil my sleutels terughê, dis nie meer joune nie."

Sy het haar gesien, die blonde hokkiespeler met die gespierde kuite. Bo nie veel nie, maar ferm boudjies onder daardie kort hokkieromp. En sy het gedink sy gaan hom aangenaam verras toe sy vroeg weg is van die kursus in misdaadtoneelbestuur. Wel, sy hét hom verras. Maar die verrassing was wedersyds en nie aangenaam nie. Háár verrassing was 'n halfkaal hokkiespeler met beswete dye in haar huis.

"Kan ons sit en gesels, net vir 'n rukkie?"

"Ek's moeg. Ek wil gaan stort en ontspan, alleen."

"Is daar iemand anders?" vra Bam, die haker.

"Dis nie jou saak nie. Gaan terug na haar toe, los my alleen. Dis verby."

"Dis g'n verby nie, Ella. Ons is bedoel vir mekaar, ons pas by-mekaar. Ons kan nie dat één fout . . ."

"Los my uit."

Die inkopiesak op die kombuistafel, saam met die handsak en skootrekenaar; die Pro-Vita en muesli en volgraanbrood in die tallboy van oregon tussen die ander kruideniersware.

"Daar's iemand anders, nè," sê hy.

Sy draai na hom toe.

"Daar ís iemand anders, 'n vermoorde vrou. Dis wat daar is. Ek slaap skaars, het nie tyd en lus vir jou verskonings nie."

Druk hom terug voordeur toe, voor sy swik, voor sy haar voor-kop teen sy bors laat sak, sy arms om haar voel. En hy het die vlootblou gholfhemp aan wat sý vir hom gaan uitsoek het. Ont-werpershemp. Geld vir 'n Ping met raglanmoue vir hóm, maar nie geld vir 'n nuwe bloes vir háár nie.

"Jy jaag my weg, maar dis nie wat jy wil hê nie, Ella. Ek weet. Ek sal jou kans gee vir afkoel, maar ons is nog lank nie klaar nie."

Hoë rewolusies kerm deur die uitlaatpyp die nag in. Bam, Bam, Bam. Die huis wat haar pa vir haar gelaat het in sy testa-ment, voor die koeël in die kop. Oud en klein en beskeie, net twee slaapkamers, maar háre. Sy sal nie dat 'n rugbyspeler en 'n hokkie-speler haar heiligdom skend nie, al lê die pyn vlak en seer. Sy skeur die Midnight Velvet oop, lê agteroor in 'n kombuisstoel en sluit haar oë, dryf hom uit haar kop uit, laat toe dat Mia Vermooten se liggaam op die outopsietafel oorneem. En haar afspraak met pro-fessor Papendorf, hoogleraar in forensiese psgiatrie, die polisie se konsulterende ekspert in psigopatologie. Die haker sou kon troos, as hy 'n tweede kans verdien; professor Papendorf sal 'n leidraad vir 'n profiel kan gee om haar eerste moordenaar op te spoor.

Net ná middernag klap sy die rekenaar se skerm toe, sit die bedlig af, trek-trek aan die rugbybroek om haar lê te kry, en wonder oor die moordenaar van Alberts Farm.

17

Hulle giggel sag, effe beskonke van witwyn en die sensasie van euforiese spasmas, die hare verfoes, die swart nommertjie nou erg verkreukel, met minder sorg herdrapeer, maar sy hoef nie nou meer haar beste voet voor te sit nie. Die afspraak is volbring, en gouer as wat sy beplan het. En in die middel van die nag is daar nie oë wat jou opweeg en jou voorkoms takseer nie. Sy groet hom by die deur en reken haar impulsiewe uitnodiging was die moeite werd. Toe hy wegry, wuif sy agterna, sluit die deur.

Sy pak die glase in die wasbak, die leë bottel in die afvalblik, en hoor die klop. Het hy iets vergeet? Die Rolex? Sien die sonbril. Hugo Boss. Wat hy van sy hare afgehaal het, neergeplak op die naaste tafelblad in sy haas vir die ontmoeting van sy neus met haar snoetjie. Sy glimlag, druk 'n oorstuk van die bril voor by die soom van haar hals in waar hy dit by haar hasie kan kom uithaal, maak die deur oop.

"Hallo, Emma," sê hy, sy stem hol.

Haar brein nog laks van die vrystelling van die sekshormoon oksitosien, haar liggaam nog lomerig aan't herstel, traag om die vreemde figuur in die nag voor haar deur te registreer, die man wat haar naam ken, die letsels aan die wange en op die voorkop, die swarte klosse hare, die strak wit gesig. Voor sy kan uitroep, die deur kan toeslaan, is hy by haar, snoer sy hand haar mond, 'n arm om haar skouers. Sy wriemel en stoei in sy greep, haar uitroepe gesmoord in die lap om haar neus en mond; die reuk nie onaangenaam nie, soeterig.

Emma Adams herwin haar bewussyn met 'n hoofpyn agter haar oë. Verward in 'n bedompige vertrek vol slegte reuke wat sy nie dadelik kan eien nie, en gitswart sodat sy haar hand nie voor haar gesig kan sien nie. Sy lê op iets sags, draai haar kop, ruik die stank van die ou matras, van muf en skimmel en rottepis. Sy lig haar bolyf tot in 'n sittende posisie. Om haar voel sy die donker stilte byna soos 'n trek, net versteur deur 'n geskarrel van klein pootjies, van harde naels oor 'n sementvloer. Buite die geroep van 'n uil. Sy ken die geroep van die nonnetjiesuil in die skuur in die Kamdeboo. Sy ken die geskarrel en reuke van rotte en muise, die groot nagstilte van 'n plaaswerf. Sy sit en luister en hoor geen geruis van karre nie, geen geskel van sirenes van noodvoertuie nie, geeneen van die bekende naggeluide van 'n stad wat nooit slaap nie.

Wanneer die uil swyg en die nagdiertjies angstig en bewend in 'n hoek vertoef, is dit donker en stil soos in 'n tombe. Sy draai haar kop en oë na die duisternis om haar, merk 'n vierkantige belyning van ligter grys teen die swart van 'n muur. Sy kom orent, voel-voel met haar voete, arms voor haar uitgestrek, na die raam met die ligte sye, tas daaraan, voel die plank wat voor die venster vasgespyker is. Nie dig nie, dink sy. As die son opkom, sal daar 'n skynsel van lig inkom. Sy voel beter, met die vooruitsig op lig. Sy probeer dink wat gebeur het. Sy begin onthou. Sy onthou van haar afspraak met Dawid Eigelaar. Sy volg haar spore na haar woonstel toe, die wyn, die sweet, die wilde passie van nuwe bedmaats. Die klop, en toe sy oopmaak, die bisarre gesig wat haar naam noem. Het Dawid nie genoeg gehad nie, het Dawid 'n nuwe speletjie bedink? Of het hy net sy duur sonbril kom haal? Maar teen haar, met die lap om haar neus en mond, was dit nie 'n greep van harige arms waarteen sy gestoei het nie, was die gestalte kleiner, nie die fris liggaam wat haar in die bed vasgepen en hemels laat uitroep het nie.

Sy bestryk haar liggaam met haar vingers en palms. Dieselfde rok.

"Hallo!" roep sy in die nag uit, haar mond langs die plank voor die venster.

"Hallo!"

Nou harder, nou 'n toon van histerie in haar stem.

"Help my!"

Kap met haar hande teen die plank.

"Hallo!"

Sy soek die matras met haar voete, gaan sit, trek haar bene op tot teen haar bors, arms om haar knieë. Wat gebeur met haar? Haar kop swaar van die nagevolge van die verdowing, sluit haar oë, sluimer weer in, sittende.

Skrik wakker en roep: "Hallo! Kan iemand hoor?"

Sy hou die plank voor die venster dop, sien hoe die lig al om die rande begin inkruip, versprei. Ook in die dak waar die roes die sink in gate wegvreet, kom die lig nou in, raak die balke algaande sigbaarder, die snoere van ou uie, knoffel en mieliekoppe, die rakke teen die muur, die kartonbokse op die vloer, die ou matras. Haar swart rok met die lae hals, spesiaal uitgesoek vir die bankbesoek van Dawid Eigelaar, vol stof en kreukels, hare taai teen haar voorkop en wange. Sy ondersoek weer haar liggaam, nou met haar oë, sien geen bloed of beserings nie, voel geen pyn nie. Op die vloer by die deur 'n plastiekskottel met twee bottels mineraalwater, twee piesangs en twee appels. Langsaan 'n kamerpot waarvan die wit emalje af-erd.

Sy ondersoek die deur sonder binnehandvatsel, stamp dit, solied in sy kosyn. By die plank voor die venster gaan luister sy. Buite hoor sy die gekwetter van voëls, ver weg die geblaf van honde. Tussen die plank en die muur waarin dit vasgespyker is, 'n skrefie wat die lig inlaat, maar te smal vir haar vingerpunte om dit van die venster af te probeer wegbeur.

"Hallo! Hallo!" roep sy met haar mond by die skrefie.

Lippe droog, van die effek van die sedasie, van angs. Skroef die prop van 'n bottel oop, sluk dorstig aan die water. Hoor die voetstappe.

118

"Help my!" roep sy.

Buite die pakkamer 'n deur wat klap, 'n motorenjin wat stotter, onegalig begin loop.

"Ek's hier!" roep sy uit, kap met haar palms teen die deur terwyl die kar wegry en die geluid van die enjin vervaag en verdwyn.

Sy vee oor haar wange, gaan sit op die stinkende matras, haar voorkop op haar opgetrekte knieë. Vee 'n slag met haar hand oor haar neus. Skrik toe sy 'n sagte geluid buite onder die deur hoor. Gaan sit op haar knieë, loer onder die opening in, na die pote, die snuiwende swart neuse van twee honde wat haar reuk gekry het.

"Ounooi se honne," koer sy onder die gleuf van die deur, dankbaar vir geselskap. "Waar's ek, waar's julle baas?" vra sy vir die honde.

Sy ken honde van die plaas af. Paai hulle en hulle begin met opgewonde blaffies. Nie hierdie twee nie. Geen geluid nie, net die gesnuffel en 'n sagte geroggel diep uit hulle kele asof hulle sukkel om asem te haal.

Sy kom orent. In die halfskemering begin sy die pakkamer verken, krap tussen die bokse, agter die bokse, tussen die plastiekbottels en ghrieslappe op die rakke, die ou, harde verfkwaste. Later skuif sy die matras tot teen 'n muur en met haar rug teen die muur gestut, sluimer sy weer in.

Laatmiddag, nog lig, maar geen strale meer deur die roesgate in die dak nie, hoor sy weer die motor, spring op, algaande luider totdat dit buite die deur stilhou, die klap van 'n deur.

"Hallo!" roep sy. "Is julle dan doof? Help my!"

Hamer weer teen die deur, hoor 'n stem dof met die honde praat, maar nie wat gesê word nie.

Later, in die verte, klapgeluide, soos klappers. Haar pa het 'n .22-Ruger op die plaas vir die jakkalse wat die lammers vang. Sy ken die klap van 'n kleingeweerskoot.

Ineens is hy buite by die deur, hoor die geklingel van 'n sleutel in 'n slot. Hy trek die deur oop, vars aandlug wat haar laat snak. Sy deins terug, nie van die .22 in sy hand nie, nie van die haas en die das in die ander hand langs sy sy nie, pelse rooi van vars bloed, en nie van die twee pit bulls aan sy voete nie, drelle speeksel van tonge af grond toe.

Sy deins terug van die gesig. Die witgeverfde gesig wat haar laat snak, die masker met die wondletsels wat in die hout uitgekerf is, die swart boskasie. Die enigste beweging in die gesig die wit wat in oogholtes rol, van régte oë wat na haar kyk.

"Jy kan maar skree," sê die stem, hol agter die masker. "Ek't jou hoor uitroep. Niemand anders sal jou hoor nie."

"Wat gaan jy doen?" vra sy, sukkel om die woorde uit te kry, of haar keel dig met wol geprop is. "Wie's jy?"

"Jy ken my mos," sê hy, laat val die haas en das langs sy skoene. Die hand wat die masker van sy gesig af weglig, met bloed besmeer.

"Dis 'n Punu," sê hy.

"Meneer Lotz?" sê sy.

"Dis reg," sê hy, "maar jy kan my sommer Abel noem. G'n nodig vir meneer en sulke formaliteite hier nie. Noem my net Abel."

"Wat dóén jy met my? Hoekom is ek hier? Hoekom sluit jy my in hierdie kamer toe?"

"Ek't jou hulp nodig . . . Juffrou Adams? Kan ek jou Emma noem?"

"Gaan jy my seermaak?"

"Emma," sê hy asof hy aan die naam herkou. "Eers Mia, nou Emma."

"Meneer Lotz, jy maak my bang. Is daar iets wat ek vir jou kan doen? Hoe kan ek jou help? Het die bank jou sleg behandel? Ek kan met die bestuurder gaan praat."

Hy wuif met die masker tussen hulle in die lug.

"Dis nie oor die bank nie, Emma. En asseblief, los die meneer uit. Noem my Abel." Sy stem opeens skerper.

"Kan ek nou gaan . . . Abel? My mense sal bekommerd raak, my baas by die bank."

Agter hom in die stoor twee karre, albei ou modelle, 'n klein wit bakkie met 'n kappie op, 'n Mazda-sedan, geroes, die rooi verf verbleik. Verder buitentoe, in die weste die son wat ondergegaan het, net die laaste kleursels nog van oranje en geel laag in die lug. Sy moet uitkom, maar die honde gluur, wag vir haar.

"Ek't vir jou nog water gebring. En vrugte. Is jy honger, Emma?"

"As dit nie oor die bank is nie, hoe kan ek jou help?"

Met die toon van 'n skoen stoot hy die nuwe skottel met die plastiekbottels en vrugte verby die haas en das oor die drempel, die geweer in die vou van sy elmboog.

"Nog net vanaand, dan's jy verlos van hierdie kamer."

"Meneer Lotz . . ."

Hy druk die deur toe, die klik van die slot.

"Abel!"

Die pakkamer gou donker, nog 'n nag in daardie grouheid tussen slaap en wakker waarin nie net drome nie, maar ook gedagtes en vrese vae lyne kry. Nog net vanaand in hierdie kamer. Dit is wat meneer Lotz sê. Maar dit bring geen verligting vir haar nie, eerder opnuut onrus. Wat sou aan die gang wees? Wat het sy gesondig wat hom so aanstoot gegee het? Sy het hom gehelp met sy parkeerkaartjie, vir hom koffie gegee, probeer gesels omdat sy hom jammer gekry het.

En Mia, wie is Mia? Sy lees selde koerante. In die bank word net finansiële publikasies gelees, daarop dring die bestuurder aan. Sy kyk selde nuus op TV. Maar die lyk van 'n jong meisie wat in 'n park in 'n Johannesburgse voorstad gekry is, duik iewers in elke gesprek op, tussen die weer en die sport. Was sý nie 'n Mia nie? Hoekom hoor sy nou so 'n klokkie lui?

"Eers Mia, nou Emma."

Dít was meneer Lotz se woorde. En ineens weet sy dat sy moet uit, dat sy een nag oor het, en nie net in hierdie pakkamer nie. Nou verstop die wol haar keel, kry sy nie asem nie, begin hiperventileer. Kom orent, begin diep en egalig asemhaal, voel hoe die paniekaanval wyk. Uit, maar hoe?

Emma Adams kom van 'n plaas in die Kamdeboo, is lief vir hasies, skrik nie vir honde en rotte nie, gil nie vir spinnekoppe nie, kan self die wielmoere van haar Focus losdraai en die spaarwiel aansit; móés dit doen onder haar pa se wakende oog voor hy die sleutel na haar uitgehou het. As sy moet, kan sy die skaar van 'n skottelploeg met 'n bobbejaansleutel afhaal.

In die laaste lig van die skemeraand deur die gate in die sinkdak en die gleuwe langs die plank voor die venster begin sy opnuut die pakkamer verken. Sy verskuif die bokse, soek in die stof, op die rakke tussen die bottels met remvloeistof en antivries, blikke met olie en ghries. Sy kry die vioolkis op die boonste rak, toegedraai in seil. Die viool sonder merk of letsel, asof liefdevol versorg en gekoester en bewaar. En dan, asof 'n telepatiese boodskap tussen stoor en huis gestuur is, kom die klanke, sag op die aandlug, van 'n vioolkonsert. Met die viool in haar hande luister sy, die kop effe gedraai of sy nie mooi verstaan wat gebeur nie.

Nee, dink sy, min wat hier besig is om te gebeur, maak vir haar sin. Sy plaas die vioolkis op sy rak terug. Oor net één ding is sy seker: hier moet sy uitkom. En sy het net hierdie nag kans, weg van meneer Lotz af, weg van sy beblocde hande en sy masker.

Nou kan sy skaars die vorms van die bokse en matras in die skemering onderskei, maar sy is op haar knieë, soek, soek, gee nie om dat haar knieë nerfaf is nie, gee nie om dat haar naels breek nie. Waarna sy soek, is sy onseker, maar sal weet as sy dit kry.

Op die plaas het haar pa haar ook geleer om 'n skroewedraaier te hanteer en 'n hamer te gebruik. As jy onhandig is met 'n hamer, skram die kop van die spyker af, slaan jy jou duim raak wat dit in posisie hou, of buig die spyker, of skiet weg. Dan probeer jy weer met 'n tweede spyker, gewoonlik handig byderhand tussen jou lippe, het haar pa haar geleer. Meneer Lotz, meen sy, lyk on-handig met 'n hamer in sy hand. Sy kruip na die muur by die venster waar hy die plank vasgespyker het. Sy vee met haar palm oor die vloer, voel die dik laag stof en sand wat oor maande, selfs jare, deur stukkende ruite ingewaai het.

Waar die muur en sementvloer ontmoet, voel sy dit skielik, sluit haar vingers om die spyker, klem dit vas soos 'n kleinood. Nie gebuig nie. Om die plank in die sementmuur vas te slaan, het hy staalspykers gebruik, agt sentimeter lank, skat sy.

Kom orent, vee die beswete hare uit haar gesig, haal weer diep asem, luister na die vioolmusiek. Die gaping tussen die muur en plank is te klein vir haar vingers, maar sy woel die spyker agter die plank in om dit van die muur te probeer wegdruk. 'n Klein oorwinning. Maar nou die probleem van hefboomkrag, soos die lang greep van die bobbejaansleutel. Of sy kan die spyker gebruik om weg te kerf aan die hout om 'n ander spykerkop. Ja, dink sy, wel 'n tydsame proses, maar as sy eers een spyker uit die muur het, kan sy die handvatsel van 'n verfkwas as hefboom agter die plank inkry. Meneer Lotz het nie, soos haar pa sou doen, Rawlbolts of selfs net skroewe gebruik vir ordentlike werk nie. 'n Staalspyker in 'n sementmuur, as hy eers losgewoel is, glip maklik uit.

Met 'n ou verfkwas as hamer begin sy met die skerp punt van die staalspyker keep aan die hout waarin sy die spykerkop in 'n hoek onder die kussing van haar duim voel. Sy is byna klaar met die laaste bottel water, haar vingers teer en seer, toe die musiek ophou.

Hoe laat dit is, weet sy nie, maar 'n ewigheid voordat sy die laaste houtskerf in die hoek wegbreek en by die tweede spyker naas die hoek begin. Sy luister na die uil en timmer en grou en wikkel splinters uit die hout.

Haar water is gedaan, en die appels en piesangs, toe sy die hout om die derde spykerkop wegskil, die plank toets en skielik die veerkrag voel, nie meer solied teen die muur vas nie, nou bevry van drie spykers. Sy steun en sweet en kry die handvatsel van die dunner kwas in, maar toe sy hefboomkrag toepas, breek die handvatsel.

Sy gaan sit op die matras, voel die trane. Nee, nie sit nie, nie snot en trane nie. Sy begin met die hout om 'n vierde spyker. En toe die verkleuring om die plank begin van die nuwe dag wat breek, kry sy die groot kwas se steel in, begin dit wikkel, versigtig dat dit nie ook breek nie, die laaste kwas. Sy wikkel die plank met die steel, en voel hoe die oorblywende spykers in die sement begin skietgee.

Met die eerste gekwetter van voëls laat val sy die kwas en kry haar vingers agter die plank in. Nou beur sy met haar volle gewig, druk met 'n voet teen die muur. Wikkel, beur, wikkel, beur, en val agteroor op die matras toe die spykers ineens bes gee. Voel die instroming van koel, vars lug op haar vel deur die skerwe van die ruite.

Sy loer uit, sien die huis nog donker, so vyftig tree van die stoor af, skat die tyd omtrent vyfuur, die tyd wanneer haar ma se hane nou op die werf in die Kamdeboo begin kraai. Die vensterraam is vasgeroes, maar sy stamp dit oop, klim uit, skeur 'n winkelhaak in haar swart rok. Om die hoek by die donker stoor in. Die deure van die kar en die bakkie nie gesluit nie, maar geen sleutels in die aansitters nie. Haar pa het haar nie geleer om 'n kar sonder sleutel met die koppeling van drade aan te skakel nie. Doep sou weet, maar Doep is nie hier nie. Dan hoor sy die geroffel van asems, sien die honde, spring in die kar terug. Voel die bons van haar hart, die bewing in haar hande.

"Ounooi se honne . . ." prewel sy, die deur op 'n gleuf, bang 'n geklap wek meneer Lotz, wonder hoe laat sy gewoonte is om op te staan. Iewers op 'n deurpad hoor sy nou die sagte gedreun van verkeer. As sy by daardie pad kan kom voor meneer Lotz op is.

Sy klouter oor na die agterste sitplek, knip die deur oop, leun oor en stoot die bestuurder se deur verder oop.

"Kom, my honne, kom . . ." nooi sy hulle in.

Hulle staan by die oop deur en snuif.

Sy leun oor die rugleuning vorentoe en lok hulle met geklap van vingers. Een hap na haar hand.

"Dis reg, dis reg," fluister sy, "Kom in, kom in."

Hy hap weer. Die tweede een lig sy voorpote by die deur in.

"Hier's ek," sê sy. "Hier's ek, kom vat my."

Hulle spring in, happende. Sy val by die agterdeur uit, druk albei deure toe. Hyg, teug, laat haar asemhaling bedaar. Die huis stil. Die snoete van die pit bulls binne nat teen die ruit in die kar, oë glurende.

Sy soek na die geruis van verkeer, kry die rigting. Dit kom van oor die veld ver agter die groot tuinakkers waarin die onkruid so welig groei. Maar sy sien ook die inrypad na die bloekoms. Die inrypad, of die verkeer? Kies die verkeer, die gedreun van karre aanlokliker, veiliger as die stilte agter die bloekoms, die onbekende. Aan die ooste die eerste skynsel van kleur. Sy sluip uit die stoor uit, oor die werf, bereik die veiligheid van die verwaarlosing waar meneer Lotz vermoedelik eens malse groenteplante versorg het. As sy buk, is sy tussen die kakiebos en oliebolle, opslagmielies en sonneblomme verskuil, veilig. Nie draf nie, kalm bly, in die rigting van die deurpad.

Sy skat sy is miskien in die middel van die groentetuine toe sy die skril fluit hoor. Sy stop, sak op haar hurke af, luister. Weer 'n fluit agter haar by die huis, en meneer Lotz se stem wat na sy honde roep. Gebukkend begin sy hardloop, pad toe, karre toe, en die stuk veld lê nog voor. Sal hy hulle by die stoor gaan soek? As hy hulle gaan soek, sal hy die pakkamer se venster sonder plank sien, sal hy die honde in die kar kry. Maar sy het 'n goeie voorsprong. Sy eerste gedagte sal die inrypad wees, die logiese vlugpad. Maar die weg van die minste weerstand is nie die roete wat enigeen in die Kamdeboo kies nie.

18

Op die wye blad van sy groot lessenaar, eenkant uit die pad maar nie uit die oog nie, 'n replika van 'n dodemasker. Sulke replikas is nie ongewoon nie, gewoonlik borsbeelde. Rodin se Die Denker is gewild, net die kop, ken peinsende op die rugkant van die hand gestut. Of dié van Beethoven, Shakespeare, Nero, Brutus, selfs van Flip die Arabier; die beeltenis sorgvuldig uitgesoek vir vertoon eerder as vir instrinsieke waarde. Hierdie een nie van 'n komponis, skrywer of Romeinse Caesar nie. Hierdie een paslik vir die kantoor van 'n psigiater wat ook al, ongetwyfeld, 'n studie gemaak het van die Napoleon-sindroom.

Moord-en-roof gebruik professor Renatus Papendorf graag om te help met die profilering van moordenaars. Professor Papendorf is oortuig, maar hou dit nog vir homself, dat hy 'n nasaat is van graaf Nikolaus Ludwig von Zinzendorf und Pottendorf, agtiende-eeuse Morawiese godsdienstige en maatskaplike hervormer. Die probleem is dat hy in sy genealogiese navorsing nog nie daarin kon slaag om sy stamboom tot by Dresden na te speur nie. Erg frustrerend. Steek in Baden vas. Baden is in Oostenryk, Dresden in Sakse, Duitsland. Hy soek nog na die vermiste skakel.

Nou lig hy sy oë van die kopstuk op sy lessenaar na die adjudant oorkant hom. Sy is nie vir hom vreemd nie. Hy is geen chauvinis nie, maar hy verkies kolonel Silas Sauls wanneer hy sy skerpsinnige insigte deel.

"Aan die voorlopige profiel word nog verstellings gedoen. Die paneel verskil oor sekere aspekte," sê hy. "Is jy spesifiek as ondersoekbeampte aangewys omdat die slagoffer ook 'n vrou is?"

"Die moordspeurders is onder dossiere toegegooi," sê Ella Neser. "Ons kan nie kies nie. Die saak is aan my toegewys omdat ek bekwaam is, nie omdat ek 'n vrou is nie. Wat dink u, professor, oor die afwesigheid van seksuele kontak met Mia Vermooten?"

"Dis insiggewend dat sy nie seksueel aangerand is nie."

Vir sy studies van gedrag wat aanwysend is van geestesaf-wykings en -versteurings word die professor en sy vakkundige geskrifte internasionaal gereken. Al is daar onder sy portuur enkeles wat die wenkbroue lig oor sy klem op die seksuele. Hy is onwrikbaar dat psigopatiese moordenaars per definisie seksue-le predatore is. Het sy voorvader graaf Von Zinzendorf und Pottendorf – ás hy die vermiste skakel kan kry – dan nie selfs in Jesus se kruiswonde 'n psigo-erotiese betekenis ontdek nie?

"Dit was nie 'n seksuele motief nie. Hy wou haar nie onnodig seermaak of verneder nie," sê Ella.

"Maar dis 'n baie persoonlike daad, al is dit sonder die aggres-sie soos ons dit verstaan. En toeval, soos jy self sê, speel nie 'n rol nie. Sy's nie lukraak nie, sy's uitgesoek."

"'n Familielid, 'n kennis? In haar huis is geen teken van worste-ling nie."

"Hy's nie 'n Jack the Ripper nie. Dis nie 'n uiting van woede of die regstelling van 'n persoonlike onreg nie. Daar's geen subli-minale reklame aan sy dade nie. Hy doen wat hy móét doen. Dis instinktief, dit lê diep in sy gemoed."

"Hy moet dit tog beplan," sê Ella.

"Beplan, ja. En beplanning verg intellektuele vernuf. Maar hier-die moordenaar se beplanning is net die gevolg van iets anders, van iets diepers. Sy beplanning is bysaak, die hoe en waar van haar dood is sekondêr. Ons wil weet hóékom. Ons fokus nie op die ak-tiwiteite van sy brein nie, maar op 'n drif in sy primitiewe psige, iets wat waarskynlik lank in hom gelê en sluimer het, iewers in 'n donker hoek van sy gees."

"Toe word dit gesneller," sê Ella. "Toe ontwaak hierdie sluime-rende monster skielik in hom."

"Nee, adjudant. Nie só maklik nie. Hy't nie een oggend wakker geskrik en besluit hy gaan 'n vrou verwurg nie. Hy't nie gedink hy moet 'n moord pleeg om die aandag op hom te vestig nie. Dis soos psigopate dink. Nie hy nie. Psigopate smag na aandag, pleeg moorde om in die kollig te kom; die geskarrel wat hulle dade in koerante en op TV afgee, verskaf aan hulle groot plesier, byna seksueel. Hierdie een is anders."

"Haat jeens vroue? Is dit nie wat hom dryf nie?"

Sy soek 'n motief, al sê Silas Sauls motiewe is uit die oue doos.

"Vergelding miskien, maar nie haat nie. As dit haat was, sou hy 'n wapen gebruik het, nie sy hande om te wurg nie."

"Hy wil nie eintlik moor nie. Is dit wat u sê, professor? Sê u die moord op Mia Vermooten is eintlik net 'n byproduk, onafwendbaar, van 'n ander, primitiewe dryfveer?"

"Hy's nie jonk nie. Hy't al geleer om homself te beheer. Wat hom dryf, en hoe dit in moord tot uiting kom, is nie 'n onbeteuelde bevlieging nie. Hy leef in 'n wêreld waarin hy volkome in beheer is. Maar 'n wêreld so uit pas en uit voeling met ons s'n, dat dit vir ons geen sin maak nie. Ons kan nie eens raai wat sy motiewe is nie."

"Hoekom 'n stuk van haar vel uitsny?"

"Die vel is sy handtekening, sy territoriale afbakening. Reeksmoordenaars los áltyd 'n eie, unieke handtekening."

"Hy's 'n alleenloper, as hy beheer oor sy eie wêreld het?"

"Waarskynlik in sy middeljare, intelligent, eensaam, 'n vrygesel. Dalk geskei . . . nee, eerder 'n wewenaar. Die dood het hom van 'n geliefde ontneem. Hierdie sluimerende gemis begin nou sy gemoed en sy denke oorheers. As jy hom nie gou kry nie, adjudant, is dit net die begin."

Nadat sy uit is, staar professor Papendorf na die gesig van die beeld op sy lessenaar, die groen marmer blink gepoleer deur die palm van sy hand. Hy verwag om die jong adjudant Neser weer in sy kantoor te ontvang. Op haar perdjie, maar 'n oop kop. Wanneer sy die volgende slagoffer kry, én die volgende een, sal sy weer kom. En sy sal nuwe inligting saambring en hy sal die profiel aanpas en verfyn. Professor Papendorf weet hoe reeks-moordenaars daarvan hou om hulleself te meet aan die vernuf van hulle jagters. Hulle hou van speletjies, maar hierdie een stel nuwe uitdagings aan hom. Hy wonder wat hy miskyk. Hy strek sy hand na die beeld uit, streel met sy vingers oor die koue gelaatstrekke. Twee dae ná Napoleon se dood op St Helena is 'n dodemasker in gips van sy gesig gegiet, sy oë geslote, sy lippe effe oop, sy prominente haakneus, sy kaalgeskeerde kop agter-oor op 'n kussing versier met tossels. Met só 'n neus, dink professor Papendorf, moet Napoleon op daardie Sondagoggend van 18 Junie 1815 al aan die brekfistafel kon geruik het dat van Hougoumont niks goeds kan kom nie.

Hy wonder oor die gelaat van die moordenaar van Alberts Farm, of dié 'n haakneus het.

19

Die swart rok nou vol knapsekêrels, hakea, die sade en blare van onkruid, die soom aan't uitrafel, repe aan die materiaal waar die sprong deur die venster die eerste skeur gegee het. Bloed aan haar kaal voete, en aan die skrape aan haar bene en arms. 'n Moeilike vlugtog, nie al die leivore is deur die jare opgevul nie. Toe sy naby die heiningdraad kom, die gedreun op die pad nou duideliker, lê net die veld voor haar, miskien drie honderd, vier honderd meter pad toe. So naby nou sy kan die karre sien, al huiwer die son nog.

Die heining hou vir haar geen bedreiging in nie; sy het deur heiningdrade geklim vandat sy begin loop het. Maar met haar oë op die heining en die karre op die deurpad, trap sy in die gat waar 'n haas sy lêplek ingevroetel het. Die pyn in haar enkel soos 'n skroeiende brandyster, 'n sagte kerm toe sy val. Hier van laag op die grond net die hoë onkruid, geen sig van die huis nie, geen geluid van agtervolging nie.

Toets die voet, roep sag uit, snak van die steek in haar been. Kruip draad toe, kom gebukkend orent, kruip deur. Hink aan, byt op haar lip, durf nie op 'n hopie gaan sit en huil nie. Die nattigheid op haar wange van sweet en trane van die pyn. Strompel, hobbel oor die graspolle, miershope, molshope. Vorentoe, pad toe, weg van meneer Lotz af. En hoor dan die geruis agter haar, soos van 'n skielike windvlaag deur 'n droë mielieland.

20

Bob Sweeney, afgetrede museumkurator van Halifax, Nova Scotia, het die briewe en veldboek gelees, wat genoem word primêre bronne. En soos hy vermoed het, verskil die inhoud van hierdie primêre bronne aansienlik van die byna romantiese beeld wat oor geslagte met elke mondelinge oorvertelling aangedik is.

Die museum, meen hy, sal so 'n stukkie historiografie verwelkom oor die persoonlike wel en wee van die manskappe van Strathcona's Horse Field Force, onder aanvoering van kolonel Samuel Benfield Steele, stigterslid van die Kanadese Mounties. Veral die verhaal oor die wedervarings, nie altyd aangenaam nie, van 'n groepie jong vriende in 'n vreemde land en in 'n vreemde oorlog. Will Sweeney, Robbie Fernie, Dave Simmill, Angus Hunter. En die Buzzard-broers, Biff en Eddie, van Big Bear se Cree by Frog Lake waar Wandering Spirit 'n groep wit setlaars in 'n kerk vermoor het. Van Biff Buzzard, nooit sonder sy Bowie en Stetson nie, en wat ontken dat Sitting Bull se Sioux generaal Custer by Little Bighorn geskalpeer het. Sy soldate wel, maar nie vir Custer nie, want hulle, die Sioux, vat nie onrein lafaards se kopvelle nie, skryf Will Sweeney.

Bob het sy huiswerk vir die pelgrimsreis na Suid-Afrika goed gedoen. Die toerplan uitgewerk, oornagplekke bespreek, afsprake bevestig, die eerste een met 'n museumkollega in Johannesburg, kenner van slagvelde van die Anglo-Boereoorlog. Maar eers Londen toe.

Bob het ook met trots gelees van die Kanadese soldate se goeie reputasie in daardie oorlog, veral by die tweede Slag van Paardeberg en later by Leliefontein, waar drie Kanadese die Victoria Cross gekry het, een die Queen's Scarf. Teen die einde van die oorlog in 1902 het die Kanadese tol in die Boereoorlog op nege en tagtig gestaan.

In kultuurhistoriese argiewe het hy 'n Canadian Almanack van 1903 opgespoor met volledige besonderhede oor offisiere en manskappe van die Derde Kontingent wat op 17 Maart 1900 op die SS Monterey uit Halifax na Kaapstad vertrek het. In die Kanadese parlementêre argiewe het hy in Sessional Paper 35a, 1901, Appendix G2, die volledige lys gekry van manskappe van Strathcona's Horse wat in die Boereoorlog gesneuwel het: registrasienommer, rang, naam, plek, datum en vermoedelike plek van graf. Onder die gesneuweldes Will Sweeney op 4 September 1900 by Badfontein.

Maar nêrens kon hy 'n aanduiding vind dat sy oupagrootjie 'n groot held was nie. Aan Will is geen Victoria Cross of Queen's Scarf toegeken soos die mites en stories van sy familie dit wil hê nie. As Will 'n held was, het dit ongesiens verbygegaan, en was dit nie op die slagveld nie. In die primêre bronne – die briewe en die veldboekie – is 'n gaping, iets versweë, 'n neweligheid wat Bob Sweeney se nuuskierigheid prikkel. En nou wil Bob nie net sy vermiste voorsaat gaan soek nie, maar 'n gaping gaan vul.

Hy wil weet wat op Saterdagnag 1 September 1900 in 'n plaashuis gebeur het. Hy wil weet van 'n treurige insident wat nêrens in amptelike dokumente aangeteken staan nie, en hy wil veral meer weet van Will Sweeney se byna terloopse ontmoeting met 'n sewejarige dogtertjie wat hy in teer verwysings selfs by die naam noem: klein Hannie Yssel.

Nee, dink Bob, dit word nie meer net 'n pelgrimstog nie, maar 'n speurtog. Hy wil nou self gaan soek na Hannie Yssel se nasate om dié raaisel te help opklaar.

21

Sy probeer opstaan, maar haar enkel swik onder haar. Sy bly op haar maag lê, lig haar kop op en kyk na die karre, nou glimmende spatsels in die eerste strale van die nuwe dag se son. Sy hoor die geroffel van die asems agter haar naderkom, maar sy kyk nie om nie, haar oë vas op die pad waar haar bevryding haar bly ontwyk.

"Los uit!"

Sy stem 'n sweepslag toe sy haar oë sluit en die nat neuse en tonge van die honde aan die vel van haar kuite voel. Nou probeer sy nie meer die trane keer nie, lê met haar wang op die grond, so moeg, so seer, wil dut, net 'n bietjie rus en slaap.

"Emma, Emma," sê hy bokant haar. "Wat besiel jou tog?"

Dit is asof die wiele van die karre deur die grond na haar oor dreun, diep en dof soos die asemhaling van 'n groot dier.

"Ek't mos gesê ek gaan jou nie seermaak nie. En kyk nou. Kyk hoe lyk jy. Emma?"

Haar oë gaan oop, sien die stowwerige skoene langs haar gesig, die knapsekêrels aan die veters en broekspype.

"Dit was nooit my plan om jou seer te maak nie. Kom, laat ek jou ophelp."

Sy uitgestrekte hand langs sy broekspyp.

Sy stoot haarself op, ignoreer die hand, kom orent, kyk nie na hom nie, probeer met haar vuil hande die stof van haar swart rok afvee, trek aan die heupe, aan die halslyn, vee oor haar hare.

In die ander hand het hy die .22, byna terloops. Wat sou hy gedoen het, dink sy, as sy nie geswik het nie, as sy bly hardloop het. Sou hy haar gejag en geskiet het soos 'n haas en 'n das?

"Leun op my arm, dat ons huis toe kan gaan. Wat moet ek tog met jou doen, Emma? Jy's vol bloed en skrape en vuil, en alles so onnodig. En ek moes al werk toe gery het. Ek's laat vir werk. Mense sal wonder wat van my geword het."

'n Paar keer struikel sy, kan nou skaars op die voet trap, die enkel dik geswel. Maar wanneer hy haar wil help, ruk sy haar weg.

"Wat van 'n lekker warm stort? Hoe klink dit? Sjampoe, seep . . . en ek't 'n japon vir jou. My moeder s'n, sy sal nie omgee nie. En dan kan jy Deep Heat aan jou enkel smeer, en slaap en uit-rus."

Sy kreun met die buitetrap op.

"Dis my woonplek. Maak jou tuis. Die badkamer is daar. Ek sal hier sit en wag. Wil jy na musiek luister terwyl jy stort? Paganini? Dis ál wat ek het."

Sy staan onder die stort en laat die water die vuil van meneer Lotz se werf van haar afspoel voordat sy tam met die sjampoe en seep begin. Sy skrop en was, skrop en was asof sy nie die smet en reuke van die pakkamer uit haar hare en van haar vel kan afkry nie. Die seepwater brand die rou wonde van haar vel, die moegheid is in haar spiere en, veral, in haar gees. 'n Nag sonder slaap, 'n nag vol hoop, en die triomf toe sy die plank voor die ven-ster wegbreek, uit haar gevangenisstraf kon ontsnap.

Toe sy die stortgordyn wegtrek, lê 'n skoon handdoek oor die wasbak, langsaan 'n outydse kamerjapon, ook skoon, met die vae reuk van motbolle. Sy staar na die rol watte en medikamente vir haar beserings op die wasbak. Hy jag haar met honde en geweer, en bied haar dan 'n stort en medisyne aan? Gaan staan by die klein venster, hande om die diefwering. Bly vertoef terwyl sy tydsaam die skraapmerke aan haar voete en bene en hande en arms begin verpleeg.

"Emma!"

Sy vryf die Deep Heat aan haar geswolle enkel in, ruik die mentol, voel hoe die salf haar vel verkoel.

"Emma, jy nog daar?"

Sy skud haar nat hare uit, vou die handdoek om haar kop soos 'n tulband.

Hy wag haar in sy leunstoel in. "Voel jy beter?"

Hy kom staan voor haar, beskou haar gesig aandagtig, sê: "Uh-huh."

Dan draai hy weg en beduie na die oop deur: "Jy kan in my werkkamer gaan lê en rus, slaap as jy wil. Jy kan die hele dag slaap. Kom. Maar jy sal verstaan, Emma, dat ek jou nie weer kan vertrou nie. Ek kan nie weer 'n kans waag nie."

Die kombuis is 'n wanorde van rommel en kosafval, van vuil skottelgoed en koerante en papiere op die tafel, vloer, werksoppervlakke. Die stank 'n aanslag op haar neus.

"By daardie deur in," beveel hy agter haar. "En op die bank. Gaan lê op die bank."

Aan die plafon 'n enkele skerp gloeilamp, om haar pelse en huide aan houtrame gespan. Sy ruik bloed, ontbinding, asyn, die reuk van nat dierehare. Sy gaan sit op die plastieklaken op die bank. Hy vat nie sy oë van haar af terwyl hy na 'n rol kleefband op die laaikas by die koppenent reik en na haar uithou nie.

"Ongelukkig kan ek sien dat jy nie wil saamwerk nie, Emma. En ek't jou tog mooi gevra. Bind nou jou enkels aanmekaar vas."

Asof in 'n waas, asof sy geen wilskrag meer het nie. Hy toets die band om haar enkels.

"Goed, lê nou plat op jou rug, arms weerskante teen jou lyf."

Die kleefband om haar polse aan die deksparre van die werkbank vas, ook oor haar bobene en bolyf, onder haar borste, oor die kamerjas. Sy sluit haar oë, te moeg vir weerstand, moet eers slaap, voel skaars die prik van die naald in haar arm.

"Net 'n kalmeermiddel, om jou te help ontspan. En nou moet ek werk toe gaan, 'n besige dag. As jy dalk laatmiddag wakker word, dalk weer daarin slaag om los te kom . . . pas tog op vir die honde. Hulle't jou reuk gekry."

Sy kom by, die eerste gewaarwording dat sy styf in 'n groot skroef vasgeklem is, onbeweeglik, net haar oë kan beweeg. Deur die hortjies voor die venster by haar gesig sien sy die lang skaduwees oor die werf. Sy kry haar kop gedraai, voel die pyn in haar enkel, kry die aardige reuke in haar neus.

Sy is ineens helder, alles in haar kop soos 'n lig wat aangeskakel word. Beur teen die kleefband, luister na geluide. Die huis stil, buite die gekoer van 'n tortelduif. Sy wonder hoe lank sy geslaap het. Moet laatmiddag wees. In haar arms en bene die geprik van die doodsgevoel wanneer 'n ledemaat slaap van te lank in dieselfde posisie lê. Hulpeloos teen die kleefband. Maar as hy kom en haar losmaak, is daar nóg 'n kans. Daar is áltyd 'n laaste kans. Sy roer haar hande en vingers en voete en tone om die sirkulasie van bloed te stimuleer. Die pyn in die enkel moet sy uit haar gestel ban. Wanneer die laaste kans aanbreek, moet sy reg wees.

Sy wag en beplan wat sy gaan doen, hóé sy dit gaan doen. Sy het geen keuse nie. Sy het geslaap, gerus, haar verstand weer helder, nie versuf soos daar by die draad nie.

Sy hoor die kar. Die voetstappe op die houtvloer van die kombuis, die sleutel in die deur van die werkkamer. Sluit haar oë, gesig na die venster gedraai.

Hy leun oor haar en toets die kleefband, so naby sy kan die materiaal van sy broekspyp aan haar hand voel skuur.

"Emma," sê hy sag, asof traag om haar uit haar slaap te wek. "Emma, kan jy my hoor?"

Sy vingers aan haar keel om vir hartklop te voel, en stap uit. Hy werskaf in die kombuis, sy hoor die piep van die mikrogolf, hoor hom buite met die trap opstap, 'n rukkie later die vioolmusiek. Buite word dit donker, sy sluimer weer in.

Toe sy wakker word, is die lig skerp bokant die bank waarop sy lê. Wriemel haar vingers en tone.

"A," sê meneer Lotz. "Uiteindelik wakker. Goed geslaap, uitgerus?"

Sy wonder hoe lank hy haar staan en dophou het. Die voorskoot span oor sy buik. Wat nou? As hy haar losmaak, die eerste kans, nie wag vir 'n béter kans nie; die eerste een. Met alles in haar, al haar krag, elke greintjie. Sy het haar strategie bedink.

"Is dit die bank, meneer Lotz? Is dit hoekom ek hier is? Jy's nie tevrede hoe jy behandel word nie."

"Abel," sê hy. "Noem my Abel. Die bank behandel my goed, ek't g'n probleme met die bank nie. Ek't nie probleme met enigiemand nie."

"Wat dan? Het ék iets verkeerd gedoen? Het ék jou nie hoflik behandel nie?"

"Jy't niks verkeerd gedoen nie, Emma. Maar ek't iets van jou nodig, en ek sal dit waardeer as jy my daarmee kan help."

Sy sal saamspeel, hom gerusstel, onderdanige pateet vir hom wees.

"Dankie dat jy my laat stort en rus het. Ek voel baie beter."

Hy betrag haar met sy hande agter sy rug gevou, 'n effense glimlag om sy mond. Sy kry weer die indruk dat hy haar opweeg.

"Het jy met seep gewas? Is jou vel skoon?"

"Ja, met seep."

"Velsorg is baie belangrik. Veral vir 'n jong mens, voor die kreukels begin en die uitdroging. Dan's dit te laat."

"Jy sê ek kan jou help. Hoe kan ek jou help?"

Sy oë op haar boesem. 'n Vis met groot, ronde oë? Jakopewer, ja. Dit is hoe meneer Lotz se oë lyk, die oë op haar boesem. Dit is wat hy gaan doen, dink sy, hy is 'n borsman. Maar sy sal hom laat begaan, haar aan hom uitlewer, sy skanse afbreek, as dít is wat hy wil hê. Tot hy gerus is.

"Jy's bang ek molesteer jou," sê hy.

"Ek sal vir niemand sê oor die ontvoering nie. Ek sal nie 'n woord vir enigeen noem nie. As jy my los, sal ek stilbly."

"Ek's nie 'n aanrander of 'n verkragter nie. Net boewe en barbare doen sulke goed. Buitendien," sê hy op sy bedaarde manier, "jy's nie my soort nie. Jy's sondig en sonder sedes. Lees jy jou Bybel, Emma?"

Bybel? In die Kamdeboo was sy in die Sondagskool, sy is in die kerk aangeneem en voorgestel, sy het elke Sondagoggend saam met haar ouers en broers in die banke gesit en na dominee Prins geluister, saam met haar ma uit die Psalm- en Gesangeboek gesing. Haar Bybel het sy saamgebring Johannesburg toe, steeds in haar woonstel, nou in die laai van haar bedkassie, nie meer bo-op nie.

"Nie gereeld nie," sê sy.

"Dis 'n fout. Ken jy Tessalonisense?"

Skud haar kop, onseker waarheen hierdie vreemde gesprek mik.

"Kyk hoe lyk jy, Emma. Mismaak jouself, gebruik jou liggaam om mans te prikkel, tot onsedelike dade uit te lok."

"Dis my lewe. As ek dit wil doen . . ."

"Gaan drink saam met 'n man drankies in Rosebank, ouer man, kon jou pa gewees het, en seker getroud."

"Hy's hoflik, gaaf, laat my goed voel."

"Nooi hom na jou woonstel toe, verlei hom tot owerspel, forni-keer ure met hom. Hy swig voor jou listigheid; nie sy skuld nie, jóúne."

"Is dit hoekom jy my wil straf?"

Hy lig 'n hand na haar gesig, 'n hand in 'n handskoen van lateks, tussen duim en voorvinger die sonbril. Hugo Boss, wat sy voor by haar hals vir Dawid Eigelaar ingehak het.

"Is dit syne?"

Knik. Hy wil haar net skrikmaak, dink sy. Dit is wat hulle doen, dié omhelsers van Bybels. Sit die vrees van satan in jou. As sy saamspeel, haar sondes bely, boete doen, geduldig luister en saamstem, miskien kry sy haar laaste kans.

"Wat's sy naam?"

"Dawid."

"Dawid. Sy vólle naam. Adres, telefoonnommer?"

"Hoekom?"

Sy adres ken sy nie, net Sandton, en 'n naweekhuisie langs die

Vaal waarheen hy haar genooi het. Sy selnommer wel; bel hom om sy afsprake by die bank te bevestig, het hom al gebel om vir blomme te bedank.

"Hoekom? Dit staan tog so geskryf: 'Want dit is die wil van God: julle heiligmaking; dat julle jul moet onthou van die hoerery.' Ken jy daardie versie, Emma? Een Tessalonisense vier vers drie?"

Sy skud weer haar kop. "Wil jy vir my preek ... Abel? Is jy van 'n sekte? Ek sal enigiets vir jou doen."

"Nie van 'n sekte nie. 'n Kosmiese reisiger, Emma. Dis wat ek is. Ek reis deur verre galaksies. Verder as Ursa Minor en Draco. Kan jy jou dáárdie afstande voorstel?"

"Nee ..."

"Die naaste ster, Alpha Centauri in ons eie Melkweg, is net viér ligjare van die aarde af. En die vinnigste Voyager sal honderd duisend jaar vat om by hóm uit te kom. Ek reis veel, veel verder, ja, selfs sover as Andromeda en Triangulum en dié is byna drie miljoen ligjare ver. Dis só ver ek reis."

Haar kop draai. "Ek weet nie van sterre nie. Wat moet ek vir jou doen?"

Steeds met sy hande agter sy rug. "Besig om my kosmiese joernale saam te stel, wil dit in leer laat bind."

Sy regterhand kom agter sy rug uit, trek die japon oor haar bors effe oop, streel met sy vingers oor die vel, byna liefderik oor die hasie wat uitloer. Sy vingerpunte koud op haar vel, maar sy probeer nie teen die kleefband wegruk nie, laat hom begaan. Die huide wat hy in die rame gespan het vir sy boeke, dink sy. Maar hoe kan sy hom dáármee help?

"Moet ek die tikwerk vir jou doen?"

"Nee, die setwerk sal Ignaz Bouts doen. Hy het Fourdrinier-papier daarvoor aanbeveel."

Die vel van haar bors nou tussen duim en wysvinger asof hy die soepelheid van die hasie se snoet toets. Draai na die laaikas by die koppenent uit haar gesigveld.

"Ek sal jou help, met enigiets. Ek's so styf . . . Abel. Van die hele dag se gelê in een posisie. Kan ek 'n bietjie opstaan, strek, vir bloedsirkulasie?"

"Ek't nie tikwerk nodig nie."

Sy hande terug, tussen sy vingers 'n spuitnaald wat hy in 'n fiool druk.

"Wat gaan jy doen?"

"Net 'n prik in die aar van jou voorarm, al wat jy sal voel. Nie seer nie, miskien 'n bietjie branderig. Maar die effek is vinnig, veertig sekondes, dis al. Dis hoe lank arm-tot-brein-sirkulasie vat, het jy dit geweet, Emma?"

"Hoekom?" vra sy.

"Om jou rustig te laat slaap," sê hy.

"Maar ek't die hele dag geslaap."

"Hoe voel die enkel?"

"Seer."

"Sien, die inspuiting sal help. Jou laat ontspan."

Nou begin sy teen die kleefband stoei, skud haar kop, haar boesem dein, trane uit die hoeke van haar oë, druppels sweet soos dou aan haar bolip. Sy voel die naald in haar arm. Hy draai terug na sy rak toe. In die plek van die spuitnaald 'n koki-pen tussen sy vingers. In haar mond die smaak van bloed waar sy haar lip stukkend byt. Sy skree, woel, stoei, gil.

Dan raak sy stiller, kalmer, bereik daardie toestand van kommerlose, onversteurbare vrede en rus, asof versoen wat met haar gebeur, nie meer nodig om teen die prikkels te skop nie; sy kan haar oorgee aan sy stem, al hoe sagter, asof hy haar sus.

"Hoe voel jy, Emma? Al slaperig? Ek't gedink aan jou gesig. Maar toe jy onder die stort uitkom, kon ek jou van naby beskou, sonder grimering. Nee, jou gesig sal nie deug nie, jou vel is nie reg nie. Maar waarmee jy my tóg kan help, is met hierdie haas op jou bors. Teken van die konstellasie Lepus. Ek het jou Lepus nodig vir die voorblad van my tweede volume. Kan ek dit kry, Emma?"

'n Fladdering van haar ooglede voor dit sluit.

22

Met sy kos word Silas Sauls nie aangejaag nie. Sy roetine in die kombuis plegtig, byna gewyd. Hy kyk graag na hulle op TV, want hy geniet die oënskynlike gemak waarmee hulle met bestanddele kan toor, maar vir die flambojante celebrity chefs het Silas min ooghare. Só kasueel, só perfek kan g'n gereg berei word nie. Maar hulle gee hom wenke wat hy in sy kombuis beproef en aanpas volgens sy eie smake. Sý kos, glo Silas, is eenvoudig, smaaklik en voedsaam. Sonder Michelin-sterre.

En Silas Sauls is inderdaad die meester van die toebroodjie. Twéé soorte: die droë toebroodjie, en die nat toebroodjie. Die droë een vir peusel, die natte vir eet. Die geheim van enige toebroodjie is die vulsel. Maar sonder ordentlike vars brood kan die beste vulsel geen toebroodjie red nie. Sy toebroodjies vergelyk Silas graag met 'n mooi vrou. Die mooiste vrou kan bederf word deur 'n onaptytlike aanskyn. Hoe sy haarself aantrek en aanbied, is 'n noodsaaklike deel van haar verlokking, en laastelik die belofte van haar varsheid en smaak.

In die bakkery – nie die supermark nie – bekyk Silas nou die brode. Vir die vulsels wat hy noem "ekstra nat", soos tuna en tamatie, gebruik hy korserige brood, goeie ciabatta of baguette. Suig die geure op sonder om pap of kluitjierig te word. Goeie brood het ook voedingswaarde en gee afwisseling, tekstuur en smaak aan 'n toebroodjie, lyk aantreklik en beskerm die inhoud. Soos 'n mens se vel.

Maar vir vanaand het hy 'n sagter kors nodig, miskien 'n Portugese brood, of focaccia. Hy besluit op Wesfaalse pompernikkel en betaal terwyl hy en sy bakker, Kostas Paparrigopoulos, vlugtig 'n woord oor die hondjies wissel.

Sy volgende bestemming is Mart Schoonraad se kaaswinkel. Nie net celebrity chefs besef die belang van vars bestanddele nie. Hy soek bloukaas, maar nie Franse Roquefort of Italiaanse Gorgonzola of selfs goeie Engelse Stilton nie. Die Cabrales uit Spanje, dié vra Mart Schoonraad spesiaal vir Silas Sauls op bestelling aan, steeds toegedraai in die blare van die esdoring (*Acer pseudoplatanus*). Wanneer Silas die eerste bros brokkie van hierdie beleë kaas in sy mond sit en sy oë sluit om die geur te adem en te waardeer, vind 'n kortstondige verdowing van die punt van sy tong plaas. Dit is die toets wat die Cabrales moet deurstaan, glo Silas en knik goedkeurend vir Mart.

Nou ry hy slaghuis toe vir die ryp lendestuk wat hy by sy Duitse slagter bestel het. Saam met die bief koop hy maagspek, spesifiek Pancetta, twee weke gekuur in sout en peper, naeltjies, kaneel, en die jenewerbessie en muskaatneut vir daardie kenmerkende kruiesmaak.

Hy bekyk sy inkopielys tevrede, merk dit met 'n potloodstompie af, en ry huis toe. 'n Beskeie huis in Sophiatown. Meer kan hy nie bekostig nie. Die egskeiding het hom byna geruïneer, sukkel al tien jaar lank om weer op die been te kom. Maar al kon hy 'n beter huis bekostig, miskien in Emmarentia of Linden, of selfs in Northcliff teen die hang van Aasvoëlkop, sal hy verkies om steeds hier te bly. Hy hou van Sophiatown, en hy hou van die gemoedelikheid van die buurt se inwoners. Goeie, aardse mense sonder pretensies; bure gesels nog met mekaar oor die heinings. In die laagte, naby die hokkievelde van die universiteit, voel dit nie asof hy in 'n groot stad is nie.

Een geluk: sy eks is uit sy hare uit, terug Kaap toe. Sy dogter ook, maar vir háár mis hy, vir haar en die kleintjies. 'n Oupa wil sy kleingoed om hom hê. Hét darem vrouegeselskap, soms. As Mara oorkom, geniet hy die stem van 'n vrou in sy huis. Sy maak slaai met repies maer bief of hoender (g'n toebroodjies nie) en hulle gesels, kyk saam TV en sy vra uit oor moorde en hondjies. Maar sy kom nie dikwels oor nie. 'n Oor-en-weer-kuiery, meen sy, is nie betaamlik vir 'n nuwe weduwee nie.

Silas is nie haastig nie. Al tien jaar alleen, kan nóg 'n paar maande wag, respekteer Mara Alkaster se eerbare gevoelens. Soms bring sy 'n knipper en skêr saam, drapeer 'n handdoek oor sy skouers en hy voel haar sagte hande wanneer sy sy hare versorg. Knip selfs sy snor. Sy hou van 'n man wat netjies gegroom is, sê Mara. Silas hou daarvan as Mara hom groom. Wanneer hy in die omgewing van die Mall is, stap hy graag by haar haarsalon in, vir 'n geselsie, nie vir groom nie. 'n Kolonel van moord-en-roof word nie in die openbaar in 'n haarsalon vir vroue gegroom nie. Maar haar gesig straal as hy daar instap, en sy kom sit en skink tee en klets. Mara is 'n groot kletser en Silas het dit nodig, al is dit net vir luister.

Silas reken die gewag is die moeite werd, gee Herkie Alkaster sy fatsoenlike tyd om in Wespark van stof tot stof terug te keer. Niks jaag hulle nie.

Vier snye van die pompernikkel, effe gerooster vir daardie krakerigheid onder sy tande, in die pan die bief in die botter en knoffel, sout en peper en soet rooi muskadel. Oorgedra na die snye, sous uit die pan op die vleis, dan die Cabrales, dán die Pancetta, skink 'n glas Merlot, druk die servet voor by die kraag in, mond al oop vir die eerste hap, smaaktepeltjies op die tong al geprikkel deur die geure, toe die selfoon lui.

Dêm. Dit is sewe-uur, die TV-nuus begin, sy kos word koud.

"Kolonel," sê adjudant Ella Neser, "nóg 'n liggaam. Weer 'n vrou."

"Ek's besig. Kan dit 'n halfuur wag? Sal sy omgee?"

"Weer by Alberts Farm."

"Dêmmit!" sê Silas, sluk diep aan die wyn teen sy grimmigheid, gewoonlik nie iemand wat sy gevoelens in growwe polisiespeak uiter nie.

"Verwurg, lyk dit," sê Ella Neser.

"En?"

Ys vir haar volgende antwoord, spoel 'n kleiner sluk in sy mond rond sodat die aroma sy mondholte kan vul. Sy wyn, sy ete, alles bederf. Saam met sy voorbereiding vir die hondjies; bakker Kostas het juis so 'n goeie wenk gehad.

"Hy't weer 'n stuk van haar vel uitgesny."

Die antwoord wat hy nié wou hê nie.

"Is jy seker? Dis nie net 'n wond nie?"

"Sy lê hier voor my, kolonel."

"Dis 'n ritueel," sê hy.

"Is dit 'n reeks?" vra sy. "Het ons 'n reeksmoordenaar?"

"Jy moet hom kry, en vinnig. Die hel gaan los wees."

Hy kyk af na sy bord. Die probleem is: jy het twéé hande nodig vir 'n dik toebroodjie. Om reg te laat geskied aan 'n goeie toebroodjie, moet jy dit in albei hande na die mond toe bring sodat die sous behoue bly. Die sous is onlosmaaklik van die malse pienk vleis. 'n Bieftoebroodjie sonder sous is soos 'n mooi vrou sonder blos.

"Dokter Koster is op pad."

"Ek kom," sê hy.

Hy eet sy toebroodjies, vier stukke netjies diagonaal deurgesny, en drink sy wyn. Maar sy ete is bederf. Goeie kos moet nie afgesluk word terwyl 'n kadawer lê en wag nie. Elke koutjie moet geniet en waardeer word, die geure agter in jou neus van die knoffel, die vinkel, die neut en bessie van die Pancetta, die byt van die Cabrales op jou tong se punt. En die hondjies sal moet wag.

Hy kom oor die veld, aangelok deur die skerp ligte agter die bosse en bome. Aan die noordwestelike soom van die uitgestrekte park, agter die familiegrafte, die klipheuweltjie verberg deur ruie bome. Dit is hier, in hierdie rotsformasie, waar die artesiese fontein van diep onder uit die grond uitborrel. Waar die skalie en kwarts van twee skotige rotshellings geknoetse stamme ontmoet, lê die oerwater wat die dam ondertoe voed. En uit die dam dreineer die water na die moeras en die kleiner leliedam so honderd tree stroomaf, daar waar San van der Merwe die wit gesig in die sekelmaan na die heining sien loop het, waar Ella die Parrot's Feather gepluk het.

Die forensiese patoloog op sy hurke by die liggaam toe Silas in die ligkring verskyn, sag op die agtergrond die gedreun van die draagbare kragopwekker vir die ligte. Buiteom die polisiebaniere 'n samedromming van nuuskieriges uit die woonhuise neffens die park; 'n régte moord veel opwindender as 'n aand voor *CSI Miami*.

Silas woel met 'n tandestokkie by die kiestand wat hy laat kroon het. Die gevolg van 'n haastige ete, dink hy: 'n lende-reste tussen jou tande. Sy oë op die boesem van die jong vrou, op die rou wond waar haar vel geskalpeer is, gestolde bloed en geel serum.

"Gisternag dood," sê Ella. "Dokter Koster skat sy's agtien, twintig uur dood, rigor mortis volledig."

"Hoe laat is sy gekry?"

"Sesuur vanmiddag. Die man daar by Fred Lange, die een met die verkyker om sy nek, sê hy's 'n amateur-ornitoloog, en het 'n . . ." Sy raadpleeg haar notaboek. "Hy't 'n Swainsons-bosfisant bekruip, hier agter om die klipheuweltjie. Pleks van die fisant het hy die vrou gekry."

"In net 'n ou kamerjas van flanel," sê dokter Koster. "Uit die motbolle uitgehaal. Geen onderklere nie."

Die kamerjas bruin van die droë bloed van die wond aan haar bolyf.

"Was sy lewendig?" vra Ella.

"Toe haar vel gevil is? Ja, aan die bloeding lyk dit so, nes die ander een. En ook vasgebind nes die eerste kadawer."

"Mia Vermooten," sê Ella Neser. Hulle hét name, noem hulle op die name, sê die skerp toon van haar stem.

Silas merk die skaafmerke aan die vel van die polse en enkels waar dokter Koster beduie. Sien ook die kneusings en krapmerke aan haar arms en bene en voete, die geswolle linkerenkel.

"Vasgebind met iets klewerigs, ook kleefband, nes . . . Mia Vermooten," sê dokter Koster. "Aan haar vel en armhare tekens van gom wat ek sal laat toets. En aan die skaafmerke lyk dit of sy by haar volle bewussyn was. Sy het probeer loskom, teen die kleefband gestoei en haar vel gekneus."

"Haar naels is gebreek," sê Ella Neser. "En sy het veelvuldige beserings aan haar ledemate. Sy't nie net gaan lê en haar aan haar lot oorgegee nie. Hierdie een het 'n helse geveg gehad."

Silas loer na die adjudant, byna tenger langs hom, reik skaars tot by sy skouers.

"Helse geveg?" sê hy.

Merk die trek om haar mond. Soos die ponies, laas toe hy by die resiesbaan was, wat die stang vasbyt in die pylvak. Dit is wat hy van haar verwag, dit is hoe hy haar ken. En hy dink Mia Vermooten en hierdie nuwe een is in goeie hande. Die man wat dit aan hulle gedoen het, sal ook nog vir Ella Neser leer ken. Daaroor het hy nou geen twyfel nie. Soos die haker.

"Maar toe sy gesny is? Sy was lewendig, maar was sy by haar positiewe toe hy haar vel uitgesny het?" wil sy weet. "Kon sy van die beserings opgedoen het toe sy stoei terwýl hy haar sny?"

'n Goeie vraag, dink Silas. Hy sal ook graag wil weet. As sy by haar positiewe was toe haar vel uitgesny is, plaas dit die ondersoek, en die moordenaar, in 'n heel nuwe lig.

"Sy was lewendig, weens die bloeding," sê dokter Koster. "By haar positiewe? Dié kan ek nie sê nie. Dit sal ek eers in die outopsie kan vasstel." Hy lig 'n penflits se lig op haar lippe. "Ook bloed aan die lippe, maar dit kan wees van haar pogings om haarself te bevry, miskien haar lip raak gebyt. In die outopsie sal ek in haar mond kyk, haar tong. Dit sal 'n beter aanduiding gee. As sy gesny is terwyl by haar bewussyn, sou dit baie pynlik gewees het, sy sal erger bytmerke hê, waarskynlik aan haar tong."

Die arms styf teen die liggaam, in dieselfde posisie as toe hulle Mia Vermooten gekry het. Op haar rug uitgestrek soos 'n lykbesorger met 'n liggaam in 'n kis doen.

"Sy't gebad voor sy dood is. Hare gewas. Kan die sjampoe ruik. Die wonde van die skrape is skoon, selfs behandel met Mercurochrome. Wie gebruik nog Mercurochrome?" vra die dokter.

"Gewas, kaal, net 'n kamerjas aan? Iemand wat sy ken, 'n minnaar?" vra Ella.

Silas krap aan sy nek.

"Passie wat skielik gewelddadig handuit geruk het?"

"DNS van semen sal help," sê Ella.

"Miskien het sy ook wit poeiertjies in 'n laai in haar blyplek," sê Silas. "Dit kan die verband tussen die twee wees. Daar's altyd 'n verband."

"En 'n tweede een op dieselfde plek kom los, hier op Alberts Farm. Miskien bly hy iewers in die omgewing," sê Ella.

"Sy's goed versorg," sê dokter Koster. "Haar hande en voete, afgesien van die beserings; vars lak, wat oor is aan haar vingers en tone. Ring, nekketting."

"Nie roof nie," sê Silas. "Nie besteel nie. En mooi, soos Mia Vermooten, maar jonger. Sexy."

"Dis dieselfde moordenaar," sê Ella ineens. "Dieselfde gedrag, dieselfde forensiese bewyse."

"'n Reeksmoordenaar? Is dit wat jy sê, Ella? Is jy nie bietjie oorhaastig met jou gevolgtrekking nie? Ons het nog net twee."

Silas, geen slaafse navolger van kriminologiese geskrifte en geleerde teorieë nie, ken die amptelike definisie van die FBI van 'n reeksmoord wat nou algemeen wêreldwyd in wetstoepassing gebruik word: Moord op twee of meer slagoffers deur dieselfde oortreder(s) in afsonderlike voorvalle. En reeksmoordenaars is dikwels aangetrokke tot 'n bepaalde geografiese gebied, beweeg nooit te ver van hulle eie, bekende omgewing af nie.

"Adjudant Neser is reg," sê dokter Koster. "Dieselfde MO. Met die hande verwurg, weer van voor af met sy duime teen haar slagare, sy vingers weerskante om haar nek."

Modus operandi, die herhalende handelswyse van 'n reeksmoordenaar; min van hulle wyk van hulle vertroude MO af, weet

147

kolonel Sauls. Maar hierdie een verkies 'n persoonlike, intieme MO. Hy hou die dokter se vingers dop, onder haar hare in haar nek, langs haar keel.

"Geen gaatjie van 'n prik onder háár ore nie." Dokter Koster soek verder, in haar oksels, vou van die elmboë, sê: "Ah-ha." Hy kry die merk van 'n spuitnaald in die arm. "Ook ingespuit, bedwelm voor hy haar begin sny het. Daarna verwurg. Hy spaar hulle die pyn, dieselfde as met die eerste geval."

"Mia Vermooten," sê Ella. "Dis haar naam, die eerste geval."

"Jy oukei?" vra Silas vir Ella.

Sy knik.

"Waarmee is hy besig? Die siek maniak."

Maniak, dink Silas. In sy woordeskat is beter beskrywende woorde, nie in die geselskap van vroue nie, en buitendien nie geneig tot skatologiese platvloersheid nie. Maniak sal doen, vir eers.

"Ook geen leidrade oor wie sý is nie," sê Ella. "Kan nie weer 'n week wag in die hoop dat iemand haar as vermis sal aanmeld nie."

Silas draai na Ella, asof hy haar nou vir die eerste keer mooi raaksien.

"Jy't weer 'n sweetpak aan, adjudant."

"Ek was by die huis," sê sy. "As ek ontspan, word 'n lyk gekry."

Hy wil sê van sy steak-en-bloukaas-toebroodjie, maar los dit. Sê: "Bel vir Andy Collipepper, gee hom weer 'n wenk. Een van hierdie nuuskieriges gaan wel die koerante bel. Laat ons die ding beheer. Gee vir Collipepper 'n scoop."

"'n Wenk oor 'n moontlike reeksmoordenaar. En 'n foto van haar gesig. Ons kry dalk gouer haar identiteit."

"Die gesigte van twee vermoorde jong vroue sal koerante verkoop."

"Niks oor hulle vel nie," sê sy.

"Miskien het jou San laas nag in haar dwalings weer 'n wit gesig in die maan sien loop."

"Ons het al die bosslapers ondervra, ook vir San. Niemand het iets opgemerk nie. Maar hulle is nou op hulle hoede. San is bang sy's ook 'n teiken."

"San sal eers 'n besoek aan 'n naelboetiek moet bring, 'n verjongingskuur ondergaan. Ek dink San is veilig."

"Wat beteken die ritueel met die verwydering van hulle vel?"

Die ding met die velle, sien Silas, pla Ella erg.

"Ons sal die forensiese kwakke moet vra, die profileerders, die analiste wat die verbande ondersoek tussen slagoffers, en tussen slagoffers en aanvallers. Ons sal 'n taakspan saamstel uit alle dissiplines. Ons sal by professor Papendorf gaan kuier."

"Was al 'n slag by hom. Hy't voorspel daar gaan nog slagoffers wees."

"Jy's nie net die ondersoekbeampte van jou eerste moordsaak nie, maar van 'n reeksmoordenaar, adjudant. Jy sal vir 'n ruk moet vergeet van 'n sosiale lewe."

"Ek hét nie 'n sosiale lewe nie, kolonel. Kan nie eens soggens rustig gaan oefen of saans ontspan nie."

Hy kom eers ná middernag tuis. Vir Silas is dit duidelik dat hierdie tweede moord op 'n jong vrou, en veral die ritueel daarvan, vir Ella Neser diep ontstig. Dit is goed as sy so geraak word deur die handewerk van 'n moordenaar. Dit sal haar fokus, haar vasberade hou om die oortreder vas te trek. Maar die keersy is dat 'n persoonlike betrokkenheid by 'n slagoffer 'n emosionele las plaas. En dit is nie goed nie. Die geheim is 'n ondersoeker se geestelike balans; medelye moet haar besiel en aanvuur, afsydigheid moet haar kop oophou.

Van die Merlot het hy net twee glasies saam met sy haastige ete gedrink. Nou smyt hy die kurkprop in die afvalblik en trek sy sisteem nader. Om sý kop oop te hou, sit Silas nie met blokraaisels of Sudoku of internetpoker nie. Hy werk die permutasies vir sy sisteem uit, en laat toe dat leidrade en bewysstukke van moordsake iewers in die hoeke van sy brein lê en prut. Hy bêre as't ware sy moordgedagtes vir sy sinapse. Terwyl hy met sy hondjies besig is, doen die sinapse, soos 'n kragtige rekenaar, hulle eie logaritmes. En hulle laat hom nooit in die steek nie. Miskien nie vannag nie, miskien nie môre of oormôre of die dag daarna nie, maar onverwags, gewoonlik in die nag, gaan die alarm in sy kop af, skrik hy wakker, en het kolonel Silas Sauls 'n helder, nuwe invalshoek op 'n moordraaisel. Danksy die sisteem vir die hondjies wat sy volle konsentrasie verg, weg van alles af, weg van geskende vroueliggame op Alberts Farm.

Die basiese premis van sy sisteem is eenvoudig. Dit is die toepassing, die resultaat eintlik, wat soms nie na wense is nie. En dit is onwettig. Om op die ponies 'n geldjie te verwed, dié is wettig, nie op die hondjies nie. Veral nie vir 'n dienaar van die gereg wat moet toesien dat die letter van die wet nagekom word nie. Maar die letter van die wet is nie Silas Sauls se sterkpunt nie; hy is dwars, nie 'n dienaar van enige mens of geskrif nie. En Vrydagaand, so weet elkeen, verdwyn hy. Jy kry hom nêrens opgespoor nie, sy selfoon afgeskakel. Die vermoede is dat hy soms na stemboodskappe luister, maar dit moet 'n besondere moord wees wat kolonel Sauls op 'n Vrydagaand van sy hondjies af wegkry.

Sy "aand by die hondjies", is wat hy en sy vriende, soos Kostas Paparrigopoulos, 'n Vrydagaand noem. En daarom skink Silas die wyn en bestudeer sy sisteem, want môreaand is Vrydagaand. En Kostas reken as Droopsy in die derde resies vir die binnebaan geloot is, kan jy maar 'n goeie geldjie op hom sit. Op twee jaar is Droopsy op sy piek, ses en twintig kilogram, goeie diepte in die lieste, gespierd, hoë rug, sterk nek in 'n boog uit die skouers, ronde bors. Droopsy het die 660 meter die vorige Vrydagaand in 41:60 gewen. Kostas is reg, dink Silas, Droopsy is die anker.

Die windhondrenne op 'n Vrydagaand op 'n plot buite Orlando-Wes is op sigself nie onwettig nie, die weddenskappe wél. Wetgewing word voorberei om honderenne toe te laat, op dieselfde manier as perdewedrenne. Die renne op die plot 'n loodsprojek, die doel is amateurvermaak waar telers en afrigters van renwindhonde hulle diere teen mekaar kan toets en opweeg. By Orlando-Wes is miskien nie 'n totalisator of wedhokkies nie, wel volop informele punters en bookies. 'n Aand by die hondjies is pret, én as hy gelukkig is, stop dit van die gate toe ná die egskeiding. 'n Groot ander voordeel: hy kry inligting. Hy vra rond. Die hondjies lok nie net vir Silas en sy bakkervriend Kostas nie, maar diverse skorriemorrie, aangetrek na enige klankie van wetteloosheid soos motte na 'n kersvlam. Op 'n aand by die hondjies meng Silas met sy informante, nie een 'n amptelike konfidensiële informant op die betaalstate van die polisie nie. Maar hy weet, en húlle weet, wat hier tussen die windhonde gefluister word, bly tussen die hondjies; hier is almal gelyk, nie noodwendig deursigtig nie, maar gelyk en dienslewerend. Hulle vertrou hom, en die inligting wat hulle in sy oor fluister, dié vertrou Silas. Hulle omgang as grypdiewe, sakkerollers, vervalsers, leeglêers en mindere rampokkers skeel Silas min. Hy stel belang in wat hulle aan hom mee te deel het wanneer hy uitvra oor suiwer kokaïen in 'n tuinhuis in Rosebank, wanneer hy pols oor die herverdeling van 'n vermoorde vrou se wit RAV.

Vrydagaand by die hondjies sit hy 'n geldjie op die spikkelhond Droopsy en uit sy binnesak wys hy gesigfoto's van twee vroue aan sy informele informante.

Die vierde een, 'n lang maere met onrustige oë, druk 'n vinger op die gesig van Mia Vermooten.

"Vir haar't ek al gesien," sê Jonny Esau, beter bekend as Snakes.

"Jy seker?" vra Silas, vryf oor sy gegroomde moestas, sy oë op die honde wat geweeg en geloot word en hulle muilbande kry. Droopsy het 'n blou kombers met 'n groot nommer 2 op, spring weg uit die tweede boks naas die binnebaan. Silas meen dit is 'n goeie teken. Hy het 'n binnehok in sy sisteem gepermuteer.

"Ek't vyftig op Icy Rose," sê Snakes. "Sy't verlede Sondag 'n pakkie gekoop."

"Icy Rose gaan om die eerste draai ingedruk word," sê Silas.

"Droopsy. My geld is op Droopsy. 'n Pakkie wat? Cannabis of die harde goed?"

"Droopsy is te stadig uit die blokke," sê Snakes. "Harde goed."

"Hy't hart, sterk in die pylvak. Is jy nou in die dwelmbesigheid?"

"Nee!" sê Snakes vinnig. "Koerier. Dis wat ek is. Ek lewer af. Ek vra nie uit nie, lewer net af."

"En jy't 'n pakkie vir haar gaan aflewer? Wie't jou gestuur?"

"Jy maak my besigheid dood, kolonel. Hoe kan ek so iets vir jou vertel? Dis my brood en botter."

"Sy's dood. En dít, moord, is mý brood en botter. Waar't jy die aflewering gaan doen?"

"Southgate. Rainbow Tavern. Twaalfuur Sondagmiddag. Sy was alleen. Sy't in die restaurantkroeg gesit, glas wyn en wit koevert. Die wit koevert was die teken wat afgespreek is."

"Die eerste keer dat jy haar gesien het?"

"Nee. Ek't gaan sit, gevra of sy 2006-Pinotage drink."

"Was daar ander gaste?"

"Plek was vol. Ek lewer net tussen ander mense af, nooit alleen nie. Sy't gesê nee, Shiraz. Dit was die ander teken. Ek't 'n bier bestel, die pakkie langs die koevert gesit. Ons het oor die weer gesels. Ek't die bier gedrink, die koevert gevat en geloop."

Die meganiese haas verskyn, die hekke van die wegspringhokke spring oop, laat die honde vry, in 'n bondel om die eerste draai. Droopsy lê derde, Icy Rose 'n lengte voor. Icy Rose, volgens Silas se sisteem, breek sterk oor die eerste twee honderd meter, verloor dan spoed. Hulle kom om die laaste draai, die spikkelhond skuif verby twee, op ses honderd kop aan kop met Icy Rose. Droopsy die wenner in 'n fotobeslissing.

"Fok," sê Snakes.

"Ek soek haar wit RAV," sê Silas ingenome. "Wat het jy van 'n wit RAV gehoor?"

"Sal uitvra."

"Het jy haar naam geken? Haar adres?"

Hy skud sy kop.

"Name en adresse is nie 'n koerier se saak nie. Net hoe sy lyk, kodes om haar uit te ken, plek van aflewering."

Hy het Snakes se vingers op AFIS, ook dié van sy ander informante. Afdrukke in Mia Vermooten se tuinhuis klop nie met Snakes s'n op die Automated Fingerprint Identification System nie.

"Jy ken haar nie, maar jy't al meer as een keer vir haar 'n pakkie gevat?"

"Nooit dieselfde plek nie."

"En hierdie ander een het jy nog nooit gesien nie?"

"Nee."

23

Andy Collipepper se berig in die *Post* is taamlik grimmige kyk- en leesstof, maar 'n scoop. 'n Skaakspel wat hy en kolonel Sauls speel en hy hou hom by die reëls. As hy hom by die reëls hou, is dit vir hom, só meen hy, 'n wen-wen-situasie. Sy scoops kom op die voorblad, word met afguns deur sy mededingers by die ander koerante gelees. In jaarlikse prestasiegesprekke met sy nuusredakteur word hy geprys en sy verhogings weerspieël die tevredenheid. "Lewer werk van hoë gehalte en presteer dikwels bo die vlak wat vereis word," is musiek in sy ore. By hierdie be- rig selfs sy gesigfoto, klein, by sy naam gepubliseer, as erkenning. Altoos 'n krielhaantjie is Andy Collipepper erg opgesmuk met sy groeiende status. Elke woord 'n juweel, meen hy, en 'n bietjie hiperbool doen g'n skade nie, sit vleis aan die been.

MANIAK VOER SKRIKBEWIND ONDER MOOI VROUE

Die liggaam van 'n tweede jong vrou is gekry skaars twee weke ná die grusame moord op Mia Vermooten, handelaar in oudhede van Rosebank.

Die jongste vonds was net 'n paar honderd meter van die plek op Alberts Farm waar Vermooten se liggaam gelê het. Wonde aan die twee liggame toon ooreenkomste wat die vermoede laat ontstaan dat dit die werk van dieselfde aanvaller is.

Albei vroue is verwurg, maar die ondersoekbeampte, adjudant Ella Neser, wou nie uitwei oor ander wonde aan die twee vroue nie.

Die Post *verneem egter dat hier sprake kan wees van rituele moor- de en dat 'n psigopatiese reeksmoordenaar op vroue jag.*

Die Post *het vasgestel dat nie een van die vroue beroof is nie, maar*

dat hulle aanvaller sekere perverse rituele uitvoer. Die polisie vra die
publiek se hulp om die sadis vas te trek en waarsku vroue om nie alleen
in die nag uit te gaan nie.

Die tweede liggaam is nog nie geëien nie.

Nadat die polisie op sekere leidrade afgekom het, word 'n sielkundige
profiel van die moordenaar hersien. Daar is egter min twyfel dat die
man met psigopatiese genot snags op vroue toeslaan, hulle martel en
vermoor.

'n Sielkundige het aan die Post *gesê die Nagsluiper van Alberts*
Farm, soos hy nou gedoop is, sal sonder twyfel nóg vroue teiken. "Dis
kenmerkend van so 'n aanvaller om weerlose vroue aan te val omdat
hy eintlik lafhartig is," sê die sielkundige.

Forensiese toetse word nog gedoen om vas te stel of hy die vroue ook
onsedelik aangerand het. Die polisie sluit molestering nie uit nie.

In sy huurhuis in Brixton sluk Andy Collipepper sy sterk kof-
fie en kyk vir laas na sy eie gesig by die berig. Die fotoredakteur
het 'n goeie foto van hom uitgesoek, meen hy. Hy besluit om op
pad na die *Post* by die koffiewinkel aan te gaan en 'n stewige ont-
byt te eet – eiers, baie spek, 'n stuk varkwors. Sy hande bewerig,
voel oes. Die arm laas nag weer té hoog en té langdurig gelig saam
met sy huisvriende – Ollie, die boekhouer, en Oosie, die aktespro-
kureur, en hulle aanhangsels. Maar hulle het aan sy lippe gehang;
vergeleke met stories oor moord vertoon balansstate, grootboek-
inskrywings, transportaktes en deeltitels bra vaal en vervelig. En
Andy Collipepper, nekroloog van lewe en dood, word gevier.
Hy het hom dit selfs laat welgeval, en trane uit sy oë gelag soos
net 'n besopene kan doen, toe Ollie na hom verwys as nou 'n hoë
hol, al sou hy eerder self 'n woord verkies soos vermaard. Hy ry
koffiewinkel toe waar hy die koerant neffens sy bord plaas, gevou
met sy berig en foto opsigtelik.

Sy selfoon lui, herken adjudant Ella Neser se stem.

"Ek het 'n opvolg vir jou," sê sy.

Dat sy hom nie bedank vir die berig of selfs daarna, of na sy
foto, verwys nie, kwets hom.

"Het jy al die tweede een se naam?"

"Nog nie."

"Wat van ons ete-afspraak?"

"Die opvolg. Stel jy belang?"

"Ja," sê hy. "Natuurlik."

"Die identikit van 'n verdagte is eksklusief vir jou, 'n scoop. Ander koerante verpes my. As jy dalk nie . . ."

"Ek's op pad."

"Ek's nie by die kantoor nie. Sal dit vanmiddag e-pos. Met nuwe inligting."

"Ek skuld jou 'n ete," sê hy.

"Ná die saak," sê sy.

Byna klaar met sy spek, sy hoofpyn nie meer so byna noodlottig as toe hy uit die bed probeer kom het nie. Sy sel lui 'n tweede keer.

Die beller se nommer geblokkeer.

"Jy's die man van die *Post*." Die stem van 'n man.

"Dis ek," sê hy. "Die uwe."

"Jy skryf oor die moorde op twee vroue."

"Wie praat?"

"Ek't inligting," sê die man. "As jy belangstel."

"Ek stel belang. Watse inligting?"

"Nie oor die foon nie. Dis vertroulik. Kan ek jou vertrou?"

"My bronne beskerm ek met my lewe."

"Dan's dit goed. As jy jou bronne met jou lewe beskerm."

"Ek betaal nie vir inligting nie, hoor," sê hy, meen groeiende status veroorloof 'n dikker stem van die uwe.

"Ek soek nie jou geld nie." Die toon van die stem sag, bedaard, beskaafd.

"Die polisie kry honderde oproepe, almal malletjies wat iets ge-sien het, 'n wenk het. Almal hoop op 'n beloning."

"Malletjies?" Ineens skerper. "Dink jy ek's 'n malletjie?"

"Sê maar net. Hoe weet ek jy mors nie ook my tyd nie?"

"Die polisie . . . daardie adjudant Neser, sy vertel nie vir jou alles nie."

"Soos wat?"

"Soos detail."

"Watse detail?"

"Die pou."

"Die pou? Waarvan praat jy? Jy's mal, man."

"Daar doen jy dit wéér!" Die stem nou snydend. "Daar noem jy my wéér mal."

"Dis nie hoe ek dit bedoel nie, net 'n manier van praat. Watse pou?"

"Ek bel jou later." Lui af.

Hy bestel nog koffie, sien hoe die kelner met belangstelling na die foto's in die koerant kyk, na die gesigte van die twee dooie vroue en sy eie, kleiner, by sy naam. Hy voel tereg in sy noppies dat die meetsnoere vir hom so mooi begin val. Scoop, sy foto, nou die anonieme oproep met 'n wenk. Wat 'n exposé as hy die Nag-sluiper voor die polisie kan opspoor. Daardie polisiepoppie sal met nuwe oë na hom kyk, nie meer haar neus so optrek as hy haar vir 'n ete uitnooi nie.

Die kelner sit die koffie voor hom neer.

"Is jy Andy Collipepper?" vra sy.

"Die einste," sê Andy Collipepper, lig die koerant vir 'n beter blik na sy naam en foto. Die aandag geniet hy.

"Dis tragies," sê die kelner.

"Tragies, ja," sê Andy Collipepper. "Maar ons verkoop baie koerante."

Sy kyk na hom.

"Dis tragies om die arme meisies se gesigte in die koerant te sit. Jy's siek. Julle joernaliste is almal siek."

24

Ná die oproep van die bankbestuurder, gaan sit Ella agter die ontvangslessenaar op Emma Adams se draaistoel. Bankbestuurders, soos dokters, hou nie daarvan dat die polisie in hulle kantore gesien word nie. Die teenwoordigheid van die polisie, sê die bestuurder, is nie goeie advertensie nie, laat 'n persepsie van onreëlmatigheid, al is hulle van moord-en-roof en nie die handelstak nie. Waarop Ella toegeeflik aan hom 'n keuse stel: óf hy gee sy samewerking, herskeduleer afsprake en sluit die deure vir 'n paar uur, óf staan 'n aansoek om 'n lasbrief in die hof teë. Hy besluit om saam te werk, stem in dat die ondersoekbeampte in Emma Adams se laaie snuffel, beslag lê op haar rekenaar se hardeskyf.

Sy verskuif die vaas met blomme om die dagboek op die lessenaar oop te slaan, met die name van kliënte en die besonderhede van hulle afsprake met bankamptenare in haar netjiese handskrif. Die enigste naam wat onderstreep is, dié van ene Dawid Eigelaar. Die vae geur van die blomme in haar neus, al is die kroonblare al aan't verlep met bruin randjies om. Sy leun oor om dit te adem. Niemand gee vir háár blomme nie, dink sy; sy het 'n rugbybroek en T-hemp gekry om in te slaap, maar nooit blomme nie. En sy háát vroue-hokkiespelers.

Sy merk die kaartjie tussen die blomme op, met die hand geskryf:

Emma, jy's 'n blom. Dawid.

Die bankbestuurder verskyn langs die lessenaar.

"Hier's haar adres van menslike hulpbronne af."

Hy sit die nota voor haar neer, asof hy hand-tot-hand-oordrag probeer vermy, asof 'n tasting tussen bankhande en polisiehande onkies is.

"Die laaste wat jy haar gesien het, was Maandagmiddag?"

"Halfvyf. Looptyd."

Volgens die voorlopige bevindinge van dokter Koster se outopsie het Emma Adams in die loop van Woensdagnag gesterf, haar liggaam vroegaand Donderdag gekry. Sy is twee nagte iewers aangehou. Mia Vermooten se RAV is 'n Sondagmiddag laas op 'n CCTV-kamera gesien, haar liggaam Dinsdagoggend gekry. Twee nagte vermis.

"Kon jy agterkom of iets haar pla? Praat sy as iets pla; is sy so iemand?"

"Sy praat. Sy vertrou my. Ek't haar gaan uitsoek vir dié pos. Sy was gelukkig."

"'n Kêrel miskien?"

Dié kan lastig wees, dink Ella, veral 'n gewése minnaar wat te laat sy groot faux pas ontdek.

"Daarvan weet ek nie. Ek's haar toesighouer, nie biegvader nie."

"Maar sy't gelukkig gelyk, in haar werk én in haar private lewe, waarvan jy nie veel weet nie."

"Ja. As haar private lewe met haar werk inmeng, sou ek dit agterkom. Sy was soos altyd, nie geneig om op te krop of dikbek te loop nie. Dis hoekom ek haar vir die pos gaan haal het. Ek soek nie 'n dikbek vir ons kliënte nie. Sy's die gesig van die bank. As hulle by daardie glasdeure instap, sien hulle haar eerste raak. Die eerste indruk is belangrik."

"Hulle sien vir Emma Adams raak, nie vir Pierneef en Sekota teen die muur nie," sê sy. "Emma is die sexy gesig, Pierneef en Sekota die geldgesig. Is dit hoe dit werk?"

"Jy's oplettend . . ." sê die bankbestuurder.

Sy verdink hom dat hy die sin doelbewus afknip, asof hy wou sê: "Jy's oplettend . . . vir iemand van jou klas."

"Sy't sedert Dinsdag al nie weer by die werk opgedaag nie."

"Ek't het haar sel gebel, boodskappe gelos."

"Jy't nie gister se *Post* gesien nie?"

"Ek lees nie koerantsensasie nie. Ek lees finansiële tydskrifte. Vanoggend het 'n personeellid die koerant gebring, gesê: Is dit dan nie Emma nie? Half onherkenbaar. Nie 'n goeie foto nie."

"Dooie mense maak selde goeie foto's," sê Ella.

"Gaan jy nog lank besig wees, adjudant?"

"Ek't die dagboek nodig, die name van kliënte wat afsprake gehad het."

Spesifiek Dawid Eigelaar se naam en nommer, dink sy, maar sê dit nie. Sy bel luitenant Jimmy Julies by die rotse van die artesiese fontein op Alberts Farm, gee hom Emma Adams se adres, bedank die bankbestuurder vir sy samewerking en ry na Emma se woonstel toe.

Dit is 'n ou woonstelgebou, en op haar klop maak niemand oop nie. 'n Ou man kom met 'n hink van 'n bedding gousblomme aan.

"Ek's die faktotum." Strek sy hand uit. "Oom Gert, noem hulle my sommer. Haar deur het oopgestaan. Ek't dit gesluit sodat hulle nie die kind se goed wegdra nie."

"Wanneer was dit?"

"Dinsdagoggend. Toe ek uitkom, was haar deur oop. Sy was weg. Nog nie teruggekom nie. Wonder waar sy is. Dáár staan haar kar nog. Die Fordjie."

Iets vreemds Maandagnag by haar woonstel opgemerk, miskien besoekers?

Hy sê nee, niks gesien nie, maar die aandlug is nie goed vir die jig nie. As die son sak, bly hy binne. Buitendien, sy is van die stil soort. En dit is hoe hy daarvan hou. Nie 'n aanloop van raserige gaste nie. Hy hou van haar. As sy 'n langnaweek weg was, bring sy altyd vir hom 'n skaapboud uit die Karoo saam terug, sê haar pa stuur dit vir hom.

"Is sy in die moeilikheid, het sy dalk iets oorgekom?"

"'n Roetine-ondersoek," sê Ella.

"Nog 'n opregte boeremeisie," meen oom Gert en sê hy het haar ouers ook al ontmoet toe hulle laas vir hulle dogter kom kuier het. Sout van die aarde. Haar pa bekommerd oor sy meisiekind hier in die stad. Maar hulle wil nie meer op die platteland bly nie; die jonges wil almal stad toe, die blink liggies lok hulle. Wil kom jol. Maar sy het nog nie aangesteek nie. Oom Gert se indruk, en hy kan verkeerd wees, is dat sy nog onbesoedel van die stad is.

"Wat beteken roetine-ondersoek?" vra hy.

"Sy was Maandag nog by die werk, sedertdien nie weer nie. Mense is bekommerd oor waar sy is."

"Gedog dis vreemd dat sy nie al werk toe is toe ek Dinsdag-oggend uitkom nie. Sy ry altyd vroeg, vir die verkeer. As ek uitkom, is haar kar al weg."

"Ons sal na die kar gaan kyk," sê sy.

"Miskien het sy by iemand gaan oorslaap."

"Sonder haar kar?"

Hy skud sy kop.

"Het sy vriende wat soms kom kuier?"

"Jy ken jong mense. Jy's ook een. Almal het 'n spul vriende. Hulle loop mos in kuddes."

Nie ek nie, dink Ella, al is ek ook jonk, volgens oom Gert se vleiende oordeel.

"Snaakse vriende dalk, wat oom nie met 'n onbesoedelde boere-meisie sal vereenselwig nie?"

"Jy bedoel die punksoort? Nee, net die gewones, jy weet. Ek ken punks as ek hulle sien. Was my lewe lank 'n myner by Wes-Driefontein. Ek ken die stad en ek ken punks. Niemand so iemand nie. Ordentlike kinders, haar vriende. G'n ringe deur die neuse nie. Tatoes miskien, maar nie ringe nie. Jong mense het mos almal deesdae tatoes."

"'n Spesiale vriend, iemand wat gereeld kom kuier het?"

"Ja, Doep. Sy't my aan Doep voorgestel."

"Is hulle 'n paartjie? Is dit die idee wat jy gekry het, oom Gert?"

Haal sy maer skouers op, vryf oor sy maer bors.

"Moeilik om te sê. Het hom al soggens sien uitry. Maar lyk nie eintlik haar soort nie."

"Nie eintlik nie?"

"Bietjie verwaarloos, as jy my vra. Sy altyd 'n regte juffer, kan haar deur 'n ring trek. Werk in 'n bank."

"En hy, die Doep?"

"'n Slag aan haar kar se battery gewerk. Mechanic, as jy my vra. Ghries monkey. Arms vol tatoes. Maar nie 'n punk nie, hoor. Goeie inbors, ken nog sy plek. Noem my oom."

"Dankie eers vir die hulp. Later dalk meer vrae."

Binne is dit ordelik, geen teken van 'n worsteling nie, die meubels prakties en smaakvol. Maar aan die dekor is die verskil in leefwyse opvallend, die inkomste — en smaak — van 'n ontvangsdame duidelik op 'n ander peil as dié van 'n handelaar in oudhede. Hulle sal die dwelmhonde bring, 'n verband soek tussen Mia Vermooten en Emma Adams. Maar kolonel Sauls se informant het op foto's net vir Mia herken, nie vir Emma nie. As daar nie 'n dwelmkonneksie is nie, is sy terug op die eerste blokkie.

In die slaapkamer wel duidelike tekens van 'n worsteling, maar van die bedsoort. Dié ken sy, dit is soos 'n bed se lakens lyk wanneer testosteroon en estrogeen aan't stoei gaan. Maar nie nou die tyd vir dink aan hakers nie. Staan net en beskou die toneel, die vista van die bed en slaapkamer. Dan merk sy die swart deurtrekker in 'n vou van die laken. Kyk vloer toe, stap om die bed, buk af, loer onder in. Skoene ook, haastig uitgeskop. Maar geen jeans, langbroek, bloes, romp of rok nie. Al wat uitgetrek is, skoene en 'n deurtrekker. Kon natuurlik, ná die bedsessie, weer die res aangetrek het. Maar wat van die kamerjas dan, met die motbolreuk?

Op die badkamer se vloer lê ander onderklere, 'n T-hemp, langbroek, bra. Heel normaal, dink Ella, soos haar eie badkamer se vloer. Op die bedkassie buk sy by 'n geraamde foto van Emma saam met vermoedelik haar ouers. Dié gesig glimlag, het 'n blos, rooi lippe; dit sprankel, anders as die gesig agter die fontein.

Sy drentel deur die woonstel, weerhou haar daarvan om aan enigiets te raak, wag vir Jimmy Julies van forensies. In die sitkamertjie nog foto's op 'n rak langs die TV, dié een nie 'n plasma nie. Emma, laggende saam met vriende. In die wasbak in die kombuis twee glase, ongewas, in 'n droograk nog skottelgoed; borde, koffiebekers, eetgerei, dié gewas maar nie weggepak soos in Mia Vermooten se steriele tuinhuis nie. In die afvalblik 'n leë wynbottel. Dit pas by die twee glase, en die bed.

Langs 'n rusbank haar handsak.

Sy het 'n besoeker onthaal, dié is duidelik, eers met wyn, toe in die bed. Daarna saam met hom weg. Maar weg sonder handsak? Kar gelos, deur oop; twee dae aangehou, vasgebind, bedwelm, met 'n mes geskend en vermoor, en haar liggaam by Alberts Farm gaan aflaai.

Aan die glase sal vingerafdrukke gekry word, aan hare en semen in die bed DNS-monsters.

Buite wag sy tot Fred Lange en Jimmy Julies aankom, en bel Dawid Eigelaar se nommer, die bringer van blomme. Sê hy is besig, het 'n eiendomstransaksie om te beklink, ses en veertig miljoen rand. Ella sê die transaksie kan wag, sy het 'n moord om te ondersoek.

"Jy's Maandag bank toe, jou naam's in die afspraakboek. Het jy die vermoorde Emma Adams by die bank gesien.

"Uh . . . vermoor?"

"Ja. Emma Adams."

"Kan nie so 'n naam onthou nie."

"Die ontvangsdame by die bank. Jy onthou haar nie?"

"Uh . . . nee."

"Emma, jy's 'n blom. Dawid." Sy wag dat dit insink. "Lui dit 'n klokkie, meneer Eigelaar? Dis die kaartjie by haar blomme."

"Die ontvangsdame?"

"Meneer Eigelaar, los tog . . ."

"Dis net blomme, dit sê niks nie."

"Dit sê jy weet wat haar naam is, meneer Eigelaar. Dit sê jy ken haar en probeer vir my lieg. Ons sal jou handskrif op die kaartjie ontleed, én jou vingerafdrukke. Het jy haar Maandag ná werk weer gesien?"

"Uh . . ."

"Wel, hét jy, meneer Eigelaar?"

"Is ek 'n verdagte?"

"Dis wat ek probeer vasstel."

"Goed, ek't haar gesien. Ons het iets gaan drink. Dis al. Toe's sy weg."

"En 'n paar ure later is sy vermis. Meneer Eigelaar, het julle twee dalk iets aan die gang gehad?"

Ómgang miskien, maar dit vra sy nie. Dit kom later.

"Nee." Onthuts. "Ek't niks met haar aan die gang gehad nie, ken haar skaars. Net van sien. Ek's gelukkig getroud en het kinders. En ek's besig, het nie tyd vir klets nie."

"Waarheen is jý nadat sy weg is?"

"Huis toe."

"Jou alibi is dat jy by jou huis was, by jou vrou en kinders?"

"Dis reg, by my huis."

"Dankie, meneer Eigelaar, ek waardeer jou samewerking. Maar ons sal weer moet gesels. Ek sal graag 'n volledige verklaring van jou wil hê oor jou en jou vriendin se bewegings Maandagaand."

"Nie my vriendin nie, net 'n kennis."

"Dan's daar nie fout nie, meneer Eigelaar. Dan kan ons jou as verdagte uitskakel. As jy kan bewys dat jy nie Maandagaand later weer in haar geselskap was nie. Dat jy by jou vrou in die bed was toe Emma Adams ontvoer en twee dae later vermoor is."

Luitenante Fred Lange en Jimmy Julies kom uit die woonstel uit. By Emma Adams se kar wag sy hulle in terwyl twee manne met kwassies na vingerafdrukke aan die kardeur soek.

Jimmy hou 'n pakkie na Ella uit.

"*Cannabis sativa*, as ek moet skat."

"Net dagga, niks sterker nie?" vra sy.

"Dis al. Maar nou's daar 'n verband," sê Fred Lange.

"*Cannabis sativa* is gewone straatdagga," sê Jimmy Julies. "Dié wat in Mia Vermooten se tuinhuis gekry is, was nie *sativa* nie. Die lab het dit uitgeken as Kush, verwant aan *indica*. Van die botsels van die Afgaanse Kush-plant. Mia Vermooten kon duurder dwelms bekostig. Nie Emma Adams nie. Ons het ook stompies gekry, vingerafdrukke, hare en semen."

"Ek sal graag haar gas se identiteit wil hê," sê Ella.

"In die outopsie het dokter Koster kontrolemonsters van haar vingers geneem en van haar hare en bloed. Die forensiese laboratorium sal dit vergelyk met die monsters wat ons in die woonstel gekry het."

"En met die speeksel aan die daggastompies," sê Ella.

"Sy't lang hare. Ons het lang hare gekry, maar ook korter hare, en drie verskillende stelle vingers," sê Jimmy Julies.

"Drie? Was daar drie mense in die woonstel?"

"Wil nie jou joppie vir jou leer nie, Ella," sê Fred Lange, "maar hierdie is meer as net 'n mal maniak."

"Wat bedoel jy, Fred? Ek leer graag. Bedoel jy die meisies word uitgesoek om 'n boodskap tuis te bring?"

"Presies. Dis wat ek bedoel. Die wet van Transvaal. Moenie met ons speel nie, of jy's die volgende een. Dis die druglords se MO."

"Ek weet nie, Fred," sê sy. "Dit maak nie sin nie."

"Geen teken van 'n inbraak nie, soos by Mia Vermooten. Hulle moes die aanvaller geken het. Jy's nog jonk op die jop, Ella. Luister na 'n ou hand. Dis jou eerste as ondersoekbeampte. Kyk hoe is hulle geskend. 'n Duidelike boodskap."

"Hoekom verwurg? Skoot in die voorkop, sny die slagare van die keel af. Ja, dís hoe sulke mense hulle boodskappe uitstuur. Geen boodskap is kragtiger as bloed en geweld nie. Dit sit die vrees in jou."

"Of verwurg met die hande," sê Fred Lange. "Om te wys ons kry jou in die hande, jy kan nie wegkruip nie. Dis 'n persoonlike ding. Ons sny jou vel af en wurg jou en vat jou lewe met ons vingers. Ek dink ons moet die dwelmeenheid bykry, die drug-lords onder die vergrootglas sit, kyk wie kry hulle dagga uit Pakistan, Indië, die Kushvallei van Afganistan."

Ella knik.

"Goed, sal jy daarmee help, Fred? Ek wil 'n foto van haar gaan haal, een van die geraamdes in haar woonstel, saam met die identikit wat ons wil vrystel. En dan ry ek na Dawid Eigelaar toe."

"Ons sal sý vingers ook wil hê," sê Jimmy Julies. "Om te ver-gelyk met die afdrukke in die woonstel. En 'n DNS-monster van sy speeksel om te vergelyk met die semen aan die lakens."

"Sal epiteelselle van sy vingers werk pleks van speeksel?"

"Dit sal werk. Waar kry jy dit?"

"Die sweet van sy vingerkussings aan 'n kaartjie by blomme."

Sy stap terug woonstel toe. Fred Lange is verkeerd, dink sy. Dit is nie dwelmverwant nie. Maar laat hy daardie spoor vat, as hy dan wil. En as hy reg is, sal sy hom om verskoning vra dat sy nie ewe geesdriftig was nie, sê sy is gelukkig dat sy ou hande om haar het by wie sy kan leer.

Sy soek een van die foto's op die rak langs die TV uit, 'n dui-delike gesigfoto vir Andy Collipepper se opvolgberig, saam met die identikit. Die foto waarop Emma saam met vriende lag. 'n Vrolike foto. 'n Toppie met 'n lae hals, 'n vae geboortevlek op die halslyn. Sy dink Emma Adams, boeremeisie van die Kamdeboo, het stadsgewoontes van joints begin aanleer, stout geword, soos Mia Vermooten van Touwsrivier. Nie meer so onbesoedel as wat oom Gert nog meen nie.

25

Die huurhuis in Brixton al in aanddonkerte gehul en Andy Colli-pepper is haastig en dors. Ollie, die boekhouer, en Oosie, die aktes-prokureur, reeds by die watergat, saam met twee warm katte (Oosie se beskrywing), belofte van 'n derde (Ollie s'n). Gunstige vooruitsigte, meen Andy. Sou Ella Neser aan sý sy verkies, maar dié speel hardegat. Maer en parmantig. Hy sluit die voordeur oop, vir afspoel, verklee, 'n spatsel Old Spice, 'n spuit antisweet, Rare Leathers, na oksels en pubes.

"Los die lig af." Die stem uit die skemerte van die sitkamer. "Die portaal s'n is helder genoeg."

Collipepper steek by die telefoontafel in die portaal vas.

"Ollie? Oosie?"

Drie treë om om die hoek by die sitkamer in te loer waar die deur en muur uitgebreek is vir persepsie van meer ruimte in die ou huis, gebou in die laat negentiendertigs ná die Groot Depressie.

Die figuur sit in Ollie se ou verinneweerde erfstoel, maar dit is nie Ollie nie. Die vae lig uit die portaal op 'n groteske gesig. Ook nie Oosie se gesig nie.

"Wie's jy? Wie't jou laat inkom?"

Andy Collipepper gewoonlik onbeskeie, nou konfoes, voel die palpitasies van sy hart in die slagaar van sy keel.

"En los jou selfoon," sê die stem agter die wit masker, 'n effense eggo in die stil huis. "Ek't net kom gesels. Ek's ongewapen."

"Wie's jy?" vra Collipepper weer, skurwe vinger oor klam bo-lip.

"Ek't jou gebel oor die liggame by Alberts Farm. Onthou jy?"

"Gesê jy sal weer bel vir 'n afspraak."

"Besluit op 'n persoonlike besoek."

"Hoe't jy in die huis ingekom?"

"Gewag tot jou twee huisvriende uitry. Julle't diefwering aan die toilet se venster nodig. Inbrekers kan julle rot en kaal besteel." Hy wuif met sy hand. "Kom sit, dat ons kan gesels."

"Jy't gesê jy't inligting."

Collipepper vroetel na sy notaboek en pen en digitale opnemer.

"G'n notas nie, g'n opnames van ons gesprek nie. En sit die selfoon neer waar ek dit kan sien. G'n gevroetel met die sel nie."

"Hoekom die masker?"

"Ek's jou anonieme bron, dis hoekom. Ek gee net wenke, jy kan dit self opvolg."

"Is jy . . . die Nagsluiper?"

"Die identikit van die gesig in die sekelmaan is nie baie goed nie, nè. Ek't hierdie een saamgebring om te wys hoe die gesig eintlik lyk, die gesig van die Nagsluiper na wie almal so soek."

"Ken jy hom, weet jy wie hy is?"

"Ek weet wie hy is. Ek weet wat in sy kop aangaan. Wie's die sielkundige wat jy in jou berig aanhaal? Hoe stel hy dit? 'Dis kenmerkend van so 'n aanvaller om weerlose vroue te teiken omdat hy basies lafhartig is.' Lafhartig, sê die sielkundige. Wie's hy?"

"Dis vertroulik. My bronne is vertroulik."

"Quid pro quo. Ken jy die term, meneer Collipepper?"

"Ja, ek ken dit."

"Ek gee jou iets, jy gee mý iets. Ek gee vertroulike inligting aan jou, jy gee vertroulike inligting aan my."

"Vertel my van die Nagsluiper," sê Collipepper, meer gerus. Dit is die stem, nie die gesig nie, wat die trillings in sy are en kloppings in sy bors laat bedaar van die eerste aanblik op die onverwagte, makabere besoeker.

"As jy beloof om voortaan meer verantwoordelik te skryf. Los die sielkundige hokus-pokus uit, los die byvoeglike naamwoorde uit. Lafhartig, mal maniak, weerlose vroue . . . Het jy al daaraan gedink dat die Nagsluiper dalk nié mal is nie? Dat hy dalk nie beplán om die vroue seer te maak nie, dat hy 'n ander, verhewe missie het? Dat voorbeskikking 'n rol in sy optrede speel?"

"Voorbeskikking?" Andy Collipepper se kop draai. "Watse voorbeskikking om moord te pleeg?"

"Is dit inspekteur Neser wat jou voer? Hoe kan jy haar vertrou as sy dinge vir jou wegsteek? Is dit sy wat praat van mal en lafhartig en weerloos?"

"Dis nie sy nie. Ek mag haar nie aanhaal nie."

"Leef jou ma nog, meneer Collipepper?"

"Ja. Wat het my . . ."

"Eer jy jou ma? Wat doen jy vir haar?"

"Dis private goed. My persoonlike lewe is niemand se saak nie."

"Wat van die Nagsluiper se persoonlike lewe? Wat moet sý moeder dink as haar seun as mál aan die hele wêreld voorgestel word? Is dit nie ook private goed nie, meneer Collipepper? Is dit regverdig?"

"Regverdig?"

"Om 'n moeder, wat alles vir haar seun opoffer, van só iets te verwyt . . . dat sy 'n mal en lafhartige seun grootgemaak het. Hè, meneer Collipepper? Hoe sal jóú ma voel?"

Andy Collipepper staan op.

"Ek's bereid om na jou te luister, maar nie hierna nie. Dit gaan nie oor my en my familie nie. Dit gaan nie oor die Nagsluiper se fokken ma nie, dit gaan oor twee vermoorde vroue."

Die figuur in die stoel roerloos, die hande op die skoot gevou, die enkels gekruis. 'n Byna onaardse gesprek met 'n gesig sonder emosie, die enigste beweging dié van die wit van die oë in die dowwe skynsel uit die portaal. Hy sit lank so strak, en sy stem is sag toe hy weer begin praat.

"Is dit hoe jy na vroue verwys, die f-woord wanneer jy van iemand anders se moeder praat? Meneer Collipepper, jy en adjudant Neser moet meer respek begin toon. Ek sien uit na jou volgende berig. Ek sal dit aandagtig lees."

Hy druk met sy hande op die sislappies oor die armleunings van die stoel om op te staan, en Collipepper merk die eerste keer die handskoene op.

Agter die masker weer die stem: "Gaan kyk in die toilet, gaan kyk na die venster waar julle diefwering moet aanbring. Ek't in die toilet vir jou 'n wenk gelos."

Andy Collipepper kry die koevert met die knipsel uit die *Post*, die foto van Ella Neser wat op die toneel van Mia Vermooten se liggaam beduie, haar T-hemp teen haar sy en maag opgetrek. Hy wonder oor die foto, sy aandag op haar gesig en op die toneel wat sy uitwys, nie op 'n ster wat uit die band van haar broek verskiet nie. Hy loop terug sitkamer toe om die gemaskerde gesig oor die betekenis van die knipsel uit te vra.

Die bal-en-klou-stoel leeg, in die portaal die voordeur nog oop. Hy druk dit toe, tel die gehoorstuk van die telefoon op die portaaltafel op. Ella Neser se nommer is op sy sel langs sy stoel in die sitkamer. Maar dit is nie nodig om sy sel te gaan haal nie. Langs die foon is 'n adresboek oopgeslaan, haar nommer en haar huisadres duidelik leesbaar in die portaal se lig.

26

In die ondersoek na die moorde op Mia Vermooten en Emma Adams is "ritueel" die woord wat nou al hoe meer in verslae en op die oggendkonferensies opduik waar die vordering van die ondersoek bespreek word. Drie profiele, almal verskillend, is deur drie forensiese psigiaters en sielkundiges saamgestel. Hulle kon nie konsensus bereik nie. Professor Papendorf praat steeds van 'n reeksmoordenaar, meen ook die twee vroue is nie toevallige slagoffers nie; die oortreder 'n middeljarige vrygesel. Wat hom kwel, is die afwesigheid van psigo-erotiese bewyse, en gevolglik, motiewe. Dit is nie hoe hy psigopate ken nie. Mooi jong vroue hulpeloos in só 'n man se mag. Hy kan enigiets met hulle doen, perverse drifte uitleef.

'n Ander profiel beskryf die verdagte as manlik, in sy dertigs, goed opgevoed en akademies gekwalifiseerd, waarskynlik latent gay. Kan nie vrede maak met sy verwyfdheid nie, dalk sy lewe lank daaroor deur sy pa verwens en gekasty.

Die derde meen die ondersoekspan moet na 'n vrou soek; die sedasie dui daarop die verdagte het nie die liggaamskrag om haar slagoffers met geweld te bedwing nie. Die kneusmerke om albei se keel, van die duime tot waar die vingerpunte weerskante om die nek gedruk het met die inspanning om hulle te verwurg, is forensies ontleed en gemeet. Die span van die hande kleiner as dié van 'n gemiddelde man. Die gebrek aan aggressie ook nie die gedrag van 'n man nie, die snymerke waar die vel verwyder is, delikaat soos 'n chirurg of 'n vrou sou doen. 'n Vroulike ritueel herleibaar tot 'n traumatiese gebeurtenis in haar eie lewe. Miskien liggaamlik geskend, nou obsessief oor volmaakte velle van ander vroue.

Adjudant Ella Neser kry op haar rekenaar in die oopplankantoor van die speurders saam met die profiele ook e-posse met voorlopige uitslae van forensiese analises op monsters in Emma Adams se woonstel. Verras deur dié vinnige reaksie; die forensiese wetenskaplaboratorium is toegegooi, agterstand van nege maande. Maar iemand, dink sy, skop gat; vermoed afdrukke van kolonel Silas Sauls se nommer twaalfs sal elektrostaties van sitvlakke gelig kan word.

Een van die uitslae is van toetse op die hare.

Drie verskillende soorte hare is in haar woonstel gekry. Die lang hare stem ooreen met dié van Emma se hare. Die korter hare is van twee verskillende donateurs, onder 'n mikroskoop verskil die haarkleure duidelik. Die korter hare wat op die rusbank gekry is, het donker pigmente; dié op die bed ligter, 'n skakering van grys.

Al wat die voorlopige DNS-analise op die STR-lokus van die amelogenien-geslagsmerker oplewer, is dat albei monsters van die korter hare X:X is. Dit beteken op die rusbank het 'n man gesit met donker hare, in die bed was 'n man met hare wat begin grys word. Pubiese hare in die bed X:Y en X:X, van 'n vrou en 'n man.

Ook X:X vir die speeksel aan 'n daggastompie. 'n Man het die stompie gerook, nie Emma nie.

DNS-toetse op nege ander STR-lokusse op die hare en speeksel is nog nie voltooi vir 'n volledige profiel van die twee gaste nie, maar die manlike X:X help.

Die volgende e-pos bevat die uitslae van vingerafdrukke. Een stel klop, soos sy verwag het, ook met dié van Emma Adams se afdrukke wat dokter Koster geneem het. Aan een van die twee glase in die wasbak is vingerafdrukke gekry wat nie in die polisie se AFIS-databank voorkom nie. Dieselfde stel is ook aan die handvatsel van haar kar se deur gekry.

Die tweede stel vingerafdrukke lewer goeie resultate op. Dié het luitenant Julies aan die asbakkie langs die rusbank gekry, vermoedelik van dieselfde man wat die stompie daar sit en rook het. Herklaas Stephanus du Pisanie se afdrukke en naam is wel in AFIS, vroeër gearresteer, in die hof skuld beken en 'n boete en opgeskorte vonnis gekry weens die besit van gesteelde motoronderdele.

Doep die mechanic, dink Ella. Só het oom Gert hom genoem.

Die ander saak wat in haar kop woel, naas die profilerings en forensiese uitslae, is Andy Collipepper se foonoproep die vorige aand. Die anonieme wenkgewer met die masker oor sy gesig boei haar, die eerste regstreekse verband met 'n verdagte. Sy sal graag Collipepper se identikit met San s'n wil vergelyk. Haar gevoel sê die wit gesig wat San gesien het, kan 'n masker wees. Haar gevoel sê Collipepper se besoeker is nie 'n blote wenkgewer nie.

Maar die drade is nog te los. Kolonel Sauls het klaar vermaan teen te vinnige gevolgtrekkings. Daar is geen kortpad nie, veral nie in jou eerste moordondersoek nie. Aanvoeling is nie genoeg nie. Die sukses van 'n ondersoek – nie net moord nie, énige misdaad – lê nie net by die arrestasie van 'n verdagte nie, maar by die skuldigbevinding en vonnis. Jy en jou span wil nie maande hard werk, hom uiteindelik vang en hof toe sleep – en dan toekyk hoe sy advokaat gate in die staat se saak moker nie.

Toe sy met die ontdekking van Emma Adams se liggaam besef dat die dood van Mia Vermooten nie 'n losstaande geval is nie, het sy *Reeksmoordenaars – Multidissiplinêre perspektiewe vir ondersoekers en speurders* van die FBI se Gedragsanalise-eenheid-2 in haar boekrak gaan uithaal.

Die hoofondersoekbeampte in 'n reeksmoord moet ervare, toegewyd en hardnekkig wees.

Niemand het vermoed die dood van Mia Vermooten is die begin van 'n reeksmoord nie, ook nie kolonel Sauls toe hy haar vra om die ondersoek te lei nie. Die ervaring het sy nie, wel toewyding en koppigheid, en sy sal hulle wys dat sy dit kan doen.

In 'n ondersoek na 'n reeksmoord moet die hoofondersoekbeampte
self alle aktiwiteite op die moordtonele en verwante leidrade hanteer
omdat elke geval met die ander verweef kan wees.

Sy besluit om self vir Doep te gaan kuier.

Teen skemer hou sy voor 'n huis in Greymont stil, net twee
straatblokke van die suidelike ingang na Alberts Farm. Langs
die huis 'n kar op blokke, enjinkap oop. Oor die modderskerm,
bolyf by die ingewande onder die kap in, hang die agterstewe van
'n man. Sy herken "Thriller" van Michael Jackson, nog lank nie
vergete nie, luidkeels uit 'n ghettoblaster vol olievatmerke aan die
kar se batterypole gekoppel.

Sy tik hom op die kruis, fatsoenlik bokant die ontblote gleuf
van sy plumber's bum, op 'n harige tatoe van 'n Jolly Roger-skedel.

Sonder om onder die enjinkap uit te kom, draai hy sy gesig
skuins na haar toe, soos 'n vryslagwemmer wat na asem teug.

"Ja? Het nie tyd vir nog 'n kar nie. Wat's fout?"

"Doep du Pisanie?"

"Wie wil weet?"

'n Swart oliemerk oor sy neus en wang.

"Moord-en-roof wil weet," sê sy.

Dit is, soos gewoonlik, die towerspreuk, die oop sesame. Hy
kom van die modderskerm orent, trek sy broek op, staar na haar
polisie-ID.

"Ek's skoon," sê hy. "Daai carburettor was net 'n ongeluk, nie
geweet dit was gesteel nie."

"Ek's nie hier oor gesteelde vergassers nie, Doep. Maak Michael
Jackson stil sodat ons nie hoef te skreeu nie."

"Moord-en-roof?"

'n Vuil vinger laat nog 'n oliesmeersel tussen sy wenkbroue,
aan die vel van sy boarm, blink van sweet en olie, 'n gebroke hart
met die naam *Doll*.

"Ken jy vir Emma Adams?"

Voorkop verkreukel asof hy met groot moeite in die geheue-
korteks van sy brein delf.

"Ja, ek ken haar. Sy in die moeilikheid? Haar dae nie gesien nie. Antwoord nie haar sel nie."

"Wanneer het jy haar laas gesien?

"Sondagaand."

"Waar?"

"In haar woonstel."

"Is jy seker? Nie Maandagaand weer in haar woonstel nie?"

"Sou gaan, maar sy't gebel en gesê sy't 'n ander afspraak."

"Hoe lank ken jy haar? Is julle ou vriende?"

"Ja, ou vriende. Saam op skool. Ken mekaar al van kleintyd in die Kamdeboo. Waar's sy? Wat het gebeur?"

"Lees jy nie koerante nie?"

"Nee, nie tyd nie. Te veel stukkende karre."

"'n Nommer vir haar ouers, waar ons hulle kan kontak?"

"My ma sal hê," met 'n kopknik na die huis. "Is sy vermis?"

"Sal jy saamkom, om te kyk of dit sy is? En vir my die nommer gee om haar ouers te bel, ás dit sy is?"

Hy staar na haar, onbegrypend, en Ella, miskien nie 'n ou hand soos Fred Lange nie, kan aan Doep se uitdrukking sien: hy het dalk lang vingers met vergassers en vonkproppe, maar is geen moordenaar nie.

"En ek wil 'n lys hê van al haar vriende, almal wat jy ken, en beskrywings, selfs van dié wat jy net gesien het en nié ken nie. Was julle minnaars?"

"Wát?" vra hy, ongeveinsde konsternasie.

Sy beduie met haar oë na sy arms.

"Wat ek wil weet, en dis blote nuuskierigheid, het sy 'n geboortevlek. Gedog jy sal weet, as julle dalk minnaars was, as jy haar sonder klere gesien het. Dis al."

"Geboortevlek? Nee, sy't nie 'n geboortevlek nie. Nie wat ek kon sien nie."

Sy haal die foto uit van die laggende Emma in die toppie met die lae hals. "Wat's dit? Daar op haar bors, is dit nie 'n geboortevlek nie?"

Doep reik na die foto, maar sy hou dit buite bereik van sy olie-vingers. Hy leun oor, bestudeer die foto.

"Dis g'n geboortevlek nie, dis haar hasie. Ek't haar nog self ge-vat. Net 'n kleintjie. Haar ma sou die horries kry. Maar sy's lief vir diere. Sy't troetelhasies op die plaas gehad."

Hy los die radio aan, maar sit die lig onder die motorkap af voor hulle by die kombuisdeur instap. Sy vertoef 'n uur in die kombuis saam met Doep en sy ma. Toe sy in die donker terugry huis toe, merk sy nie die voertuig agter haar op nie, sien nie hoe hy straataf geparkeer bly staan lank nadat sy al met die handleiding oor reeksmoordenaars bed toe is nie.

27

Hy lees die berig aandagtig:

Dis net die begin . . .

Ellipse die joernalis se poging tot dramatiese effek, vermoed hy.

Hierdie woorde is die onheilspellende dreigement van die Nagsluiper van Alberts Farm dat sy orgie van moord nog lank nie afgehandel is nie. Hy het reeds twee jong vroue doodgemaak, en meer slagoffers word nou verwag.

Die Post *kan vandag 'n eksklusiewe onderhoud onthul met 'n gemaskerde man wat voorgee dat hy 'n vertroueling van die Nagsluiper is. Die* Post *en die ondersoekbeampte vermoed egter dat dit inderdaad die Nagsluiper self is.*

In 'n onsamehangende gesprek het die man 'n verhewe motief agter die aanvalle probeer verduidelik, asof dit sy grusame dade verskoon.

Sekere inligting wat hy aan die Post *verstrek het, is met die ondersoekbeampte uitgeklaar en stem ooreen met bewyse en leidrade wat nog nie openbaar gemaak is nie uit vrees dat dit die ondersoek kan belemmer.*

Die Post *het ook volle besonderhede van die gesprek en beskrywings van die persoon aan die ondersoekbeampte beskikbaar gestel. Forensiese ondersoekers het die toneel van die gesprek gefynkam vir leidrade om sy identiteit te probeer vasstel.*

Die masker wat hy gedra het, vertoon 'n vae ooreenstemming met die identikit wat die polisie vrygestel het.

Sover, dink Abel, klink dit of die joernalis aan sy vermanings gehoor gee. Maar dan hervat hy:

In sy reaksie sê 'n forensiese sielkundige dat die dreigement van nog slagoffers met groot erns bejeën moet word. "Sulke psigopate maak nie ydele dreigemente nie. Hulle is gevoelloos, met 'n misplaaste trots op hulle handewerk. Hulle hou ook daarvan om speletjies te speel en hierdie gesprek is 'n aanduiding daarvan. Hulle gee leidrade en daag as't ware die polisie uit om hulle te vang."

Die sielkundige sê hoewel geen tekens van seksuele molestering by sy eerste twee slagoffers gevind is nie, kan dit nie uitgesluit word dat sy perversiteite by sy volgende slagoffers sal begin manifesteer nie. Hy ly waarskynlik aan ernstige delusies wat hy nou op weerlose en onskuldige vroue uitleef.

Die ondersoekbeampte, adjudant Ella Neser, sê goeie leidrade word opgevolg, maar wou nie verder uitwei nie.

Hierdie joernalis is ná die gesprek met die gemaskerde man oortuig van sy totale kranksinnigheid soos afgelei kan word uit die verskonings wat hy vir sy wrede dade probeer aanbied.

Abel smyt die koerant in die hoek van die kombuis en sit lank vooroor geboë, sy elmboë op die tafel se blad tussen vuil borde en kastrolle, hande oor sy agterkop geklem. Hy doen geen moeite om die trane af te vee nie.

28

Holderstebolder, kan kwalik kophou. Uit alle windrigtings sak dit nou op haar lessenaar toe. Sy is, as ondersoekbeampte, die nodale punt van alle verslae, resultate, waarnemings en verklarings uit die veld. Sý moet die kloutjie by die oor kry, die goue draad soek, elke cliché en leidraad naspeur.

Op haar skootrekenaar tabuleer en orden sy al die bevindinge, som die moorddossiere op van Mia Vermooten en Emma Adams, die stapels uitslae van forensiese toetse op weefsel en spoorleidrade wat op tonele, liggame en klere gekry is.

En bo sit die hiërargie met hulle blink skoene en duur karre, en sy weet hoe lief hulle daarvoor is om verantwoordelikhede vir die baba rond te skuif, van een drumpel na die volgende drumpel, ál laer af. Die Generaal gee die adjunkkommissaris: misdaad-intelligensie en -opsporing hel. Dié gee die divisiekommissaris: speurdienste hel. Hý draai die skroef om die provinsiale kommissaris: Gauteng se netelige dele stywer. Die streekkommissaris voel die geknyp aan sy knaters, skop die stasiebevelvoerder se agterent, wat huiwer om die skop aan die takbevelvoerder oor te dra. Kolonel Silas Sauls laat hom nie skop nie, en by hom stop die baba. Hy vat die verantwoordelikheid op sý skouers, want sy, adjudant Ella Neser, het haar eie baba, haar eerste moordondersoek.

Die druk laai op. Silas Sauls is haar skans, haar weerligafleier teen die hiërargie. En sy weet dit. Wanneer sy sitvlak op haar dossiere kom neerplons, is dit nie om nóg 'n baba na haar drumpel oor te skuif nie.

Of Silas Sauls ook sulke leesstof in sý boekrak het, weet sy nie. Ook nie of hy hom daaraan sou steur ás hy dit wel het nie. Maar Gedragsanalise-eenheid-2 se handleiding oor ondersoeke na reeksmoorde is duidelik: *Toesighouers moet as buffer dien tussen ondersoekers en ander vlakke van bevel.* Sy vermoed Silas weet dit instinktief, hoef dit nie in boeke te leer nie.

En dan, asof hy in staat is om van 'n gedagte tot 'n fisieke teenwoordigheid te transformeer, verskyn hy langs haar lessenaar.

"Daar's 'n mediakonferensie, streekkommissaris Pitso wil weet of hy vordering met die ondersoek kan rapporteer. Jy ken die joernaliste in só 'n saak."

"Twee vermoorde vroue is gróót sensasie."

"Soos dol hiënas om 'n vrot karkas. Wat kan ons vir hulle voer?" vra Silas.

"Die gewone: belowende leidrade word opgevolg, 'n deurbraak word binnekort verwag, 'n moontlike verdagte is geïdentifiseer, die publiek se hulp word gevra . . . En die ou staatmaker: vroue word gemaan om bedag te wees en nie alleen ná donker uit te gaan nie."

"Maar jý, Ella? Die media kan ons hanteer, hoe voel jý?"

"Ek's oukei," sê sy. Nie hoe sy vorder nie; hoe sy vóél. Dit is die skans wat sy van haar kolonel nodig het, wat hy vir haar gee wanneer hy haar Ella noem en nie adjudant Neser nie. Al broei sy boude haar dossiere warm.

"Die rugbyspeler . . . wat's sy naam nou weer?"

"Bam."

"Bam. Wat van Bam?"

Natuurlik ken hy vir Bam. Hy ken Bam goed. Hy en Bam het oor 'n tjoppie op die kole saam bier gedrink en rugby gesels.

"Wil hê ek moet hom terugvat, nog 'n kans gee. Vergewe en vergeet."

"En jy oorweeg dit?"

"Nee. As hy dit een keer gedoen het, doen hy dit weer. Van die wa afval soos 'n alkoholis. Dis in hulle gene."

"Jy's hard met hom."

"Hy was hard met my." Sy kyk op. "En Mara? Hoe gaan dit met jou en Mara?"

"Oukei, oukei," sê hy.

"Ek hou van haar."

"Ek ook," sê hy, staan op, bril terug, vryf oor sy gegroomde snor. "Kan nie heeldag sit en ginnegaap nie, adjudant. Jy't 'n Nag-sluiper om op te spoor."

Sy kyk hom agterna. Haar kolonel, dink sy, weet hoe om die bliksem weg te lei. En op haar rekenaar is nuwe e-posse van 'n private patologielaboratorium. Streekkommissaris Pitso het inge-stem tot 'n private lab, onwillig en met groot gemor oor onvoor-siene uitgawes aan sy operasionele begroting, maar die hel word warm en die biologie-afdeling van forensies is agter met hulle werk. Private laboratoriums kan binne agt en veertig uur resul-tate lewer.

Locard se speurbeginsel sê die uitruiling van spoorelemente op 'n misdaadtoneel is onvermydelik:

Waar hy ook al stap, wat hy ook al aanraak, wat hy agterlaat hoe onbewustelik ook al, sal as 'n stille getuie teen hom dien. Nie net sy vinger- of spoorafdrukke nie, maar sy hare, die vesel van sy klere, die glas wat hy breek, die merke van sy instrumente, die verf wat hy skraap, die bloed en semen wat hy deponeer of kollekteer. Al hierdie materiaal, en meer, is stemlose getuienis teen hom.

Op die kaartjie tussen Emma Adams se blomme kon die slim mense in die wit jasse epiteel-monsters onttrek vir Dawid Eigelaar se DNS.

Op die hare op Emma se bed, die semenvlekke aan haar laken en aan 'n vaginale depper vir semen in dokter Koster se outopsie, het nege ander STR-lokusse 'n DNS-profiel opgelewer wat oor-eenstem met Dawid Eigelaar se DNS op sy kaartjie.

Doep, en sy glo hom, was Sondagaand in haar woonstel waar hy sy speeksel aan 'n daggastompie agtergelaat het, sy hare op haar rusbank en sy vingerafdrukke op haar asbakkie.

Maandagaand het Dawid Eigelaar kom wyn drink, en op haar laken meer as net sy hare gedeponeer. En lieg dat hy net saam met haar in Rosebank 'n skemerkelkie gedrink het. Waaroor lieg hy nog?

Sy besluit om hom te ontbied vir 'n formele ondervraging, kan sy prokureur saambring. Sy besluit ook om 'n lasbrief te laat aanvra sodat forensies sy kar kan deursoek vir hare van Emma Adams. Of dalk bloed.

'n Legkaart, reken sy, word met groot geduld en sorgsaamheid, stukkie vir stukkie, aanmekaargesit. Sy maak die volgende e-pos van die lab oop.

Die hare aan Mia Vermooten se rugwond is uitgeken as dié van 'n dier, soos dokter Koster voorspel het, ook die hare aan haar ontwerpersjeans. Aan Emma Adams se borswond is geen hare gekry nie, wel aan die ou kamerjas. Maar die hare is nie van 'n hond nie.

Die trigoloog het haar ontledings van die medulla, korteks en kutikel van die hare vergelyk met haarsoorte van verskeie diere in die databasis van die laboratorium, en ooreenstemmende kenmerke gevind met die hare van drie spesies: *Felis catus*, *Talpa europaea* en *Procavia capensis*.

Die eerste twee, 'n kat en 'n mol, is vir Ella Neser nie vreemd nie, dié kom algemeen voor. Maar *Procavia capensis* hou jy nie as troeteldier aan nie, en hy grou nie tonnels in jou voorstedelike tuin nie. Dassies is sku tropdiertjies van die veld; miskien op Melville-koppies, maar op Alberts Farm?

Forensies kan ook vir sulke dierehare in Dawid Eigelaar se kar soek.

Nou het sy forensiese leidrade, 'n maskergesig, 'n werkwyse, kleefband, inspuitings, vermiste vel. Maar geen klaarblyklike rede vir die moorde nie. Waarom? Waarom die vel as aandenking vat?

Ella staan op na die drukbord waarop sy die foto's vasgedruk het: van Mia en Emma se liggame, in die veld en op die outopsietafel, van Mia en Emma wat op kiekies lag en lewe. Sy staar na die hasie op Emma se boesem, bestudeer Mia se vel.

Vel, vel, vel.

Sy vat haar sonbril en handsak, ry na Tom Spottiswoode se toonlokaal toe, handelaar in oudhede en kollega van Mia Vermooten. In die lug 'n vae geur van Franse politoer en gerooster-de koffiebone. Hy staan van 'n ornate lessenaar op waaragter Lodewyk die Sonkoning tuis sou lyk.

"Het die lys gehelp, adjudant?"

"Ons het almal op die lys nagegaan, elkeen wat Mia onlangs vir waardasies besoek het."

"Maar daar's nog iets?"

"Was julle minnaars, jy en Mia?" vra sy.

"Snaakse vraag in 'n moordondersoek."

"Glad nie so snaaks nie. Passie is een van die grootste dryfvere vir moord. Het jy nie geweet nie, meneer Spottiswoode?"

"Nee," sê hy.

"Wás julle?"

"Nee. Mia is nie . . . was nie een wat ingeperk wou word nie. Gesteld op haar vryheid en ruimte. Baie vriende, ook minnaars, glo ek. Ek was nie een nie."

"Maar jy't dikwels in haar woonplek gekom, soms oorge-slaap?"

"Sy was lief vir partytjies. Sy't van sosiale omgang gehou, en soms het van haar gaste oorgeslaap."

"Veral ná 'n joligheid van drank en dwelms?"

Hy knik. "Julle het haar dwelms gekry."

"Ons het. Maar dis nie hoekom ek hier is nie. Die rede waarom ek oor bedsake uitvra, is oor iets heel anders."

Sy haal die foto's van Mia Vermooten uit wat sy in haar tuin-huis gekry het, stal dit naas mekaar op die blink glasblad van sy lessenaar uit.

"Dis sy. Wat daarvan?" vra hy.

"Ek't gewonder, maar kan dit nie op enige van haar foto's sien nie: Het sy dalk 'n tatoeëermerk gehad, iewers op haar lyf wat dalk maklik met klere bedek kan word?"

"'n Tatoe?" Hy bestudeer die foto's. "Ja, sy hét een gehad, en kleurvol ook. Sy't 'n pou gehad."

Dokter Koster het van 'n pou niks gesê nie, en in sy verslag van die outopsie ook geen melding van 'n tatoeëermerk nie. Hy het wel 'n litteken van 'n blindedermoperasie opgemerk en aangeteken. Soos haar eie, wat sy met die stert van 'n verskietende ster verdoesel, wat niemand kan sien nie.

"Waar was die pou aan haar liggaam?"

"Op haar skouer, hier agter op haar blad."

"Jy seker? Jy was tog nie haar minnaar nie. Jy't haar tog nie kaal gesien nie."

"In 'n toppie met spaghettibandjies was die pou duidelik sigbaar. Sy't dit nie probeer wegsteek nie, sy was trots daarop. 'n Geselsstuk."

Die betekenis van die fotoknipsel van haar wat die gemaskerde besoeker in Andy Collipepper se toilet agtergelaat het, het haar bly ontwyk. Hoekom die foto van haar? Silas meen, en sy het saamgestem, dit is bloot die Nagsluiper se manier om met haar te kommunikeer, vir haar te sê hy lees wat oor die moorde geskryf word, hy lees haar naam as ondersoekbeampte, hy wéét hoe sy lyk. Die ewige spel tussen jagter en gejagde.

Maar op pad terug kantoor toe vir die onderhoud met Dawid Eigelaar, noudat sy weet van die pou en die hasie, dink sy weer aan die foto. Die knipsel is dadelik getoets vir vingerafdrukke, maar net dié van Collipepper is vaag in die droë drukkersink gekry. In 'n laai van haar lessenaar kry sy die knipsel, druk dit by die ander foto's op die plakbord vas, betrag haarself. Die merk is onduidelik, kan met 'n terloopse blik óók vir 'n geboortevlek aangesien word, miskien 'n letsel van knoeiwerk met die hegting van die vel ná 'n blindedermoperasie. Maar met nadere inspeksie, dalk onder 'n vergrootglas, sal die vorm van die verskietende ster in blou tatoeëer-ink geëien kan word.

Voel die hoendervleis op haar arms. Maar sy het nóg 'n verband. 'n Pou en 'n hasie, nou 'n verskietende ster.

Dawid Eigelaar is, begryplik, traag vir 'n gesprek in die onder- houdskamer by moord-en-roof, dring aan, soos Ella Neser ver- wag het, op die teenwoordigheid van sy prokureur. Ella het al met prokureurs en advokate in die hof te doen gehad, is selfs al daarvan beskuldig dat sy vinnig haar gat kan wip (Fred Lange, die ou hand, se woorde), is al geprys dat sy haar nie van stryk laat bring deur geleerde regstaal nie, die rinkhalsdanse met woorde wat by uitstek die arsenaal van die regsprofessie is.

Langs haar sit kolonel Silas Sauls, oorkant Dawid Eigelaar en sy prokureur, dié se oë op Silas.

"Dis ongehoord, kolonel. Buite orde dat my kliënt aan hierdie vernedering onderwerp moet word. Hy't met die hele gedoente niks te doen nie. As sy naam in die koerante kom . . ."

"Praat met háár, met adjudant Neser, sy's die ondersoekbeamp- te. As jy iets te sê het, sê dit reguit vir haar. Bekwaam en weet wat sy doen. Ek's net die waarnemer."

"Adjudant, besef jy wie my kliënt is, sy status in die gemeen- skap?"

"Nee, meneer . . ."

"Muller."

"Nee, meneer Muller."

"Nee? Nee wat?"

"Is meneer Eigelaar se status belangrik? Het sy status betrek- king op die moorde wat ek ondersoek? Op die gedoente, soos jy die tragiese dood van twee jong vroue noem?"

Hy kug. "Dis nie hoe ek dit bedoel nie."

"Ek hoop nie so nie, meneer Muller. Ek dink nie die ouers van Mia Vermooten en Emma Adams sal wil hoor dat jy na hulle kinders se dood as 'n gedoente verwys nie."

Hy neem 'n sluk water.

"Wat ek probeer sê: My kliënt, meneer Eigelaar, is 'n vooraanstaande man, het pas 'n kontrak gekry vir die bou van twee duisend Hophuise in die Chris Hani-plakkerskamp."

"En daarom verhewe bo die reg? Is dit wat jy sê, meneer Muller?

"Dis nie wat ek sê nie."

"Hy's 'n filantroop, doen dit uit sy eie sak? Sê jy dit?"

"Nee, ek sê dit nie . . ."

"Ses en veertig miljoen rand van die bank se geld waar Emma Adams gewerk het. En hy't vir haar blomme gevat, en 'n kaartjie."

Sy skuif die kaartjie oor die tafel na Dawid Eigelaar toe. Aan sy pols 'n groot horlosie, Rolex lyk dit. Sy hare grys, nie van ouderdom nie; skat hom veertig, miskien vyf en veertig. Swart hare wat vroegtydig begin grys word, nog nie wit nie.

"Ek't dit nie ontken nie. Is ek 'n moordverdagte omdat ek blomme en 'n kaartjie vir haar gevat het?"

"Ongehoord," sê die prokureur weer.

Uit haar polisiedossier skuif Ella nog 'n dokument oor die blad.

"Jy's nie net 'n leuenaar nie, meneer Eigelaar, maar ook 'n owerspeler. Jy't ontken dat jy haar later die aand ná julle drankies in Rosebank weer gesien het. As jy die DNS-resultate op die dokument nie verstaan nie, kan jou prokureur dit moontlik aan jou verduidelik. In 'n neutedop, tussen al die tegniese wol, is die DNS-uitslae eenvoudig: jy was die laaste mens wat Emma Adams Maandagnag lewend gesien het. Julle het intiem verkeer – kyk daar, jy sal sien waar monsters van jou semen oral op haar bed en lakens gevind is. En jou hare."

"Sy was 'n vrywillige deelgenoot," sê die prokureur.

"Mag wees," sê Ella Neser. "Maar sy was nie 'n vrywillige deelgenoot aan haar dood nie."

Nou skuif sy twee foto's oor die tafel van die naakte Emma op die outopsietafel, haar beserings en borswond gruwelik in glansende kleur.

Dawid Eigelaar sluk, draai sy kop weg. Die prokureur vryf oor sy bolip.

"Ek't nog foto's. Wil julle dit ook sien? Van die gedoente met Emma Adams?"

Dawid Eigelaar skud sy kop.

Ella wend haar tot die prokureur.

"Wie dit aan haar gedoen het, weet ek nog nie. Maar ek sal hom kry. Het jy 'n dogter, meneer Muller?"

"Nee."

"Jy, meneer Eigelaar?"

Knik, ineens met stomheid geslaan. Outopsiefoto's doen dit aan 'n mens, doen dit aan Ella, doen dit selfs aan gesoute Silas Sauls en Fred Lange. Geen groter indruk van verganklikheid en die onwrikbaarheid van die dood as 'n foto van 'n kadawer nie.

"Ek't dit nie gedoen nie," sê Dawid Eigelaar. "So iets . . . dit kan ek nooit doen nie. Dit was net 'n lekker aand saam, al wat dit was."

"Watse klere het sy aangehad, op julle lekker aand saam? Kan jy dit onthou?"

"'n Swart rok met 'n lae hals."

"Dawid . . ." vermaan die prokureur.

"Ek't niks om weg te steek nie, nie meer nie. Dit was 'n fout."

Ja, dit is die haker se woorde ook: 'n fout. 'n Groot fokken fout. Sy wip haar gat.

"Waarheen het jy haar gevat?"

"Gevat? Nêrens nie."

"Wat het jy met haar swart rok gedoen? "

"Rok?"

"Het jy 'n plaas met katte en molle en dassies?"

"Dassies?"

"Hoekom haar vel uitsny? Ken jy vir Mia Vermooten? Het jy haar vel ook . . ."

"Ella."

Silas se stem sag in haar oor, sy hand op haar arm. Sy leun in haar stoel terug.

Die prokureur spring op.

187

"Geen verdere vrae. My kliënt maak gebruik van sy swygreg. As julle genoeg bewyse het, kla hom aan. So nie, stap ons nou uit. Het julle bewyse?"

"Ons kan wel 'n lasbrief aanvra om sy kar te deursoek," sê Silas Sauls. "As julle nie wil saamwerk om die moord te probeer oplos nie. As meneer Eigelaar sy swygreg wil gebruik. Al wat ons probeer doen, is om meneer Eigelaar as verdagte uit te skakel. Dit kan ons nie doen as hy sy samewerking weier nie."

"En ons kan hom aanhou vir ondervraging, 'n nag in 'n sel," sê Ella. "En as sy naam in die koerante verskyn dat hy as verdagte aangehou word, is dit nie ons skuld nie."

Dawid Eigelaar neem weer sy plek in.

"Ek wil saamwerk en julle kan my kar deursoek, ál my karre, sonder 'n lasbrief."

"Ons het 'n volledige verklaring nodig," sê Silas Sauls. "Behoorlik geteken en beëdig, so help my God. Adjudant Neser sal julle daarmee bystaan."

29

Die ondersoekbeampte, adjudant Ella Neser, sê goeie leidrade word
opgevolg, maar wou nie verder uitwei nie.

Dit is wat die joernalis Collipepper in sy berig skryf. Maar Abel
glo hom nie, ook nie vir adjudant Neser nie. Dat iemand in die
sekelmaan 'n wit gesig by Alberts Farm gesien het, kwel hom nie.
Die identikit, 'n produk van daardie iemand se ryk verbeelding,
sal ongetwyfeld aangepas word met Collipepper se insae op die
werklike Punu. Hy hoop so, hy is gesteld op sy maskers. En hy is
nie van plan om die Punu weer in die openbaar te dra nie, selfs
nie in die nag nie.

Die enigste ander leidraad, en dit word betekenisvol in alle
tale verswyg, is die vel wat verwyder is. Hieroor is nie eens Colli-
pepper, die polisie se skoothond, ingelig nie. Hy hoop adjudant
Neser snap die betekenis van die fotoknipsel wat hy vir haar
laat stuur het. Hy vermoed sy sal, hy vermoed hy het 'n gedugte
teenstander. En haar fyn gelaatstrekke trek hom aan, hy kan nie
wag om haar in lewende lywe te aanskou nie, om die toestand
van haar vel, veral van haar gelaat, te bestudeer. Die ironie dat
die skilder Monet sy sig verloor het, die komponis Beethoven sy
gehoor, die gejagde die gesig van sy jagter aantrek.

En natuurlik daardie sagte maagvel.

Abel met die Punu oor sy kop, in die dowwe gloed van sy
staanlig, die talentvolle Pavel Šporcl se vertolking van *I Palpiti* vir
viool en orkes. Abel gee sy gees aan Paganini oor, dwing haar uit
sy gedagtes uit. Later, veel later, ná die wonderskone musiek, sal
hy sy strategie verder beplan en verfyn om adjudant Ella Neser

van naderby te beskou, miskien selfs haar hand in syne te neem om haar vel te voel. Ja, hy weet nou waar sy woon, hy kan haar ook tuis gaan besoek, soos vir die vurige Emma Adams.

Maar nou eers die musiek, en altyd daarmee saam die herinneringe wat dit oproep, van die klanke van daardie viool op die pakkamer se boonste rak. En in die voorhuis – sy moeder, Dorkas, wiegende in haar stoel, sy ouma Hannie agteroor in háár lêstoel – en hy, klein Abel, penorent op die dagbed luisterend na die stories, na die sage van sy familie wat sy kop begin bevolk. Sy pa, sy broer, nooit deelgenote aan hierdie vertellings nie, vermy die voorhuis, het ander belangstellings, gaan soek ander afleidings. Sy ouma Hannie en sy moeder mymerende, en die spoke van sy familie begin hulle in die skeure en barste en nate van sy jong gemoed nestel.

In die voorhuis verneem Abel metterwoon en verwonderd dat sy bestaan toegeskryf kan word aan 'n reeks gewyde mirakels.

Die eerste mirakel: sy ouma Hannie, toe net sewe jaar oud, oorleef die nag waarin die Here 'n beproewing stuur. In sy ontvanklike gemoed word daardie verskriklike nag nie net bloot 'n historiese gebeurtenis nie, maar 'n lewensfeit, 'n onmisbare deel van sy innerlike wêreld, ja, selfs 'n fisieke wond aan sy liggaam. Dit is daardie nag dat die pendant in ouma Hannie se besit gekom het, oorgedra na sy moeder en uiteindelik na Abel self, nou pal om sy nek, asof dit, die pendant, die kruis is waarmee hy sý demone beswer, hulle op hulle plek hou.

Die tweede mirakel wat Abel aanhoor, wat hom oortuig van 'n hoër krag wat in sy familie aan't werk is, is dat sy ouma twaalf keer vrugteloos swanger was voor sy moeder se geboorte ten laaste. Ouma Hannie was al een en veertig toe sy moeder in die donker slaapkamer van 'n afgeleë plaashuis tussen Selonsrivier en Wonderhoek beval is. Die vermoede was dat ouma Hannie 'n gusooi was, toeskryfbaar aan die trauma van die kleintydse nagtelike gebeure in haar ouerhuis. Belangriker was dat klein Dorkas, teen alle verwagtinge in, die lig van die lewe aanskou het, uiteindelik taamlik moeiteloos en oënskynlik vry van gebreke van liggaam, en vermoedelik ook van gees.

Dorkas word as enigste kind – soos hy, toe daar nie meer 'n pa en broer is nie – in gestrenge huis met goeie puriteinse waardes grootgemaak. Sy is tien toe die Bruid van Christus die nag ná haar pa se begrafnis in 'n helder lig aan ouma Hannie verskyn. Die lig sien sy moeder self nie. Ouma Hannie vertel haar twee dae later van die visioen en kondig aan dat sy die plaas gaan verkoop, geroep is na 'n geloofshuis waar hulle hul vroomheid en toewyding sou demonstreer deur geen juweliersware of moderne klere te dra nie, geroep is om hulle boodskap teen versoekings en sondes van die vlees aan 'n sondige wêreld te versprei.

Verbete en ongedurig bring sy moeder en ouma Hannie vir jong Abel onder die indruk van die sondes van skaamteloosheid en kwistigheid, van vroue wat hulle lippe verf, parfuum gebruik, en hulle liggame uitstal om mans te verderf.

Die toetrede van sy pa, só verstaan Abel dit uit sy ouma en sy moeder se voorhuisvertellings, bring 'n diep skeuring in die onwrikbare dissipline en onthouding aan wêreldse genot wat in hierdie huis geld. Wat sy moeder en sy pa tot mekaar aangetrek het, kan Abel steeds nie begryp nie. Dit kon sy hulp wees in ouma Hannie se groentetuine, waar hy kom spit, natlei en pluk het. Of die blote teenwoordigheid van 'n man in hierdie huis van twee vroue.

"Jou pa was die eerste kêrel wat by my kom aanlê het," vertel sy moeder aan Abel, tien jaar oud.

"Ons oordeel het ons in die steek gelaat," sê ouma Hannie uit haar Morris-stoel, al sewe en tagtig. "Hy't so voorbeeldig gelyk, so hardwerkend, so talentvol met sy viool. Maar ek moes geweet het van hom kan niks goeds kom nie."

"Net agter die geld aan," sê sy moeder.

Abel vermoed sy bedoel die geld van die plaas wat ouma Hannie verkoop het ná die verskyning van die visioen van die Bruid aan haar.

"Ons moes geweet het dit sal nie uitwerk nie," sê ouma Hannie.

"Jou pa is nie bereid om op te offer nie. Jou pa loop 'n sondige pad, en hy vat Maansie saam. Hulle is bedoel vir die verderf."

En sy moeder huiwer nie om dit ook só aan sy pa en sy broer te stel wanneer hulle inkom vir ete nie. Sy moeder skram nie weg wanneer sy dit nodig vind om vuur en swael uit te deel nie.

"Die eg is verdoem," sê ouma Hannie.

"Jou pa is 'n goeie voorbeeld vir jou, Abel."

'n Goeie voorbeeld? wonder Abel verras. Wat bedoel sy moeder, watse voorbeeld is sy pa dan?

"Jou pa is 'n goeie voorbeeld van hoe jy nié moet wees nie."

"Hy rook en drink en kyk na ander vroue," sê ouma Hannie.

In die stoor waarheen hy uit die huis uit sy toevlug gaan soek, het sy pa 'n verweer.

"Ek's vir hulle soos 'n inwonende handlanger, dis wat ek is."

"Hy's 'n lamsak," sê ouma Hannie.

"Lui om te werk," sê sy moeder.

"By sy werk afgedank omdat hy dronk was."

"Ek weet van daardie slet in die kroeg waar hy gaan drink."

In die stoor sê sy pa: "Wat moet ek doen? Ek's 'n man, ek't behoeftes."

In die pakkamer is die gereedskap waarmee sy pa nou heeltyds die groentetuine bewerk nadat hy sy werk verloor het. Tussen die gereedskap die kanne met diesel, olie en ghries, bottels met pesdoders vir snywurms en plantluise in die groente, gif vir die molle wat die blomtuin omdolwe, antivries vir die bakkie se verkoeler in die winter, remvloeistof. En tussenin immer 'n bottel sonder etiket wat hy sporadies in 'n glas Coke uitkeer vir dorstige teue. Dit is die brandewyn en Coke wat Abel op sy asem ruik, ook op Maansie s'n.

Dit is asof sy pa sy ontvlugting tussen die sterre en tussen sy groente gaan soek; in die hemel sowel as op die aarde as't ware, dink Abel later. In sy groentetuin leer sy pa hom nie net van groente nie, maar van die sterre. Miskien het hy opgemerk dat sy jongste seun anders was, teruggetrokke, in homself gekeer – veral eensaam en versmaad. Nie 'n mooi kind nie. Sy pa gee vir Abel 'n sterregids en 'n verkyker en leer hom snags van planete en konstellasies en die helder flonkering van die sterre van die Melkweg. En bedags van groente.

"Tamaties," sê sy pa, "moet so 'n bietjie vertroetel word, lief om swamme te kry."

"Wat van die viool, Pa?" vra Abel by die tamaties.

"Ertjies vra goeie dreinering, soek baie water wanneer die blomme en vrugte ontwikkel."

"Hoekom speel Pa nie meer op die viool nie?"

"Slaai se wortels lê vlak. Smaak bitter as hulle droogte ly. Beet se wortels kan maar oop lê mits dit gereeld water kry. Pluk die komkommervrugte jonk."

"Sal Pa eendag weer op die viool speel? Ek hou van die viool."

"Groentetuine moet fyn en ordelik beplan word. Kropslaai as randplante, welige en kleurvolle blare en vorms in die middel, boontjies en ertjies op steunrame vir hoogte en effek."

"Pa?"

"Ja, Abel?"

"Hoekom het Pa opgehou met die viool?"

"Gousblomme help teen rondewurms, hisop teen koolmot, peperment om die wit koolvlinder weg te hou."

"Sal Pa weer vir my speel, net één keer?"

"Kappertjies by radyse en pampoene teen plantluise, roosmaryn by boontjies en wortels teen wortelvlieg."

Wat dan van die pesdoders in die pakkamer? wil hy vra, maar sy gedagtes steek by die viool vas.

Sy pa speel nie weer nie en Saterdae op die village se boeremark verkoop hy saam met sy pa in 'n stalletjie die groente uit hulle tuin. Op die villagemark sien Abel ook die smouse met die maskers.

Baie nagte merk Abel uit sy kamervenster op die boonste verdieping hoe sy pa buite die stoor na die sterre in die donker uitspansel staan en staar, effe wiegende. En hy wonder wat sy pa dink wanneer hy so opkyk. Droom hy van vryheid tussen die sterre?

Ineens, een aand, hoor hy die viool. Spring van sy bed op venster toe, skuif die raam op. In die donkerte by die stoor, half verskuil uit die maan se lig, die silhoeët van sy pa met die viool onder sy ken, opgehewe regterarm met die strykstok, 'n melancholiese toon swewende oor die stil werf. Op die vensterbank luister Abel na sy pa, gesig opgehef na die sterre asof hy sy musiek die lug wil opstuur die diepste, donkerste, buitenste ruimte in. Hoe lank, wonder Abel, sal dit duur voordat daardie note Betelgeuse bereik?

"Hoekom speel Pa nie meer op sy viool nie?" vra Abel vir sy moeder.

"Jou pa's 'n swakkeling. En Maansie is op dieselfde pad. Help nie om met hulle te praat nie."

"Maansie het tydskrifte met foto's van hoere in," sê ouma Hannie. "Jou moeder het dit self in sy kamer gesien."

"Hy kuier by daardie Tossie van ou Heila. Skaamteloos, albei van hulle."

"Maansie lê in Tossie se heiligbeen," sê ouma Hannie.

"Ek bid elke aand op my knieë vir jou pa en broer."

"Voor Maansie het jou ma gedink as sy 'n kind het, sal dit help. Sy't gebid vir 'n dogter."

"Toe kom Maansie."

Afkeurende trek om sy moeder se dun, bitter lippe.

Vir Abel is dit onmoontlik om sy moeder in die beoefening van 'n seksdaad voor te stel. Maar so iets moet tog wel plaasgevind het, waarskynlik bloot 'n meganiese, liefdelose plig ter wille van voortplanting. Dat sy moeder haar tot só 'n vuige daad sou uitlewer met ander bedoelings as vir bevrugting, bloot ondenkbaar.

"Ek was teleurgesteld," sê sy moeder reguit. "Ek wóú 'n dogter gehad het, toe maar gehoop my tweede kind is 'n dogter."

Abel wonder dikwels oor 'n suster. Hy wonder hoe sy moeder teenoor 'n dogter sou wees. Sou sy dalk, as sy 'n dogter gehad het, meer moederlik gewees het? Dalk oor haar hare gestreel het? Sy het hóm nooit aangedruk nie. Sy het hom nooit verworpe laat voel nie, maar altyd op 'n fisieke afstand gehou. En hoe het hy nie gehunker na haar arms nie. Hy en Maansie is as't ware met afstandbeheer grootgemaak.

"Toe kom jý," sê ouma Hannie. "Die Here se wil is duister, sy straf ongenaakbaar."

"Dié slag só op 'n dogter gehoop," en hy hoor dit oor en oor en oor van sy moeder.

"Maar die Here se wil geskied, so bestem dat jou ma nie 'n dogter sal hê nie," sê ouma Hannie.

"Ek't het berus. Die Here het my wéér beproef, met jou."

"Dis die beproewings wat ons so sterk maak," sê ouma Hannie.

"Ek't 'n heilige belofte oor jou gedoen: jy sal nie soos ander mans wees nie, jy sal rein grootword, die lig van die pad ken, g'n sondige vrou sal jou met haar wellus verlei nie."

"Jy's met die merk gebore," sê ouma Hannie.

"Jou lui oog is die merk dat jy anders is."

Met die dood van ouma Hannie kry Abel sy moeder net vir homself. By die graf staan hy langs sy moeder, oorkant die graf sy pa en Maansie.

"My plek is bespreek," fluister sy vir hom deur die swart mantilla van kant oor haar gesig, soos 'n vreemde masker wat haar teen die invloede van 'n sondige wêreld moet beskerm. "As die Here my kom haal, moet jy my hier langs Ouma ter ruste kom lê."

Haar woorde soos 'n dolk in sy hart. Hoe kan sy só praat? Hy het haar nodig. Sonder haar kan hy nie leef nie. Hy knik, maar weet dat hy haar nooit sal kan laat gaan nie. Die Here sal háár nie kom haal nie. Daar sal 'n nuwe mirakel wees: sy moeder sal vir ewig leef.

En toe, met ouma Hannie se dood, net hulle twee. Hy het niemand anders nie, en sý het niemand anders nie. Dit is so bestem.

Oorkant die graf sien hy sy pa en Maansie wegstap en Abel besef dat sy moeder reg is: die wêreld is 'n lelike plek.

Wanneer sy pa en Maansie saans in die stoor en in die pak-kamer doenig is, staan Abel buite met die verkyker na die sterre en kyk. Wanneer sy pa en Maansie brandewyn en Coke drink uit die bottel sonder etiket op die rak tussen die gereedskap, droom Abel hoe hy en sy moeder van een galaksie na die volgende reis, al hoe dieper die ruimte in, al hoe verder weg van 'n sondige aarde.

Abel is vyftien en Maansie agtien toe die breekspul kom.

Maansie los skool, pak kruideniersware in die supermark op Doradopark. Die roetine is gevestig: kry sy pa ná ses in die kroeg, drink 'n paar sopies, kuier, flankeer, gaan huis toe, versterk deur die alkohol teen Dorkas se verbale aanslag. En wyk uit stoor toe vir peuter aan masjinerie. In die stoor, ná sy huiswerk, wil Abel hom by hulle gaan aansluit, nie vir saam peuter nie, maar vir sy pa se verkyker.

"Ek gaan loop!" hoor hy Maansie in die pakkamer vir hulle pa sê.

"En waarheen wil jy loop?" hoor hy sy pa vra.

"By Tossie gaan intrek. Kan dit nie meer vat nie."

"Tossie? Ou Heila se Tossie? Jou ma sal die stuipe kry."

"Sy maak my mal in hierdie huis," sê Maansie. "Ek's nie meer 'n kind nie." Sy stem driftig, maar sy tong lui van die brande-wyn, stoot die esse teen sy tande vas. "Hoe kan Pa dit uithou? Dis net preek, preek, preek. Kyk die arme Abel. Wat gaan van hóm word? Sy praat goed in sy kop in. Dis nie reg nie."

"Dis soos hy is. Ingekeer, meng nie."

Maansie is fris, aantreklik, gewild onder die meisies, soos sy moeder gevrees het.

"Hy's 'n pokkel en word geboelie en bespot," sê Maansie. "Hy meng nie, want hulle stoot hom uit."

"Hulle verstaan hom net nie, dis al."

"Hy leer Ma se gewoontes aan," sê Maansie driftig. "Hulle ver-staan hom nie, want hulle dink iets is nie lekker met Abel se kop nie. En met Ma s'n nie."

"Abel is nie dom nie," sê sy pa. "Nie briljant nie, maar nie dom nie. Onder die eerste vyf in elke graad op skool."

"Hy's 'n sissie, huil maklik, fladder met sy vet handjies wanneer hy praat."

"Los vir Abel uit."

"Ons leef soos kluisenaars. Ons mag nie vriende hê nie."

"Jou ma beskerm julle teen die bose."

"Die bose? Die bose is in haar kop. Die mense dink ons is mal. Die mense dink Ma is van lotjie getik. Dis wat hulle dink. Hulle lag vir haar."

Abel versteen. Is dit wat die mense van sy moeder dink? Is dit wat Maansie dink? Hoe kan Maansie só van sy moeder praat, sy wat hulle so beskerm, so goed grootmaak? Dit gaan sy moeder se hart breek as sy dit moet hoor, dink Abel. Sy wat so sterk is, so sonder foute, so 'n engel. Hy stap by die pakkamer in.

"Ek't gehoor wat jy sê." Gaan staan voor Maansie. "Jy kan nie so van ons moeder praat nie."

"As jy weet wat goed is vir jou, sal jy ook padgee."

"Ek sal nóóit loop nie. Jy weet nie wat jy sê nie. Tossie is 'n hoer."

"Wat!"

"En ou Heila is ook 'n hoer."

"Abel!" sê sy pa.

"Ek weet wat julle smiddae doen. Julle gaan drink in die kroeg en lê by die hoere. Dis wat julle doen."

Maansie se klap laat sy ore fluit.

"Jy weet nie waarvan jy praat nie. Sê dit weer en ek maak jou vrek."

Die pa maak die twee seuns uitmekaar.

"Waar kom jy aan sulke goed, Abel?"

"Dis wat Moeder sê. En ek sal dit weer sê: Tossie is 'n hoer. En ou Heila ook."

Hy het nie 'n kans teen die sterker, ouer broer nie. Die pa kry hulle van mekaar los, vee die bloed van Abel se neus af. Maansie klim in die bakkie en ry die nag in.

"Maansie is reg," sê sy pa. "Dis nie natuurlik om so te leef nie."

"Hoe moet ons leef?"

"Ons leef soos poupers en swartskape, Abel. Ons het nie vriende nie, mense vermy ons, mense beskinder en bespot ons. Hulle's bang vir jou ma."

"Ons het nie vriende nodig nie."

"Jou ma's gif. Jou ma't haar houvas op die werklikheid verloor. As dit nie was . . ."

"Wat?" vra Abel. "Wil Pa haar ook nou los, soos Maansie?"

"Jou ma het hulp nodig."

"Watse hulp?"

"Daar's mense wat haar kan help. Sy moet in 'n hospitaal kom."

"Sy's nie siek nie. Wat makeer haar? Ek ken haar, sy makeer niks nie."

"Dis haar kop wat siek is. Ons steek almal by haar aan. Sy moet behandel word voor haar pes ons almal siek maak."

"Pes?" Dit duur 'n oomblik voor Abel mooi begryp wat sy pa eintlik wil sê. "Wil Pa haar in 'n malhuis laat toesluit?"

"'n Inrigting is die beste vir haar. Dis die beste vir ons almal."

"Nee!" roep Abel uit. "Julle los haar uit."

Hy huil en strompel huis toe. Hoe kan sy pa dit wil doen? Sy pa en Maansie, kop in een mus. Hoe kan hulle sy moeder van hom wil laat wegvat, sy engel, sy rots.

Die forensiese patoloog is bewus daarvan dat toksiene selde 'n sigbare spoor in 'n liggaam nalaat. Om gif op te spoor, vereis gespesialiseerde toetse aan verskeie weefsels en liggaamsvloeistowwe, soos die bloed, maaginhoud, lewer, brein en weefsel waar die toksiene se metaboliete gekonsentreer word. Veral die weefsel van die niere en gal lewer aanduidings van hierdie metaboliete op, die nuwe eindproduk van die liggaamsproses waarin 'n chemiese middel deur biotransformasie opgebreek word in 'n ander middel.

Die weduwee sê haar man en seun het beskonke voorgekom. Vir haar nie vreemd nie, albei lief vir die bottel. Lomp toe hulle by die kombuis inkom, aggressief, sleeptong. Albei het kort ná aandete in die badkamer gaan vomeer, bed toe. In die nag het haar man spiertrekkings gekry, sy hartklop het versnel, hy het gehiperventileer. Sy was bang vir 'n hartaanval. Maar hy het gekla van 'n pyn in sy lae rug.

Ook haar oudste seun het in die nag siek geword, dieselfde simptome. Sy jonger broer het haar kom roep terwyl sy met haar man besig was. Met hulle hospitaal toe gery. Maar albei is in die loop van die oggend in die hospitaal se trauma-eenheid oorlede. Nierversaking is gediagnoseer en oorsaak van dood versmoring, van kos en vloeistowwe wat met spiertrekkings uit die maag in die keel en longe opgestoot het.

Dat die weduwee en haar jongste seun geskok, dog nie erg bewoë nie, voorgekom het oor die dood van die pa en seun, skeel die patoloog min. Sy plig is om die liggame te ondersoek. Ná die outopsies stuur hy die weefselmonsters van die twee liggame na die laboratorium vir ontledings. In Serologie lewer bloed- en urinemonsters die aanwesigheid van 'n hoë alkoholpersentasie op. In Toksikologie word die metaboliete glikolsuur en oksaalsuur gediagnoseer, oksalaatkristalle in die nierpype teenwoordig.

Die patoloog is vertroud met hierdie bevindings van die laboratorium. Hy kom dit dikwels teë in die kadawers van alkoholistiese haweloses wat hulle tot antivries wend wanneer hulle nie hulle hande op drank kan lê nie. Etileen-glikol is die belangrikste bestanddeel van vriesweermiddel en hidrouliese remvloeistof, kleurloos, reukloos, met 'n soet smaak. En uiters toksies. 'n Konsentraat van net dertig milliliter kan noodlottig wees.

Die diagnose dat pa en seun etileen-glikol ingekry het, stem ooreen met 'n ontleding van die paar druppels oorblywende vloeistof in 'n bottel sonder etiket wat die polisie op 'n gereedskapsrak in 'n pakkamer kry. Die vloeistof bestaan uit 'n mengsel van brandewyn, Coke en antivries.

Uit die polisie se ondervraging van die weduwee blyk dit dat pa en seun dikwels saam in 'n kroeg gaan drink het, dikwels te veel.

Dit blyk ook dat pa en seun 'n gewoonte gehad het om brandewyn en Coke te drink wanneer hulle in die stoor besig was, met gerieflike toegang tot antivries en remvloeistof.

Net twee stelle vingerafdrukke word op die bottel gekry, dié van die oorlede pa en seun, net soos dié aan die antivriesbottel.

Bastiaan Lotz en sy seun Maansie word langs mekaar in die nuwe gedeelte van die begraafplaas ter ruste gelê, ver van die steen van ouma Hannie en die kaal stukkie grafgrond neffens haar wat vir Dorkas bestem is.

By die dubbele begrafnis staan Abel wéér langs sy ma, sy gesig sonder uitdrukking, sy ma s'n versluier agter die swart mantilla. Oor die grafte knalle en ontploffings en gille, maar geluidloos, beperk tot Abel se gekwelde gees.

Enkele dae ná die begrafnis stuur die polisie hulle ondersoekdossier na die prokureur-generaal vir sy beslissing. Hy skryf die dood van pa en seun aan hulle eie nalatigheid toe, en beslis dat geen verdere stappe nodig is nie. Die dossier word gesluit. Dorkas stel 'n nuwe testament op met haar nou enigste seun, Abel Lotz, as alleen-erfgenaam en enigste begunstigde van haar boedel, sou sy sterf. Die boedel sluit onroerende bates in soos die huis, roerende goed soos 'n ou Datsun-bakkie en kar, gereedskap, meubels, en 'n kontantbelegging wat sedert die verkoop van ouma Hannie se familieplaas oor 'n tydperk van byna veertig jaar met spaarsamige, selfs suinige, onttrekkings opgehoop het tot 'n investering van byna ses miljoen rand.

In die pakkamer, ná die tragiese dood, verbeel Abel hom dikwels later hoe hy in die gehoor sit terwyl sy pa eerste violis is in die Rudolfinum in Praag, die Weense Konzerthaus, die Théâtre des Champs-Élysées in Parys, die Barbican of Royal Albert Hall in Londen. Maar sy pa was gekerker in 'n liefdelose huwelik en in 'n pakkamer, en ná daardie nag toe hy vir die hemele gespeel het, het hy die viool weggepak en weggebêre, toegedraai in 'n seil.

En Abel het sy moeder gehad, net vir homself, en niemand anders sou haar ooit weer van hom probeer wegstuur nie.

30

Laatnag in die vliegtuig van Londen se Heathrow na OR Tambo by Johannesburg merk Lisa Sweeney dat haar pa met sy boek op sy skoot aan die slaap geraak het. Sy vou die boek toe, haal sy bril af, trek die dun kombers oor sy bene. Sy haal die klein veldboekie in sy omslag van bewerleer uit, en hervat met Will se oorlogsavontuur, van die spore wat hy in die vreemde land getrap het waarheen sy en haar pa op pad is.

Dit is nou einde Augustus 1900 en vir Botha en sy magte se laaste weerstand by Lydenburg gebruik Will die analogie van Custer se Last Stand by Little Bighorn. Will kry ook die nuus van die geboorte van sy seun, wat hulle William wil laat doop. Maar by Waterval word sy opgewondenheid gedemp deur die dood van vier Kanadese Strathconas, die meeste nog in 'n enkele geveg. Daar kry hulle ook die opdrag om Botha se Boere in die Lydenburgberge te bestorm.

Byna elke Boere-plaasopstal is verlate. Vee (beeste, skape, hoenders, varke) is aan hulleself oorgelaat; selfs die meubels nog in plaashuise. Die Tommies verwoes en brand plase af. Ons het geskrewe opdragte dat ons alle kos in plaashuise kan opkommandeer, maar geen eiendom mag beskadig of verwyder nie. In opstalle kry ons verwilderde vroue en kinders wat sukkel om siel en liggaam aanmekaar te hou.

En Eddie Buzzard sneuwel met 'n Mauserkoeël by sy slaap in, neus en een oog weggeskiet. Sy broer, Biff, ontroosbaar. Will moet hom vashou om nie gevange Boere met sy Bowie aan te val nie.

Maar mý gelukbringer help, ek is steeds ongedeerd!

Só sluit Will hierdie inskrywing af.

31

Op twee snye rogbrood skep Silas die vulsel met 'n lepel uit die pot, leun oor en adem die geure in. Dit is sy nuwe, geheime resep vir 'n nat toebroodjie, hy noem dit spekjem. Eers word die gerookte spek fyngekerf, bros gebraai in 'n pan, dan oorgeplaas na die giet-ysterpot saam met 'n bruin ui, knoffel, appelasyn, Tabasco-sous, varsgemaalde koffie, swart peper, en dan die pièce de résistance: 'n paar lepels bruin suiker gemeng in ahornstroop. Maar gedagtig aan Mara Alkaster se vermanings oor sy cholesterolvlak, word die twee oorkantste snye ewe sorgvuldig benader, die slaaisnye met rou vingerskorsies, vinkel, komkommer en Brusselse spruitjies wat onder sy tande kraak.

Voor hom uitgesprei op die tafel, uit die pad van die kos, lê sy sisteem. Hy sien die name van die hondjies en hulle vorms en hulle uitslae, maar sy aandag is by Mara. Silas reken die kopsteen, niks ornaats nie, baie eenvoudig, sal vir haar afsluiting bring. Hy kon dit aanvoel toe sy haar arm om sy groeiende midderif sit en haar kop teen sy skouer laat aanleun.

"Met 'n kopstuk sal Herkie kan rus," het sy sag gesê, en toe die vars blomme in die potjie gerangskik.

"Die kopstuk sal nie meer lank vat nie."

Silas het nie 'n ander antwoord gehad nie, die plek en geleent-heid onvanpas vir sy kommentaar. Nie omdat hy skuldig voel oor sy bybedoelings met die weduwee nie, bloot omdat daar in die lewe, en veral in die dood, 'n plek en 'n tyd vir alles is. En 'n gesprek by 'n graf oor 'n nuwe kopsteen is nie die plek vir hom om iets anders te sê nie. Maar aan die hitte van haar liggaam teen hom het hy gevoel dat sy nou gaan aanbeweeg, dat die routyd sy einde nader.

Oor 'n toekoms saam met Mara dink Silas nie té ver nie. Gods water oor Gods akker, is sy standpunt. Niks jaag hom nie. Word nie meer gedryf deur jeugdige drifte nie, het die waarde van geduld met die ouderdom aangeleer. As hy en Mara vir die volgende vlak bestem is, dan sal dit gebeur. So hoop hy.

Hy lek sy vingerpunte en pik die krummels van die bord op, teug aan die wyn en skuif sy bord uit die pad uit om vir die hondjies plek te maak. Vrydagaand, besluit hy, kry Droopsy sy laaste kans. Vrydagaand sal Droopsy sy sokkies moet optrek. Maar ná 'n uur en 'n half skuif Silas ook sy sisteem opsy. Hy kry nie gefokus nie. Soms help die hondjies. Silas glo aan die werking van die onderbewuste. As jy jouself aan jou gedagtes vasknoop, dwing dit uit jou kop uit, fokus op iets anders, laat dit prut. Maar vanaand bly flits verontrustende beelde voor sy oë, beelde van bloed en verminking, en hy kan sy oë nie wegdraai of afskakel soos 'n lig nie. Hy vat 'n boek en gaan bed toe.

Mara sal help, dink hy. Dit sal help om haar stem en haar teenwoordigheid in die huis te hê as iets nie wil prut nie. Sy sal sy aandag aflei, 'n goeie geselser. Net een probleem: die toebroodjies. Mara is bekommerd oor sy eetgewoontes, sê hy eet nie gesond nie. Hy sê hy eet slaai. Sy sê hy ry met een voet op die petrol, die ander voet op die briek.

Die lig pas af, leesbril op sy boek, toe sy sel lui, kwart oor twaalf die nag. Konstabel Stallie Stalmeester uit die radiokamer, die tempo van sy stem 'n hoë animato:

"Kolonel, slaap jy al?"

"Wat's dit, Stallie?"

"'n Inbraak, kolonel, daar in jou buurt, om die draai, Westdene."

"Westdene? 'n Moord?"

"Nee, kolonel, niemand dood nie. Maar 'n inbreker . . ."

"Jy bel my in die middel van die nag oor 'n inbreker? Stuur die blitspatrollie uit, Stallie."

"Die blitspatrollie is lánkal daar. Nie net 'n huis nie, kolonel. Adjudant Neser se huis."

Silas uit die bed uit.

"Waar's sy?"

"Veilig. Veilig en ongedeerd, bietjie ontsteld."

"Bietjie ontsteld?" Silas in sy klere in. "Ek's op pad."

"Kolonel, dis nie so . . ."

Silas jaag die paar straatblokke na haar huis toe, jaag met 'n oop venster sodat hy die wind kan voel, sodat hy soos 'n groot vis na die naglug kan hap om die paniek te verdryf. Sien die ligte van die polisievoertuie, die nagtelike samedromming van nuuskierige bure in die straat voor haar huis. Die hele span kom aan, die aanslag is op een van hulle.

"Waar's sy?"

"Sy's oukei."

"Wáár's sy?"

Sy wag hom by die kombuisdeur in.

"Jy lyk oes, kolonel," sê sy.

Dêm, dink hy, stut sy skouer teen haar yskas, voel die paniek deur sy bene dreineer, die badprop uitgetrek.

"Is jy oukei?"

"Piekfyn."

Maar hy kan sien: net bravade. Die hand wat die koffie na hom uithou, nie so stewig nie, stort oor die beker se rand.

"Jy seker?"

Nou net 'n knik, of sy nie haar stem vertrou nie, of die bravade ineens wyk.

"Dankie dat jy gekom het. Dit help, voel klaar beter."

Sy was nog wakker, in die bed met haar skootrekenaar, haar notas oor die Nagsluiper bestudeer, toe sy die geluid buite haar venster hoor. Opgestaan, die lig afgesit, in 'n skreef van die gordyne uitgeloer. Onder die appelkoosboom beweging van 'n figuur wat vlug, oor die bure se heining weg.

Jimmy Julies kry in die lig van skerp flitse 'n flenter van 'n kledingstuk aan 'n punt van die palissade. Aan die flenter bloed waar die palissade hom in sy vlug geprik het.

Teen daglig is skoenspore gelig, die flenter gestuur vir ontleding, die bloed vir DNS-analise, geen bruikbare vingerafdrukke aan die heining nie, teen die ruit van haar slaapkamer se venster 'n gedeeltelike afdruk van 'n handpalm. En skoenspore onder die appelkoosboom.

Jimmy Julies se diagnose: "Poging tot inbraak."

"Dit kan 'n poging op haar lewe wees." Kolonel Silas Sauls 'n briesende buffel. "Ek wil hom hê, en gou ook, hoor julle? En ek wil wagte vir haar hê."

Nadat hulle weg is, sit hulle in haar kombuis.

"Vat 'n paar dae af, gaan kuier op Bela-Bela," sê hy.

"Nee, nie nou nie. Ek moet hom eers kry."

Hy moet sélf weer 'n slag op Bela-Bela gaan kuier, dink Silas. Hy was lanklaas daar. Natuurlik sal sy nie nou wil weggaan nie, nie voor sy die Nagsluiper vas het nie.

"Ek sal die boom moet snoei," sê sy. "Kan jy appelkoosbome snoei, kolonel? My pa't my geleer, maar . . ."

"Te laat vir snoei, die bloeisels kom al uit. Die handpalm en skoenspore sal iets oplewer, die bloed aan die klereflenter. Ons sal hom kry."

"Dink jy dis hy?" vra sy.

Sy stap saam met hom uit. Die son is op, die voëltjies sing.

"As dit hy is, waar sou hy jou adres gekry het?" wonder Silas.

"Ek's in sy visier, op die knipsel wat hy gestuur het."

32

Abel is opgewonde. Gister die langverwagte oproep. Jules Dagaari het uit Bujumbura, via Lagos, in Johannesburg aangeland. Jules sê hy was twee weke in Nigerië, die meeste van die tyd in Benin, drie honderd kilometer oos van Lagos in die Edo-provinsie.

Dit was die naam Benin, eens Ubinu, wat aan Abel die eerste aangename bruising van bloed gegee het. Dit is wat die Idia-masker aan sy liggaam doen, en aan sy gees. Die ontwykende masker vir sy moeder, vir sy eie koninginmoeder. O, hoe trots gaan sy nie wees nie, ná al die opofferings aan haar seun. Nou kan hy háár beloon, nou het hy uiteindelik die masker van alle maskers gekry, versinnebeelding van die mag en liefde van 'n moeder. Dit is wat haar seun vir Idia gedoen het; dit is wat Abel vir sý moeder doen.

Abel – soos hy aandring sy donateurs van huide hom noem – skeer op die klanke van 'n Paganini-duet vir viool en tjello. Hy skeer sorgvuldig, bewus daarvan dat hy die laaste tyd nie genoeg aandag aan sy voorkoms gegee het nie. Maar ander sake het sy gedagtes besig gehou. Hy moet homself regruk; verslons is nie hoe hy grootgemaak is nie. Op hierdie Maandagoggend skeer Abel met 'n nuwe lemmetjie, tydsaam en presies. Hy krap elke stoppel af, versigtig om nie die vel te prik nie. En luister na die musiek en dink aan die masker.

Die geld behoort in sy rekening beskikbaar te wees; die geld vir sy oorsese reise, die nuwe teleskoop, en die Idia-masker. Die masker gaan nie goedkoop wees nie. Maar hy gee nie om nie. 'n Outentieke replika van die Idia-masker uit die stamgrond van die iyoba self is onskatbaar. En vanaand sal hy die gangdeur oopmaak, en instap, en die masker vir sy moeder gaan gee. Hy sal nie wag tot hulle Sondagmiddag-afspraak nie. Wat 'n verrassing sal dit nie vir haar wees nie. Hy het vir haar vertel van die masker wat hy soek, en sy het geswyg. Hy vermoed sy dink dit is net praatjies, lugkastele. Want waar sal hy, haar klein Abel, tog sy hand op so 'n masker kan lê?

Maar hy hét, dit is binne sy bereik. Haar wag, en syne, nie vergeefs nie.

Hy spoel sy gesig in koue water af, die skeerseep om die lelle van sy ore, langs sy neus, onder sy ken, en bet sy rosige wange met naskeer.

Hy is vroeg by die winkelsentrum, soos sy gewoonte is, sodat hy tyd het vir koffie en roosterbrood in die kafee voor hy sy galery oopsluit. Hy was wel al 'n slag laat, nie tyd vir koffie gehad nie, toe hy iemand in sy groentetuine moes gaan jag. Maar hy het 'n nuwe plank voor die venster vasgesit; die hardewarewinkel het Rawlbolts aanbeveel.

Hy sluk die laaste koffie en oor die rand van die koppie herken hy die lang figuur van Jules Dagaari aan't kom, sy blik op die groot drasak oor Jules se skouer.

Hulle omhels mekaar, klop mekaar op die blad, en in die galery, die deure weer van binne gesluit, pak Jules die inhoud van sy sak op Abel se geelhouttafel uit. Elke artefak in lae plastiekbobbels toegedraai.

"Ek't hom gekry, Mister Lotz," sê Jules, aan sy bedrywige vingers goue ringe met die flikkerende edelstene; dieprooi robyn, blou saffier, geel topaas, groen smarag, melkwit opaal.

"Ja, ja," sê Abel, "los eers die ander, wys my die Idia."

Jules Dagaari vou die laaste bobbellaag oop, skuif dit oor na Abel.

Hy tel dit nie dadelik op nie, laat eers toe dat sy oë dit absorbeer, koester.

"Mister Lotz?"

Hy wuif vir stilte, leun agteroor na die ou koskas in die tallboy se plek, vir sy loep en drie glansafdrukke. Met sy gesig laag oor die masker begin hy dit deur die vergrootglas bestudeer, langs hom die afdrukke van foto's van drie oorspronklike sestiende-eeuse Idia-maskers van hout en ivoor en geelkoper, dié in die Britse Museum, in die Metropolitan in New York en in Stuttgart se Linden-museum. Die bekendste gelaat van 'n Afrika-koninklike naas Egipte se koningin Ahmose-Nefertari, bekend as Nefertiti.

Hierdie een uit hout, nougeset en puntenerig tot die fynste ornate detail. Abel bestudeer die inlegsels van koper en yster in twee parallelle vertikale groewe van tussen haar oë teen haar voorkop op.

"Mister Lotz," sê Jules Dagaari weer, "miskien moet ek gaan koffie drink, jou nie steur nie."

Hy kyk van sy loep op.

"Nee, vertel my van die masker."

Abel is opgewonde nes 'n kind wat van 'n feëverhaal nie genoeg kan kry nie, wat dit by herhaling wil aanhoor. Onder die loep, terwyl Jules vertel, bekyk Abel die fyn latwerk van die koraalkrale van haar kopbedekking, die pragtige gekerfde detail van haar tiara, in die raam wat haar gesig omsoom die herhalende komplekse reliëf van menslike figure en visse. Die vol lippe, oop oë.

"Idia het vir die koning, die oba, 'n seun gebaar en hom Esigie genoem. Met die oba se dood was die gebruik dat sy koningin onthoof word. Die oba se ouer seun, Arhuaran, was sy pa se aangewese opvolger op die troon, maar het groot tweespalt in die Edo veroorsaak.

"Esigie het by ogbelaka – ringkoppe van die Edo – gepleit vir sy ma se lewe, beloof dat sy ma sal help om vrede te herstel as hulle hóm pleks van sy halfbroer as nuwe oba aanwys."

"En Esigie word die nuwe oba," fluister Abel, loep voor die oog.

Só 'n hegte band tussen ma en seun is vir hom aandoenlik, herinner hom aan die band tussen hom en sy eie moeder.

"Sy help en beskerm hom met haar bonatuurlike instinkte, en Esigie gee aan sy ma die eretitel van iyoba, koninginmoeder, allerowerste moeder van die nasie. Hierdeur neem die vrou, danksy Esigie, die eerste keer haar regmatige plek in Afrika-gemeenskappe in. Tot haar dood bly Idia die mag agter die troon, die sentrum van haar seun se koninkryk."

Abel sluit die vertelling self af: "En met haar afsterwe verewig haar seun sy moeder se ewebeeld in maskers van hout en ivoor en geelkoper vir haar doodsaltaar, en leef haar nagedagtenis vandag nog voort."

Hierdie onsterflikheid, glo Abel, is wat sy eie moeder toekom en verdien, vir haar hulp en ondersteuning aan hom, haar morele krag agter hóm. Ja, het Idia dan nie haar Esigie selfs van 'n aanval van besetenheid genees terwyl sy hom tot obaskap gelei het nie? En watter groter eer kan hy aan sy eie moeder skenk as die simbool van Afrika se moederowerste? Hierdie masker van Idia.

"Ek't ook só 'n moeder," sê hy vir Jules. "Daar's sy, op die foto op my kas. En daar's ek saam met haar en my ouma Hannie, op die foto langsaan."

"Huil jy, Mister Lotz?" vra Jules Dagaari besorg, staan van sy stoel af op, onseker, ongemaklik.

"Net 'n bietjie aangedaan," sê Abel, vee met die agterkant van sy hand oor sy oë.

"Ek los eers die ander maskers hier," sê Jules Dagaari. "Jy kan hulle oopmaak en op jou tyd bestudeer."

"Ja, Idia hét my effe onkant gevang. Ek't geweet hoe wonderlik sy is, maar hierdie masker is 'n hoogtepunt. Weet jy wat dit vir my beteken, Jules? Nee, jy sal nie weet nie."

Op pad uit, steek Jules Dagaari by een van die voetstukke vas, kyk rond. Hierdie voetstuk is leeg, sonder artefak.

"Was dit nie die Jivaro nie?"

"Ja. Verkoop. 'n Versamelaar uit Hamburg. Moes dit verpak na 'n adres aan die Reeperbahn."

"Ek sal 'n ander een vir jou kry, weer 'n gesig."

Abel wuif sonder opkyk.

"Dis oukei, ek hét 'n plan vir daardie voetstuk. 'n Spesiale artefak."

"Weer 'n tsantsa?"

"'n Plaaslike een," sê Abel afgetrokke.

Jules Dagaari sê net: "Jy moet vir my kom kuier, Mister Lotz. Daar in Bujumbura. Ek sal jou rondvat. Ons kan saam gaan maskers soek."

"Ja," en lig nou sy gesig op na Jules by die deur, "miskien moet ek tog self gaan kyk. Ek sal dit met my moeder bespreek."

Toe Jules Dagaari uit is, begin Abel sy nuwe voorraad uitpak en orden, op sy skootrekenaar die beskrywings vir die vars aankomelinge teen sy mure. Die masker van Idia kry nie 'n précis nie; dié gaan huis toe, dié is vir sy moeder, nie te koop nie.

Hy kyk skaars op na die besoekers wat inkom en drentel, verdiep in sy nuwe voorraad. 'n Slag staan hy op, staar aandagtig na die twee foto's op sy ou koskas, sy hande agter sy rug gevou. Dit is al foto's wat Abel besit. Hy het geen ander foto's of familie-aandenkings nie. Hy het geen behoefte aan enige ander herinneringe nie. Sy lewe, sy hele bestaan, wentel om sy moeder. Sy is die son en hy is die planeet wat nooit van haar swaartekrag kan ontsnap nie. En op die ander foto hy en sy moeder en ouma Hannie, die heelal waarin hy grootgeword het. Die herinneringe wat hulle aan hom oorgedra het, in sy kop. Hy het nie ander aandenkings en foto's nodig nie; alles is in die spens van sy geheue. Dáár lê dit veilig geëts, soos op die gelaat van 'n masker van hout. Die res het hy geban, die res verdien nie onthouplek nie; nie sy pa nie, nie sy broer nie. Húlle is soos wasige foto's, uit fokus, van dinge wat nie uitgewerk het nie.

In die voorkamer, nou net hy en sy moeder, luister hy aand ná aand na haar stem, na haar vertellinge en leringe. Met die hekelwerk, en verse uit die Bybel om die koers van sy pad vir hom aan te dui. Passasies uit die vuis om hom teen die euwels te waarsku, om hom te vermaan om nie dieselfde pad as sy pa en broer te loop nie. Aan haar knie leer sy hom van die smal weg.

"Ek steek dit nie vir jou weg nie, Abel. Maansie het my diep teleurgestel. Maar ek's 'n sterk vrou, dié wis jy, en met jou geboorte het ek 'n gelofte aan myself gedoen: jy gaan nie grootword soos die res van hulle nie, jy gaan nie só vuilbekkig wees nie, nie belus en beswete voor liggame van vroue swig nie. Jy gaan anders wees, daarvoor sal ek sorg."

En sy moeder laat hom nooit in die steek nie, betig hom nie meer nie. Dáármee, wanneer sy hom aanpraat, kon sy so ongenadig wees, die skrobberings en bestraffing van haar giftige tong wat hom saans in sy bed in trane laat ween het. Maar sy het dit goed bedoel, weet hy nou. Sy het hom in haar voorkamer laat sit, sy in haar skommelstoel met die hekelkombers oor haar bene en hy op die dagbed met die damasval, en daar was nie 'n wag voor haar mond met haar kastyding nie. Hy het geluister en sonder teenspraak geknik. Dit was die patroon van sy lewe, van sy opvoeding aan die hand van sy moeder. En daarvoor is Abel dankbaar, want sy moeder wis die beste.

Vyf jaar gelede het dit opgehou, 'n maand ná sy vyf en veertigste verjaardag. Sy kla die oggend van kortasem, duiseligheid, dubbelvisie. Hy jaag beangs met haar hospitaal toe. In trauma het haar bloeddruk opgeskiet bokant 160/95 mm Hg; atriale fibrillasie en hoë vlak van bloedlipiede word gediagnoseer. Sy word behandel, maar die beroerte laat haar met spraakverlies en verlamming aan haar linkerkant. Hy bring haar in ouma Hannie, toe al ter ruste, se ou rolstoel huis toe, dra haar in, lê haar op haar bed neer. Sy moeder, toring van liggaamlike en geestelike krag, ineens broos en hulpeloos in haar ou kamerjas van flennie. Haar verwronge gesig vervul hom met skok en deernis. Maar Abel voel tog ook, terselfdertyd, 'n vreemde behae. Want sy is volkome in sy sorg. Vir die eerste keer in vyf en veertig jaar is sy volslae van hóm afhanklik. Vir die eerste keer kan hy vir haar wys dat hy ook vir háár kan sorg. Miskien, dan, kry sy dit reg om één keer in haar lewe, die eerste keer, vir hom erkenning te gee, al is dit net met 'n knip van 'n oog, selfs net 'n beweging van 'n hand asof sy hom graag teen haar boesem wil aandruk, uit liefde en dankbaarheid. Want Abel kan nie onthou dat sy hom ooit in haar arms teen haar groot bors gekoester of vertroos het nie; nie vandat hy sy geheue as kleuter gekry het kan hy só 'n gebaar van moederliefde onthou nie.

Hy maak vir haar kos, voer haar met 'n lepel, vee haar pers lippe af. Hy help haar op haar bedpan, reinig haar kateter, was haar bleek liggaam met seep en lou water, trek skoon slaapklere vir haar aan. Abel knip sy moeder se naels, vingers én tone, borsel haar geel tande en grys hare. Hy trek skoon lakens en slope vir haar bed en kussings oor, stof die meubels af, olie dit, vee die vloere. Sy kla nooit weer nie, lê net daar met haar oë op hom, en wat in haar kop aangegaan het, weet hy nie.

Maar met die versorging van sy moeder vind 'n oordrag plaas, 'n infusie as't ware, van haar krag na hom toe. In Abel se trans-mutasie, só glo hy steeds, moes sy moeder ritueel sterf sodat hy herbore kon word.

Saans sit hy langs haar bed en lees haar geliefkoosde verse uit die Bybel voor, dié wat sy uit die vuis so by hom ingedril het, en ander.

Wees my genadig, Here, want ek is verswak; maak my gesond, Here, want my gebeente is verskrik. Ja, my siel is baie verskrik; en U, Here, tot hoe lank? Keer terug, Here, red my siel; verlos my om u goedertierenheid ontwil. Want in die dood word aan U nie gedink nie; wie sal U loof in die doderyk? Ek is moeg van my gesug; elke nag laat ek my bed swem; ek deurweek my bed met my trane. My oog het dof geword van verdriet; dit het swak geword vanweë al my teëstanders. Gaan weg van my, al julle werkers van ongeregtigheid, want die Here het die stem van my geween gehoor.

Maar die Here hoor nie haar krete nie, slaan nie ag op haar geroep nie, laat dit aan Abel oor – toe hy die oggend by haar bed kom, haar vel koud onder sy vingers, haar asemhaling stil.

Later die oggend, ná sy ergste verdriet bedaar het, beswerf hy die internet, druk 'n dokument uit, klim in sy rooi Mazda en ry na Poppe & Son.

Die opdrag verbaas meneer Poppe senior. En die wense van bedroefde naasbestaandes laat begrafnisondernemers selde sprakeloos; vreemde versoeke en opdragte oor hoe om met die liggaam van 'n afgestorwene te handel, nie ongewoon nie. Meneer Poppe senior verstaan dit. Hy het begrip dat naasbestaandes dit in die reël moeilik vind om by 'n geliefde se dood te berus.

Die laaste groet, die finale aanblik op 'n gesig, is 'n noodsaaklike deel van die proses van berusting en afsluiting. Die gesig in die kis moet lyk soos die lewende beeld wat in die geheue bly sit, ongeag die aard of oorsake van dood. Dít is uitdagings wat meneer Poppe senior in 'n leeftyd as besorger van lyke tot 'n fyn kuns vervolmaak het. Skendings aan 'n gesig weens trauma van 'n gewelddadige dood is vir meneer Poppe senior lank nie meer onoorbrugbaar nie. Wanneer die kadawer op sy smuktafel lê, beskou meneer Poppe senior homself as 'n kosmetikus, nie lykbesorger nie. En hy, en sy skoonheidspreparate, het geen droewige naasbestaande nog ooit teleurgestel nie.

Hy vra gewoonlik 'n onlangse foto vir die knipbord bokant die gesig, en begin met 'n ligte lagie deurskynende vogroom, opgevolg deur swaarder grimering om, indien nodig, kneusings en snye en letsels te verbloem. Vir 'n vrou 'n titsel blos op die bleek, bloedlose wange, 'n bietjie maskara vir die wimpers, 'n flets lipstiffie, die hare geborsel in die styl op die foto. Lyfpoeier oor die liggaam teen stuiwende doodsreuke, met 'n pommade babapoeier aan die gesig vir wat meneer Poppe senior noem die "Vars en Mat-effek" vir die vel.

Hierdie versorging van die liggaam, en veral die gesig, is nie ydelheid nie, maar noodsaaklik om diepte en dimensie aan 'n doodsgelaat te verleen weens die afwesigheid van die natuurlike effekte van bloedsomloop. Veral die wangbene, ken en ooglede

vereis besondere aandag, die gewoonlik warm areas waar opper-
vlakaartjies 'n natuurlike rosigheid aan die dun vel gee. En verál
vir die geslote ooglede is sagte bruin oogskaduwee nodig weens
die ongewone hoek waaruit naasbestaandes die gesig in die kis
besigtig.

Maar die versoek van hierdie klant wat voor sy lessenaar sit,
verbaas meneer Poppe senior. Hy het die klant voor oopmaaktyd
al buite deur die toonvenster van Poppe & Son Undertakers &
Embalmers in Fordsburg sien drentel, en stiptelik, op die minuut,
het hy die deur oopgestoot en ingestap.

Kort en middeljarig, en met vet vingers skuif hy nou 'n vel
papier na meneer Poppe senior oor, 'n gesigfoto van 'n kind wat
in kleur van 'n rekenaar uitgedruk is, 'n kleuterdogtertjie wat lyk
of sy lê en slaap, hare gekrul oor haar voorkop.

"Rosalia Lombardo," sê sy klant. "Sy's op 6 Desember 1920 aan
longontsteking dood. Dié foto is onlangs van haar geneem in die
Kapusyner-katakombes in Palermo, Sicilië. Sy word genoem die
Slapende Skoonheid. Weet jy van haar, meneer Poppe?"

Meneer Poppe senior skud sy kop; nee, hy weet nie van Rosalia
Lombardo nie, maar hy kan agterkom waarheen hierdie gesprek
mik.

"Rosalia, twee jaar oud, is met haar dood gebalsem. Vandag,
negentig jaar later, lyk dit steeds of sy net lê en slaap."

Hierop vee sy klant oor sy wange waar 'n traan, of 'n sweet-
druppel, soos 'n blink moesie in 'n plooi skitter. Sy klant lyk bleek
en diep ontroer in die sagte ligte; meneer Poppe senior verkies
spesifiek ligskerms met 'n koraalkleur wat 'n warmer tint aan 'n
oorledene se voorkoms verleen.

"Maar dis jou moeder," sê meneer Poppe senior, "diep in haar
sewentigs."

"Kan jy dit doen, meneer Poppe? Kan jy haar balsem sodat
sy vir my bewaar kan bly, soos Rosalia vir háár geliefdes bewaar
word?"

"Die balsem wat ons doen, is gewoonlik net vir 'n korter tydperk bedoel, of in uitsonderlike gevalle, soos wanneer ontbinding reeds begin het en ons die liggaam vir besigtiging moet versorg en behandel."

"Dis tog nie ongewoon nie, is dit, meneer Poppe? Rosalia is nie die eerste óf die laaste nie, miskien net die beste gepreserveer. Pouse is gebalsem, en Lenin, Stalin, Mao, selfs prinses Diana."

"In háár geval is gesloer met outopsies en polisie-ondersoeke. In daardie jaar se besondere September-hitte het vinnige ontbinding van die prinses se liggaam plaasgevind. Vir koninklike besigtiging en reëlings vir die begrafnis was balsem vir die prinses noodwendig. Maar dit was 'n korttermyn-balsem."

"My moeder is mý prinses, meneer Poppe, my koningin. En ek wil haar bewaar. Kan jy dit vir my doen, vir my en my moeder?"

"Ons kan dit doen, hier by Poppe & Son Undertakers & Embalmers. My seun is in Mississippi opgelei in balsemtegnieke. Meneer Poppe junior het eksamens afgelê in chemie, anatomie en tanatologie, en in die hantering van balseminstrumente soos sentrifugale pompe, suigbuise, trokars. Maar vir langtermynbewaring sal hy met Mississippi moet korrespondeer."

"Hoe lank?"

"'n Dag of twee, vir die korrekte persentasies van sterker balsemmiddels. Die sterkte van formaldehied gewoonlik van vyf tot vyf en dertig persent. In hierdie geval, vermoed ek, sal formalien gebruik moet word, en sterk konsentraat fenol, saam met . . ."

"Hoe lank?" vra die klant weer, in die stemtoon toenemende ongeduld.

"Gee ons vyf dae," sê meneer Poppe senior. "En 'n kis? Miskien 'n spesiale loodkis met 'n glasdeksel waarin jou moeder in haar mausoleum besigtig kan word?"

"'n Gewone kis," sê die klant. "Een van daardies van dennehout met die toue vir handvatsels. Sy was nie iemand vir spog nie. En net 'n graf, g'n mausoleum nie."

"Die reëlings vir die plegtigheid, die roudiens en die bestelling ter aarde?"

Meneer Poppe senior reken, maar sê dit nie hardop vir sy klant nie, dat 'n balsem vir 'n lang termyn 'n duur keuse is, 'n verkwisting van goeie geld, veral as sy daarna in 'n dennekis in 'n graf geplant word. Maar as sy klant dit verlang, dan voorsien Poppe & Son in die behoefte, sonder onnodige vrae wat verdere ontsteltenis kan veroorsaak. Want hy sien juis sy klant is van die soort wat sagkens hanteer moet word, kortgebaker maar diep bedroef oor die afsterwe van sy ma.

"Geen roudiens in 'n kerk nie. Dis haar versoek," sê die klant. "As julle hier met haar klaar is, moet jy haar by haar huis gaan besorg vir die nagwaak en afskeid. En in die oggend kan jy haar kom haal vir die teraardebestelling. Vir die graf sal jy reël?"

"Los dit in my hande," sê die ondernemer. "Miskien 'n afdakkie van seil langs die graf vir die familie? 'n Ry stoele?"

"Nee," sê die klant. "Ek's die enigste familie. Ek't nie 'n afdak nodig nie. Net iemand wat die graf kan toegooi."

"Daarvoor sal ek ook sorg."

Dit is nie 'n ongewone gebruik dat 'n oorledene in 'n voorhuis in staatsie lê nie, en meneer Poppe senior knik net, verlig toe sy klant opstaan. Eers toe hy uit is, merk meneer Poppe senior dat hy die fotoafdruk van Rosalia Lombardo vir hom agtergelaat het. Hy stap by 'n deur agter in na die vertrekke waar die liggame versorg word. Menere Poppe senior en junior verval onmiddellik in 'n diep bespreking oor balsemtegnieke vir die bejaarde Dorkas se liggaam.

Later begin meneer Poppe junior op die internet met sy navorsing en stuur ook e-posse na die opleidingsinstituut vir lykversorgers en balsemers in Mississippi. Hoe die proses werk, dié weet hy uit sy opleiding op kadawers. Wat hy nodig het, is net die korrekte formules vir die vermenging van die preserveermiddels wat hy in die slagare van die nek, oksels, elmboë, voorarms, dye en skene moet inspuit, om die ou bloed en tussensellulêre vloeistowwe te dreineer en te vervang. Vir die liggaamsholtes gebruik hy eers 'n aspirator om die ingewandsvloeistowwe te verwyder voor hy bokant die naeltjie die gekonsentreerde balsemmiddels met 'n trokar inspuit. Laastens die onderhuidse inspuitings vir die bewaring van die vel. Vir so 'n langtermynbalseming is volkome versadiging van die liggaamsweefsels met preserveermiddels van die grootste belang om bakterieë en fungi te vernietig en te voorkom, uitdroging te verhoed soos by mummies, en styfheid te fikseer.

As die klant van plan was om sy moeder in 'n mausoleum te bewaar, sou meneer Poppe junior ook aanbeveel het dat hy 'n industriële bevogtiger laat installeer en 'n lugversorger vir konstante temperatuur van sestien grade Celsius. Maar dié advies blyk onnodig te wees, met 'n dennekis en 'n gat in die grond ná die nagwaak.

Ná 'n lang dag in die galery vertrek Abel die middag met groot afwagting na die huis agter die bome in Doradopark. Die Idiamasker weer sorgvuldig in die bobbels verpak, selfs in geskenkpapier toegedraai. Dié lê op die passasiersitplek van sy kar terwyl hy met sy vingers teen die stuurwiel trommel en na die radio luister. Op die nuusuitsending word vertel van nuwe leidrade in die soektog na die Nagsluiper van Alberts Farm. 'n Sweem van 'n glimlag; die punt van sy tong dartel plesierig tussen sy vol, ronde lippe.

Hy parkeer sy kar in die stoor en stap by die kombuisdeur in. Aan die stank van ou kos en vuil skottelgoed, gemeng met die galsterige reuke van vet en huide en velle uit die werkkamer, is hy gewoond, ruik dit nie meer nie. Hy plaas die geskenk op die kombuistafel, soek 'n sleutel uit 'n bos vir die gangdeur na sy moeder se woongedeelte. Hy stoot die deur oop, knyp die masker onder sy arm vas en stap oor die houtvloer, sy voetstappe luid in die stil, donker huis. Agter hom sy skoenspore soos die sleepsel van 'n gekweste dier in die stof van die vloer.

In die voorkamer vertoef hy 'n oomblik, sy blik op sy moeder se skommelstoel, die hekelkombers oor die buighout van die armleuning gevou; sy blik op die diep Morris-lêstoel, sy ouma Hannie se sitplek, en op die harde bank met die val waar hý moes sit en luister na die bedsermoene van twee stoetse vroue. Ná die dood van ouma Hannie was dit net hulle twee, maar dit is asof ouma Hannie se gees steeds in daardie stoel alomteenwoordig is.

Uit sy bos sleutels soek hy die een vir haar kamerdeur. Hy stap in en druk die deur agter hom toe. 'n Lugversorger druis sag in 'n hoek, gestel op 'n konstante sestien grade Celsius, winter en somer. Hy kyk na haar rustige gelaat op die bed, sy vingers speels aan die pendant om sy nek. Abel dra nie juweliersware nie, geen ringe aan sy vingers nie. Juwele is 'n skending van die liggaam van God, het sy moeder hom geleer. Maar die pendant het sy self vir hom gegee, 'n erfstuk van sy ouma Hannie. Dié hang, byna glansloos van ouderdom en detail afgevryf van baie vat en skuur, aan 'n dun riempie om sy nek, honderd vyf en dertig jaar oud.

Die koue kamer bedompig, 'n vae reuk van muf en iets soos teer. Hy weet sy hou nie daarvan as die gordyne oop is nie, maar die kamer is so donker dat sy nie die masker se detail sal kan waardeer nie. Hy trek dit op 'n skrefie oop. Deur die kantgordyne, vol gate van silwermot en uitgerafel van ouderdom, val 'n laaste sonstreep uit die weste oor die vloer en voetenent van die bed. In die sonkol stuif stofdeeltjies op. Hy gaan sit op die stoel langs haar en begin die geskenk oopmaak wat hy self net 'n paar uur tevore toegedraai het.

"Ek het die masker vir Moeder gekry," sê Abel. "Asemrowend."

Hy skil die verpakking af, lig die masker na haar gesig op.

"Hier's hy!" Triomfantelik. "Ek't hom gekry. Kyk."

Haar oë geslote, haar bleek lippe dig toe, haar gelaat stug, die streng frons diep tussen haar wenkbroue ingekeep, byna soos die twee vertikale inlegsels op die masker.

"Dis die Idia, die koninginmoeder."

Op haar rug, haar arms teen haar sye uitgestrek, reageer sy nie op haar bed nie. Sy lê in 'n lang, dun nagjurk, toegeknoop aan haar keel. En waar die sonstraal oor die materiaal kruip wat haar tot by haar enkels bedek, dans die stoffies oor haar jurk, eens wit, nou vergeel. Die vel van haar gesig en hande en voete 'n grys kleur weens die hoë konsentraat formalien.

Abel kyk na sy moeder en kom effe uit sy stoel orent.

"Kan ek dit vir Moeder opsit? Dit behoort te pas, ek't dit gemeet."

Hy leun oor haar en plaas die houtmasker oor haar gesig.

"Ja," sê hy in sy skik, staan tru om haar te beskou, "dit pas perfek. Asof dit spesiaal vir Moeder gemaak is, vir my eie koninginmoeder. Kan ek maar weer die gordyn toetrek? Ons wil nie die temperatuur versteur met die son nie, nè."

Hy neem sy plek in, kan sy oë nie van haar vorstelike gesig wegkry nie, die pragtige tiara wat nou haar kop omlyn, haar grys hare bedek.

"Die nuwe gesig vir myself sal nie 'n masker wees soos Moeder s'n nie," sê Abel. "Net Moeder verdien só een. Vir my sal ek 'n régte gesig uitkies, van 'n jong vrou. Die dogter wat Moeder so graag wou hê. Hulle vel is so sag en soepel. So teder. En dis maklik om met daardie vel te werk, ek sal vir Moeder kom wys. Ek's juis besig om te eksperimenteer vir die omslae van my kosmiese joernale."

Hy tuur na sy moeder, nou met die vol lippe van Idia, nou met haar oë groot en oop.

"Wat dink Moeder van só 'n plan? Ek sal 'n spesiale een uitsoek, nie een van daardie verderflikes teen wie Moeder my altyd vermaan nie. Nee, só 'n gesig wil ek nie hê nie. 'n Goeie een, nie losbandig nie. Ek's nie oorhaastig nie, maar ek dink ek't een gesien waarvan ek hou. Ek dink ek sal háár vat. Intussen eksperimenteer ek nog; kort juis 'n nuwe artefak in die plek van die Jivaro."

Abel gesels met sy moeder totdat die son onder is en die kamer donker, haar Idia-gelaat onherkenbaar. Dan staan hy traag op, streel met die kussing van 'n voorvinger oor die lippe en stap uit, sluit weer al die deure agter hom. Los sy moeder in haar stil, koue kamer, op haar bed sonder kussing of lakens of komberse; op haar rug op die blinkgepoleerde swart marmerblad, sodat sy nie te warm word van 'n gewone matras en beddegoed nie. Hitte is nie goed vir sy moeder nie.

Abel het die marmerblad spesiaal vir haar laat sny by 'n kabinetmakery vir kombuiskaste en -werkoppervlakke. Net een meter breed; sy moeder rol nie rond nie. En sy lyk inderdaad so vorstelik met haar masker, op haar katafalk van swart marmer.

In die kombuis druk hy 'n bevrore supermark-ete van macaroni en kaas in die mikrogolf en klim met sy kos teen die buitetrap op na sy twee vertrekke. Dit is 'n wolklose aand en hy is van plan om later die dak van sy observatorium oop te skuif en sy Dobsonian op die konstellasie Orion te rig. Sy eintlike teiken net 'n paar grade weg van die drie sterre aan Orion se belt, Alnitak, Alnilam en Mintaka. Tussen dié drie sterre en Iota in die koers van Rigel, lê die M42-Nebula, wieg van nuwe sterre. En dit is waarna Abel vanaand wil kyk, na daardie plek waar sterre gebore word.

"Ek is die ster wat in die nag skyn. Ween nie by my graf nie. Ek is nie daar nie, ek is nie dood nie," murmel hy met die trap op.

Maar eers wil hy eet en ontspan. Dit was 'n bedrywige en lang dag, vol opwinding, en hy voel besonder in sy skik met wat hy vermag het. In sy sitkamer soek hy na 'n vioolkonsert, spesifiek *Le Streghe, Op. 8*, met Aldo Ferraresi op Paganini se Guarnieri del Gesù-viool, dié een wat Il Cannone genoem word. Abel eet sy macaroni en kaas en luister na die *Dans van die Hekse*. En doen nie moeite om die gesig van die joernalis van die *Post* uit sy gedagtes te ban nie. Andy Collipepper, verraaier. Andy Collipepper met sy wortelhare wat na die aanvaller van twee jong vroue verwys as 'n lafaard en 'n mal maniak, wat iemand anders se moeder met 'n f-woord minag.

Hy het wéér 'n afspraak met dié Andy Collipepper, hy moet nog net die tyd en plek bevestig. En in sy galery 'n vakante uit-stalruimte op 'n voetstuk. Maar nou moet hy eers klaar eet, sy musiek geniet, en sy oë op die hemelse wieg rig. En dit is paslik om Andy Collipepper opsy te skuif en te herleef wat sy ouma Hannie van háár kleintyd vertel het, van die diep, historiese wond wat aan sy familie toegedien is, wat die stigmata aan Abel self gelaat het.

Hy wag tot skemering, totdat die laaste oranje gloed agter die koppie verdwyn, totdat vaal grysheid oor die bome en veld kom lê, die vorms van die opstal en werf en krale wasig en donker word. Eers dan lei Casper Yssel sy perd agter die ruigtes langs die oewer uit, sy oë bespiedend op beweging, op 'n lokval. Die Mauser van sy skouer af, in sy hande gereed, saam met die teuels van die perd. In die klein venster van die kombuis die flikkering van lig.

"Hulle's nog hier," fluister hy vir die perd. "Dank die Here."

Op sy gesig sweetdruppels, maar nie van inspanning nie. In sy ingewande die pyn wat hom laat krom trek, 'n oomblik laat vassteek, voor hy verder stap. Met die rugkant van die hand waarin die teuels is, vee hy oor sy voorkop, voel die hitte van die koors soos vuur in hom. Die perd se kop ruk terug van die skielike beweging van die hand.

"Kom," sê Casper Yssel, "vanaand slaap jy weer in 'n stal."

Casper vermoed hy is deur die noodlot uitgesoek vir besonder bittere straf en ellende. En nou het hy die grootste sonde gepleeg. Maar hy het genoeg gehad. Soos 'n wilde dier kan hy nie langer leef nie. Sy klere stukkend, die stewels sonder kouse skaaf sy voete in bloedblase, ken nie meer die reuk van seep nie. Die stank van sy eie liggaam in sy neus. Slaap in die veld met sy kop op die saal, sy baard en sy hare lank en vol stof, die vel van sy hande gebars, en nou die koors.

Vanaand in die kamp laer af langs die rivier sal hulle agterkom hy is weg. Hulle sal dink die vyand het hom gevang. Maar dit is nie die vyand nie; hy is 'n droster, 'n sonde strafbaar voor die vuurpeloton. En as hy die vyand teenkom, sal hy hom oorgee. Hy sal nie net 'n droster wees nie, maar ook 'n hensopper. Maar eers wil hy weer by die huis kom, sy Johanna vashou, sy klein Hannie aan hom druk. Dít is wat hy eers wil doen. En hulle is daar by die lig deur die venster van die kombuis. Hulle is nog nie weggevat, die plaas nog nie afgebrand nie. Maar die vyand is op pad, hulle ruk al op.

"Kom," sê hy weer vir die perd.

Op die werf sien hy in die aandlig die vergaan, die aftakeling. Hy neem haar nie kwalik nie, vrou-alleen. En Hannie net sewe. Sy sal hom nie herken nie. Of sal sy? Al 'n jaar dat hy weg is. Vir 'n kind van sewe is 'n jaar 'n lang tyd, 'n leeftyd byna. Nee, dink hy, sy sal hom nie herken nie, nie met hierdie baard en hare, hierdie ingevalle gesig, verwilderde oë nie.

Die koors vreet aan hom.

Onder die bos populiere skrop die hoenders nes, die varke waar hulle plek kan kry vir die nag. Die drade van die kraalheinings plat. Hy lei die perd na die stalle toe, saal hom af, kniehalter hom; die hek van die stal hang oop en skeef. In die trog geen voer nie. Maar die perd het gewei terwyl hulle gewag het vir die son om te sak, en hy het water in die rivier gehad. Hy is nie besorg oor die perd nie, hy is besorg oor sy ontmoeting met sy vrou en kind, ná 'n jaar, in die kombuis van die opstal wat hy onthou maar nie meer ken nie.

Nie net hý wat 'n jaar van swaarkry gehad het nie, dink Casper Yssel. Johanna en Hannie ken óók ellende, miskien meer as hy, met die bykomende sorge dat hulle nie weet waar hy is nie. En in die veld loop gerugte oor kampe vir die vroue en kinders van burgers alleen op plase. Maar die vyand het nog nie hier op Melkhoutfontein aangekom nie. Hy vryf oor die perd se neus, nou traag om huis toe te loop, aan die deur te klop, sku vir die uitdrukking op die gesigte van sy vrou en dogter as hulle oopmaak, die vuil voëlverskrikker daar sien staan, sy slap veldhoed in sy hande, die sweet op sy gesig, die oë vurig van die koors.

"Stop!" roep die stem toe hy uit die stal skuifel. "Laat val die geweer!"

"Johanna?" sê hy. "Is dit jy?"

Sy kom om die hoek, die haelgeweer in haar hande.

"Casper?"

Sy herken sy stem, dink hy.

"Ja, dis ek."

"Casper, wat doen jy hier?"

Sy vat hom huis toe. Hannie sit by die tafel. Hy is 'n vreemde man in hulle huis. Haar blik volg hom. Hy help Johanna met die kastrolle water van die houtstoof na die sinkbad in die badkamer, laat toe dat sy die skêr vat en sy baard knip, en daarna sy hare. Hannie in die deur, sprakeloos, net die oë wat inneem. Johanna help om die sinkbad uit te dra, die vuil water uit te gooi, skoon water vir nog 'n was, nou koud want die stoof kan nie voorbly nie. Hy was sy hare, kort geknip, skeer die laaste stoppels van sy ken en wange af, trek die skoon klere in die kas aan. Sy vryf die speensalf aan die stukkende vel van sy voete voor hy kouse aantrek, en die sagte velskoene. Sy klere hang aan sy uitgeteerde lyf, maar hy voel weer mens en sy gee hom alwee-ekstrak vir sy maag en poeiers vir sy koorsige kop. En op die stoof is 'n kastrol met die hoender wat sy geslag het, saam met aartappels, en toe hulle aansit, is die herkenning terug in sy Hannie se oë en sy trek haar stoel langs haar pa in, en hulle vat hande vir die tafelgebed.

"Dis gaaf dat hulle jou permissie gegee het om huis toe te kom, om te kom kyk hoe dit met jou vrou en kind en plaas gaan," sê Johanna.

Casper Yssel knik net.

"Wanneer moet jy terug wees?" vra sy.

"Generaal Botha val terug tot by Lydenburg. Hy glo in die berge sal ons stellings nie gebrug kan word nie. Generaal Botha glo in die berge kan ons die vyand terughou."

"Maar oom Paul is al in Lourenço Marques, dis wat ons hoor," sê Johanna.

"Die winter was kwaai in die veld," sê hy. "Hoe lyk die weiding?"

"Goed," sê Johanna. "Die weiding lyk nie sleg nie. As dit nou net wil reën."

"Dis al begin September, dis lente. Die reën sal kom."

"Wanneer moet jy terug wees?" vra sy weer.

"Gaan nie meer lank wees nie."

"Wat bedoel jy, Casper?"

"Ek bedoel die oorlog. Dit gaan nie meer lank wees nie. Botha gaan die Kakies nie gekeer kry nie. Dis groot magte wat onder Buller saamtrek. 'n Paar brigades, duisende man."

"Móét jy teruggaan?"

Hy haal sy skouers op.

"Wat's die datum?"

"Vandag?"

"Ja."

"Ek's nie seker nie. 1 of 2 September, dink ek. Die kalender is in die kamer."

"Maak nie saak nie," sê hy. "Teen Desember is die oorlog verby."

"Is dit waar van die kampe?"

"Verdomde oorlog," sê hy en staan op om die eetgerei in die skottel te gaan uitspoel, Hannie langs hom, moue opgerol.

"As ons klaar is, moet jy kooi toe, Hannie," sê Johanna Yssel.

"Ek help eers my pa was," sê sy.

"Ek was, jy pak weg," sê Casper. "Dan sal ek jou in die kooi gaan sit."

"En 'n storie," sê sy.

"Geen stories vanaand nie, Hannie. Jou pa's siek en moeg."

Hy vat die kers en sy vat sy hand. Die plankvloer kreun en kraak onder hulle voete, saam met die daksink van die dag se hitte. Hy sit by haar op die katel en vra uit oor die werfdiere totdat haar ooglede toeval en sy diep en sag begin asemhaal. Hy staan op, vat die kers, stap terug kombuis toe.

"Pa en Ma kom darem Sondae van die dorp af kuier," sê Johanna en reik na sy hand. "Dit kon slegter gegaan het. Hulle bring te ete wat hulle kan. Almal kry swaar."

"Julle moes op die dorp gaan bly het," sê Casper.

"En alles hier net so los vir wind en weer? Nee, dit kan ons nie doen nie. Dis ons huis, dis ons plek. As ons op die dorp was en jy kom hier by 'n leë huis aan, wat dan?"

Casper kyk op deur toe.

"Hoor jy iets?"

"Wat?"

"Iets buite? Perdepote, 'n geproes van 'n perd?"

"Ek hoor niks nie."

"Jy't mý gehoor."

Sy lag sag.

"Ek't iets by die stalle sien beweeg."

Hulle skrik toe die kombuisdeur oopgeskop word. Casper gryp na sy Mauser, maar in die deur is die loop op hulle gerig. In die kenmerkende kakie van die vyand, sy hare lank en git soos die nag, op sy kop 'n Stetson, aan sy gordel die skede van 'n groot mes.

33

In 'n werkslewe van vyf en dertig jaar by binnelandse sake het Peet Koen van junior toonbankklerk tot senior klerk gevorder, met sy eie afskorting en lessenaar, in die afdeling vir Registrasie van Geboortes en Sterfgevalle. Peet Koen het in die staatsdiens begin toe dit nog 'n hawe vir beskermde wit arbeid was.

Twee maande tevore het Peet 'n saaklike brief van die streek-direkteur gekry. Sy het aan hom 'n vroeë aftredingspakket aan-gebied, een week se salaris vir elke diensjaar. Peet het dit verwag. Het sy vakbond geskakel, wat hom aangeraai het om die pakket te aanvaar. Hy het dit óók verwag. Die staatsdiens steeds 'n hawe vir beskermde arbeid, maar nie meer vir middeljarige wit mans nie, het die vakbond se woordvoerder hom meegedeel.

Maar Peet, gewese staatsdiensamptenaar, is gewoond aan 'n roetine. Roetine was vir vyf en dertig jaar deel van sy lewe. Af-wykings van sy roetine veroorsaak vir Peet Koen diep traumatie-se skok, soos dood in die familie, die amputasie van 'n ledemaat, of 'n egskeiding ná 'n lang huwelik. Peet se gewoonte is om halfses soggens op te staan en sy hond vir 'n wandeling te vat. (Voor die labrador was dit 'n spanjoel.) Die hond is sy enigste geselskap, substituut vir die vrou wat hy nooit gehad het nie. Vir 'n hond het Peet nie nodig om aanpassings of verstellings aan sy leefstyl te doen nie; 'n hond pas by sý roetine aan. Halfses soggens staan Peet op, drink 'n beker kitskoffie, trek 'n ou sweetpak aan, en vat sy hond, nou die labrador van twaalf jaar oud, vir 'n wandeling. Dan kom hulle terug na die huisie in Greymont en Peet gaan stort, skeer sy baard (al grys) en trek aan: een van sy drie ou pakke (elmboë, sitvlak, knieë blink geskuur), knoop 'n das om sy dun skilpadnek, 'n moulose oortrektrui (aan't uitrafel aan die some), sy Grasshoppers (áltyd sy bruin Grasshoppers). Dan smeer hy toebroodjies met appelkooskonfyt en meng koffie, suinig met die melk en suiker. Die Tupperwarebak met die toebroodjies en die Thermosfles met koffie kom in 'n generfde aktetas met 'n bedompige reuk, broodkrummels, skuifspelde, potlode, geel Bicpenne, 'n sakrekenaartjie, die oggend se koerant.

Maar Peet gaan 'n maand al nie meer kantoor toe nie. Aan sy lessenaar agter sy afskorting by Registrasie van Geboortes en Sterfgevalle sit nou iemand anders, twintig jaar jonger, ander geslag, ander ras.

Sedert Peet se aftrede stap hy steeds soggens dieselfde tyd uit sy huis uit, maar nie meer bushalte toe vir die 07:10 stad toe nie. Hy stap uit en gaan sit met sy blink pak, trui en Grasshoppers op 'n opvoustoel onder die adamsvy in sy agtertuin, die aktetas in die koelte teen die stam gestut. Hier haal hy sy koerant uit en begin op die voorblad lees, van links bo. Hy lees elke woord van elke berig in die koerant, bestudeer elke foto en elke advertensie. Tienuur soggens, stiptelik, laat sak hy die koerant op sy skoot, staar na die gevlekte muisvoël in die vyeboom, en dink aan sy oumansklier. Ook sy blaas het 'n roetine. Elke nag, elfuur in die voornag en twee-uur in die nanag, moet hy opstaan, klokslag soos 'n bedwekker. En tienuur soggens. Terug van die toilet af, hervat hy sy leeswerk.

Wanneer hy die laaste woord regs onder op die agterste sportblad gelees het, vou hy die koerant toe, in die helfte, weer in die helfte tot 'n A5-formaat en plaas dit in sy aktetas terug. Presies elfuur haal hy sy pers Tupperwarebak uit en skink koffie uit die fles, die hond in die son by sy voete.

Ná die koerant en sy elfuur-koffie-en-toebroodjies begin Peet se probleme.

34

Kolonel Silas Sauls het 'n gevoel vir Black Heart in die vyfde. Die neus lank en smal, die donker oë groot en helder, aanduiding van Black Heart se intelligensie en energie. Opreg geteel, en lig, net vyf en twintig kilo's, vir die vyfde ren se 480-naelloop. En Hell Razor vir die sesde. Sy is groter, twee en dertig kilo's, diep lieste, reguit voorbene langs die ronde bors, g'n knypblaaie soos Miss Razzledazzle nie.

"Hoesit, kolonel?"

Uit die skaduwees verskyn Snakes soos 'n maer skim langs hom by die reling van die paradekampie.

"Wat van die wit RAV?"

"By Jerry's A1 Used Cars in Ontdekkers het 'n wit RAV gister op die vloer gekom. Kan die een wees wat jy soek. Of nie."

"Ons sal gaan kyk. Wat hoor jy nog?"

"Black Heart gaan dit nie maak nie."

"Wat hoor jy van die moord op twee vroue, Snakes? Wat's die nuus op straat?"

Die honde spring weg, die ren duur net agt en twintig sekondes, dubbel die spoed van 'n naelloop-atleet. Silas nóg vyftig kwyt.

"Niks nie. Oor hulle 'n doodse stilte. Dit beteken ..."

"Nie die werk van dwelmbendes nie."

Maar dit het Ella lankal vermoed. Die MO stem nie ooreen met dié van berekende boewery nie; sindikate, is die groot woord.

Twintig op Hell Razor, sonder veel hoop. Hoekom die vel met tatoes uitsny? Wat is die rituele betekenis dáárvan? Vroue vermoor net vir 'n blok getatoeëerde vel?

Die inbreker by Ella Neser, dié ontstel hom meer as die hondjies se trae vertonings.

Terug by sy huis, beursie dunner maar met inligting oor 'n wit RAV, bel hy vir Mara Alkaster, sê dit het nie so goed gegaan by die hondjies nie, vra wanneer sy kans sien om hom te vergesel, meen sy geluk sal draai as sy 'n slag saamgaan hondjies toe, in die openbaar aan sy sy sonder skuldgevoelens.

"Wat's dit eintlik, Silas?" vra sy. "Jy bel tog nie net oor jy geld verloor het nie."

"Dis oor Ella Neser," sê Silas, om doekies om te draai nie in sy aard nie. "Kan ek oorkom?"

"Jy's beswaard, Silas. Kom oor dat ons kan gesels."

Op Saterdagoggend se verslagvergadering oor die vordering in die ondersoek na die Nagsluiper van Alberts Farm is op elke voorkop 'n frons. Kolonel Silas Sauls s'n oor Ella Neser en die vorige aand by die hondjies, maar hy verswyg die pyn in sy beursie toe hy sê: "Adjudant Neser se lewe is in gevaar. Ek wil gewapende beskerming van vier en twintig uur vir haar hê."

Streekkommissaris Pitso kyk op.

"Beskerming? Van waar? Ons't nie die mannekrag óf die begroting nie. Oorlaai met dossiere, oortyd vreet die geld op, private labs . . . Hoe motiveer ek so 'n buitengewone operasionele uitgawe?"

"Ék sal die motivering opstel en voorlê," sê Silas.

"Ons beskerm en dien . . . nie onsself nie, maar die publiek."

"My adjudant se lewe is in gevaar. Hulle maai onder ons polisiemanne, steur hulle aan g'n god en sy gebod nie."

"Skrik ons nou vir 'n koue pampoen?"

"Die Generaal het artikel nege en veertig van die Strafproseswet laat wysig vir skiet-om-dood-te-skiet. Die Generaal besef die gevaar vir polisiemanne."

Die vertrek stil, die sarsies oor hulle koppe heen en weer. Hulle ken die kolonel, staan nie tru vir 'n koppestamp nie, kon self al streekkommissaris gewees het – ás dit in sy aard was om gatte te lek. En niks meer om te verloor nie, afgestamp en op aftrede.

"Ons is nie baba-oppassers nie," sê streekkommissaris Pitso. "Betaalde verlof. Ek stel voor adjudant Neser vat betaalde verlof. Wie kan as ondersoekbeampte oorneem? Fred Lange kan die ondersoek oorvat. Waar's Fred? A, dáár."

"Dis mý ondersoek. Ek vat g'n verlof nie." Nou vuur in háár oë.

"Sy bly waar sy is," sê Silas Sauls.

"Gaan 'n paar dae weg," sê streekkommissaris Pitso, "uit Johannesburg uit, uit Gauteng uit. Het jy familie op Hotazel? Miskien op Witsand, dalk Mookgopong, of Mogwadi?"

"Ek los nie my ondersoek halfpad nie. Ek bly net hier, ek hardloop nie weg nie."

"Al wat nodig is, vir 'n paar dae, is beskerming," sê Silas.

Streekkommissaris Pitso se hande in die lug.

"Geld, geld, geld. Verstaan julle nie begrotings nie? Verstaan julle nie van rekenskap voor die parlementêre komitee oor openbare rekeninge nie? Nie kolonel Sauls nie, nie adjudant Neser nie . . . ék! Ék moet gaan sê: Oortyd vir die labs, oortyd vir forensies, oortyd vir moord-en-roof, oortyd vir 'n adjudant wat skrik vir 'n skaduwee onder haar appelkoosboom."

Silas Sauls is opgewarm.

"Nie geld vir 'n adjudant se lewe nie, maar die minister van polisie ry in twee BMW's van twee en 'n half miljoen rand, die minister van polisie slaap in vyfsterhotelle in Kaapstad en in Durban."

"Ek vra nie beskerming nie," sê Ella. "Ek sal vir myself sorg."

Maar Silas is nog nie klaar nie: "En die Generaal, wat die wet wysig vir die polisie om te skiet, koop 'n huis van drie miljoen rand. Maar wat is 'n konstabel of sersant of 'n adjudant se lewe werd?"

Streekkommissaris Pitso oorweeg dit, vermy die kolonel se oë.

"Stel die motivering op dat ek dit onderteken. En vang die Nagsluiper, gou."

Met die uitstap sê sy: "Jy kon my darem gewaarsku het."

"Geweet jy sou hardkoppig wees. En my aanvoeling was reg. Jy ís 'n klipkop."

"Nou word ek soos 'n baba beskerm."

"Dis die beste," sê hy. "Jy sal meer gerus slaap, ek ook. Ek dink jy moet Mimi Landsberg vir 'n sessie besoek."

"Traumaberading? Nee, nie Mimi nie!" Driftig.

"Net 'n voorstel."

"Ek wil uitvind oor die betekenis van tatoes, Mia se pou en Emma se haas."

"Jy lê laag, bly uit die koerante uit. En doen iets aan jou voorkoms."

"My voorkoms?"

"Hy weet hoe jy lyk."

Silas sê dit nie, maar sy weet hy dink aan die nagtelike besoeker buite haar huis.

"Ek moet my vermom? 'n Blonde pruik miskien, groter boobs?"

"Dis nie wat ek bedoel nie. Ek bedoel, jou foto was in die koerante, almal weet hoe jy lyk . . ."

"Jy bedoel ek moet ondergronds gaan? Wegkruip?"

"Dêmmit, Neser! Moet ek dit vir jou uitspel?"

"Jy dink die Nagsluiper is op my spoor, pleks van ek op syne. Jy's bekommerd oor my, kolonel."

"Moenie jouself vlei nie, adjudant. Ek's nie oor jóú bekommerd nie, ek's besorg oor die welsyn van my speurders. En ek dink ná die ding met die haker sal jy beter voel as jy iets aan jou hare doen?"

"Is dit wat Mara sê? Dat 'n vrou 'n teleurstelling beter verwerk as sy haarself so 'n bietjie opkikker, 'n nuwe haarstyl, 'n ring in haar naeltjie? Wat van nóg 'n tatoe vir hierdie keerpunt in my lewe sonder Bam?"

"Ek's g'n kenner van vroue nie, adjudant. Maar Mara wag vir jou."

Hy sien die glimlag, besef sy voel beter. Haar hart is in hierdie ondersoek. Haar onttrekking sou vir haar bitter gewees het. Sy verdien die kans, en hy het vertroue in haar. Nie omdat die slagoffers ook vroue is nie, maar omdat sy vars insigte bring. Sý het op die spoor van die masker en tatoes gekom. En dit is al leidrade wat hulle het.

"Kind," sê Mara Alkaster, "wat's hy besig om met jou te bekook? Jy't sulke mooi hare, so kort en maklik om te versorg. En nou al hierdie highlights."

Ella beskou haarself in die spieël met Mara se vingers in haar hare.

"Het lankal 'n verandering nodig gehad . . ."

"'n Liefdesteleurstelling? Dis gewoonlik wanneer 'n liefde skeefloop dat 'n vrou aan haar voorkoms begin vernuwe."

"Silas is 'n goeie man," sê Ella. "Laat my soms soos sy kind voel, nie sy kollega nie."

"Harde vel, sagte hart." In die spieël glip 'n glimlag om Mara se mond. "Weet nie wat ek sonder hom sou gedoen het ná my man se oorlye nie."

"Dis goed dat jy vir hom omgee, Mara. So lank alleen, en krop op. Jy kry niks uit hom uit nie."

"Is waar, moet als uit hom uittrek. Bot soos 'n kluitjie. Maar jy krop self ook. Sulke goed moet uitkom, Ella."

A, dink sy. Kop in een mus, die kolonel en sy weduwee. Eers die ligstrepe, nou Mimi Landsberg.

"Ek't jou foto in die koerant gesien. Hy sê jy werk aan daardie aaklige moorde. Soek die moordenaar, so 'n jong kind soos jy."

"Lyk maar net so jonk, goeie gene."

"'n Mooi foto van jou. Die koerant lê nog daar, daar tussen al die tydskrifte. Met dié highlights en nuwe styl sal jy anders lyk," sê Mara. "Skaars herkenbaar as die een op die foto."

"Kan ek dit sien, dit vergelyk, toe en nou?"

Mara bring die koerant, vou dit oop. Ella beskou haar foto by Andy Collipepper se berig, kyk op spieël toe, na die gesig met die ligstrepe in die hare.

"Jou wenkbroue moet ook ligter," sê Mara, leun oor na die koerant, druk met haar vinger op Ella se gesig. "Swart wenkbroue sal nie werk nie."

Ella se oë terug op haar foto, maar nie op die hare nie, op haar middel waar die verskietende ster uitglip.

"Dis 'n masker," sê Mara. "G'n mens het só 'n gesig nie."

"Ja," sê Ella. "Dis wat ek ook dink. 'n Masker, soos een van daardie Afrikamaskers wat hulle by padstalletjies aan oorsese toeriste smous."

"By die vlooimark hier bo op die Mall se dak is smouse wat sulke maskers verkoop, en onder, af met roltrap langs die bruids-boetiek, is 'n winkel vol maskers. Gee my die creeps," sê Mara. "Eintlik nie 'n winkel nie, 'n galery. 'n Galery van etniese kuns, word dit genoem."

"Hoe lank gaan die wenkbroue vat? Wil nog 'n nuwe bril ook gaan soek, vir my nuwe voorkoms."

"Silas het gebel," sê Mara. "Sê Herkie se kopstuk is uiteindelik ingeplant. En hoog tyd."

Mara wil aanbeweeg, dink Ella. Wil nie Silas se geduld té lank beproef nie.

"Hy kom kry my sesuur," sê Mara, en voeg by, of sy seker wil maak dat Ella die aard van die afspraak goed verstaan: "Om na die nuwe kopsteen te gaan kyk, blomme te vat."

Ná die hare pas sy nuwe sonbrille aan. Mara is reg, dink sy: sy voel amper 'n ander mens. Sy kies een met geel lense, bekyk haarself in die spieël toe Jimmy Julies bel.

"Forensies het iets in die RAV gekry. Geen bruikbare vinger-afdrukke nie. En Jerry se stofsuier het nie goeie werk gedoen nie. Onsigbaar vir die oog, maar die luminol wys bloedspatsels op die mat agter in die bak. Word nou getoets om met die kontrole-monsters van Mia Vermooten se bloed te vergelyk."

"Sy's in haar eie kar by Alberts Farm gaan aflaai?"

"So lyk dit. En toe't hy die RAV iewers gaan los, langs 'n straat met die sleutel in sodat dit herverdeel kon word. Jerry sweer hy's

233

'n eerbare sakeman, het nie geweet hy koop 'n gesteelde kar nie. Fred Lange-hulle is nou op die spoor van die verkoper. Maar jy kan weet: ook die verkoper gaan sweer hy't gemeen dis 'n wettige transaksie, 'n hele ketting van kopers en verkopers. Ek sien swarigheid dat ons die plek gaan kry waar die oorspronklike herverdeler die RAV gevind het."

"Hy moes vervoer gehad het nadat hy haar afgelaai en die RAV gelos het. 'n Medepligtige? Of as hy 'n taxi gebruik het, sal die tyd en bestemming op hulle logboeke aangeteken wees – ás ons die plek kry waar hy die RAV gelos het."

"Ons het nóg iets gekry," sê Jimmy. "Onder aan die voetmat van die bestuurder het nog iets die stofsuier ontglip. Modder en 'n verige blaar. Dié het ek na 'n plantkundige gevat vir ontleding. Dit lyk, met die eerste aanblik van die plantkundige, na 'n plant wat genoem word Waterduisendblaar. Ken jy so iets?"

"Die monster wat ek by die leliedam gepluk het saam met San van der Merwe, is ook uitgeken as Waterduisendblaar."

'n Indringer uit Suid-Amerika wat met 'n sterk risoom op water dryf, aldus die plantkundige. Sy ken die plant, want haar hulp is ingeroep vir die bestryding daarvan in 'n leliedam by Alberts Farm. Ook bekend as Parrot's Feather.

"Jou San het nie 'n gees in die nag gesien nie. Sy't die wit gesig van Mia Vermooten se moordenaar gesien, deur die vlei en die Parrot's Feather op pad terug na die RAV toe nadat hy haar liggaam gaan dump het. En toe die RAV."

"Nou't ons tatoes, maskers, dierehare, 'n RAV en Waterduisendblaar as leidrade," sê sy. "Dankie, Jimmy."

En klim, met die bril met die geel lense, op die roltrap na die vlooimark om na 'n wit masker te gaan soek.

35

In die opskamer waarheen die publiek 24/7 'n spesiale nommer kan bel met wenke en leidrade oor die Nagsluiper, is al vier honderd een en vyftig oproepe ontvang sedert die ontdekking van Mia Vermooten se liggaam, en daarna Emma Adams s'n. Die meerderheid van die bellers sien die Nagsluiper dag en nag om Alberts Farm dwaal, in die strate van Northcliff, Albertsville, Albertskroon en Greymont. Van hulle sien selfs twee duidelike horings aan sy voorkop, ander sien slagtande van 'n vampier. Elke oproep word aangeteken, elke beller se kontakbesonderhede gevra, elke wenk en leidraad gesif, beoordeel en in voorkeure gesorteer as "Vergesog", "Onwaarskynlik", "Moontlik" en "Volg op".

Geen oproep word regstreeks aan die ondersoekbeampte deurgeskakel nie. Wanneer iemand haar selfoon bel, word dit deur die opskamer gesif en eers na haar herlei as die identiteit van die beller uitgeklaar is.

Toe haar sel lui, is dit jong konstabel Stallie Stalmeester uit die radiokamer.

"Ella, 'n joernalis . . ."

"Stallie, die media-afdeling hanteer koerante se navrae."

"Van die *Post*, Andy Collipepper. Sê hy moet persoonlik met jou praat, dringend. Soek nie inligting nie, sê hy hét inligting."

"Sit hom deur, Stallie."

"Ek moet jou sien," sê Andy Collipepper. "Persoonlik, nie oor die foon nie. Ek kry jou nie op jou foon nie, ek word van jou huis weggekeer. Jy't 'n wag by jou huis."

"Die ondersoek is in 'n sensitiewe stadium."

"Ek't weer 'n oproep gehad. Ek dink dis dieselfde man wat in my huis was."

"Die Nagsluiper?"

"Stem klink dieselfde. Ek kry jou by die Callisto."

"Ek's besig, Andy."

Sy staan by die smouse se maskers, hulle weet nie van 'n masker met 'n wit gesig en boskasie swart kloshare nie, Húlle maskers word op sypaadjies gekerf, met skoenpolitoer gekleur.

"Hy wil my weer ontmoet. Wat beteken 'n pou, Ella? En 'n hasie?"

Sy draai van die maskers weg, agter in haar nek die duisend pote van 'n sjongolôlo.

"Ella?" vra hy. "Jy nog daar?"

"Hoe laat, by die Callisto?"

Die nuwe kort kapsel met die ligstrepe, haar digte wenkbroue gepluk en die swart nou kastaiing gekleur, die bril met die ge-polariseerde geel lense. Sy slaag die eerste groot toets. Staan by die tafel waar hy sit en wag. Hy vroetel met die selfoon in sy skub-berige hande. Hy kyk op, 'n frons. Herken haar nie dadelik nie.

"Ella?"

"Moenie uitvra nie."

"Werk jy nou klandestien? Skielik so funky!"

Dit vlei haar. Funky was nog nooit hoe sy haarself sou beskryf het nie.

Hy speel met die selfoon, asof hy iets nodig het, so lyk dit vir haar, om sy hande besig te hou in die teenwoordigheid van so 'n funky vrou.

"Iets te drinke?"

Hy wuif na 'n kelner.

"Koffie, swart en sonder suiker."

"Jy's nie baie sosiaal nie, Ella Neser. Het jy 'n liefdesteleurstel-ling gehad?"

236

Al die nuuskierigheid oor 'n liefdesteleurstelling. Is dit só opmerklik? Staan dit só duidelik op haar voorkop geskryf? Kyk, hier is ek, so lyk iemand wie se kêrel haar verneuk het.

Die rugbybroek en T-hemp van 'n haker het met niemand iets uit te waai nie. Wanneer sy dit was, en die reuk van wintergroen daaraan bly kleef, is dit háár saak. Niemand anders s'n nie, veral nie Andy Collipepper s'n nie.

"Ek's met 'n dubbele moord besig, Andy. As jy dalk vergeet het. Nie hier op 'n sosiale besoek nie."

"Die eerste keer het hy net gepraat van 'n pou. Nou't 'n hasie bygekom. Wat beteken dit?"

"Ek kan nie inligting gee wat die ondersoek kan beduiwel nie, dié weet jy tog goed. En hierdie gesprek is vertroulik. Niks waaroor ons praat in 'n koerant nie."

"Off the record. Is 'n pou ter sprake, waarvan ek nie weet nie?"

Sy selfoon in een hand, soos 'n ekstra ledemaat, die ander bring die bierglas na sy lippe op, die hare aan sy besproete voorarms dieselfde kleur as dié op sy kop, die kleur van geelwortels. Maar dit is die oniks wat haar oog bly lok, aan die pinkie van sy bierhand.

"Die man wat jou gebel het, het ook 'n hasie genoem?"

Dit is vertroulike inligting, nooit openbaar gemaak nie. Belangrike, vertroulike leidrade. Word ook verswyg om na-apers te betrap; siek siele wat die MO van reeksmoordenaars naboots is algemeen in FBI-annale.

"Jy't niks vir my gesê van 'n pou nie."

"Wat sê hý oor die pou?"

"Hy wil my weer persoonlik vir 'n gesprek ontmoet."

"Waar? Ons moet sy nommer op jou sel naspeur."

"Sy nommer registreer nie as hy bel nie. Hy's nie onnosel nie, Ella. Hy gebruik nie 'n sel wat 'n spoor laat nie."

"Waar en wanneer wil hy jou ontmoet?"

"Weet nie. Maar môre. Sal bel met instruksies."

"Ons sal jou agtervolg."

"Hy sê as hy iemand anders sien, is die ontmoeting af."

Nou weet sy, sy onthou dit van 'n Discovery-program op TV. 'n Swart gat in die ruimte wat alles insuig, met swaartekrag so sterk dat nie eens lig daaruit kan ontsnap nie. Dit is waaraan Andy Collipepper se ring haar laat dink. In die sagte lig van die Callisto geen skittering op die ring nie, asof die swart steen alle lig absorbeer, sonder refraksie of refleksie. 'n Swart gat, die eindpunt, die lot van alle sterre.

"Mia Vermooten het 'n tatoe van 'n pou gehad," sê sy.

Hy sit die bierglas neer. Sy kyk op toe die kelner haar koffie bring, Andy Collipepper se besige vingers op die toetse van sy selfoon.

"En die hasie?"

Sy haal haar skouers op. Sy lieg nie graag nie.

"Mia het net 'n pou gehad, nie 'n hasie nie."

Sy verswyg Emma Adams se hasie. Sy verswyg ook dat die pou en hasie saam met hulle vel verwyder is.

"Hy wil my sien oor 'n pou én 'n hasie."

"Vra hom uit oor die hasie. Jy kan nie alleen gaan nie."

"Dis my scoop."

"Dis 'n moordondersoek."

"Ek sal die gesprek opneem. Jy kan 'n kopie kry. Moes hom belowe ek sal my bron beskerm. Ek's gebind. Dis soos ons werk, dis soos ek en kolonel Sauls werk. Quid pro quo, tit for tat."

Sy kan hom nie keer of inmeng nie. Sy goeie joernalistieke reg om sy eie opvolgwerk te doen, binne die riglyne van wet en perskode. Hy sluk weer aan sy bier.

"Dis gevaarlik, Andy. En jou plig om te help om hom vas te trek. Nog lewens is op die spel."

"Ek sál help. Maar hy's agterdogtig. Laat ek weer met hom praat, hy vertrou my."

Dit is ná vyf toe sy by die Callisto uitstap, te laat vir teruggaan Mall toe na die galery met sy etniese maskers waarvan Mara gepraat het. Sy ry kantoor toe, los Andy Collipepper by sy bier en gedagtes oor poue.

Begin google. Wat haar eie verskietende ster simboliseer, ten minste vir haar, dié weet sy: 'n verandering van leefstyl, 'n wens vir 'n béter lewe, meer geluk. Veral ná die haker.

Die pou is moeiliker, die voël met die honderd oë, die alsiende getuie van elke misstap. Of is dit die trots, ydelheid en arrogansie soos Chaucer die pou al in die veertiende eeu beskryf het? Ja, dit sal by Mia Vermooten pas.

En die haas, hoekom het Emma Adams 'n haas gekies – omdat sy met hasies grootgeword het, of is daar 'n diepere simboliek, miskien van vroulikheid, vrugbaarheid, uitgelate seksualiteit?

Maar belangriker is om agter te kom wat hierdie gewaande betekenisse gemeen het, hoe 'n pou, 'n haas, en dalk 'n verskietende ster, in die kop van 'n reeksmoordenaar bymekaar inpas.

Voor haar rekenaar bepeins sy haar ondersoekdossier tot in die vroeë oggendure, elke leidraad en wenk, probeer die nagmerrie van twee vroue verstaan. Wat Mia en Emma deurgemaak het, hulle laaste gedagtes en gewaarwordinge, die laaste gesig wat hulle gesien het – 'n bisarre wit gesig met 'n skalpel in die hand.

Haar optooiing voor die spieël duur langer as waaraan sy gewoond is. Nooit veel grimering nie, miskien ligte oogskaduwee, 'n veeg met die blosser oor elke wangbeen, 'n leksel met die stiffie aan haar lippe. Maar dit is die verfrissing van die wenkbroue met die kastaiingkwas wat meer tyd vat, en veral die nuwe kapsel met Mara se voorskrifte. Nie meer net vingers of 'n borsel deur die hare ná die stort nie. En tussenin die koffie om die nag se spinnerakke uit die kop te probeer kry.

Sy kom eers ná nege, ná die oggendkonferensie, by die Mall aan vir Mara se goedkeuring. Van die salon af met die roltrappe. Met die instap in die galery merk sy die man in die hoek agter sy geelhouttafel, gemoedelik rond, lig skaars sy oë op toe sy inkom. Nie beïndruk deur 'n funky kapsel en geel lense nie. En hy bestorm haar nie soos die verkopers van gebruikte karre nie; los haar om sélf die uitgestalde ware te besigtig.

Sy vermy die artefakte op die voetstukke, merk een se vakante uitstalruimte, maar háár aandag is by die gesigte teen die mure. Sy begin by die maskers teen die agterste muur, naaste aan die man by sy tafel. Op die kas agter hom merk sy ook twee geraamde foto's op.

Afrikamaskers word ook gekerf vir morele lesse in gemeenskappe sonder 'n geskrewe kultuur. Die maskers van die Senefou van die Ivoorkus beeld die deugde van selfbeheer en geduld uit. Die Temne van Sierra Leone het klein ogies en monde vir nederigheid en ootmoed, met bultende voorkoppe vir wysheid. In Gaboen het maskers dikwels 'n sterk ken en mond vir strengheid en onderdanigheid aan gesag. Die Dogon van Mali het oordrewe lang gesigte met breë voorkoppe vir pligsbesef en onderdanigheid aan gesag.

En by een met ondertone van wit, die wit gesigte waarna sy soek:

Die Fang van Kameroen gebruik hulle Ngil-maskers wanneer op straf vir oortreders besluit word. Ook die Ngontang het wit maskers met bultende voorkop. Wit maskers is egter seldsaam en word vereenselwig met die dood.

Die Ngil toon geen ooreenstemming met die wit gesig wat San die nag op Alberts Farm gesien het nie, ook nie die skets wat van Andy Collipepper se beskrywing gemaak is nie. Sy lig haar selfoon op en druk die sluiterknoppie.

"Geen foto's nie!" Skerp stem van die tafel af.

"Jammer," sê sy.

Die Ngil 'n eenvoudige patroon sonder die boskasie van hare van Andy Collipepper se huisgas, én te min wit én sonder die gekerfde letsels wat Collipepper aan haar beskryf het. Maar sy het die foto om vir San en Andy te gaan wys, hulle menings te vra.

By sy lessenaar wag sy tot hy van sy rekenaarskerm opkyk.

"Ek's geïnteresseerd in wit maskers."

"Die Ngil is al wat ek het," sê hy bot, betrag haar asof hy haar takseer, en nie in sy smaak vind nie.

Die *Post* lê oop op sy lessenaar, by Andy Collipepper se berig en

Mia en Emma se foto's. Die moorde is groot nuus, weet sy, almal slurp dit op.

"Niks met hare nie?" vra sy.

"Ek't nuwe voorraad gekry, nog nie in die katalogus nie. Miskien is daar 'n Punu of Ngontang. Kan nie nou sê nie. Jy sal moet terugkom."

Op een van die twee foto's op die kas agter hom 'n seun met trekke van die galery-eienaar, sy effe peulende oë en maangesig.

"Is die wittes gewild?" vra sy. "Verkoop jy baie daarvan?"

"Nie eintlik nie. Raar, maar nie gewild nie."

"Het jy onlangs een verkoop?"

"Kan nie onthou nie. Hoekom?" Sy oë nou vol agterdog.

"Vra maar net. Oor ek in die wittes belangstel. Het jy 'n kaartjie? As ek nie elders 'n witte kry nie?"

Hy stoot 'n visitekaartjie oor die geelhoutblad asof hy bang is vir kontak tussen hulle vingers. Lyk vir haar so 'n bietjie van 'n jansalie, iemand wat 'n mens graag oor 'n besige straat sal wil help sodat die karre hom nie trap nie. Verstrooid, ja, dit is hoe hy lyk, soos handelaars in antikwariese boeke, of grillerige artefakte.

Sy stap uit, maar voel sy blik op haar rug.

A. Lotz. Handelaar in outentieke etniese artefakte.

Geen selfoonnommer nie, net 'n landlyn, waarskynlik van die een op sy tafel langs die skootrekenaar.

36

Abel stuur sy bakkie deur die middag se spitsverkeer vir sy ont-
moeting met Andy Collipepper. Die joernalis van die *Post* het
gretig geklink vir hierdie tweede ontmoeting. En Abel sien self
ook daarna uit en is nie van plan om Andy Collipepper teleur te
stel met sy wenke oor die Nagsluiper van Alberts Farm nie. Hy
is bereid om ál sy inligting met die joernalis te deel; vertroulike
inligting, as't ware uit die perd se bek. En dié slag nie onsame-
hangend nie.

Maar natuurlik, niks is verniet nie. Hy verwag 'n teenprestasie
vir sy inligting. Collipepper het gesê hy verstaan dit, ken tog die
begrip van quid pro quo.

"Jy kan self besluit hoeveel my inligting vir jou werd is," het
Abel in die gehoorbuis van die openbare munttelefoon gesê, nie
dieselfde een van waar hy sy vorige oproep na die joernalis ge-
maak het nie.

"Ek sal dit moet verifieer," het hy gesê.

"By wie?"

"By onafhanklike bronne."

"Jy't die polisie ingelig oor die besoek aan jou huis."

"Ek kon dit tog nie verswyg nie. Daar's wette . . ."

"Gaan jy adjudant Ella Neser vertel van hierdie oproep? Gaan
die polisie ons in 'n hinderlaag inwag by ons ontmoeting?"

"Nee."

"Is jy seker?"

"Natuurlik. Hierdie is mý storie, mý scoop."

"As hulle daar is, as hulle ons inwag . . ."

"Hulle sal nie daar wees nie. Ek's nie onnosel nie. Ek weet hoe om nuuswenke vertroulik te hanteer. Die beskerming van vertroulike bronne word in die perskode voorgeskryf."

"My lewe kan in gevaar wees."

"Ek sal jou beskerm," het Andy Collipepper beloof.

"Goed. Sesuur op die Callisto se stoep."

"In Melville, ek ken dit. Hoe sal ek jou herken?"

"Jy sal nie, maar ek sal jóú herken, van jou foto in die koerant."

Hy sou verkies het dat Andy Collipepper na sy huis in Opaalstraat kom, soos Mia Vermooten gedoen het. Maar die risiko te groot. Nee, Andy Collipepper kan nie huis toe kom nie, en Abel is ook nie van plan om hom by die Callisto te ontmoet nie.

Hy parkeer en drentel by die Callisto verby, sien die joernalis met sy wortelhare en bier by 'n tafel. Hy bespied die omgewing, die ander skemerdrinkers, stap terug na sy kar en ry na die munt-telefone by Melville se poskantoor. Al drie beset. Hy wag geduldig totdat een beskikbaar is, skakel weer Andy Collipepper se sel.

"Dis kwart oor ses. Halfsewe op Wespark se parkeerplek. Klim uit jou kar en gaan staan by die blommeverkopers se stalletjies."

"Hoe . . ."

By Wespark wag hy langs die seildakke van die blommestalletjies, nou verlate. In die skemering verken hy die omgewing. Die blommeverkopers is weg, die stellasies leeg waarop die blomme uitgestal word. Twee ander karre nog van besoekers, waarskynlik in groepies op pad terug van grafte af; selfs 'n begraafplaas nie veilig nie, veral nie wanneer die son sak en die predatore uit hulle gate uitkruip nie. Hy sit in sy ou Mazda en wag en bespied. Sien die Toyota uit Beyers Naudé na die parkeerplek toe indraai, hou Collipepper dop toe hy uitklim en na die blommestalletjies aangestap kom.

Abel wag en bespied vir agtervolging. Draai sy ruit af en roep: "Meneer Collipepper, kom klim in."

"Jy's baie geheimsinnig," sê Andy Collipepper by die deur aan die passasierskant. "En jy't nie 'n masker op nie."

"Klim in en maak jou gordel vas. Is jy alleen?"

"Ja."

"Geen polisie nie?"

"Nee. Waarheen nou? Wat ruik soos . . ."

Die lap, toe die gordel oor Collipepper se skouer vasknip, oor sy mond en neus. Collipepper roep gesmoord in die lap, stoei vergeefs teen die houvas van die veiligheidsgordel, teen Abel se arms wat hom in die sitplek vaspen. Hyg die chloroform in sy longe in. Dit duur minder as dertig sekondes voordat hy begin verslap, sy uitroepe en worsteling stil word, en die ou verbleikte Mazda in die skemerte vertrek.

Hy parkeer in die stoor, sleep Collipepper by die pakkamer in, op die ou matras. Binne, op die stowwerige vloer by die deur, twee bottels mineraalwater, twee piesangs, twee appels, en 'n kamerpot. Die venster dig verseël.

Hy druk die slot van die pakkamer se deur toe en stap kombuis toe waar hy diep en gerusstellend adem aan sy bekende huislike aromas. Die smetterige reuke van ou kos, gestolde vet, en wanneer hy die deur van die eerstydse eetkamer oopstoot, van nat dierehare en huide, suur en ander chemikalieë, die metaalagtige reuk van bloed. Bedorwe reuke soos die voete van Beëlsebul self.

Met sy voorskoot en skraper, die huid oor die PVC-pyp gespan, begin Abel met die ontharing van die nat pels van 'n haas, nie net die hare nie, ook die porieë, haarwortels, vetkliere, sodat dit sag gebrei kan word sonder vlekke of verhardings.

Vir twee dae – wanneer hy werk toe vertrek en saans terugkom – hoor hy die uitroepe uit die pakkamer, vir twee dae hou hy die koerante dop, sien geen berig oor 'n joernalis wat vermis word nie, maar hy weet adjudant Ella Neser sou reeds onraad vermoed. Hy weet Collipepper sou haar ingelig het oor sy ontmoeting met sy geheimsinnige wenkgewer, hy weet sy wag vergeefs op Collipepper se terugvoering, diep agterdogtig omdat Andy Collipepper ná twee dae nog niks van hom laat hoor het nie.

Op hierdie tweede aand van die joernalis se verdwyning, is Abel in sy kombuis. Hy ontdooi en verhit 'n bevrore herderspastei, neem dit op na sy sitkamer, eet sy aandete en ontspan met sy musiek. Hy is honger en eet gulsig. Stap dan met die houttrap af. In die werkkamer bind hy die voorskoot om sy stuwende buik vas. Hy vroetel agter die houtrame waaraan die huide gespan is, agter houers en plastiekemmers met die droesem van sy mengsels. Hy kry die opvoubare rolstoel, lig dit met sy kort, sterk arms oor die rame uit en vou dit oop, die stoel waarin hy sy moeder in die son in die tuin uitgestoot het. So lief vir die son en vir haar blombeddings. Met haar gehekelde kombers oor uitgeteerde bene het sy in die son gesit. Toe sy verswak, het hy die rolstoel opgevou en gebêre. Toe het sy net in haar kamer gelê, die gordyne toegetrek.

Abel maak 'n pad deur die rommel op die kombuisvloer en stoot die rolstoel uit stoor toe. Om hom die veld gitswart, geen straatligte hier nie, aan die westerkim net die stad se vae gloed, bo hom in die uitspansel die flikkerende sterre. Hy kyk op. In die nag kyk hy áltyd op. Alpha en Beta Centauri, die twee wat jy sien as jy na die Suiderkruis soek. Alpha Centauri, daardie een daar links van die Suiderkruis, die naaste ster aan die aarde. Verder aan na Canopus, kosmiese ligtoring van die Melkweg; Sirius, die groot flonkerende witte regs in lyn met Orion se belt; Rigel, een van Orion se voete, die groot witte, sestig duisend keer kragtiger as die son; Betelgeuse, die groot rooie op Orion se skouer. Betelgeuse, ses honderd ligjare ver. Agter die rolstoel met sy oë op Betelgeuse kyk Abel ver in die verlede terug.

Hy kom met die rolstoel by die stoor in, skakel die flits aan. Ná die episode met Emma Adams kan die joernalis nie vertrou word nie. Selfs met die .22 wil hy nie 'n kans waag nie. Hy maak die deur oop, die geweer in sy hand, die flits in die ander, die rolstoel voor hom in die kosyn.

"Kom sit," sê hy.

"Wat gaan jy doen?"

Versteende haas in die kol van die flits se lig, die eerste vraag áltyd: Wat gaan jy doen?

"Kom sit," sê Abel weer, merk Collipepper se huiwering.

"Kan jy die geweer sien?" Hy verskuif die lig na die wapen in sy hand. "Ek wil jou nie seermaak nie, Andy. Dis net 'n .22, maar as jy nie luister nie . . ."

"Ek kan loop, ek's nie lam nie."

"Ja, jy's nie lam nie, jy kan streke uithaal. Ek kan sien wat jy dink. Jy dink hoe jy my aandag kan aflei, 'n kans kan vat."

"Dis nie wat ek dink nie."

"Jy dink: hy's klein en oud, ek sien kans vir hom."

"Ek wil nie soos 'n dêm invalide in jou rolstoel sit nie. Dis al. Waarheen moet ek loop?"

Hy tree nader.

"Stadig nou, Andy. Kom stadig nader en kom sit. Ek't nie die hele nag tyd nie."

Hy steek weer vas.

"Jy't my ontvoer, jou siek fuck," sê Andy Collipepper. "Weet jy wat die straf vir ontvoering is?"

"Tsk-tsk," sê Abel. "Skel my maar uit, ek kan dit vat."

Hy lig die geweer se loop effe op. Die skoot knal, weergalm in die klein vertrek teen oordromme vas.

Collipepper steier terug.

"Die volgende een is in jou lyf, nie in die muur in nie. Inwendige lekkasie uit jou maag of dikderm . . . septisemie, as dit nie gou behandel word nie, is 'n pynlike lyding voor jy sterf."

Collipepper kom nader.

"Draai om, jou rug na my toe, en kom agteruit. So ja, dis mos beter. Ek hou nie van geweld nie, nie met mense nie. Jag net klein diere, hase, dassies . . . "

Abel haal die kleefband uit die voorskoot se buidelsak en bind sy arms aan die stoel se armleunings vas, daarna sy enkels aan die voettrappe en sy bolyf om die rugleuning. Hy toets die kleefband, hyg effe en vee sweet van sy rosige wange af toe hy orent kom.

Hy stoot die joernalis huis toe. Halfpad steek hy vas.

"Kyk op, Andy, na die sterre toe. Kyk na daardie groot rooie, Betelgeuse. Sien jy hom? Daar aan die skouer van Orion? Die lig van die maan bereik die aarde binne een komma drie sekondes, die son se lig vat agt minute en twee en dertig sekondes. Weet jy hoe lank vat dit Betelgeuse se lig om die aarde te bereik?"

"Stel nie eintlik regtig belang nie . . ."

"Vyf en twintig duisend jaar, dis hoe lank dit vat."

"Uh-huh."

"Kyk na Betelgeuse. Wat jy nóú daar sien, is hoe hy in die jaar drie en twintig duisend voor Christus lyk. Is dit nie wonderlik nie, Andy? Jy kyk vyf en twintig duisend jaar in die verlede terug toe die aarde nog woes en leeg was, die begin van die eerste mense. Hulle het pas op twee bene begin loop, en hier sit jy in 'n rolstoel."

Deur die kombuis in die werkkamer in, onder die helder lig van die skerp gloeilamp, uit 'n plafonhoek die klanke van 'n viool. Hy los die rolstoel langs die werkbank met plastieklaken, vuil en gekoek van ou bloed, weefsel en hare, waarop hy die pelse en huide en velle van sy donateurs vil. Die werkkamer gevul met die meesleurende toonhoogtes wat die strykstok uit die vier snare van die soloviool tower. Vir Andy Collipepper het hy Rabin se vertolking van die vier en twintig capricci gekies. Rabin se intense, byna tasbare note.

Collipepper se oë groot, in die spier langs sy kakebeen 'n trilling op die vel merkbaar.

"Wat's aan die gang?" vra Andy Collipepper. "Gaan jy my nou losmaak? Hoekom bind jy my vas? Ek't mos gesê ek sal jou beskerm."

"Ek vertrou mense nie maklik nie," sê Abel. "Ek vertrou net my moeder."

"Jy kan my ook vertrou."

"Jy noem my 'n lafaard, jy noem my moeder 'n f-woord."

"Dis nie ék wat sê jy's 'n lafaard nie . . ."

"En nadat ek persoonlik so mooi vir jou in jou huis kom vra het, noem jy my gevoelloos, jy skryf van onskuldige vroue, van seksuele perversies, kranksinnigheid, dierlike dade."

"So, dit ís jy, jy's die Nagsluiper."

"Ek's net Abel en jy noem my mal."

"Jy's die moordenaar, jy't hulle doodgemaak."

"Lafaard, mal, nou moordenaar. Dis ernstige aantygings wat jy maak, Andy. Het jy dit met onafhanklike bronne uitgeklaar, het jy dit geverifieer? Is daar in die perskode nie voorskrifte oor lasterlike aantygings nie?"

"Jy's siek," sê Collipepper net. "Wat's jou naam, jou creep? Wie's jy?"

"Siek? Creep? Abel Lotz. Jy kan my Abel noem."

In 'n emmer begin Abel sy mengsel aanmaak, 'n fikseermiddel van formaldehied met 'n klein persentasie metanol, daarby meng hy etanol, gliserien, salisielsuur en die allerbelangrike sinksoute.

"Hou jy van vioolmusiek? Daar's mense wat sê Paganini het sy siel aan die duiwel verkoop in ruil vir perfekte vaardigheid op die viool."

Die doel van die mengsel – in volume twintig keer meer as dié van die spesimen wat daarin geweek moet word – is om die groei van bakterie en fungi te verhoed en weefsel styf in 'n stollende posisie te laat saamtrek. Die gliserien help dat die spesimen nie agterna uitdroog nie.

"Wat wil jy van my hê, meneer Lotz?"

"Abel. My naam's Abel. Ken jy sy vier en twintig capricci? Luister na hierdie kapries, sy eerste, andante in E-majeur. Kan jy dit hoor, Andy? Kan jy jou daardie lang, slaplittige vingers van sy linkerhand visualiseer, die vryheid van beweging op die greepbord, die losheid van die regterskouer en regterpols vir die buigsaamheid wat nodig is om die strykstok so meesterlik te kan hanteer?"

Op die vloer staan die torso van 'n winkelpop. Abel het die pop nodig om sy vel-spesimen in 'n vaste vorm oor die kop te laat fikseer wanneer hy dit oor agt en veertig uur uit die oplossing in die emmer haal.

"Wat wil jy van my hê?" vra Collipepper weer. "Quid pro quo, en ek sal jou naam met my lewe beskerm."

"Met jou lewe? Ja, jy's reg, ek sal van jou verwag om my naam met jou lewe te beskerm."

Abel roer sy mengsel in die emmer en luister na die strykstok oor die snare, die moderato-tempo van die tweede, die presto van die derde kapries.

"Wat meng jy daar?" vra Andy Collipepper in die rolstoel. "Hulle gaan my kom soek."

Sy oë op Abel wat na sy instrumenterak stap en met die skalpel terugkom, los tussen sy vingers. Abel sien die vrees in Andy Collipepper se oë, hoor die verandering in sy stemtoon, die skielike falset; die tempo wat verander van pomposo tot lamentoso.

"Meneer Lotz . . . Wat moet ek vir jou doen, hoe kan ek jou help?"

"Abel! Ek's Abel!"

"Abel . . . wat moet ek vir jou doen?"

"Vertel my van adjudant Ella Neser. Dis wat jy vir my kan doen. Vertel my van haar, alles van haar af."

"Sy's die ondersoekbeampte."

"Dit weet ek, Andy."

Die agitato van die vyfde kapries in A-mineur.

"Ek hoor sy word beskerm."

"Dit weet ek óók, Andy."

Hy druk die skalpel teen Andy Collipepper se keel en op sy vel verskyn 'n druppel bloed. Plaas die skalpel in sy voorskoot se sak, haal 'n koki-pen uit en volg met die koki Andy Collipepper se keel. Van die druppel bloed af, net bokant sy adamsappel, begin Abel 'n lyn met die viltpen trek, soos 'n kosmetiese chirurg wat die lyne trek waar hy van plan is om die vel vir sy prosedure oop te sny, saam te trek en uiteindelik weer te heg. Abel druk met een hand in lateks teen Collipepper se voorkop, met die ander trek hy die pers lyne, eers aan die een kant om sy keel, dan om die anderkant, onder albei ore agtertoe.

"Het jy 'n tatoe?" vra hy in diepe konsentrasie, sy gesig laag oor Collipepper s'n.

"'n Wat? Nee, ek't nie 'n tatoe nie."

"Maar ek sien jy't metaal in jou oor. Jy mismaak die liggaam wat God aan jou gegee het, Andy." Hy kom orent en beskou die koki-lyne krities. "Ek't gesien adjudant Neser het 'n tatoe. Het jy dit gesien, op die fotoknipsel wat ek vir jou gelos het?"

Verwarring op Collipepper se gesig.

"Sy, adjudant Neser, het niks vir jou gesê van die velle nie, nè, Andy? Sy't nie gesê dat Mia en Emma se getatoeëerde velle geoes is nie."

In Collipepper se oë nou 'n stadige breinboodskap van sinapse wat begin kontak maak.

"Jy sny hulle velle af . . . En Ella Neser is jou volgende slagoffer! Sy't 'n tatoe op haar maag, op haar blindederm."

Vir Abel lyk die lyn van die koki soos 'n getatoeëerde dun tou om Collipepper se keel.

"Sy lyk nie vir my na die soort wat mans soos jy sal probeer uitlok nie," sê hy. "Maar tog het jy haar tatoe gesien?"

"As sy 'n los toppie aan het, sien jy dit. Dis soos ek dit gesien het."

"Het sy jou probeer uitlok?"

"Nee."

"Is sy van die soort wat mans uitlok?"

"Nee, ek dink nie so nie."

"Nee, ek dink ook nie so nie."

"Sy't haar voorkoms verander," sê Andy Collipepper. "Sy lyk anders. Nie drasties nie, maar jy kan jou vergis."

"Hoe lyk sy dan nou?" Abel voel teleurgesteld, hy het van haar gehou soos sy was, so natuurlik, so spontaan. "Hoe't sy verander?"

Hy verskuif na agter om die rolstoel om die koki-lyne weerskante van sy keel nou agter om die nek te verbind.

"Sy's op my selfoon," sê Collipepper.

"Jou selfoon?"

"Waar's my selfoon? Kyk op my selfoon."

Abel druk die koki in sy voorskoot se sak in, reik na die sel en plaas dit in Collipepper se hand. Sy arms met die kleefband vas, maar die vingers en polsgewrig kan hy beweeg. Hy druk die toets en sê: "Hier's sy."

Abel vat die sel en kyk na die foto van die vrou met die ligstrepe in haar hare, geel lense van die bril, haar gesig opgelig na 'n hand wat 'n koppie uithou.

"Is dit sy, is dit adjudant Neser?"

"Ja, dis soos sy nou lyk."

"Ja," sê Abel, "nou herken ek haar. Sy was by my in die galery. Sy't na 'n wit masker kom soek."

"Sal jy my nou losmaak sodat ons kan gesels? Quid pro quo?"

Abel bly na die foto staar.

"Ek hou meer van die kort, swart hare. Dit pas haar, dit laat haar skoon en rein lyk. Nie opgesmuk nie."

Kapries nommer nege is *La Chasse* – *Die Jag* – met die A- en E-snaar wat die fluit namaak, die G- en D-snaar die horinggeskal.

"Kan jy my nou losmaak, kan ons gesels? Kan jy vir my sê wat jy van my wil hê?"

Abel sit die sel op die rak terug en vra: "Wil jy nog wenke hê oor die Nagsluiper en die twee vroue van Alberts Farm?"

"Die twee wat jy vermoor het?" vra Andy Collipepper.

"Daar begin jy al weer. Ek't hulle nie vermoor nie, Andy. Hulle was donateurs."

Abel kom met twee getatoeëerde huide van die rak in sy droogkas terug.

"Sien, dis wat hulle aan my geskenk het. So sag, so soepel."

"Is dit 'n pou, daar op daardie vel?"

"Pavo," sê Abel. "Vier en veertigste konstellasie."

"Is dit wat jy met pou bedoel het? En daardie een, 'n hasie? Wat gaan jy daarmee doen? Vermoor jy mense net vir 'n stuk van hulle vel? Jou siek fuck!"

251

"A, jy sê dit wéér, die f-woord. Wanneer ek met jóú begin, gaan jy jou deuntjie verander, Andy. Ek oorweeg dit nog of ek jou sal inspuit, soos vir hulle. Die inspuitings het hulle laat slaap. Hulle't niks gevoel nie. As jy so aangaan met uitskel, Andy, die f-woord gebruik, spuit ek jou nié in nie. Dan kan jy voel as ek jou vel lossny. Is dit wat jy wil hê?"

Hy sukkel om dit uit te kry: "Nee . . ."

"Jy verkies die inspuiting?"

Knik.

"Dan's dit goed. Maar eers sal ek my belofte nakom. Ek't gesê ek sal jou vertel wat gebeur het, vir jou wenke gee oor Alberts Farm. En as ek klaar is, dan's dit jou beurt. Dan verwag ek die teenpretasie wat jý beloof het. En jy hét beloof; quid pro quo, is jou geleerde woorde."

"En wat's dit? Wat wil jy hê?"

Abel plaas die velle op die droograk terug, sê: "Ek wil 'n eksperiment doen. Jy's 'n proefkonyn vir my volgende projek."

"Proefkonyn?"

Kapries nommer dertien, ook genoem *Lag van die Duiwel*, is een van Abel se gunstelinge. Begin in 'n gematigde tempo en versnel dan in die tweede gedeelte, toets die buigbaarheid van albei hande, die linker op die greepbord, regter met die stok, tot die uiterste toe.

"Ja, proefkonyn. Daaroor is ek jammer, Andy. Maar dit kan nie anders nie. Jy't seker hierdie lui oog van my al opgemerk? Uit pas met die ander een. Ek's baie gespot daaroor. En oor my gesig. Babyface, het hulle my genoem."

"Wat het dit met my te doen?"

"Ek't besluit om vir myself 'n nuwe gesig present te gee. Vir my verjaardag. Ek't nooit geskenke gekry op my verjaardag nie en ek het myself beloof dat ek vir myself 'n baie spesiale geskenk gaan gee. Het jý persente gekry?"

"Gots, man . . ."

"Jy's gelukkig," sê Abel. "My moeder het nooit vir my iets

gegee nie. My moeder meen geskenke is sonde, materialisties, aardse goed. Maar sy dink dis 'n goeie plan, die nuwe gesig. Ek't dit met haar bespreek en sy meen ek verdien dit. En sy wou nog altyd 'n dogter ook gehad het."

"'n Nuwe gesig? 'n Plastiese chirurg kan jou met jou fokken gesig help. Wat moet ék doen?"

"Ek wil op jou eksperimenteer. Ek wil jóú gesig hê, kopvel en al."

Is hy 'n siek fuck? wonder Abel die nag agter die oogstuk van sy Dobsonian. In die Suidelike Halfrond lê die konstellasie Orion op sy rug; Betelgeuse die regterskouer, Bellatrix die linker-een. Diagonaal oorkant die rooi ster, bokant die drie sterre van die belt, die helder wit van Rigel aan die een voet, Saiph aan die ander voet. Die Groot Nebula lê, gepas, in Orion se skrotum, vier en twintig ligjare wyd en geboorteplek van sterre.

Maar vanaand is Abel se gedagtes nie by geboorte nie, maar by dood, en hy verskuif sy teleskoop na Betelgeuse, die rooi super-reus, so groot dat as hy in die posisie van die son was, sy oppervlak tot tussen die wentelbane van Mars en Jupiter sou strek. Betelgeuse is 'n sterwende ster, het sy waterstof verbrand, leef op sy reserwes voordat hy in 'n skouspelagtige supernova gaan inplof.

Dit is hoe Andy Collipepper hom genoem het, twee keer: "Jou siek fuck."

Betelgeuse in wasigheid en Abel kom agter sy teleskoop orent om die nattigheid uit sy oë te vryf. Dit het seergemaak, daardie f-woorde wat so roekeloos aan hom en sy moeder toegeslinger is. En hulle probeer nog altyd net goed doen. Maar hy behoort gewoond te wees aan smaad, want so lank hy kan onthou, is hy bespot, beskimp en gehoon. Nou byna vyftig jaar oud, en dit duur steeds voort. "Jou siek fuck."

37

Peet Koen, gewese senior staatsdiensklerk by Registrasie van Geboortes en Sterfgevalle, staan by die agterdeur van sy kombuis. Hy staar na die voëls in die adamsvy, luister na hulle gekwetter en slurp aan sy beker koffie. By sy voete hurk die swart labrador, sy oë afwagtend, byna pleitend, op sy baas se gesig. Presies kwart voor ses, in sy ou sweetpak, sit Peet die leë beker op die wasbak neer. Die hond kom orent, sy stert nou aan 't swaaie, opgewonde tjankies uit sy keel. Hy is, soos Peet Koen, 'n dier van roetine; net gure weer, swaar oggendreën, verhinder 'n oggend se wandeling in Alberts Farm. Hierdie Vrydag breek die dag sonnig aan. Die hond voel aan hy kan uit die beknoptheid van die klein erf ontsnap en sy ou bene gaan rek op die grasveld van die park.

Peet het gisteraand al sy bruin Grasshoppers gepoets, en besluit op een van sy drie ou pakke, ook op 'n hemp (kraag verslete) en 'n das (met vlekke van koffie en konfyt) en die moulose oortrektrui wat aan die some uitrafel. In die broodblik is nog genoeg snye – wel al twee dae oud – vir sy toebroodjies en in die yskas margarien en die laaste leksel appelkooskonfyt in die blikkie. Die Thermosfles gereed vir sy koffie, en as hy en die hond terugkom, sal die koerant op die sement van die voorpaadjie lê, bestem vir die ou aktetas, saam met die toebroodjies en koffie en skuifspelde en potlode en Bic-penne. Wanneer die 07:10 by die bushalte stilhou, sal Peet sy opvoustoel onder die vyeboom oopslaan, sy aktetas teen die stam stut, en die hond sal by sy voete kom lê, en tevrede en voldaan sy ooglede sluit, onbewus van sy baas se kwellings.

Sesuur stap Peet en sy labrador by die suidelike ingang van

Alberts Farm in, die hek aan Greymont se kant by Agste Straat en Sesde Weg. Peet diep ingedagte. Peet moet belangrike besluite neem, traumatiese besluite oor aanpassings aan sy daaglikse roetine. Hy moet besluit oor die verloop van sy lewe ná elfuur soggens. Moet hy die pak gaan uittrek? En dan, wat dan? Hy het nie stokperdjies nie, hy versamel nie seëls nie, kweek nie clivias nie, doen nie houtwerk in sy garage nie. Hy is 'n pennelekker, dit is wat hy is. Hy ken vorms: BI-24, Kennisgewing van Geboorte; BI-24/1, Kennisgewing van Geboorte [Persone een jaar en ouer maar onder 15 jaar]; BI-24/15, Laat Registrasie van Geboorte [Persone 15 jaar en ouer]; BI-132, Aansoek vir Doodsertifikaat.

Hy en die labrador stap met die plaveipad deur Alberts Farm, so vroeg die enigste stappers in die reservaat; selfs langs Montgomeryspruit word nog ingesluimer.

Dan, onder een van die bloekoms waar besoekers in die dag hulle karre in die koelte parkeer, sien hy dat hy en sy hond tóg nie alleen is nie. Hy is verbaas dat iemand anders hom kon voorspring, vroeër as hy uit die bed is vir 'n oggendwandeling. Wel, nie 'n wandeling nie, 'n invalide in 'n rolstoel. Hy kyk rond vir 'n metgesel, miskien iemand wat die rolstoel help stoot. Die persoon in die rolstoel sit met sy rug teen die bloekom se stam, 'n paar tree weg van die paadjie af, tussen polle gras. Die labrador draf nader, snuiwend in die lug, en begin met sagte blaffies om die voete van die rolstoelsitter.

Dit is vir Peet Koen eienaardig dat die invalide nie sy kop oplig vir die hond nie; sit net daar met geboë hoof sodat Peet die gesig nie kan eien nie. Maar toe hy naderkom, steek Peet vas, roep na die hond om uit te skei met sy geblaf. Dit is 'n vreemde ding wat Peet Koen so vroeg die oggend begroet, 'n invalide in 'n rolstoel met 'n masker oor sy gesig, kompleet met boskasie van swart hare soos gevlegte toue oor sy kop.

"Meneer . . ." sê Peet Koen.

Maar is dit bloed, daar aan sy hemp en broek?

Hy leun vooroor. Die masker uit hout gekerf, die oë uitgehol.

Die gelaat wit geverf met swart merke soos littekens oor die wange, neus en aan die voorkop. Die hare deel van die masker, ingeryg en vasgelym aan die hout.

Hy strek sy vingers na die bleek vel van 'n hand op die armleuning van die rolstoel. Die vel is koud, kleefband om die pols. Iets is nie pluis nie.

"Meneer . . ." sê Peet weer.

"Sjoes!" sê hy vir die hond.

Dan dring dit tot hom deur en hy ruk orent, tree tru, kyk rond, soek hulp. Peet Koen se roetine maak nie voorsiening vir dooie mense in rolstoele nie. Hy het 'n selfoon, maar dié is tuis in sy slaapkamer, dié lui selde, maar is 'n troos dat hy, op verpligte voortydige aftrede, nie afgesny en vergete is van die res van die mensdom nie.

"Kom!" roep hy die hond, drafstap op dun bene in 'n uitgewaste, vormlose sweetpakbroek op hulle retoerpad huis toe vir die noodoproep aan die polisie.

* * *

Ella Neser het dit verwag, maar dit ruk in haar, soos die pluk van 'n onsigbare hand aan haar ingewande, toe Stallie haar uit die radiokamer oor nóg 'n liggaam bel.

"Weer Alberts Farm, maar dié slag 'n man?"

"Met 'n masker," sê Stallie.

"Wat's aan die gang, Stallie? Laat die patrolliemense solank vir San daar langs die spruit loop soek."

As sy nie al op haar pos by die Roxy is vir die oggendverkeer nie.

Sy bel vir kolonel Sauls en luitenant Julies, kry ook die patoloog in die hande. Vir opsmuk nie tyd nie, darem al terug van die gim af, klaar gestort toe die oproep kom. Borsel en vingers deur die ligstrepe van die hare, geel bril op.

Die polisiebaniere al gespan toe sy stilhou, en agter haar die

256

kolonel, en Jimmy Julies met twee van sy forensiese ondersoe-
kers.

Soos Peet Koen vroegoggend steek adjudant Ella Neser 'n paar
tree van die rolstoel onder die boom af vas. Inderdaad 'n aardige
gesig op 'n nugter maag, die onheilspellende masker, die bos hare,
die klere met die vlekke van droë bloed, die rolstoel.

"Is hy op die rolstoel ingestoot?"

"Geen spore van rolstoelwiele nie," sê 'n konstabel van die
patrollievoertuig wat uitgestuur is ná Peet Koen se oproep. "Net
karspore onder die bome."

"Hy's hier kom aflaai," sê Jimmy Julies. "Baie afdrukke van
bande wat versamel en ontleed moet word."

"Hoekom 'n invalide?" wonder Ella. "En 'n man?"

Onnodig om dit hardop te sê: die masker verklap die Nagsluiper
se MO. Maar die manlike slagoffer klop nie.

"Al die mooi teorieë van die profileerders en kopkwakke moer
toe," brom Silas Sauls. "Verskoon die Frans. Hulle sal van voor
af moet begin. Daar kom jou San nou aan, ingeslaap vanoggend.
Het jy dokter Koster laat weet?"

"Op pad, en nie baie vrolik nie," sê sy, verskuif haar bril op
haar hare.

Die vroegoggend se skadu's onder die boom versteur deur flitse
van die polisiefotograaf se kamera.

"Wat's fout met jou wenkbroue, adjudant?" vra Jimmy.

Ignoreer hom.

"Miskien moet julle hier kom kyk," sê die polisiefotograaf van
agter die rolstoel langs die stam.

Ella en Silas stap om.

"Wat de donner . . ." sê Silas.

Ella se palm oor haar mond.

"Is dit . . . sy skedel wat daar uitsteek?"

"Sy kopvel is agter afgestroop. Van sy nek af op."

"Kan weer 'n tatoe wees," sê Ella. "Sommige mans het tatoes
aan hulle nek en agterkop."

Jimmy Julies leun nader aan die skedel waaraan bloed en vet-weefsel gestol het.

"Bring 'n flits. Het iemand 'n flits?"

Onder die takke lig hy met die flits teen die agterkop, probeer onder die maskerhare inkyk, eers aan die een kant van die kop, dan aan die ander kant, versigtig om niks te versteur voordat die forensiese patoloog opgedaag het nie.

"Wat sien jy, Jimmy?" vra Ella.

"Sy ore is weg. Hy't nie ore nie."

"Hier's dokter Koster nou," sê die patrolliekonstabel.

"Vang hom tog, dat mens kan rus kry," sê dokter Koster, be-skou die liggaam met 'n kritiese oog, skud sy kop. "En staan opsy, gee my spasie."

Ella hou die patoloog se hande dop toe hy die kleefband om die bors aftrek wat die liggaam aan die rolstoel anker. Aan die kleefband ook bloed. Was reeds vasgebind toe hy gebloei het. Om die polse kom armhare saam met die taai gom af. Die kleefband, ook dié om die enkels, word in 'n bewyssak verseël.

Sy eerste kursoriese toets vir lykstyfheid is om die arms te probeer oplig, en die voete en bene te probeer beweeg.

"Rigor mortis het in hierdie sittende posisie plaasgevind," is sy diagnose.

"In die stoel dood?" vra sy.

"Lyk so. Of kon bloeiende en sterwende in die stoel beland het."

"En sy aanvaller het hom met stoel en al gebring."

"Ja, sittende in die stoel, in 'n kombi of paneelwa. Dit sal ek in die outopsie bevestig met die doodskleur aan sy boude, onderdye en voetsole. My raaiskoot, en dis net voorlopig, want forensiese patoloë is nie raaiers nie, is dat die gom in mikroskopiese ont-ledings sal ooreenstem met dié wat aan die vroue gevind is. Waarskynlik van dieselfde rol maskeerband."

Ella bekyk die stoel, van 'n ou soort. Byna antiek. Mia Ver-mooten sou haar daarmee kon gehelp het. Die stoel moet ook vir bewysmateriaal ondersoek word: hare, vingerafdrukke, bloed, speeksel, ander spoorelemente. Die vervaardiger en verspreider opgespoor word, dalk 'n verkoopdatum en koper, 'n paar dekades terug.

Dokter Koster nou agter die stoel, gebukkend met sy penlig en lateksvingers wat die maskerhare aan die agterkant van die skedel oplig.

"Vel gestroop van die oksipitale en pariëtale wande van die kranium," mompel hy. "Die bloed afkomstig van die vel wat geskalpeer is. Geen ander sigbare uitwendige wonde wat sy dood kon veroorsaak het nie. Is die foto's geneem? Kan ek die masker verwyder sodat ons sy gesig kan sien?"

Dokter Koster maak die Velcro agter die skedel los en lig die masker met harebos van die gesig op, sukkel om dit van die bors weg te kry waar die ken van die masker teen die sternum vasdruk, soos iemand wat met sy ken teen sy bors sit en dut.

Wat hulle begroet – en kolonel Silas Sauls vra dié slag nie om verskoning vir sy kragtige Frans nie – is 'n skedel gestroop van hare en gesig. 'n Kaal skedel sonder vel, sonder ore en neus. Die oë oop, starende, sonder ooglede in hulle kaste. Tande sonder lippe in 'n doodsgryns. Net stukkies kraakbeen, die sponsagtige onderliggende vetweefsel, die gestolde bloed en serum wat uit die bloedvate van die dermis gelek het toe die lem die vel van die skedel lossny.

Ella kyk weg, voel die rukkings in haar maag, nie die enigste een wat van dié gesig wegdraai nie.

"Geen trauma aan die skedel nie," sê dokter Koster. "Wel, geen trauma van 'n stomp voorwerp nie. Die skedelbeen intak. Hy's nie oor die kop geslaan of geskiet of met 'n mes gesteek nie."

"Verwurg, soos die vroue?" vra Silas Sauls.

"Dit kan ek nie aan die oorblywende vel van die keel sien nie. Hy't die vel sekuur van die gorrel af om die nek deurgesny en alles boontoe afgestroop. Bloed in die oë toe die vel losgesny is, moeilik om te soek vir petegiale bloeding. Verwurging sal ek net in 'n outopsie kan diagnoseer, aan die toestand van die keelbeentjies."

"En tekens van 'n spuitnaald onder 'n oor, soos by Mia Vermooten, natuurlik ook nou weg, saam met die vel," sê Ella. "En die ore."

"Tyd van dood, dis jou volgende vraag, adjudant. Dié skat ek so twaalf tot sestien uur terug, iewers gisteraand."

"Sonder 'n gesig gaan dit identifikasie bemoeilik," meen Jimmy Julies.

"Ons sal nie 'n foto vir Andy Collipepper kan gee nie," sê Silas Sauls.

"Tensy ons gelukkig is met iets in sy sakke, of sy vingerafdrukke," sê Ella.

"Of sy tanderekords," sê dokter Koster. "Forensies kan maar kom. Vat maar oor, luitenant Julies." Hy knip sy instrumentetas toe. "Niks verder meer wat ek in situ kan doen nie. Ek sal gaan plek maak vir hom. Aanvaar julle soek spoedige outopsieresultate."

"Dit, die man, keer die hele ondersoek onderstebo," sê Ella. "Ons't nog 'n slagoffer verwag, maar nie 'n man nie. Dit strook nie met die MO van sy slagoffers nie."

"En sy hele gesig, nie net 'n stuk vel soos die ander nie." Dokter Koster beskou die gesiglose figuur in die rolstoel vir oulaas, skud sy kop. "Altyd iets nuuts onder die son, nie waar nie, adjudant?"

"En ek dog in jou werk het jy al álles gesien, dokter."

Hy draai sy gesig na haar toe.

"Ek sien vreemde goed, gee ek toe. Maar só iets . . ." En loer oor sy bril se raam. "Wat het met jou wenkbroue gebeur, adjudant?"

Plaas haar bril van haar hare af oor haar oë terug.

"Jimmy, miskien iets in sy sakke, en sy vingerafdrukke, as jy nie omgee nie."

"Hy sou rooierige hare gehad het," sê dokter Koster met die wegstap. "Soek na iemand met hare die kleur van geelwortels, dieselfde kleur as die hare aan sy arms."

Haar blik weg van die skedel, ineens op die arms, die sproete, die polshorlosie, en die pinkie met die swart oniks in die goue ring geset. Sy onthou die handdruk hier op Alberts Farm, toe sy kom poseer het vir 'n foto in die *Post* op die plek waar Mia Vermooten se liggaam gekry is. Sy onthou die besoeke aan haar huis waar sy die laaste bier, twee, drie weke oud, van 'n rugbyspeler uit haar yskas aangebied het. Sy kan baie goed onthou van die afspraak in die Callisto, van 'n pienkerige vel op die rugkant van die hand wat die bierglas opgelig het, uitgedroog en geskilfer, soos 'n speenvarkie s'n. Hare die kleur van wortels. Maar dit is die oniks wat sy verál onthou. Soos 'n swart gat in die hemelruim waaruit nie eens lig kan ontsnap nie.

"Jimmy," sê sy, en moet sluk om sy naam verby haar adamsappel te kry. "Jimmy, ek't sy identiteit nodig, so gou as moontlik."

"Sy sakke is leeg. Ons hoop is op sy vingers," sê luitenant Julies. "Is jy oukei, Ella? Wit soos 'n laken."

Sy draai weg.

Ook kolonel Silas Sauls wil weet: "Het jy 'n spook gesien? Ja, jy hét. Jy't die spook gesien wat jou San laas in die sekelmaan by die leliedam opgemerk het."

"Waar's die masker?"

"Hulle stof nog vir vingerafdrukke."

"Ek wil dit vir San gaan wys."

Die masker grys van die vingerafdrukpoeier toe sy daarmee by San van der Merwe aankom.

"Dis hy," sê sy. "Dis die een wat ek gesien het."

"En die hare? Jy't niks van hare gesê nie."

"Dit was nag, adjudant. Hoe kan ek swart hare in die nag sien?"

"En gisteraand, of vroeg vanoggend . . . het jy dalk 'n kar hier gehoor, ligte gesien?"

"Langs die spruit raas dit die hele nag van karre in die strate. Maar ek sal uitvra." San oorweeg iets: "Ek's nou al die hele oggend hier. Word ek weer betaal, miskien 'n voorskot? Ek's nie op my pos nie, ek verloor geld. Tyd is geld."

"Jy sal betaal word, San. Ek't jou laas betaal, het ek nie?"

261

"En jou wenkbroue?"

"Stuur vir my 'n missed call as jy iets oor 'n kar of ligte te hore kom. Het jy lugtyd? Soek jy geld vir lugtyd?"

"My lugtyd is op. Jy't highlights óók, jou amper nie herken nie."

"Jy's seker van die masker; dis die een wat jy gesien het?"

"So help my God," sweer San van die spruit.

Ella vat die masker na Jimmy Julies terug, druk dit in die plastiekbewyssak wat hy vir haar oophou. Hy verseël die Ziploc, merk die sak.

"Ek stuur dit vir DNS. As jou informant reg is, as dit die masker is wat sy gesien het, dan het hy hierdie masker ook oor sy éie gesig gehad. Miskien selfs die nag toe hy Emma Adams hier kom los het. As hy die masker gedra het, sal epiteelselle van sy vel en sweet aan die masker agtergebly het. Dalk van sy hare aan die Velcro."

"Nie met al die bloed en weefsel van die nuwe slagoffer nie," sê Ella skepties.

"Miskien kry die lab tog iets."

"Hy stuur 'n boodskap met die masker," sê sy.

"Watse boodskap?"

"Dit weet ek nog nie."

"Ek merk dit as dringend vir die lab: 'Rooi Voorkeur'."

"Jimmy, nog iets. Julle't agterna weer in die veld op die tonele van Mia Vermooten en Emma Adams kom soek na hare . . ."

"Van *Felis catus*, *Talpa europaea* en *Procavia capensis*, ja. En niks gekry nie. Die dierehare aan hulle wonde en klere het hulle nie hier opgetel nie. Ons het elke graspol ondersoek waar die liggame gelê het. Niks nie. G'n hare van g'n kat, mol of dassie nie. Moet van die moordtoneel wees. Ons sal die rolstoel onder 'n vergrootglas deurgaan, letterlik, vir dieselfde soort hare. En ander."

"Ek sal verbaas wees as dokter Koster nie van daardie hare ook aan . . . uh, aan hierdie nuwe liggaam kry nie."

Hy is 'n mens – wás een – met 'n naam, maar sy kry dit nie uitgespreek nie, nog nie voor sy bevestiging het nie.

"'n Nuwe liggaam uit die doodsfabriek vol katte, molle en dassies," sê luitenant Jimmy Julies.

"Wat sou daar aangaan, Jimmy, in daardie . . . doodsfabriek? Watse plek is dit?"

"En hy's nie klaar nie, jy weet dit, nè?"

"Ek weet."

Sy lig haar arm om weer die bril na haar hare op te skuif.

"Is dit 'n tatoe wat ek daar sien uitsteek, adjudant?"

Glimlag, wys na haar midderif, na die sterretjies wat van onder uit haar broek se band af oor die letsel van die blindedermoperasie verskiet.

Sy trek haar T-hemp se soom af. "Waarna kyk jy, luitenant, as jy met 'n moordsaak besig is?"

Die aand alleen in haar huis is sy nie honger nie, nie lus vir TV nie, nie lus vir FBI-handleidings nie, veral nie lus vir die inhoud van die Alberts Farm-dokumente op haar skootrekenaar nie. Buite in die straat voor haar huis, weet sy, sit die wag in sy kar, radio-antenne op die dak. Dit bring geen troos nie. Nou vat haar gedagtes die pad, en dit is erger. Rooibostee, dink sy, om die wilde prêriehings in haar kop te beteuel. En fokus. Nee, nie op 'n haker nie, ook nie op glansende, trillende hokkiedye nie. Die appelkoosboom moes sy gesnoei het, al in pienk bloeisels. Appelkoosmaag, dié kan sy onthou. Nou verlang sy. Miskien moet sy tóg vir 'n Sondagmiddag weer Bela-Bela toe ry, nie so ver vir 'n kort besoek aan haar ouers nie. Gesprekke oor 'n foon is goed, maar nie genoeg nie. Sy wil hulle sién, haar ma se gerustellende hand op hare voel, haar stem sonder 'n foonlyn. En sy wil, veral, langs haar pa se bed gaan sit en met hom gesels, al antwoord hy nie, al lê hy net daar terwyl haar ma teer oor sy hand streel.

Die mediese verslag bewaar sy in 'n spesiale lêer, saam met haar persoonlike dokumente – titelakte van haar huis, 'n annuïteit vir eendag se uittrede (aanvullend, hopelik, tot polisiepensioen), trauma-assuransie teen borskanker, huisversekering teen reën en hael (Gods wil uitgesluit), aanstellingsbrief in die SAPD. Die mediese verslag ken sy uit die vuis: die koeël van die .32-Smith & Wesson steeds in die been van die supraorbitale foramen bokant sy linkeroog, permanente skade aan sy temporale lob en serebrale korteks.

Bla-bla-bla. Mediese jargon. Lees: Jou pa is 'n vegetable.

Silas het die skieter aangekeer. Oor tien jaar uit op parool weens goeie gedrag of presidensiële kwytskelding. Haar pa al vyf jaar in 'n koma, géén kwytskelding vir hóm nie.

Sy bel Silas, vra of sy kan oorkom.

Sý hare nat, die reuk van seep aan sy vel, 'n ou sweetpak, bokknieë, 'n T-hemp met die gesig van Bob Marley en *Buffalo Soldier*.

"Te moeg om te slaap?" nooi hy haar in, kombuis toe. "Ek maak kos. Genoeg vir twee. Jy moet eet, jy's te maer."

Sy gaan sit by die kombuistafel aan, by die bestanddele wat uitgepak en afgemeet is: rooi soetrissie, extra virgin-olyfolie, suiker, droë witwyn, sout, peper, botter, sampioen-snye, 'n Italiaanse brood op 'n bord.

"Sny die brood, nie te dik nie."

"Ek loop in sirkels, kolonel," sê sy.

Die salami is in Genua verpak, die Prosciutto-ham dun gekerf, die dikmelkkaas is Provolone.

"Dis soos mens voel, die sirkels. Maar jy't al goeie leidrade gekry, jy maak goeie vordering. Elke nuwe slagoffer, só voel dit, bring 'n nuwe sirkel," sê Silas.

Hy kom sit oorkant aan, begin met die rissie, behendige, ekonomiese bewegings van sy groot vingers om die sade en kern uit te haal. Op die stoofplaat sis die pan.

"Hoeveel nog?"

"Niemand het só iets verwag ná Mia Vermooten nie. Jy's by die diep kant in."

"Ek sal swem, kán dit doen; ek sál hom kry."

Hy staan op om die rissiekerfies by die olie in die pan te gooi. Sy smeer die snye lig met botter.

"'n Ondersoek na 'n reeksmoordenaar is onvoorspelbaar," sê hy. "Niks is soos dit lyk nie. Die landskap van die ondersoek verander gedurig."

Hy begin met die slaai: blokkies koue hoenderborsies – klaar gaar in die yskas – slaaiblare, klein tamaties gehalveer, seldery, mayonnaise, saadlose druiwekorrels gehalveer, gebreekte amandelneute, suurlemoensap, sout en peper.

"Ek probeer buite die boks dink," sê sy. "Ek weet daar's g'n generiese profiel vir 'n reeksmoordenaar nie. Elkeen dink anders, tree anders op."

Hy skink van die orige witwyn in twee glase, skuif een na haar toe, sê: "Ja, geen towerformule vir so 'n ondersoek nie, Ella. Dit vra voetwerk, dit vra geduld. Jy splinter en skilfer en kerf, volg elke leidraad op, hoe onbenullig of onsaaklik dit ook al mag voorkom. Al voel dit of jy in sirkels loop, dis die aard van die dier."

"Maar baie reeksmoordenaars deel tog sekere gemeenskaplike eienskappe. Soek sensasie, is soms impulsief, jag hulle slagoffers, wil in beheer wees, is afgestomp van berou of skuldgevoelens . . . Waar pas hierdie een in, hierdie Nagsluiper?"

"Moenie dat hy met jou kop smokkel nie. Dis wat hulle graag doen. Hulle is uitgeslape. Hou jou fokus."

Hy pak met groot sorg, in 'n spesifieke orde, eers die salami op die snye brood, dan die ham, die kaas, die sampioene, en bo-op, die sagte, gekaramelliseerde rissies, en bedek alles met die ander snye. Hy sluk aan sy wyn, spoel dit in sy mond, en hap aan sy toebroodjie.

Halfpad deur die eerste een sê sy: "Hulle het albei tatoes gehad, Mia en Emma."

Krummels aan sy blink olyfolielippe.

"Dokter Koster het niks van merke gesê nie."

"Dokter Koster het dit nie gesien nie, dis op die vel wat uitgesny is. En Emma Adams was nie 'n daggaroker of dwelmverbruiker nie, Toksikologie het niks gekry nie."

"Kry slaai," sê Silas. "Mara dring aan dat ek meer slaai eet."

In Mia Vermooten se lewer, volgens die toksikologie-verslag, het die massaspektrometer wel tekens van die metaboliet bensoïlekgonien opgespoor.

"Emma is skoon, maar Mia het kokaïen gebruik," sê Ella.

"En jy glo steeds dat hulle dood met dwelms niks te doen het nie."

"Hy's agter die tatoes aan," sê Ella.

"Vat nog 'n toebroodjie?" Hy kou en sluk, plaas 'n tweede een op sy bord, vee sy mond met die jammerlap af. "Die kopkrimpers sal die profiel van die aanvaller moet hersien. Rituele moorde is nie hoe 'n psigopaat werk nie."

"Dis die werk van iemand met 'n ernstige geestesafwyking."

"Maar hy sal 'n fout maak. Hulle maak áltyd foute, raak gerus."

"Ek kan nie wag vir 'n fout nie, kolonel."

"Jy't 'n neus vir dié werk, Ella. 'n Intuïsie. Kon dit van die eerste dag af sien. Dis hoekom jy by moord-en-roof is. Dis hoekom jy in jou pa se spore loop."

"Hy was 'n goeie polisieman."

"Die beste. Hy sou weet: ons kan nie net wen nie, soms verloor ons. Maar al verloor ons, hou ons aan. Ter wille van twee jong vroue. Hulle en hulle ouers vra vir geregtigheid. Ons moet aangaan."

"Môreoggend het ek weer 'n afspraak by professor Papendorf. Wil jy saamkom, kolonel, hoor wat hy te sê het?"

"Sal graag professor Papendorf se siening wil hoor, nou met 'n manlike slagoffer."

"Dis Andy Collipepper."

Silas Sauls hou op met kou.

"Jy't hom herken?"

Sy knik. "Wag net op bevestiging. Maar ek's seker. Hy't 'n afspraak met 'n wenkgewer gehad oor die Nagsluiper, sou my al daaroor ingelig het. Wag steeds vir hom."

Haar sel lui, sy sit die brood neer, vee haar hande aan Silas se vadoek af. Luister swyend, skakel af, kyk na Silas.

"Fred Lange. Sê Andy Collipepper het al drie dae nie by sy werk opgedaag nie. Hy ry nou na Andy se huismaats toe, Ollie en Oosie. Het ook 'n radioboodskap uitgestuur met sy kar se besonderhede, 'n Toyota."

"Jou aanvoeling is weer reg."

"Die moordenaar lees die koerante, volg die nuus oor sy handewerk. Iets wat Andy Collipepper geskryf het, het hom ontstel."

In die hysbak, op pad na professor Papendorf se kantoor by die universiteit vra sy: "Gaan jy en Mara trou? Ná haar routyd oor is?"

"Ons is hier vir 'n moordondersoek, adjudant, nie vir sake van die hart nie. Dis professor Papendorf, nie Oprah nie."

Goed en wel, dink sy, maar miskien kan sy tog 'n hartvraag laat inglip. Sy sal graag die professor se siening wil hê oor 'n persoonlike sakie wat bly pla. Die dieper betekenis, dalk met psigo-erotiese simboliek, van 'n vrou wat byna patologies bly vaskleef aan 'n rugbybroek en T-hemp van 'n gewese minnaar. Sy, die vrou, het hom uitgeskop, en was gereeld die broek en hemp waarin sy slaap, maar dit is asof die vrou knaend die wintergroen bly ruik, asof sy bly smag na die skerp reuk van daardie salf wat sy self in seer spiere ingevryf het. Hoe, sal sy van die professor wil weet, kan dié vrou van háár psigo-erotiese reuke ontslae raak? Die daad is gepleeg, en ja, dikwels. Maar die vrou het 'n aangetrokkenheid gevoel, gedog dit is wat bedoel word met líéfde. Hy óók. Of so het hy haar laat verstaan. Maar sy teeldrif het hom ook na die lendene van 'n hokkiespeler gedryf. Hoekom? Wat skort dan met die vrou dat hy by iemand anders lêplek moes gaan soek, lêplek in haar eie huis?

"Die nuwe slagoffer, die man, verander die prentjie," sê die professor.

"Ná drie moorde is een ding tog heel duidelik," sê Ella. "Hy't 'n beheptheid met vel, en het nou verder gegaan; nie meer net tatoeërings nie, 'n hele kopvel, kompleet met gesig en al."

"Hy verwyder die gesig, maar gee dan as't ware vir sy slag-offer 'n nuwe gesig terug, in die vorm van 'n masker," sê professor Papendorf.

"Sy trofeë is baie persoonlik," sê Ella. "Nie ringe of nekkettings nie. Intiem, 'n mens se vel, 'n lewende orgaan, jou eerste beskerming."

"Lê dit in sy kinderjare?" vra Silas.

"Soos alle mense is reeksmoordenaars en psigopate die produk van oorerflikheid, van hulle opvoeding en die omgewing waarin hulle grootword, van die invloede tydens hulle ontwikkeling van kind tot volwassene. 'n Traumatiese jeug, verwerping, mishandeling, gedragstimulasie . . . "

Hy kyk éérs na haar, dan na kolonel Sauls, en sy ondervind 'n rapsie behae, die besef dat 'n mate van agting vir haar begin deursyfer in hierdie domein van moord en doodslag, hierdie mánnewêreld.

"En hy verwurg hulle," sê sy. "Hy gebruik nie 'n wapen nie. Hy wil voel hoe die lewe hulle verlaat. Is dit psigo-eroties?"

"Trauma van mishandeling as kind kom gewelddadig tot uiting. Dit pas nie hier in nie. Hierdie een is byna passievol in wat hy doen; geen waansinnige dolheid nie. Maar ja, ek dink sy besondere versteuring lê in sy kinderjare, in ou familiespoke wat hy met hom saamdra. 'n Gebeurtenis of vertellings wat 'n diep indruk op sy jong gemoed gemaak het. Iets wat deurlopend versterk en bevestig is totdat dit 'n natuurlike deel van sy wese geword het. En nou't hy die punt bereik waar hy meen hy sy eie wil kan begin uitleef. Hy't die ouderdom bereik waar hy vertroud is met homself, waar hy voel hy die krag en beheer het om homself 'n slag te laat geld."

"Wat beteken dit?" vra Ella. "Ou familiespoke?"

"Ek's geen bankier of beleggingsadviseur nie, maar laat ek dié metafoor gebruik. Sekere mense kry dit reg om slegte herinneringe te verwerk en uit hulle gestel uit te verwyder. Ander nie. Ander deponeer hierdie slegte herinneringe bloot iewers in 'n hoek van die brein soos spaargeld in 'n bank. Anders as met 'n belegging van spaargeld, hou hierdie deposito niks goeds in nie. As so 'n persoon nie gereeld aan sy herinneringe onttrek nie, bou hulle saamgestelde rente op wat net eendag skielik 'n kritieke punt bereik, en ontplof. Dis wat sulke ou spoke doen as hulle sonder uitlaatklep vertroetel bly word."

"Hy bly alleen," sê Ella. "Daaroor is ek taamlik seker. Want hy't afsondering nodig om die moorde te pleeg, die vel te skalpeer, die liggame te gaan aflaai. En hy lei 'n geordende lewe. Die liggame word almal op dieselfde plek afgelaai."

"Alleen, maar nie 'n kluisenaar nie. Normale kontak met mense, om sy slagoffers te kan uitsoek. Miskien sku, meng nie sosiaal nie." Hy kyk op. "Help dit ons ondersoek? Ek glo nie. Op Sondagaand 17 November 1957 word die deur van 'n plaashuis by Plainsfield, Wisconsin, oopgemaak. Ed Gein is die mees unieke geval van psigose in moderne psigiatriese geskiedenis. Nie 'n psigopaat nie, maar skisofreen."

"Met twee persoonlikhede, 'n goeie en 'n bose, 'n Jekyll en Hyde?"

"Nee, hy's anders: 'n énkele persoonlikheid, maar gesplete, 'n kondisie met twee sye. Het jy al gehoor van die dun grens tussen liefde en haat?"

Ja, dink Ella, sy hét. Sy ervaar self die dun grens tussen liefde en haat. Maar of sy 'n haker en hokkiespeler se velle sal afskil? Sy glo nie.

"Ed Gein bring ons nader aan die Nagsluiper se wese. Hy't só 'n abnormale botsende gevoel oor sý ma ontwikkel. Hy het haar verafgod, maar sy onderdrukte wrewel jeens haar op ander vroue gaan uitleef."

Terug op kantoor met nuwe, onheilspellende insigte word boekegevat. Op die straatkaart teen die drukbord spelde met gekleurde plastiekkoppe so oorhoeks soos die sterre van 'n konstellasie.

"Fred," sê Ella, "wat het jy?"

"Ek't 'n vermiste joernalis. Jou aanvoeling was reg, jou beroemde sesde sintuig. Huismaat Ollie sê hy't die aand van Andy Collipepper se verdwyning 'n oproep van hom af gekry, 18:23 op sy sel. Collipepper het opgewonde geklink, gesê Ollie en Oosie moet voortgaan sonder hom. Hy word vertraag en sal nie hulle afspraak by hulle watergat kan nakom nie. Sit op 'n groot scoop."

"Sy afspraak met die Nagsluiper," sê Ella.

"Hy't vir Ollie gesê hy gaan die Nagsluiper van Alberts Farm onthul," sê Fred Lange.

"Het hy vir Ollie gesê van waar hy bel, daardie 18:23-oproep?"

"Op pad Wespark toe," sê Fred Lange. "Ons't sy verlate Toyota daar gekry, naby die blommestalletjies."

Op die kaart druk sy 'n rooi speld by Wespark-begraafplaas in.

Kolonel Sauls, toesighouer, buffer, bliksemafleier, sit agteroor en luister, hande oor sy maag gevou, bene lank voor hom uitgestrek, by sy enkels gekruis.

"Waar's Mia Vermooten se selfoonrekords?" vra Ella, snuffel in haar lêers. "A, hier. Southgate. Haar laaste oproep voor haar verdwyning is van 'n seltoring naby Southgate af herlei. Dit was 'n oproep die Sondagmiddag aan haar kollega Tom Spottiswoode om te sê sy's op pad vir haar week se afsprake om oudhede te gaan valueer."

Nog 'n rooi speld, dié een by Southgate.

"En Emma Adams is by haar woonstel ontvoer, waar haar kar gekry is ná haar kattemaai met Dawid Eigelaar."

'n Derde rooie by Linden.

"Linden en Wespark is naby mekaar, Southgate totaal uit koers. Dit gee nie 'n patroon nie," sê Fred Lange.

"Die enigste patroon is Alberts Farm waar almal bymekaar uitgekom het," sê Ella.

Drie groene spelde op Alberts Farm.

"Ons is seker dis Collipepper?" Silas Sauls se eerste deelname aan die gesprek. "Nie net intuïsie nie?"

"Dis hy," sê adjudant Thabo Makgaleng, bekend as Tabs. "Sy

vingerafdrukke is op rekord. Dronkbestuur, twee jaar gelede. Ons soek nog sy tandarts om sy tanderekords te vergelyk."

"Simpel vent," sê Fred Lange. "Gedog hy kan ons werk beter doen."

"Wel, hy't sy scoop gekry," sê Jimmy Julies. "Sy scoop gekry en sy gesig verloor. Nie 'n goeie ruiling nie."

"Peet Koen. Kan hy verdere lig werp, behalwe dat hy en sy labrador op Collipepper in die rolstoel afgekom het?"

Ella kyk weer na Fred Lange.

"Peet Koen word met sy blaas gepla. Hy staan twee keer elke nag op. Sê sy blaas het 'n roetine: elfuur en twee-uur. Sê hy kan sy wekker op sy blaas se tyd stel. Dit was met sy blaas se twee-uur-wekker toe hy die nag 'n kar hoor. Hy bly naby die hoek van Agste Straat en Sesde Weg in Greymont, naby die ingang na Alberts Farm. Hy't uitgeloer, op sy hoede vir inbrekers. Die kar het sonder ligte by Alberts Farm ingery. 'n Ou bakkie met 'n kappie op. Peet reken 'n Datsun."

"Datsuns bestaan nie meer nie," sê konstabel Stallie Stalmeester.

"Peet Koen sê hy ken karre. Het self 'n Datsun gehad. Dit wás 'n Datsun. Die nommerplaat kon hy nie sien nie."

"Die outopsie en forensiese uitslae het ek hier," sê Ella. "Hy ... Andy Collipepper is ook verwurg. Frakture aan die tongbeen en kraakbeen in die adamsappel. En ook dierehare aan sy klere. Trigologie se voorlopige resultate is hare van 'n dassie, soos by die vroue, maar dié slag ook van *Rattus norvegicus* en *Lepus capensis*. Gewone bruin rot en 'n haas."

"Wat het die man daar, 'n dieretuin?" vra Fred Lange.

"Katte, molle, dassies, hase, rotte," sê Jimmy Julies.

"Hy bly nie in die stad nie," sê Ella Neser. "Hy bly op 'n plaas of 'n plot. Hy kom net stad toe om sy slagoffers te kom uitsoek."

"Het Dawid Eigelaar 'n plaas of plot?" vra Silas.

"Hy hét, 'n naweekplasie aan die Vaalrivier," sê Ella.

"Dis in 'n suidelike rigting verby Southgate waarheen Mia Vermooten op pad was. Jimmy?"

"Dawid Eigelaar se karre het niks opgelewer nie, geen leidrade van die vroue nie, geen dierehare nie. En sy vrou het hom uit die huis geskop."

Vat vyf, mevrou Eigelaar! dink Ella, en sê: "Maar ek's nog nie klaar met hom nie. Glibberig soos 'n paling. Sal graag op sy naweekplasie wil gaan kuier, kyk of hy maskers versamel."

38

Abel laai die greinerige foto van die selfoon op sy skootrekenaar af. Met die twee foto's langs mekaar is die ooreenkoms duidelik. Maar hy sou haar nuwe voorkoms met moeite geëien het. Die lig-strepe in die nuwe kapsel, bril met geel lense, die voorkoms meer gesofistikeerd. Op die koerantfoto, swart hare sonder bril, trek haar gelaatstrekke die aandag, die wipperige neuspunt, die bolip smal, die onderlip effe voller, hoë voorkop, swart wenkbroue. Op die selfoonfoto is die fokus op hare en bril.

In die galery besoekers wat die artefakte sag loop en bespreek. Hy laat hulle begaan, vae, vreemde aksente vervloei op die agter-grond van sagte vioolmusiek. Sy aandag volkome op die gesig op die skerm van sy rekenaar. Bokant die raam van die bril, terwyl sy opkyk na die hand wat die koffie bring, is selfs die wenkbroue in ligter skakerings. Ja, hy hou baie meer van haar natuurlike voorkoms. Sy het 'n fynbesnede gelaat. Hy dink sy moeder sal ook van haar gesig hou. Perfekte proporsies, die mond en lippe nie te groot nie, die neus nie té skerp nie, die oë nie te naby of te ver vanmekaar af nie, die vel nog ongeskonde, min fronslyne en plooitjies. Die soepel vel van 'n jong vrou. En sy verjaardag is oor twee weke.

Oor die koerantfoto van vroeër hou hy nou sy loep om opnuut die tatoeëermerk te betrag waar haar toppie opgetrek het terwyl sy met 'n arm beduie. Op die sykant van haar maag die tatoeëer-der se vulgêre, romantiese indruk van 'n verskietende ster, dink hy. Abel weet 'n verskietende ster het niks met sterre te doen nie. Bloot ruimtestof of meteoroïede wat weens geweldige wrywing in die aarde se atmosfeer verbrand en 'n ligspoor laat. Maar hy hou van die simboliek van die adjudant se reeks groter wordende sterre. 'n Moeilike keuse, tussen haar sterre vir 'n boekomslag, en haar gesig. Daaroor sal hy nog eers moet gaan dink. Daardie maagvel juis so sag.

En hy lees ook weer met belangstelling die nuwe berig:

'n Senior misdaadjoernalis van die Post*, Andy Collipepper, is die jongste slagoffer van die Nagsluiper en was besig om vertroulike inligting op te volg toe hy vermoor is. Hy is, soos twee vroue voor hom, verwurg en sy liggaam in die nag op Alberts Farm afgelaai.*

Intussen kan die Post *vandag ook onthul dat adjudant Ella Neser, ondersoekbeampte na die Nagsluiper van Alberts Farm, beskerm word ná 'n sluipmoordpoging op haar.*

Collipepper het kort voor sy dood 'n ontmoeting met die ondersoekbeampte gehad, maar 'n polisiewoordvoerder wou nie reageer op 'n vraag of die ontmoeting moontlik direk tot Collipepper se dood aanleiding kon gegee het nie.

Hy wou ook nie kommentaar lewer of die nagtelike aanslag op Neser by haar huis met haar ondersoek verband hou, of dat sy nou self ook 'n teiken van die Nagsluiper is nie.

Die woordvoerder het wel bevestig dat 'n sakeman, meneer Dawid Eigelaar, die polisie help met belangrike leidrade oor die moord op mejuffrou Emma Adams, een van die slagoffers.

Ja, dink Abel, die Dawid Eigelaar weet baie van Emma af, lank gefornikeer daar in haar woonstel, terwyl hy ure in die donker straat moes sit en wag. Maar die "nagtelike aanslag" op die ondersoekbeampte interesseer hom meer.

Die gonser by die ingang. Hy skrik half, sy hand huiwerend op die knoppie vir die veiligheidshek. Sý. Adjudant Neser, kompleet met bril en nuwe voorkoms. Hy vou die koerant toe, bêre die foto op sy skerm, maak die hek vir haar oop, volg haar met sy oë. Nou begin die sinapse van sy brein soek, kry die beeld in die spens van sy geheue van haar vroeëre besoek. Het hulle sy spoor gekry? Hy het dan so seker gemaak dat daar geen leidrade is nie.

Hy staan op, tussen sy besoekers in. As hy stilstaan, wek Abel die indruk van iemand wie se lewensfunksies afgeskakel het, asof hy in 'n toestand van skyndood verval het. In 'n vertrek vol mense sukkel jy om hom raak te sien, word hy deel van sy eie landskap, geassimileer deur sy maskers en artefakte.

Maar sy soek hom uit, kom reguit op hom afgestap.

"Ek was al 'n slag hier," sê sy, in haar hand 'n inkopiesak. "Oor 'n wit masker."

Ja, maar dié het jy mos nou gekry, oor Andy Collipepper se gesiglose skedel, dink Abel.

"Ek't 'n Ngil, maar nie een so wit as 'n Punu nie," sê hy.

"Meneer Lotz, nie waar nie?"

"Ja."

"Kan ons daar by jou tafel gaan sit en gesels?"

Sy ken selfs sy naam, dink Abel en beskou die tekstuur van haar vel. Hy hou nie van die ligstrepe in haar hare nie, maar haar vel is pragtig, van 'n gesonde leefwyse, dalk selfs oefeninge in 'n gimnasium. Net jammer van die vroeë plooitjies langs haar oë, kan wees van te veel in die son kom met haar werk.

Sy steek haar hand in die inkopiesak en trek die masker uit.

"Ek't gewonder: Is dit dalk 'n Punu?"

Hy staar na die masker, sy plomp hande op die tafelblad oormekaar gevou. Natuurlik is dit 'n Punu, dink hy. En kyk, daar is die bruin vlekke van die joernalis se bloed steeds, selfs verharde weefsel, gestolde vet.

"Ja," sê hy, "dis 'n Punu. Waar't jy hom gekry? Hulle is skaars."

"By 'n vriend," sê sy. "Dis nie myne nie."

Die vriend wat jou verraai het, dink Abel en begin die gesprek nou geniet.

"Dis baie waardevol. Waar't jou vriend dit gekry?"

"Dis wat ek probeer vasstel. Hy kan nie onthou nie."

Nee, hy kan nie onthou nie. Abel hou sy hande gevou, weerhou hom van die versoeking om na sy Punu uit te reik, dit op te tel, te koester. Nie sonder handskoene nie.

"Hou jy Punu's aan? Verkoop jy Punu's, meneer Lotz?"

"Soms, as ek een in die hande kan kry." Hy lig sy oë van die masker op na haar gesig toe. "Jy't baie vrae. En jy ken mý naam. Wat's joune? Mense wat besigheid doen, ken mekaar tog."

"Ella Neser. Adjudant Ella Neser."

"A, van die polisie. Dis polisiebesigheid."

"Gehoop jy kan my help. Het jy dié een dalk verkoop?"

"Kan nie sê nie, sal op my rekords moet gaan kyk na die beskrywing."

"As jy dit verkoop het, sal jy die koper se naam en adres hê?"

"Op my databank, ek gee 'n sertifikaat van egtheid saam met elke masker of artefak."

"Sal jy kyk, op jou rekords?"

"Dit sal 'n tyd vat, maar ek help graag. Aaklige besigheid."

"Sal straatsmouse so 'n Punu verkoop?"

"Nee. Nie 'n outentieke een nie."

"Is daar ánder handelaars van sulke etniese artefakte?"

"Ek's seker daar is," sê hy. "Maar ons ruil nie uit nie."

"Kan jy my dalk 'n adres gee? Ek sal dit baie waardeer as jy my kan help om 'n handelaar op te spoor wat ook Punu's verkoop."

"Ek ken nie ander handelaars nie. Maar ek sal op my rekords gaan soek. Ek kan nou vaagweg onthou, noudat ek die Punu hier sien, dat ek tog wel so een verkoop het. Maar 'n ruk terug al. Ek sal gaan kyk, die naweek miskien, spesiaal vir jou."

Hy hou van haar glimlag. Haar maag parallel met sy oë, maar weerhou hom daarvan om na die verskietende ster te loer.

"Dit sal gaaf wees."

"Ek't nuwe voorraad ingekry," sê hy, en voeg met 'n lui oogknip by: "Miskien kan jy self kom kyk, by my huis, of daar 'n masker is waarvan jy hou, een met 'n wit gesig, miskien as aandenking later vir hierdie saak waaraan jy werk."

"Ek sal graag kom kyk," sê sy. "En ek sal dit waardeer, meneer Lotz, as jy jou kwitansies, jou rekords, kan nagaan, en miskien kan dink aan ander handelaars wat dalk ook só 'n Punu sal hê. Ek sal bel."

Hy bekyk haar toe sy met sy Punu, terug in haar sak, uitstap; in lewende lywe wel geen volmaakte skoonheid nie. Maar noudat hy haar vel en gesig van naby kon bestudeer, is daar by Abel min twyfel. Hy soek nie 'n poppie nie, veral nie opgesmuk soos Mia Vermooten en Emma Adams nie. Hy soek 'n delikate gelaat, onbedorwe. Hy dink Ella Neser het 'n teder vel soos maagdeperkament.

39

Will Sweeney se laaste brief is gedateer Donderdag 30 Augustus 1900 nadat hy die nuus van sy baba se geboorte ontvang het, 'n uitstorting van geluk en trots en verlange. Die laaste inskrywing in die veldboek skaars vier dae later op die oggend van Dinsdag 4 September 1900.

Voor ontbyt op die vliegtuig bedien word, lees Lisa Sweeney weer die laaste vier inskrywings in die veldboek. Badfontein. Die plek waarheen hulle pelgrimstog hulle gaan lei, op pad na Lydenburg.

Op Saterdag 1 September 1900 skryf Will dat Buller Lydenburg binne 'n paar dae wil beset, en daarvandaan die Boere uit Mauchsberg, Devil's Knuckles, Spitz Kop wil verdryf. Daar is ook gerugte dat Paul Kruger sy verslane burgers verlaat en gevlug het.

Groepies gehawende en vuil Boere kom gee hulle nou gereeld oor. Het genoeg gehad, wil teruggaan plase toe; baie weet nie waar hulle vroue en kinders is nie. Eens trotse Boere nou wilde figure, vodderig, verslae, verslane.

Biff Buzzard het gisteraand met sy perd verdwyn. Hy is nie dieselfde sedert sy broer, Eddie, se dood nie. Praat min, aggressief, wilde blik in sy oë. As die Boere hom vang, kan hy min genade verwag; sy naam en reputasie met die Bowie loop wyd.

Die Sondag word Will en Robbie Fernie teen dagbreek uitgestuur om Biff Buzzard te gaan soek. Hulle vermoed die Boere het hom gevang, gestroop, en sonder perd in die veld gelos. Maar teen die Maandag is daar steeds geen spoor van Biff nie, nou al twee nagte vermis. Will en Robbie kom op 'n plaashuis af, net die stal aan die brand gesteek. Hulle kry twee verkoolde liggame, vermoed dit is die Boere se eie handewerk, geen genade met drosters en hensoppers nie.

Die eensame kind in die plaashuis breek Will se hart.

Nou het ek genoeg gehad. Ek wil teruggaan huis toe, na my vrou en baba. Hierdie oorlog is geen avontuur meer nie, net groot hartseer. Arme klein Hannie Yssel.

Sy laaste inskrywing. Badfontein, Dinsdag, 4 September:

Ons kry drie-uur vanoggend bevele oor 'n groot Boeremag wat gereed is vir ons aanslag. Kolonel Steele verwag hewige gevegte vandag om ons opmars na Lydenburg te probeer stuit. Drink koffie, eet rantsoene. Weet nie wanneer ons weer kans gaan hê vir warm koffie nie. Steeds ontsteld oor die gebeure in plaashuis en oor Hannie Yssel. Ons aanvaar nou dat Biff gesneuwel het. Maar ek, Robbie, Dave Simmill en Angus Hunter is van plan om al vier saam ongedeerd na Halifax terug te keer. Kus vir my Anne en klein William tot ek weer kan skryf.

Sy vou die boek toe, sit daarmee in haar hande, draai haar gesig na haar pa toe, dié starende by die venster uit.

"Pa, dis nie net vir Will Sweeney wat ons kom soek nie, nè?"

"Op pad Lydenburg toe, iewers tussen plekke met die name van Selonsrivier en Wonderhoek, het langer as 'n eeu gelede 'n groot onreg plaasgevind. En ek praat nie van die onreg van 'n Empire wat 'n klein volkie met gewere en kanonne tot onderdanigheid gedwing het nie. Ek praat van 'n klein insident, 'n klein keerpunt in die lewe van Will Sweeney, te midde van groter bloedvergieting en groter ellendes."

"Pa glo nie die storie van hensoppers nie. Ek ook nie."

"Ek wil Hannie Yssel se mense opspoor. Klein Hannie, enigste ooggetuie van daardie nag."

"En dalk kry ons ook Will se vermiste gelukbringer."

"Miskien kry ons meer as dit."

Van OR Tambo haal Bob en Lisa Sweeney die Saterdagoggend die Gautrein na Rosebank, hulle hotel net tien minute se stap van die stasie in Oxfordstraat. Pa en dogter se kamers langs mekaar. Uitpak, stort, skoon klere ná die lang sit in die beknopte, bedompige koeikamp van ekonomiese klas. Die bespreking in die hotel vir drie nagte, gee Bob tyd vir sy afspraak Maandag met die kurator van eietydse geskiedenis by die oorlogsmuseum, voor hulle die kar huur en die pad vat op die spoor van hulle voor-saat wie se briewe opgedroog het en veldboek so terstond met die inskrywing van 4 September 1900 eindig. Natuurlik weet Bob en Lisa wáárom dit die laaste inskrywing was, waarom die briewe gestop het. Want dit is die doel: om Will Sweeney se graf te gaan soek.

Maar haar pa is 'n diplomaat en dit waardeer sy. Gesprekke in museums oor die lotgevalle in 'n oorlog van langer as honderd jaar gelede nie háár smaak nie. Londen het sy geniet, en Afrika is eksoties. Met son vir haar bleek vel. Risiko's, ja, daaroor is hul-le wel deeglik vermaan. Suid-Afrika nie vir die skroomvalliges nie. Hoe anders? Waar anders sing en dans mense in die strate nie van vrolikheid nie, maar van veglus? En sy wil aandenkings koop, egte soeweniers uit Afrika vir haar vriende in Halifax. Van Lydenburg af, ná die pelgrimsreis, oor die berge Krugerwildtuin toe, voor die vlug terug.

In die middaguur slenter hulle deur die Mall, gaan sit by 'n kafeetafel en bestel tee. Haar oog vang 'n bruidsboetiek en 'n galery met etniese artefakte agter die toonvenster. Só 'n masker, dink sy, net die ding om saam terug te vat huis toe, ideale herinnering toe sy en haar pa vir Will Sweeney kom soek het.

Uit die galery kom 'n jong vrou, inkopiesak in die hand, lig-strepe deur die hare, byderwetse geel lense. Skaars 'n halfuur later, voor sy en haar pa met hulle tee klaar is, kom 'n man uit, sluit die deur van die galery en stap weg, 'n besliste tred op haastige kort bene. Sy is teleurgesteld, maar Maandag is nog 'n dag, dink Lisa. Maandag, wanneer haar pa 'n afspraak met die kurator het, sal sy 'n masker kom soek.

40

Abel voel die energie van die adrenalien. Op die plastieklaken op sy werkbank die kop en torso van 'n klerepop van polistireen, een van die soort waaraan duur halssnoere in die toonvensters van juwelierswinkels uitgestal word, of pruike in haarsalonne. Oor hiérdie paspop se kop 'n kopvel getrek, kompleet met hare en gesig. Die sny aan die agterkop tot op die kroon om die vel van die skedel los te kry, het hy met stewige, flosserige Barbour's Nr. 12 geheg, die heel beste Ierse vlas, van dié wat skoenmakers gebruik. Selfs tussen die kort hare is die sutuur van dié wondnaat skaars sigbaar. Die ooglede en lippe het hy met 'n krom chirurgiese naald vasgewerk. Hiervoor het hy sagte, fyner gare gebruik, Barbour's Nr. 40. Abel het besondere geduld beoefen met sy fyn naaldwerk. Dit is 'n loodsprojek, want die volgende spesimen moet volmaak wees. Wanneer hy háár gesig oes, is daar geen ruimte vir eksperimente en foute nie.

Háár oë en lippe sal hy natuurlik nie toewerk soos hierdie een nie, net die naat agter tussen die hare tot op die kroon. En háár hare sal langer wees. Wanneer hy háár hare met sjampoe gewas, drooggeblaas en uitgeborsel het, sal hyself met moeite die hegnaat vind.

Hierdie een is net bedoel as artefak, en daarom ook nie gelooi nie, bloot in die sout-en-aluin-oplossing geweek, en met die antibakteriese middels behandel.

Hy stoot sy vingers byna minsaam deur die kort hare op die paspop, steeds 'n oranjegeel glans in die lig bokant die werkbank. Maar die kleur sal mettertyd verdwyn, soos reeds besig is om met die vel van die gesig te gebeur. Hierdie vel word reeds donkerder, en wanneer alle kleur weg is, die vel swart en hard en verrimpel, sal dit gereed wees vir die leë voetstuk in sy galery. Die gelaatstrekke onherkenbaar, net sowel 'n Jivaro-Shuar uit Peru.

Die een van die jong vrou, die vel van háár kop en gesig, sal hy nooit toelaat om so te verweer nie. Dié sal hy looi en troetel en koester en met sy preparate behandel soos hy geoefen het op die huide van die molle, dassies, katte en haas, en op die getatoeëerde velle van sy eerste twee donateurs. Sag en soepel soos marokynleer, soos die maagdevel van 'n ongebore lam, die tekstuur wat Ignaz Bouts Jungfernpergament noem. Die kosmiese kleur van *caffè latte*.

Of sy inderdaad 'n maagd is, betwyfel Abel met 'n tikkie spyt. Maar hy sal haar vra. Hy sal haar vra of hy sommer ook die verskietende ster kan oes vir die omslag van sy *Kosmiese Reise, Vol. III*, oor sy waarnemings van asteroïede, komete en meteore. Hierdie ruimteliggame, nie so skouspelagtig as die planete en sterre, nebulas en supernovas van die diepste ruimte nie, moet nie onderskat word nie. 'n Asteroïed in die asteroïedegordel tussen die wentelbane van Mars en Jupiter is juis na Paganini genoem; 2859 Paganini is al in 1978 ontdek en benoem. Asteroïede, bouafval toe die aarde en ander planete tot stand gekom het. En uit die Kuiperbelt en Oortwolk kom daardie ander wonderlike besoekers: die komete en meteore, en die verskietende sterre.

Abel beskou die gesig op sy werkbank, lig die spuitbottel in sy hand op, die bottel wat sy moeder nog gebruik het om haar blomme teen luise en peste te bespuit, in die blombeddings wat nou verwaarloos staan, ingeneem deur onkruid en molle. Die mengsel van die mikrosproei wat hy oor die hele oppervlak aanwend, is nie vir peste nie, maar om fungi en bakteriese groei te verhoed, en om die vel met gliserien te bevogtig sodat dit geleidelik kan uitdroog en nie later kraak en verweer soos 'n mummie s'n nie. Die binnekant reeds gesproei voordat hy dit oor die paspop se kop getrek het. Hy sproei die hele vel, ook tussen die hare, en plaas dit terug in die donker kas in die hoek waarvan die deur met fyn gaas vervang is om goggas uit te hou, en vir ventilasie om skimmel en muf te voorkom.

Abel is spyt oor sy geliefde Punu en sy moeder se rolstoel, maar sober genoeg om dié opofferings te beskou as deel van die afsluiting van 'n lewe wat verby is. Wanneer hy oor 'n week of wat sy vyftigste verjaardag vier, hopelik met 'n pragtige jong gesig, beskou hy dit as't ware as sy mondigwording. Hy is nie sku om aan homself te erken dat hy 'n trae ontwikkeling tot volwassenheid gehad het nie. Nie noodwendig nét 'n negatiewe proses nie. Hy drink nie wyn of enige alkoholiese drank nie – daaroor het sy moeder streng voorskrifte gehad, en dit het ten laaste gelei tot sy pa en broer se voortydige verhuising. Tog gebruik Abel graag die metafoor van die rypwordingsproses vir goeie wyn vir sy geestelike ontwikkeling.

Die afgelope vyf jaar was 'n baie moeilike tydperk vir hom; angstig dat sy rigtinggewer, sy kompas, nie meer die koers vir hom sou kon aanwys nie. Maar sy hét. Hy het gesorg dat die naelstring nie afgeknip word nie, en algaande het hy ontdooi en gegroei. Met haar vertellings in sy kop bly sy hom immer voed, elke Sondagmiddag wanneer hy die deur na haar voorhuis oopstoot, die stoele sien waarin sy en ouma Hannie gesit het, en wanneer hy haar kamerdeur oopmaak en langs haar bed gaan sit, nou met die masker van Idia oor haar gesig.

As hy op 'n stil Sondagmiddag daar langs haar sit, buite die tortelduiwe in die bloekoms, die sonbesies in die vergane groentetuine, dan gesels hulle oor ou tye en die spoke van sy familie. Van ouma Hannie se tyd af op 'n afgeleë plaas tot die sondes van sy pa en sy broer.

En sy moeder vermaan hom opnuut teen die versoekings wat sondige vroue bring:

Want die lippe van die vreemdevrou drup heuningstroop, en haar verhemelte is gladder as olie, maar op die end is sy bitter soos wilde-als, soos 'n swaard aan weerskante skerp.

En op sy beurt vertel hy vir haar van die geboortes en sterftes van sterre, van die pragtige Betelgeuse wat nou, soos hy, op sy skitterendste en grootste is. En dit het miljoene jare geduur voordat Betelgeuse hierdie toppunt van sy bestaan kon bereik. Vir hóm, Abel, net vyftig jaar. Nou ruil hulle stories uit, nou het hy ook die kans om te praat, nie net te luister nie.

Hoor hy sy moeder se stem:

Die slegte vrou se voete daal na die dood toe af, haar treë streef na die doderyk toe. Dat sy die pad na die lewe nie sou inslaan nie, wankel haar gange sonder dat sy dit weet. Luister dan nou na my, julle seuns, en wyk nie af van die woorde van my mond nie. Hou jou weg ver van haar af, en kom nie naby die deur van haar huis nie.

En voor sy kan vervolg: Luister net hier, Moeder, Betelgeuse is op sy beste, op sy skouspelagtigste, maar het nou 'n kritieke punt bereik.

Sy moeder se stem:

Daar kom 'n vrou hom tegemoet, soos 'n hoer aangetrek en listig van hart. En sy het hom gegryp en hom gesoen ...

Wanneer hy in die nag deur sy teleskoop na hierdie rooi reus kyk, kan Abel hom die geweldige kragte voorstel wat hulle op daardie oomblik in die kern van die ster afspeel. Die waterstof, die voedsel wat hom voed en aan die lewe hou, nou byna verbrand, sy kern krimp, stel energie vry na die songas van sy buitenste dop, en deur hierdie toename van hitte kry Betelgeuse, soos Abel, as't ware 'n middeljarige uitdying van sy postuur, baie kere groter as sy oorspronklike grootte. Hy is 'n rooi reus, vier honderd keer groter as die son.

Ten laaste is Betelgeuse nie meer in staat om al die nukleïrommel in sy kern te verbrand nie. Die kern word so dig, die fusie van yster so traag, dat die buitenste lae teen byna die spoed van lig intuimel, en deur die kern weggekaats word in 'n skokgolf wat die hele ster in 'n magtige supernova laat inplof. Op daardie oomblik, met Betelgeuse se afsterwe, laat hy sulke onmeetbare energie vry dat hierdie enkele supernova helderder is as al die lig van die Melkweg se miljoene sterre saam. En die krag van sy inploffing versprei sy sterrestof deur die hele galaksie waar dit in nebula-newels deel word van die geboorte van nuwe sterre soos hyself.

Oor vyf miljard jaar, Moeder, is dít ook die lot van óns son, 'n ontploffing wat die aarde en al die planete sal verwoes, en in hulle plek sal 'n nuwe ster, 'n nuwe son, gebore word, met sy eie nuwe planete.

Aan dood en geboorte – só leer Abel van sy moeder en van die sterre – is daar geen begin en geen einde nie. Net momente. Wat vyf jaar tevore met sy moeder gebeur het, is so 'n moment. Met die Idia-masker vier hy nie haar dood nie, maar haar lewe, soos Esigie dit eeue gelede met sý ma gedoen het.

Ook Mia Vermooten en Emma Adams is momente wat hy wil vier op die kosbare omslae van sy joernale waarin hy – soos Ptolemeus in die *Almagest* en Ulugh Beg in sy *Zij-i-Sultani* – sy eie kosmiese betoë aanteken.

Selfs Andy Collipepper word as blywende artefak gevier.

Abel toets die dierehuide aan hulle spanrame, bestee die res van die Saterdagmiddag met die puimsteen om die laaste onsuiwerhede van die haaspels te verwyder. Hy meen Jules Dagaari behoort ingenome te wees met die pragtige pak gelooide velle wat hy vir hom voorberei het in ruil vir die nuwe voorraad maskers. Natuurlik sal hy 'n aansienlike vergoeding in kontant moet saamgee vir die Idia-masker, maar dit doen hy met 'n lied in die hart. Wanneer Jules Dagaari oor 'n week terugkeer Bujumbura toe, sal hulle albei, soos gewoonlik, tevrede wees met die transaksie, en is Abel se volgende bestelling in Jules se dik beursie. En die versoeking al hoe groter om saam met Jules Dagaari na daardie nuwe maskers te gaan soek. Dit raak tyd, meen Abel, dat hy sy eie vlerke moet begin toets en strek.

Met 'n klam lap vee hy die laaste stof van die droë huid af. Hy rol sy voorraad velle nou tussen lae sneespapier op en druk hulle in groot kartonkokers, van dié soort waarin kunsafdrukke verkoop word. Hierna verhit hy vir hom 'n supermarkpizza. En betrag met 'n kritiese oog die miere op die borde met kosreste, die geskarrel van kakkerlakke oor die kombuisvloer, die vlieë en brommers op die vuil skottelgoed in die wasbak, en besluit om Doom Fogger vir die nag in die werkkamer en kombuis te ontsteek. Hy gee nie om vir die kombuis nie, maar insekte tussen sy vars huide en velle sal nie deug nie. Hy sluit die werkkamer en kombuis se deure, stap met sy pizza die buitetrap op na sy woongedeelte.

Voor sy CD-rak, by Viool & Orkes, kies hy Salvatore Accardo op die viool met *Sonata a Preghiera*, variasies vir die vierde snaar op die tema *Dal tuo stellato soglio* uit Rossini se opera *Mosè*. Wanneer hy klaar geëet het, wil hy die dak van sy beskeie observatorium oopskuif en sy teleskoop op Betelgeuse rig, en dink aan adjudant Ella Neser met die ligstrepe in haar hare, die nuwe skakerings van haar wenkbroue, en aan 'n plan met haar. Wanneer hy nou aan haar dink, met die Moses-fantasie op Paganini se snare, ervaar hy 'n seldsame sensuele opwelling. Hy lek die pizzakrummels van sy stomp vingers af en verbeel hom hoe daardie vingers oor haar hare streel, die aroma van haar sjampoe, die tekstuur van haar sagte hare wanneer hy dit borsel.

Maar, dink Abel, hy sal sy strategie fyn moet beplan. Adjudant Ella Neser is gedug en bedag, gaan nie maklik in 'n strik trap nie.

In die logboek van sy waarnemings maak Abel noukeurige en sistematiese aantekeninge, selfs met sketse op sy sterrekaarte, en dit hou hom tot laat in die nag besig. Hy gee nie om nie. Sondagoggende slaap hy gewoonlik laat.

Nadat hy opgestaan het, benut hy die res van die dag om die inligting uit sy logboek op sy skootrekenaar oor te dra vir sy kosmiese joernale. Teen laatmiddag onderbreek 'n sagte piep van sy rekenaaralarm hom. Sy Sondagmiddag-afspraak met sy moeder. 'n Afspraak wat Abel nóóit misloop nie, al is hy hoe besig, al is sy gedagtes hoe ver in die diepste buitenste ruimte.

Hy spoel sy gesig af en stap in die lae westeson uit, af met die trap. In die kombuis hang die reuk van die Doom, en hy merk met behae die karkasse van kakkerlakke en brommers wanneer hy oor die vloer sy weg na die binnedeur vind, deur die netjiese voorhuis met sy stoflaag van vyf jaar. Hy sluit weer elke deur agter hom, ook dié van die slaapkamer, voor hy die gordyne effe ooptrek sodat 'n skrefie lig deur die verweerde kant in die kamer inval, oor die voetenent van die swart marmerbed waarop sy lê. Hy betrag haar 'n oomblik lank voordat hy die stoel by haar bed-kassie uittrek en langs haar gaan sit.

Met sy blik op haar Idia-gesig ervaar Abel innige genoegdoe-ning. Sy moeder, die koningin; sy koninginmoeder.

"Ek het haar gekry, Moeder," sê Abel, sy stem hees in die stil vertrek teen die sagte geruis van die lugversorger.

Die nuwe gesig, die geskenk vir sy verjaardag

"Presies waarna ek gesoek het. Moeder sal van haar hou. So suiwer nog. Sy's nie losbandig nie, Moeder, nie onrein of onsedelik soos die ander nie."

Die tatoeëermerk bly versweë; dit sal nie haar goedkeuring wegdra nie. Oor vroue met versierings en met merke op hulle velle is sy moeder se standpunt onwrikbaar, dit is deel van die listigheid: *Deur die gladheid van haar lippe het sy hom verlok. En soos voetboeie wat dien tot tugtiging van die sot.* Luister na my, Abel, slaan ag op wat ek sê. *Laat jou hart nie afwyk na haar weë nie, dwaal nie rond op haar paaie nie. Haar huis daal af na die kamers van die dood.*

En as sy moeder wonder hoe hy so baie van haar af weet, waar hy sy intieme kennis van haar kry?

"Ek neem haar waar soos ek die sterre waarneem, Moeder. Ek toets haar, lok haar uit, leer haar ken, en ek sal haar uitvra oor haar familie en agtergrond, seker maak, voor ek haar gesig oes. Want ons wil mos nie onreinheid oor ons bring nie, veral nie met iets so intiem as 'n gesig nie."

Vermoed Ella Neser iets meer as wat sy voorgee? wonder Abel

terwyl hy met sy moeder gesels. Twee besoeke al aan sy galery oor die Punu. Ja, sy moeder is reg: sekere vroue ís slu. Hy sal moet ligloop vir adjudant Ella Neser, oënskynlik so onskuldig van gelaat.

"Ek sal nie oorhaastig wees nie, Moeder," sê Abel sag.

Hierop blyk sy moeder tevrede te wees. Sy ken immers haar jongste seun. Hy het haar nog nooit teleurgestel nie, hy leef soos sy hom aan haar knie geleer het, sy en sy ouma Hannie. Hulle sou nie weer dieselfde foute maak soos met Maansie nie. Het hulle Abel dan nie van kleins af gelooi en gebrei en gedril soos die Jivaro met húlle jong seuns doen nie?

Die twee parallelle inlegsels tussen haar oë teen haar voorkop in die plek van die diep frons wat hy so goed onthou, wat as kind die vrees in hom gesit het so lank as wat hy kan onthou. Maar die gesig van die masker minder stug, stel hom gerus, jaag nie al die spoke van haar eie gelaat by hom op nie.

Oor die verhaal van die erfstuk om sy nek kry Abel, nes 'n kind, nie genoeg nie. Dit is al wanneer hy dit afhaal, elke Sondagmiddag wanneer hy by sy moeder kom sit en gesels. Vryf dit tussen sy vingers en hoor hulle stemme, eers ouma Hannie s'n, ná haar dood sy moeder s'n, wanneer hulle van die pendant aan die riempie vertel. Hy het dit al 'n duisend keer en meer gehoor, van hy tien jaar oud was. Die pendant waarin die boodskap van 'n onheuglike familie-moment gekoester word wat 'n diep wond gelaat het.

Om haar gerus te stel: "Ek besoek nog gereeld die grafte, Moeder. Ouma Hannie s'n en vat blomme vir Moeder s'n."

Dit is belangrik dat sy dit weet, en hy dóén dit. Hy sal nie lieg nie. Vir sy moeder kon hy nooit lieg nie. Hy het eenkeer probeer. Toe sy hom met die leuen betrap, was haar skerp tong 'n vlymende dolk. Hy het op sy knieë voor haar gekruip, die trane oor sy wange, die vuur en swael oor sy kop. Soms, het hy destyds gedink, sou dit beter gewees het as sy hom met 'n lat of rottang bykom; 'n lat of rottang sou genadiger wees as haar woorde. Die hale oor sy rug en boude sou heel. Die kastyding van haar tong het bly vreet, vreet steeds, soos 'n kanker aan sy wese.

"Die bloed aan jou hemp," vra sy die middag ná skool. "Waar kom dit vandaan? En aan jou neus?"

"Ek't geval. Pouse het ons gespeel en ek't geval."

"Gespeel? Geval? Het jy dan maats?"

"Ja . . . ek't maats."

"Hoekom ken ek nie jou maats nie? Hoekom steek jy jou maats vir my weg? Is dit meisiemaats wat jy wegsteek, Abel?"

"Nee, seuns. Barrie-hulle."

"Barrie Senekal?"

"Ja."

"Barrie Senekal wie se ma haar so aanplak? Ou Heila se Barrie? Van wanneer af speel jy saam met Barrie Senekal? Het jy nie laas week nog vertel hoe hulle jou oor jou oog spot nie? Het jy nie gehuil toe jy my kom vertel het dat hulle jou uitstoot en verwerp en bespot en ou Babyface noem nie?"

"Hulle spot my," gee hy toe.

"Jy lieg mos nou vir my oor die spelery, Abel. Hoekom lieg jy vir my? As jy vir my begin lieg, wat gaan ek met jou doen?"

"Barrie het my op die neus geklap."

"Jou pa, die luiaard, hý lieg vir my. Jou broer, die niksnuts, dié lieg. Almal lieg. Nou begin jy óók lieg. Dit sal ek nie duld nie, Abel. Kom sit nader, dat ek jou vertel van lieg, van wat jou pa agter my rug doen, van sy drinkery en hoereerdery met ou Heila. En van Maansie wat op dieselfde pad is, met ou Heila se Tossie."

"'Skuus, Moeder . . ."

"'Skuus vir wat?"

"Dat ek gejok het oor die neus."

"In Een Petrus drie vers tien staan geskrywe: *Want wie die lewe wil liefhê en goeie dae wil sien, moet sy tong bewaar vir wat verkeerd is, en sy lippe dat hulle geen bedrog spreek nie.* Sal jy dit onthou, Abel?"

"Ek sal dit onthou, Moeder, vir altyd. Hulle het my oor my oog geterg."

"Laat hulle terg. Jy weet dit tog: jy't 'n gebrek en jy's nie mooi nie. Moenie dit met leuens vererger nie, Abel. As ek jou pa en jou broer aanpraat, steur hulle hul nie aan my nie, lag vir my. Dink ek's van lotjie getik. Hulle dag van afrekening sal kom, ek en jy sal seëvier. Moenie jou gemoed met leuens besoedel soos hulle doen nie."

Sy het hom nooit van daardie leuen laat vergeet nie. Daarom is hy eerlik dat hy sy moeder se graf ook besoek, blomme in die vaas teen haar kopsteen rangskik. Al weet hy sy lê nie daar in haar dennehoutkis met die handvatsels van tou begrawe nie. Uit die kis, tydens die nagwaak vyf jaar gelede, het hy haar uitgedra en op die marmerbed in haar slaapkamer neergelê. Die deksel toegeskroef voor meneer Poppe senior en meneer Poppe junior die oggend die kis kom haal het vir die teraardebestelling. Poppe & Son Undertakers & Embalmers kan verskoon word dat hulle onbewustelik 'n kis ter ruste gelê het gevul met skroot en ou stukke sementblok.

Nou sal sy wonder oor sy pa en broer, of hy húlle grafte ook besoek? En hy sê nee, want dit sal mos teen haar wense wees.

Hierop, en hy kan sweer hy hoor haar stem van onder die Idiamasker: Dis goed so, Abel, jy's 'n goeie seun. Nou, jy wil weer die storie hoor van ouma Hannie se pendant?

"Ja, Moeder. En hier's dit in my hand, altyd om my nek."

Dit was die Saterdagnag van 1 September 1900, ouma Hannie net sewe jaar oud, toe haar pa die nag by die opstal aankom ná 'n jaar in die veld.

Johanna Yssel is verbaas dat sy niks buite gehoor het nie, nie pote op die stil werf nie, nie 'n runnik van 'n perd nie. Haar gewone waaksaamheid verslap met Casper se verrassende tuiskoms, byna onherkenbaar, so arig en lamsalig. Die man bars by die kombuisdeur in en sy het nie kans om na die haelgeweer te gryp nie.

In die uniform van die vyand, die Enfield in sy hand, die skede van die groot mes aan sy sy, die hoed op sy kop.

Casper spring van sy stoel aan die kombuistafel op, maar die vyand is rats en hy swaai die geweer in sy hand. Die kolf tref Casper teen die wang en hy val, en Johanna sien hoe sy bloed uit die wond die plankvloer voor die swart stoof begin vlek.

Wat die vyand sê, verstaan sy nie, maar die bewegings van sy hande en die gloed in sy donker oë waarskuwing genoeg teen weerstand. Sy hurk by Casper, praat sag met hom, reik na 'n waslap op die tafel se blad en probeer die bloeding aan sy wang stop.

Die vyand leun na haar, pluk haar aan die hare orent, stamp haar in haar stoel terug.

Hy praat weer met haar in 'n taal wat sy nie begryp nie; nie Engels nie, daarvan verstaan sy woorde en frases. 'n Gebrabbel, klink dit vir haar. Hy is jonk, miskien in sy middel-twintigs. Hy haal die hoed af, sit dit langs die Enfield op die tafel. Sy hare lank en dig en swart soos die nag. Sy vel blas, sy oë somber. Hy knik met sy kop na die koffiekan op die stoof.

"Koffie," sê hy, nou op Engels.

Sy skink vir hom koffie in 'n blikbeker, skuif die growwe bruinsuiker nader. Geen melk nie. Hy blaas oor die beker, sy oë deur die stoom op haar, of hy sy volgende stap bepeins. Op die vloer kreun Casper in sy bedwelming.

"Die Boere het my broer doodgemaak," sê die vyand, tuniek en molvelbroek met kamaste en stewels van 'n berede soldaat.

"Dis nie ons nie, dis nie Casper nie," sê Johanna. "Wil jy iets eet? In die pot is nog van die hoender oor, en aartappels."

Hy tuur na haar en knik, verstaan haar bedoeling en haar volkse talevermenging. Hy staan saam met haar op, vat die haelgeweer en Casper se Mauser en lê dit buite haar bereik oor die tafelblad langs sy Enfield, sy hoed nou oor die wapens.

Sy hou hom dop. Hy is gulsig met 'n lepel in die sous en aartappels, die hoenderboudjie in sy ander hand. Sy tande wat die vleis afstroop. Sy oë pal op haar.

Weer die kreune van die vloer af.

"Kan ek hom help?" vra sy.

Hy skud sy kop, lek sy vingers af, sy lippe blink van die vet in die lig van die kerse in hulle blakers op die tafel. Sy luister in die gang af. Die kamer waarin Hannie slaap, is stil, goddank.

"Wat gaan jy doen?" vra sy. "Ek't gebak. Wil jy brood hê?"

Hy knik en sy sny twee dik snye waarmee hy die laaste souserigheid uit die bord opvee en in sy mond druk. Sy soel kieste bol.

Hy trek die groot mes uit sy skede, kerf die laaste stukkies vleis van die bene af, suig die bene af, reik na die lap met Casper se bloed, vee die lem skoon.

"Julle Boere het my broer doodgemaak," sê hy weer en skuif die blikbord weg, sluk die laaste koue droesem van die koffie. "My broer, Eddie."

"Dis oorlog," sê Johanna. "Julle kom hierheen uit 'n vreemde land en kom skiet ons mense dood. Julle wil ons vroue en kinders in kampe sit om te verhonger en te sterf. Wat kom soek jy en jou broer hier? Vir wat wil julle ons land kom vat?"

Sy praat vinnig, haar stem ontstig, merk die frons van onbegrip op sy voorkop. Die beskuldigings vir hom duidelik, maar die trant verlore in die kloof van hulle tale.

"Eddie," sê die soldaat, "is in die veld begrawe onder 'n hoop klippe. Hy kan nie teruggaan huis toe nie. In sy plek sal ek iets van 'n Boer huis toe vat." Hy beduie met die mes na Casper Yssel op die vloer. "Dis soos dit is. As een van ons sterf, moet die vyand hom vervang. Dis die tradisie van die Abenaki, van die Iroquois, die Mohawk, Cheyenne, Sioux, en van ons, die Cree. Hy," en hy betrag vir Casper op die vloer, "moet in Eddie se plek huis toe gaan, saam met my Frog Lake toe. As hulle vra oor Eddie, sal ek die Boer se kopvel wys en sê Eddie het nie verniet gesterf nie. Hier's die Boer wat sy plek ingeneem het."

Maar Johanna verstaan nie wat hy sê nie, kan nie onderskei tussen die Engels en die nēhiyawēwin van die Cree nie.

"Wat gaan jy doen?" vra sy weer, en wag vir 'n kans, meet met 'n tersluikse blik die reikafstand na die haelgeweer.

Oor die wapens op die tafel ontmoet hulle oë mekaar opnuut. In haar neem die onrus toe. Sy staan op. Sy moet sy aandag aflei.

"Nog koffie?"

"Sit!"

Op die vloer steun Casper en 'n arm en been beweeg terwyl hy sy bewussyn begin herwin.

"Laat ek hom help."

"Nee," sê hy, ook sý blik nou af na Casper op die vloer tussen die stoof en die tafel.

Sy spring op, haar stoel tuimel agteroor, gryp oor die blad na die haelgeweer. Sy hand met die Bowie 'n refleks, 'n slang wat pik.

Teen sonop twee ruiters van die berede verkenningspatrollie van Strathcona's Horse. Bokant die opstal van die plaas Melkhout-fontein het hulle van ver af al die dun rokie vroegdag in die lug opgemerk. Hulle ken die gewoonte van die Tommies om die plaashuise af te brand, die vroue en kinders weg te vat; hulle ken die beleid van verskroeide aarde. Die werf is stil. Will Sweeney en Robbie Fernie trek hulle perde onder die peperboom in, bedag op 'n lokval. Hulle sien die hoenders wat skrop, die varke, die paar skape om die huis aan't wei, saam met die perd in 'n kniehalter. Uit die skoorsteen van die plaashuis geen rook van 'n oggendvuur vir koffie en brekfis nie, geen oop vensters of deure vir die vars lug van 'n vroeë lenteoggend nie. Dit is die stalle, kan hulle sien, wat aan die brand gesteek is, nou net smeulend nog.

Op hierdie Sondagoggend van 2 September 1900 is die werf en opstal van die plaas broeiend stil, in die lug die reuk van brand. Maar hoekom die stalle aan die brand steek, en nie die opstal nie? Hulle stap na die kombuisdeur toe, merk die bloed op die sement-trap. En die deur halfoop.

"Vars," sê Robbie Fernie hurkend. "Al gestol, maar vars."

Will Sweeney sien die skoenspore en sleepsels op die grond oor die veemerke van 'n besem op die werf. Nog bloedspatsels. Will en Robbie volg die sleepsels na die ruïne van die stal. Die smeulende houtstruktuur, gloeiende kole, rook, die stank nou skerp in hulle neuse. Hulle tree oor rommel en sien die twee liggame, onherkenbaar.

Will en Robbie deins terug. Will hoor hoe Robbie opgooi.

"Ek sien net twee," sê Robbie terug langs hom, die mou van sy tuniek oor sy lippe. Oor die klipkoppe aan die ooste kom die son nou uit, baai die werf in 'n lig die kleur van smeltende goud.

Will tuur na die twee liggame.

"Moes laas nag gebeur het."

Hulle draai terug na die plaashuis toe, nou woordeloos. Stoot die kombuisdeur oop. Op die tafel tussen die bloed wat op die blad gestol het blikbekers en 'n bord met lepel in, 'n haelgeweer en Mauser. In die nag, toe dit nog vars was, het die bloed oor die rand van die tafel afgedrup.

"Hel, Will," sê Robbie. "Wat het hier gebeur? 'n Slagting."

Ineens 'n geluid, die eerste vreemde geluid op hierdie stil Sondagoggend. Hulle skrik op. Die geluid van 'n mens, van 'n kreun of 'n snik. Will sien haar. In die hoek langs die stoof, agter die kombuisdeur, sit sy, haar bene opgetrek, arms om haar skene gevou, ken op haar knieë. Maar sy huil nie. Dit is nie 'n snik wat hulle hoor nie, eerder 'n snak, 'n hyg na asem, haar oë groot en wit op hulle.

Will tree na haar toe. Sy krimp verder in haar bondeltjie ineen, nou die vrees in haar oë in haar donker hoek.

"Hallo," sê Will. "Moenie bang wees nie, ons sal jou nie seermaak nie."

Net 'n skorheid uit haar keel, nie die geluid van 'n woord nie, eerder iets dierliks.

Hy strek sy hand na haar toe uit, maar sy draai van hom weg, druk haarself teen die muur agter haar rug aan.

"Het sy gesien wat hier gebeur het?" wonder Robbie.

294

"Hoekom sou hulle haar gelos het as sy 'n ooggetuie was?" sê Will.

"Miskien 'n droster. Die geweer op die tafel is 'n Mauser van die Boere. En 'n perd buite. Hoekom is hy hier, nie op kommando nie?"

"Wat's jou naam?" vra Will Sweeney.

Maar sy staar net na hom, snak weer na asem, lek oor haar droë lippe.

"Net één Mauser, één perd, maar twee liggame," sê Robbie Fernie.

"Bring vir haar water, Robbie. Die kind is in skok."

Sy vat nie die beker nie, en hy moet dit vir haar lippe hou voor sy gretig sluk.

"Ek ry kamp toe om hulp te bring," sê Robbie.

"Ja," sê Will. "Ek sal hier by haar wag. Ry."

Hy gaan sit plat op die vloer by die kind toe hy Robbie uit die oop kombuisdeur hoor wegry, haastig op 'n galop. Dit sal twee, drie ure wees voordat hy met versterkings terugkom. Hy praat sag met haar, wonder of sy hom verstaan, wens hy kan haar taal praat. Hy wil haar uit die hoek wegkry, uit buite toe, weg van die bloed op die tafel en vloer. Maar eers moet hy haar vertroue win, al is dit net met die gerusstellende toon van sy stem. Hoe oud is sy eie enetjie nou? Drie weke, 'n maand al? 'n Bulletjie, skryf Anne. En lyk nes sy pa. Teen Kersfees, hoop Will, is hy terug in Halifax, terug by sy Anne en sy klein William. Sien selfs uit na die sneeu, wit en dik teen die mure van die huise, op die dakke, in die takke van die rooi sparre, oor die veld. Het nie gedink dit is moontlik nie, maar hy mis die sneeu. Hy mis die sneeu en hy mis sy vrou en kind.

Hy vryf met sy vingers oor die rugkant van die handjies wat om die bene geklem is. Hy sit so by haar op die vloer dat hy haar uitsig na die tafel en die bloed agter sy rug versper. Hy lig weer die beker na haar mond toe.

"Nog 'n bietjie water?" vra hy. "Jou lippe is so droog."

Sy sluk weer, en begin ontdooi, vou self 'n hand om die beker.

Uit 'n sak van sy tuniek haal hy 'n beskuit van sy proviand. Hy hou dit na haar uit. Sy vat dit en begin kou, knibbel soos 'n muis. Sag begin Will met haar gesels, vertel haar van sneeu en van sy perd en van sy babaseuntjie wat op hom wag. Haar oë op sy mond terwyl hy praat en sy hou 'n handpalm uit vir nog 'n beskuit. Die laaste van sy dag se rantsoen, maar hy gee dit vir haar.

"Wat's jou naam?" vra hy weer, druk met 'n voorvinger teen sy bors. "Will. My naam's Will."

"Will," sê sy ineens, maar skor, asof sy sukkel na asem om die woord uit te stoot. Dan, duideliker: "Will."

Haar lippe rond, vol krummels van die beskuit.

Hy knik heftig. "Dis reg, dis reg. Will. Joune? Wat's jóú naam?"

"Hannie," sê sy. "Hannie Yssel."

"A," sê Will Sweeney en hou sy hand na haar uit. "Hallo, Hannie Yssel."

Haar hand sag en koud en klein in syne.

"Hallo, Will," sê sy, haar oë nou op die pendant aan 'n riempie, al swart van sweet en stof, om sy nek wat bo by die los knope van sy tuniek uitgeglip het.

Hy lig dit oor sy kop af en hou dit na haar toe. Sy vat eers nie, beskou dit net aandagtig. Hy por haar aan, hou die munt met die riempie in sy palm na haar uit.

"My gelukbringer," sê Will Sweeney.

Haar vingers huiwer oor sy palm. Hy vat haar hand tussen sy skurwe vingers, vol eelte, draai haar palm na bo en lê die munt in haar hand.

"Kyk," sê Will Sweeney. "Koning Victoria, sy't 'n kroon op." Hy tik met sy voorvinger op die profiel. "En hier staan geskryf, so al om haar kop: *Victoria Dei Gratia Regina Canada.*"

"Victoria," sê Hannie Yssel.

Will merk nou iets anders in haar oë toe sy van die munt in haar hand na hom opkyk: nuuskierigheid in die plek van paniek en vrees.

"Ja, koningin Victoria van die Britse Empire," sê hy. "Kyk haar kroon."

"Victoria," sê Hannie Yssel weer, en knibbel met klein, wit tandjies aan die harde beskuit. "Empaaier."

Hy draai die munt in haar hand om. "En hier's nóg 'n kroon. Hier bo in die opening van die lourierkrans. En hier staan geskryf: *25 Cents 1875.*"

"Sents," sê Hannie Yssel.

Nou is ook haar ander hand om die knieë weg en sy draai die munt terug kopkant toe, na die profiel, vroetel aan die riempie. Will vat die munt uit haar hand en plaas die riempie om haar nek, lig haar lang hare weg, totdat dit oor haar bors hang. Haar ken druk teen haar bors terwyl sy die halssnoer om haar nek beskou. En is geneë toe Will haar hand vat en haar van die vloer af ophelp, by die deur uit in die oggendson in.

Sy los nie sy hand toe hulle oor die werf drentel waar die merke op die grond nog lê waar haar ma die werf met die besem gevee het nie. Will lei haar weg van die sleepsels oor die besemmerke en van die stal af. Hy wys na hoenders en varke en skape en gesels met haar. Sy stap woordeloos saam, een hand om die munt geklem, die ander hand in syne. Later gaan sit hulle onder die peperboom naby sy perd en Will bly gesels. Selfs toe Robbie Fernie met die patrollie terugkom, los Will haar nie alleen nie.

Eers toe 'n kapkar oor die veld aankom, glip Hannie Yssel se hand uit syne en hardloop sy hulle tegemoet, die gereelde besoek elke Sondag vir middagete van haar oupa en ouma uit die dorp.

Maar hierdie voormiddag is die swart stoof koud, en Will Sweeney wag die kar in terwyl hy toekyk hoe Hannie Yssel se lang hare in die son fladder terwyl sy vooruit hardloop. Sy gelukbringer, dink hy, sy Victoria-munt, nou om die nek van Hannie Yssel. Hy hoop dit bring vir haar vorentoe meer geluk. Terug in Halifax by sy vrou en eie kind, sal hy aan Hannie dink, en aan sy gelukbringer wat hy om haar nek gehang het. Want sy het dit nou nodig, nie hy nie. Die pendant het hom veilig deur die oorlog gebring en Kersfees is nie meer ver nie, net vier maande.

En dit is nie sy taak of plig om te bepaal wat in die nag in hierdie plaashuis gebeur het nie. Of te probeer uitvind waarvan klein Hannie alles ooggetuie was nie, of sy haar ma sien sterf het, of haar pa, of wie dit gedoen het nie.

41

In die spieël van die hotelkamer bewonder Lisa Sweeney haar twee visse, opnuut in haar skik met Skookum Jim se werk aan haar sy. Elke keer wanneer sy bad of stort, beskou sy haar twee koi. Skookum Jim het die belyning fyn en met 'n vaste hand gedoen, die arsering en kleuring delikaat en sag. Sy wou nie 'n spektakel aan haar lyf hê nie. Die opgehewe rosigheid van die vel waar die naalde geprik het, lankal weg, geen infeksie nie. Net 'n perfekte tatoe asof sy daarmee gebore is, 'n kleurryke, pikante geboortevlek aan haar sy.

Lisa Sweeney trek jeans aan en 'n los riffelbloes, borsel haar lang hare, bestee aandag aan haar gesig. Sy is geseën met 'n vleklose vel, maar bleek. In te veel son durf sy nie kom nie, en sy het blosser nodig om die vel kleur te gee. Net 'n titsel grimering, skaars maskara, vir min kontras. Met haar bleek vel wil sy nie ingekleur lyk nie, net gesond.

Sy kry haar pa reeds aan die ontbyttafel.

"Hoe lank ek gaan besig wees, weet ek nie," sê Bob Sweeney. "Maar of ek alles kry of nie, môre vat ons die pad."

"Ons pelgrimstog," sê sy.

"Om ons voorsaat Will se spore te gaan soek. En dié van klein Hannie Yssel. Jy hét my nuwe selnommer?"

"Ek hét hom. Geniet dit daar in die museum. Ek sal die eerste soeweniers soek om terug te vat."

"Moenie wegdwaal nie."

"Ek't gedink aan etniese maskers. Tipies van Afrika. Daar by die vlooimark op die dak, of in die galery in die Mall."

Bob Sweeney knik, sy aandag by sy brosjures. "Nie eintlik my smaak nie."

"Miskien een van 'n dier, nie van dié wat in die nag kom spook nie."

Hy staan op. "Die kurator behoort aan te kom, wil hom nie laat wag nie."

Kus haar op die wang.

Sy geniet die rooibostee saam met haar ontbyt en besluit om daarvan óók saam te vat terug Halifax toe. Slenter dan uit die hotel uit, oor 'n geplaveide wandellaan in die rigting van die Mall, haar eerste bestemming die groot vlooimark op die boonste parkeervlak. Hier bring sy die Maandagoggend deur, eet later iets by 'n kosstalletjie, beskou die snuisterye en bric-à-brac wat gesmous word, ook diere en maskers uit hout gekerf. Maar dié staan haar nie aan nie, te grof afgewerk. Sy soek iets spesiaals en outentiek, maar besluit om tot later die middag te wag sodat dit nie nodig is om ook 'n lomp masker of twee saam met haar te karwei nie. Sy besluit om te wag totdat sy haar loerkopies afgehandel het sodat sy met die maskers direk kan teruggaan hotel toe.

Net ná vier die middag stap sy by die galery in. Lees op 'n kaartjie teen 'n muur:

Dieremaskers is 'n blywende band tussen die lewende en die dode. Hierdie Elandmasker van die Dogon van Mali word tydens die Dans van die Eland gedra om die voorvadergeeste vir 'n goeie oesjaar te vra. Gekerf uit Mulela-hout en gekleur met die vrug van die Mukula-boom, ook genoem die bloedhoutboom.

Sy hou van die eland, maar sy hou ook van die hartbeesmasker.

Die Goli van Ghana word gedra op seremonies van danksegging aan die goeie geeste. Dit het inlegsels van geelkoper, die rooi skynsel aan die Tweneboa verkry van tukula-poeier van die kamboom.

"Iets spesifiek waarna jy soek?"

Sy het hom nie hoor aankom nie.

"Ja, 'n dieremasker," sê sy, laat sak haar blik na hom.

"Miskien 'n voël?'" vra hy. "Een van daardie maskers met die vere, die Sankofa-voël uit die Kongo? Die Bwa glo die Sankofa-maskers gee mistieke kragte aan die draers."

"Eerder die eland of hartbees, of dalk 'n buffel."

"Die Pende kombineer die gelaat van die mens met dié van 'n buffel as . . ."

Hy knip nie sy sin kort nie. Sy kry eerder die gevoel dat die res van sy woorde bloot net vervaag.

"Jy's nie van hier nie, nè?" sê hy.

"Nova Scotia. Daar het ons ander soorte diere."

"Moose," sê hy. "Dís 'n soort eland."

"Ek hou van die Dogon." Terug by die maskers teen die muur. "Ek hou van daardie Dogon en die Goli, die eland en hartbees."

Hy trek 'n trapleertjie nader en moet sy kort arms strek om die twee maskers van hulle hake af te lig. Hy lê hulle versigtig op die gepoleerde geelhout van sy tafel neer.

"Kyk gerus, bevoel hulle. Gaan slaap daaroor." Hy druk die skakelaar vir die laaste ander besoeker wat by die veiligheidshek wil uitgaan. "Kom môre terug as jy onseker is."

Toe sy weer na hom kyk, vang die hanger om sy nek haar oog. Sy herken die soort munt, selfs so verslete.

"Is dit 'n Victoria-munt?"

"Ja, dis haar gesig."

"'n Seldsame munt uit die agtienhonderds."

"Agtien vyf en sewentig," sê hy.

"Kan ek dit sien? Sal jy omgee?"

Hy haal dit nie af nie, leun net nader sodat sy dit tussen haar vingers kan hou.

"Is jy 'n muntversamelaar?" vra hy, so naby aan haar gesig dat sy die minterige asem kan ruik.

Victoria Dei Gratia Regina Canada, lees sy die vae inskripsie rondom die gekroonde profiel. "My ouma het so een nagelaat."

"Myne is ook 'n erfstuk van mý ouma," sê hy. "Is dit nie toevallig nie? My gelukbringer."

"Gelukbringer? Ken jy die geskiedenis van jou munt, van jou gelukbringer?"

Hy vat dit uit haar hand, druk dit bo in sy hemp terug, maak 'n knoop toe om dit te bedek.

Nou abrup. "Dis amper vyfuur. Wil jy eers oor die masker besluit, dalk môre terugkom?"

"Nee, môre is ek weg. Ek kom nie terug nie, moet nóú besluit."

"Ek sal jou kans gee," sê hy. Hy stap na die ingang en druk die deur voor die veiligheidshek toe. "Sluitingstyd," sê hy, "maar vat jou tyd." Hy gaan sit op sy stoel agter sy tafel. "Teen daardie oorkantste muur is nog dieremaskers."

Sy stap na die oorkantste muur, vermy die bisarre artefakte op die voetstukke in die middel van die vertrek, sien wel een is leeg. En merk tersluiks hoe hy agteroor leun en in die antieke koskas agter hom tussen sy dokumente begin vroetel. Dit is gaaf van hom om haar tyd te gee, nie uit te jaag nie.

Sy besluit op haar eerste aanvoeling, op die eland en die hartbees. Sy wens sy kan ook oor die Victoria-munt met hom gesels. Miskien kan sy haar pa môreoggend vroeg saambring om die galery-eienaar oor die munt te pols voor hulle die pad vat. Sy is seker haar pa sal graag meer oor die munt wil weet. Sy draai terug tafel toe, sien hom by die deur.

"Het jy besluit?" vra hy en begin van die ligte afskakel, die skerp kolligte op die maskers teen die mure, en dié uit die plafon op die artefakte op die voetstukke.

"Ek't op daardie twee besluit," sê sy, wys na die eland en hartbees op die blad.

Hy kom terug na haar toe by die tafel, die vertrek nou in skemering gebaai, net die sagte lig van die staanlamp op sy tafel en die glimmering van die verligte gang buite die toonvenster. Sy voel skielik ongerus in hierdie skemering tussen die donker gelate wat haar van die mure af beskou.

"Goeie keuse," sê hy.

Ineens sy arm om haar, saam met die skerp prik in haar nek, net onder haar oor. Sy stoei, wil uitroep, maar sy hand is om haar mond. Só, soos verliefdes in mekaar se arms, staan hulle, net vir twintig, miskien vyf en twintig sekondes, voor sy begin verslap, haar ooglede fladder en sluit.

Sy is na hom toe gestuur! Abel bepeins die gebeure in byna gewyde stilte. Dit is so bestier dat sy hier by hom moes instap, met haar volmaakte gesig en volmaakte vel. Dit is wat hy oombliklik opgemerk het toe sy inkom. Die gesig. Die fynbesnede trekke van haar gelaat, die vorm van haar voorkop, die vorm van haar neus, van haar wangbene en lippe en ken. Die oë, irisse die kleur van leisteen of silwer, met net 'n bleek tint van blou. Die slanke nek. En hy kon homself nie keer nie. Hy móés opstaan en na haar toe stap, aangetrek deur haar swaartekrag. Naby aan haar kon hy haar vel bestudeer en die proporsies van haar gelaat; die kleur en tekstuur van haar vel so perfek, die gelaat asof uitgemeet en uitgebeitel deur Michaelangelo self, in daardie wit, byna deurskynende Carrara-marmer van sy heiliges.

Niks beplan nie, nie met háár nie. Sy beplanning het hy wel gedoen, maar dit was vir die adjudant met die ligstrepe in die eens swart hare. Die aankoms van hierdie madonna het Abel onverhoeds betrap. Die gesig waaroor hy maar net kon droom. En skielik was sy hier, en teen haar was al sy sintuie geprikkel. Nee, opgerui. Hy kon sy hart voel bons. Deurslaggewend was haar beheptheid met sy gelukbringer, die rol van twee oumas. Dít is wat vir hom die finale deurslag gegee het, wat hom laat besef het dat sy nie toevallig in sy galery ingekom het nie, dat sy gestuur is, dat dit so bestem is. Sy het haar vir hom kom aanbied.

En daardie vel. Adjudant Neser s'n soel en sterk, deur die son gebrei dog nog ongeskonde. Hy het haar vel goed beskou toe sy hier was met haar simpel ligstrepe. Maar daar was tekens van plooitjies, aan die hoeke van die oë, langs die neus, aan die voorkop. Hierdie een is glad, hierdie een die kwintessens van

Jungfernpergament, inderdaad 'n maagdevel onaangeraak deur son en wind en weer.

Maar vir die adjudant sal hy graag steeds wil hê, sy is nie te versmaai nie. Nie haar gesig meer nie, wel haar verskietende ster vir sy *Kosmiese Reise, Vol. III.*

Sy lê op die mat, buite sig van verbygangers voor die toon-venster, die vyfuur-huis-toe-ganers. Hy kyk na haar vroom maag-delike gesig terwyl hy die spuitnaald in sy koskas teruggesit. Hy sou die chloroform uit die bruin bottel verkies het, soos met Emma Adams en Collipepper, maar dié is tuis. Daarom weer die Diprivan met sy vinnige werking, skaars veertig sekondes as die inspuiting in 'n arm-aar is; vinniger in 'n nek-aar. Hy vat haar aan die polse en sleep haar agter sy lessenaar in. Gaan sit by sy rekenaar, kyk 'n slag af na die jong vrou aan sy voete. Buite die toonvenster die geskarrel van mense, al hoe yler op pad huis toe.

Abel begin op sy rekenaar werk, aan die lys van nebulas en hulle posisies wat hy nog wil waarneem. Hy buk 'n slag af en toets met sy voor- en middelvinger die sterkte en ritme van haar pols-slag aan die slagare van haar keel. Hy is tevrede en gaan voort met sy werk.

Teen nege-uur is die gange verlate, die bruidsboetiek donker, die koffiekafee gesluit. Bo, op ander vloere, weet hy, is die aand-drukte in volle gang, die restaurants luid en vol gaste. Nie hier nie. Die gang voor sy toonvenster nie 'n deurgang nie, eindig by die dienshysers en openbare badkamers.

Skakel sy rekenaar af, wens hy het sy moeder se rolstoel gehad. Hy stap na die toonvenster en bekyk die stil gang, eers links, dan regs, merk 'n paar verlate winkeltrollies voor die deure van die dienshysers.

Hy stoot 'n trollie by sy galery in, in die ou koskas die bobbels waarin Jules Daagari die nuwe voorraad maskers verpak het. Hy sukkel om haar in die trollie te kry, wil haar nie beseer nie, wil veral nie haar vel beskadig nie, en verberg haar onder die bobbels. Die dienshysers is verlate, ook die parkeergarage in die kelder, waar hy haar in die ou Mazda se bak inlig, weer saam met die bobbels waarvan hy in elke geval nog ontslae wou raak. Hy voel weer haar polsslag, sluit die bak en gaan terug na sy galery toe. Hy skakel die stofsuier aan en begin sorgvuldig die mat skoonsuig, veral op die plekke om die tafel waar hy haar vasgehou en sy in sy arms gestoei het, waar hy haar gesleep, en sy by sy voete gelê het. Maar hy suig die hele mat in die galery, poets daarna die blad van sy tafel met 'n geel stoflap, ook aan die rande waar sy moontlik met haar handpalms of vingers kon gedruk het, en die twee maskers wat sy hanteer het, voordat hy hulle aan hulle hake terugplaas.

Hy vat die sak van die stofsuier saam kelder toe, druk sy kaart in die gleuf vir die valhek om op te gaan, wuif vir die sekuriteitswag by die uitgang. Die strate nou stil toe hy sy koers vat huis toe, opgewonde oor sy vonds, opgewonde oor die verwagte goedkeuring van sy moeder vir hierdie wonderlike, rein gesig, so onverwags en onbepland.

Dit is al elfuur die aand toe hy die ou Mazda in die stoor parkeer, die ligte aanlos en die pakkamer se deur oopsluit. Sy is tenger en hy dra haar sonder moeite in, lê haar teer op die ou matras neer. Uit ervaring weet hy hoe lank haar sedasie sal duur, maar dat sy sal wakker word sonder enige skade of gevolge. Hy het haar opgeweeg terwyl sy die maskers betrag het, haar lengte en gewig geskat en die dosis in die spuit opgetrek.

Sluit die deur en stap huis toe. Hy is honger. Dit was 'n bedrywige middag en aand, maar vrugbaar. Baie vrugbaar. Hy is geseën met 'n nuwe mirakel.

In die yskas in sy kombuis tussen bokse bevrore, voorafbereide kospakke kry hy skelvis. Vanaand is hy lus vir vis, vir daardie wit vleis van skelvis wat hy so met die mes in vet mote oopvlek. Hy hoop sy sal begryp, soos Mia en Emma, dat hy nie van plan is om haar seer te maak nie. Dit sal hy nóóit aan haar doen nie. Hy hanteer hulle sagkens, byna met liefde. Selfs die joernalis het nie pyn gevoel nie. Kon dit toe nie oor sy hart kry om hom nié in te spuit voor hy met die skalpel en Russell-mes begin het nie.

Hy wens hy het haar naam geken. Hy sal haar vra wanneer sy oor twee aande op sy werkbank lê. Ja, Woensdagaand wanneer haar vel losser is van vas, Woensdagaand sal hy haar vra. Hulle kan gesels wanneer hy haar sagte keel met die pers lyne van sy koki omlyn, en agter om haar nek, onder haar lang hare, vir die lem van sy skalpel.

Hy plaas ook twee piesangs en twee appels in 'n plastiekskottel, en twee bottels water vir haar. Hy sal haar kos vir haar gaan neersit en dan terugkom, in sy sitkamer sy vis gaan eet en met sy musiek ontspan. Vannag het hy 'n behoefte aan Paganini se sonates. Hy dink hy sal ook van hierdie sonates vir viool en kitaar hou. Niks te swaar vir haar nie; nog jonk en fleurig. Ja, Moshe Hammer op die viool en Norbert Kraft op die kitaar. Nadat hy geëet het, sal hy met die trapleer na sy solder opklim na sy Dobsonian toe. Hy het die weervoorspelling op TV gesien, 'n koue Atlantiese front is aan die kom Kaap toe, en uit die trope word moontlike reënbuie ook vir die binneland verwag. Hy wil die oop naglug benut voor die wolke begin saampak. En hy kan kwalik sy geesdrif beteuel as hy aan sy moeder dink. Maar sy sal moet wag tot Sondag. Miskien sal hy haar selfs Sondag al kan wýs hoe die nuwe gesig lyk wat hy gekies het; nee, wat haarself vir hom kom aanbied het.

In die lig van sy skerp flits stap hy met die vrugte, water en kamerpot terug na die pakkamer in die stoor. Hy is jammer dat hy Woensdagnag nie na Alberts Farm sal kan terugkeer nie. Die risiko's nou te groot. Daaroor is hy óók spyt, maar hy het reeds 'n nuwe plek geïdentifiseer. Uit sy eksperiment op Andy Collipepper weet hy dat hy hoogstens 'n driekwartier, miskien 'n uur, met haar besig sal wees, want hy is van plan om stadig en deeglik met haar te werk, delikaat met die skalpel. Met só 'n gesig mag hy nie haastig wees nie. Teen middernag behoort alles klaar te wees, kan hy haar agter in die bakkie laai. Lank voor drie in die oggend sal hy in sy bed terug wees, salig, tevrede.

Toe hy die deur van die pakkamer oopstoot, is sy op hom met vuiste en naels soos 'n tierwyfie. Lig sy arms instinktief op om vir sy gesig te keer. Sy gil en slaan en krap en skop. Abel, oorbluf en onkant deur die onverwagte, heftige aanslag, swaai met 'n bottel vol water en tref haar teen die wang. Sy steier terug. 'n Tweede hou laat haar swymelend op die matras neerval. Hy staan vooroor geboë, sy asem en hart jaag, die sweet druppend aan sy voorkop, en op sy neus en bolip, pyne waar haar vuiste hom getref het. Hy staan gebukkend met sy hande op sy knieë en hyg, staar na haar in die lig van die flits op die vloer. Buk, tel die flits op, skyn dit op haar gesig. Die vel op haar wang rooi verkleur waar die bottel haar getref het.

Abel is diep verward en geskok oor die skielike gewelddadigheid. 'n Skoolboelie het hom al 'n bloedneus gegee, en sy broer het hom 'n slag geklap. Maar dit was lank gelede. Abel is nie gewoond aan fisieke pyn en aanranding nie, nog minder om iemand anders aan te rand. Dit is die eerste keer dat hy enigiemand te lyf gegaan het.

"Ek's jammer," sê hy vir haar. "Ek's jammer. Maar jy moes dit nie gedoen het nie. Ek was nie van plan om jou seer te maak nie."

Hy voel aan haar keel. Die hartklop sterk, tot sy verligting, dog taamlik vinnig van die inspanning. Wat hom die meeste kwel, is die rooi merk aan haar wang waar die bottelhou die vel gekneus en bloeding uit haarvaatjies in die weefsel onder die vel veroorsaak het. En natuurlik, wanneer die liggaam met die proses van heling begin, gaan die vel verder verkleur, pers, geel en dan eers terug tot sy normale kleur. Dit kan dae vat. Die tweede hou was teen haar agterkop, ook daar sal verkleurings van die vel wees, dog versteek onder die hare, en kwel hom nie.

Sý skuld, nie hare nie. Het die halflewe van die dosis vir sedasie onderskat, te haastig in die galery, nie gedink sy sal so gou bykom nie. Hy sal nou moet wag voor hy haar vel kan oes, miskien 'n dag of twee langer, miskien eers Vrydag of Saterdag. Hy wil 'n ongeskonde gesig hê, 'n vleklose vel.

O, die ironie, dink Abel verwese, dat hy eers haar lewe nodig het vir die genesing van die kneuswond, voordat sy moet sterf.

Hurkend by haar streel Abel die hare uit haar gesig uit en betrag haar rustige, bleek gelaat, die geslote ooglede met hulle fyn, blou haarvaatjies, die lang wimpers, die neus met die effe skerperige punt, die wangbene waarop sy die blos aangewend het, die salmpienk lippe, nou sonder lipstiffie, droog en effe gerimpel, die donsigheid op haar bolip oor haar diep, sensuele filtrum.

Ineens so bewoë oor sulke volmaakte skoonheid dat hy sy kop wegdraai en haastig met die agterkant van sy hand oor sy oë vee, asof skaam. Al wat hy kan hoop, is dat hy reg sal kan laat geskied aan haar.

Dan, wanneer die wasigheid weg is, sy oë hulle fokus herwin, dwaal sy lig verder oor haar gestalte en nou, vir die eerste keer, merk hy die gekleurde ontwerp wat onder haar los riffelbloes uitsteek waar dit uit die jeans opgetrek het. Hy steek sy hand uit en lig die materiaal sag tussen sy vingers van haar liggaam weg, en ontbloot al hoe meer en meer van die tatoeëermerk aan haar sy. Twee perfekte visse, sien hy behaaglik, en met groot sorg, kundigheid en kleur in haar vel aangebring.

Wat 'n wonderlike bonus, dink Abel. Pisces, veertiende in grootte van die agt en tagtig konstellasies, regte klimming 01 uur, afwyking -15. Hy weet nie wie sy is nie, wel dat sy van Nova Scotia is, maar is opnuut onder die indruk van 'n byna goddelike bestiering.

Hy soek die vrugte wat geval het, pak dit terug in die skottel, saam met die water. Sluit die deur en stap haastig terug kombuis toe. Hy kry ys en die spuitnaald om haar vir die nag te sedeer. Die ys in 'n lap toegedraai vir die kneusing op haar wang, en besluit om by 'n noodapteek rome en ander preparate te gaan soek om heling te bespoedig. Vir homself het hy Mercurochrome vir die vel van sy wang en ken waar haar naels hom gekrap het, miskien Deep Heat of wintergroen vir haar vuishoue teen sy bors. Hy kan die dowwe geklop van pyn aan sy papperige pektorale spier reeds voel, weet ook dáár gaan kneusings wees.

Eers teen eenuur die oggend kom Abel met sy musiek tot ruste, sy wang en ken verpleeg, sy skelvis opgewarm. En terwyl hy eet, bedink hy sy strategie, want hy weet hulle gaan haar in die Mall kom soek. Dit is die eerste ding wat hulle sal doen, met foto's van haar. En as hulle kom, sal hy haar naam kry. Hy wil graag weet wat haar naam is.

42

"Nes 'n broeis hen," sê Mara Alkaster.

"Oor jou?" vra Ella Neser.

"Oor jóú!"

Nege-uur Maandagaand en hulle het klaar geëet. Silas het haar na sy huis toe oorgenooi, gesê sy, adjudant Neser, het 'n verposing nodig, vir 'n uur of twee, weg van haar moordondersoek. En geen toebroodjies nie, Mara bring 'n kasserol. Ná die ete het sy die kolonel se hare en snor gegroom, nou is dit Ella se beurt.

"Oukei, maak weer jou oë toe dat ek kan sien wat ek aan hierdie wenkbroue kan doen. Weer swart. Hy gaan jou nie onder sy oë uitlaat nie, dit weet jy, nè? Nie ná daardie verdagte by jou huis en die nuwe foto in die koerant nie."

"Hy was briesend."

"Pure bluf. Koel netso gou weer af. Gesê ek sal saam met hom hondjies toe gaan."

"Die goed is onwettig, Mara."

En haar Herkie se kopsteen skaars koud.

"Hy sê dis 'n eksperiment, net sport om die windhonde 'n slag te laat hardloop. Die telers wil dit laat wettig."

"Maar geen weddenskappe nie."

"G'n weddenskappe nie," sê Mara plegtig.

Ella vermoed uit die soet toon van die stem dat Mara Alkaster meer van die hondjies af weet as wat sy voorgee; tussen die weduwee en die kolonel ruik Ella komplot.

"Ek't 'n teler in die Vrystaat gebel," sê Mara nou fluisterend in haar oor terwyl sy die swart aan die wenkbroue aanborsel.

"Teler van wat?"

"Van windhonde, man. Ek't gedink, en ek wil jou advies vra . . ."

"My advies oor windhonde?"

"Oor presente. Oor 'n geskenk vir Silas," fluister Mara. "Ek't gedink om vir hom 'n windhond-puppy te gee. Dink jy 'n reuntjie of 'n teef?"

"'n Windhondjie? Gots, Mara, om wat mee te maak?"

"Sjoes, nie so hard nie. Hy't ore soos 'n kat. Om te laat hardloop, man. Hy't nou die dag gepraat dat Droopsy se wind uit is. Nog altyd van Droopsy gehou. Nou's Droopsy lam in die boud, en ek't gedink miskien moet ek vir hom sy eie ene gee wat hy kan leer."

"Hy't mý goed geleer," sê Ella.

"Die teler sê hy't opregte hondjies. Nie eierkoppe nie. Lang, smal neuse, klein neusgate. Gebit met 'n skêrbyt. Hy sê bly weg van 'n kort onderkaak."

Ja, 'n eierkop met 'n kort onderkaak sal nie deug nie, en Ella is nie eens 'n kenner of teler nie.

"Pigmente om die ooglede, diep, ronde bors, goeie sprong in die ribbes. Harde pote, soos dié van 'n haas, g'n katpote nie, tone opgetrek. Wat sê hy nog? O ja, twee sigbare testikels. Dis wat hý sê, die teler, nie ek nie."

"Dog álle mans het twee sigbare testikels," sê Ella Neser.

Van voor die TV kyk Silas op, gesteurd deur die gegiggel.

"Ek's nie 'n ekspert op daai gebied nie," sê Mara Alkaster. "Dalk het ek al vergeet."

"Ek ook. Dink jy rugbyspelers het sigbare testikels?"

"Hy wil aftree," sê Mara. "Dis hoekom ek aan 'n windhond dink, om hom besig te hou. Miskien kan hy sy eie wenners teel."

Haar selfoon lui. Aftree? Gedog dit is net praatjies.

"Antwoord eers," sê Mara.

Stallie uit die radiokamer. "Die aanklagkantoor het 'n vermiste persoon deurgestuur."

"'n Vermiste persoon, Stallie? Bel die uniformtak."

Aanmeldings van vermiste persone by die aanklagkantoor is omtrent tiekie-'n-bos, daarom dat agt en veertig uur eers moet verstryk voordat die polisie ondersoek begin instel. Meestal weglopers, nie vir deurstuur moord-en-roof toe nie, tensy bewyse of leidrade van gemene spel gekry is, soos ontvoering.

"'n Jong meisie, 'n student."

"Saam met 'n kêrel weggeloop?"

"Nie hierdie een nie," sê Stallie. "'n Toeris. Haar pa het haar vroeër vanaand as vermis aangemeld toe sy nie by hulle hotel opdaag nie."

"Miskien nuwe vriende ontmoet?" Voel die ritme van haar hart versnel.

"Sy en haar pa is op toer. Hy't haar vanoggend met brekfis gesien, en dit was die laaste. Sou die dag inkopies doen en môre-oggend op die res van hulle reis vertrek."

"Enige leidrade?"

"Die aanklagkantoor het die aanmelding na ons herlei omdat die pa iets gesê het wat die ligte laat flikker het."

En in die aanklagkantoor flikker ligte selde. "Wat was dit? Wat het die pa gesê?"

"Die pa sê sy dogter wou soeweniers gaan koop het."

In haar keel 'n sametrekking. "Waar't hulle gebly? In watter hotel?"

"Die hotel agter die Mall."

"Gee my sy naam en nommer, Stallie."

Toe sy opkyk, staan Silas langs haar.

"Los die hare, Mara," sê Ella. En vir Silas: "Miskien is dit niks nie. Miskien is ek oorgevoelig, dalk neuroties, maar laat ek by die pa uitkom."

* * *

Verwyte. Altyd die eerste spoke wat kom nestel en begin broei. Die wat ás?

Wat ás hy vir haar sou gesê het: Dis sal gaaf wees as jy saam-gaan, maar dis nie nodig nie? Dit is net 'n gier hierdie, van 'n sentimentele ou man, nou afgetree, wat na 'n voorsaat wil gaan soek. Nie die reis vir 'n jong meisie nie.

Wat ás hy sou gesê het? Bly hier, los die ou man, laat hy in museums gaan rondkrap en na ou oorlogsgrafte gaan soek. Jou plek is hier, by die jong kudde, die lag en skerts en rinkink.

As hy gesê het: Dankie vir die gebaar, die aanbod om saam te gaan, om jou pa nie alleen in die vreemde los te laat nie, veral nie nou ná sy ma se dood nie. Maar dit is oukei, ek is oukei, dit is net 'n hebbelikheid om na Will Sweeney te wil gaan soek.

En miskien as troos: Gaan liewer op 'n volgende reis saam, miskien Bahamas toe. Ek sal 'n boek vat en jy 'n bikini en daar sal ander van jou portuur wees. 'n Soektog na ou grafte is regtig nie die vakansie vir 'n jong meisie nie. Uit Lydenburg sal ek vir jou 'n poskaart stuur. Poskaarte is outyds, passé? Dan twiet ons.

Dit is wat hy moes gesê het. Maar hy hét nie.

Bob Sweeney loop heen en weer in die foyer van die hotel. Hy het die moeilike oproep na Saskatoon al gemaak, en Sam het gesê hy kom op die eerste beskikbare vlug. Sam kon nie sy ouma se begrafnis in Halifax bywoon nie, maar vir sy suster skuif hy sy werk opsy.

Bob Sweeney hou die glasdeure dop, elkeen wat inkom. Sien haar, die besliste tred na ontvangs, die hande wat na hom beduie. Hy het haar opgeroep gekry, maar iemand in uniform verwag, miskien een met myle op, nie 'n jong vrou in 'n slenterbroek en T-hemp nie.

Stel haarself saaklik voor, en sy onrus groei toe sy sê sy is van die eenheid vir ernstige en geweldsmisdade.

"Het jy die foto's van haar?"

Bob Sweeney oorhandig die digitale kamera. "Ons het mekaar afgeneem." Dis wat 'n pa en sy kind doen wanneer hulle saam op vakansie is.

"Ons sal die foto's in die Mall wys en uitvra."

"Ek gaan saam, ek sal help wys en uitvra," sê Bob Sweeney. "Sy's my enigste dogter, al wat ek het."

"Dis goed, hoe meer voete . . ."

"Hoekom 'n speurder?" vra Bob Sweeney, "vir 'n vermiste persoon, en so gou?"

"Uh, gesteld op ons beeld. Die land kry nie goeie pers oorsee nie. As 'n toeris hulp nodig het, help ons vinnig . . ."

Bob Sweeney vermoed die speurder, adjudant Neser, gaan ekonomies met die waarheid om, maar laat dit daar, vir eers. Belangriker is dat Lisa se spore gevat word terwyl dit nog vars is, haar gesig dalk nog in mense se geheue.

Sy skakel die kamera aan, kyk saam met hom na die foto's wat in die venster verskyn.

"Is dit sy dié?"

"Wanneer begin ons soek?"

"Dis laat, al tienuur. Gaan slaap eers, ons sal môreoggend vroeg begin, wanneer die winkels oopmaak. Niks wat ons nou kan doen nie."

"Hoe kan ek slaap?"

"Jy't 'n mooi dogter, meneer Sweeney."

Bob knik. "Trek op haar ma."

"Mans sal twee keer na haar kyk."

"Ja, dit doen hulle."

"Kon sy iemand ontmoet het, miskien 'n ewe aantreklike man, aanklank gevind het . . ."

"Nee. Dis nie hoe sy is nie."

"Hoe ís sy? Verskoon die vraag, meneer Sweeney, maar dis belangrik dat ons weet."

"Sy's . . ." Bob Sweeney wonder: Hoe ís sy? Hoe goed ken hy vir Lisa, regtig? Sy is 'n goeie dogter, maar dit glo alle pa's. "Sy's nie een vir uitspattighede nie, op haar plek. Sou nie saam met iemand verdwyn nie, veral nie 'n vreemdeling nie. Sy's nie so nie. 'n Vriendin het haar gewaarsku teen misdaad hier. Sy was bedag daarop, sou nie risiko's loop nie."

"Julle sou môre vertrek het?"

"Lydenburg toe."

"En sy't gepraat van soeweniers?"

"Sy't gepraat van etniese maskers," sê Bob Sweeney, sien hoe die speurder verstyf.

"Maskers?"

43

'n Duisend en een gedagtes, en elkeen maal en stoei en roep om aandag. Die resep vir chaos. Hou kop, Ella.

Lisa Sweeney kan toevallig wees.

Toevallig? Hoe toevallig kan dit wees as sy verdwyn terwyl sy maskers soek?

Toevallig, want maskers is bysaak.

"Ons fokus nie op die aktiwiteite van sy brein nie, maar op 'n drif in sy primitiewe psige," sê professor Papendorf.

Die Nagsluiper se fokus is op tatoes, nie op maskers nie.

Sy slaan die skootrekenaar op haar kombuistafel oop, haal diep asem en laai die foto's van Lisa Sweeney van die digitale kamera op haar rekenaar af.

Moenie dat hy met jou kop smokkel nie. En dít sê kolonel Silas Sauls.

Haar hare en wenkbroue – lank nog nie normaal nie maar ten minste weer swart – laat haar beter voel. En sy hou van die funky bril met die geel lense. Later, wanneer sy hom vas het, sal sy die sjiek toppie gaan uitsoek, miskien nuwe nagkabaai, 'n bottel Franse sjampanje. Haarself bederf, wanneer sy nie meer voorskotte aan San van die spruit hoef uit te betaal nie.

Sy waardeer haar kolonel se besorgdheid, maar hy pieker onnodig. Die inbraak op haar erf is geen sluipmoordaanslag op haar lewe soos die *Post* dit uitblaker nie. Of soos Silas vermoed nie. Haar eie vermoedens hou sy eers dig. Sy kan haar Fred Lange se gespot voorstel, streekkommissaris Pitso se toorn oor verkwisting van geld vir haar beskerming, as hulle háár vermoedens hoor.

Goed, die fokus is terug; niks beter om 'n kop skoon te maak as die herkou aan persoonlike verleenthede nie.

Op die rekenaar soek sy nabyskote van Lisa Sweeney se gesig en laai dit op haar klein dataskyf af vir glansafdrukke waarmee hulle Dinsdagoggend van agtuur af in die Mall kan begin soek. Haar volle aandag nou terug op die Nagsluiper en jong vroue. Andy Collipepper, meen sy, is net 'n afwyking, nie 'n nuwe patroon nie.

Wat Ella erger kwel, is waar 'n nuwe liggaam ontdek gaan word, en sy het geen twyfel oor 'n nuwe liggaam nie. Hy sal Alberts Farm nou vermy, met al die aandag, die gereelde nagtelike polisie-patrollies, die omliggende inwoners wat bedag is op 'n vreemde sluiper met 'n wit gesig, San en haar spruitslapers se ongedurigheid oor die versteuring van hulle lewe en gewoontes.

Soek die verband tussen die slagoffers, daar is áltyd 'n verband.

Sy bestudeer elke foto van Lisa Sweeney op haar rekenaarskerm, pragtige jong meisie, miskien vier, vyf jaar jonger as sy.

Haar vingers bly bokant die toetse in die lug hang, sy leun nader aan die skerm, zoem op 'n foto in. Lisa Sweeney lag vir die kamera, haar T-hemp teen haar sy opgetrek, vertoon baldadig haar twee visse vir die lens.

Ella sak terug, starende na die tatoe. Sy moet opstaan, vertrou nie haar bene nie, moet in die toilet uitkom, 'n koppie koffie maak, miskien na 'n Midnight Velvet in haar koskas gaan soek.

Die Nagsluiper het sy volgende slagoffer gekry, en sy het twee dae tyd.

Kom sit met die koffiebeker, swart en sonder suiker, vroetel in haar aantekeninge oor professor Papendorf se opmerkings.

"Julle soek nie na iemand wat skielik een oggend wakker geword en besluit het om te begin moor nie. Dit lê diep in sy wese ingewortel, ou spoke wat begin ontwaak. Hy't ontluik uit 'n droomwêreld van fantasie tot werklikheid. Hy kom uit 'n gebroke gesin, het 'n pa of 'n ma verloor, voel verwerp."

En hier is die professor se gedagtes oor Ed Gein:

"Ons hoor dikwels van die dun grens tussen liefde en haat. Ed Gein het só 'n abnormale botsende gevoel oor sý ma ontwikkel. Hy het haar verafgod, maar sy onderdrukte wrewel jeens haar op ander vroue gaan uitleef."

Kan nie net wag en hoop dat iets iewers uitspring met Lisa Sweeney se foto's in die Mall nie, daarvoor is die tyd te beperk. Dit is soos hy werk, dit is sy MO: twee dae nadat hulle verdwyn het, word hulle gekry. Selfs Andy Collipepper.

Sy soek na meneer Lotz se kaartjie. Onooglike, patetiese meneer Lotz wat lyk of hy 'n vlieg nie skade kan aandoen nie. Hy sou die naweek in sy rekords gaan kyk het vir 'n moontlike koper van 'n Punu, 'n koper wat hy vaag kon onthou.

Sy sien hom binne agter sy geelhouttafel. Hy is vroeg, nog nie agtuur nie, sy deur nog gesluit. Druk die gonser, merk hoe hy gesteurd opkyk. Maar lyk of hy haar herken, 'n klik van die hek en deur wat ontsluit.

"Adjudant Neser, jou hare lyk anders, weer swart."

"Jy's oplettend, meneer Lotz."

"Het al gister 'n oproep van jou verwag. Ek't hom toe opgespoor. Jou aanvoeling was reg, adjudant Neser. Ek't die beskrywing van 'n Punu in my rekords gekry, en die naam van 'n koper."

"Dis goeie nuus . . ."

Sy staan voor sy lessenaar.

"Dit was maande gelede."

"Maak nie saak nie. Wie? Aan wie't jy die masker verkoop?"

"Wag, laat ek soek. A, hier's dit, op my rekenaar. Sit," nooi hy. "Sertifikaat van egtheid uitgereik."

Sy gaan sit oorkant hom, voel iets onder haar sandaal.

"Aan wie, meneer Lotz?"

"Wou nie sy adres gee nie, maar ek't wel sy selnommer, as jy dit wil hê."

Loer af, sien die sonbril op die mat onder die tafel.

"Sy naam, meneer Lotz?"

Sy oë op sy skerm, sy buk af, steek die sonbril in haar sak.

Hy kyk van die skerm op na haar.

"D. Eigelaar, Sandton, dis al wat ek hier het, en die nommer van die sertifikaat van egtheid, P1722."

Sy skryf, 'n effe bewing in haar hand. *D. Eigelaar, Sandton.*

"Ja, en die selnommer?"

Skryf die selnommer wat hy gee agter die naam. En haal uit haar skouersak twee foto's van Lisa Sweeney, skuif dit oor die blad na meneer Lotz toe. Hy kyk daarna, leun net oor sonder om aan die foto's te raak, nader te trek. En met 'n frons na Ella oorkant hom.

"Wie's sy, adjudant?"

"Herken jy haar dalk, meneer Lotz? Was sy dalk gister hier by jou om na soeweniers te kom soek, 'n masker te koop?"

Laat sak weer sy oë na die foto's, skud sy kop.

"Nee, nog nooit gesien nie. Sou haar onthou het. 'n Mooi kind."

"Is jy seker?"

"Ja, baie seker. Soos jy self opgemerk het, adjudant, ek's op-lettend; ek onthou gesigte goed. Sy was nie hier nie. Gister, sê jy?"

"Het jy 'n ongeluk gehad."

Hy lig sy hand na sy wang en ken.

"O, dié. Ja, jy kan dit seker 'n ongeluk noem. Die skraapmerke. Met my hond gespeel, kan nogal opgewonde raak van die spelery. Skerp naels. Gelukkig nie my oog nie."

Sy vermoed hy bedoel sy goeie oog.

"Die kwitansie vir die verkoop van die Punu aan D. Eigelaar van Sandton. Kan ek die oorspronklike kwitansie kry, dit leen? Besorg dit terug ná die ondersoek."

"Die kwitansie . . ." Sy merk die stadige knip van sy swak oog. "Die kwitansie het ek nie hier nie, by my huis. Ek sal dit moet soek."

Drie mense herken haar wel op die foto's. By die vlooimark 'n smous waar sy oor maskers uitgevra, maar nie een gekoop het

nie. By 'n restaurant waar sy tee gedrink en die kelner oor rooi-
bostee uitgevra het om saam te vat huis toe. In 'n winkeltjie vir
antikwariese boeke het sy uitgevra oor gedenkkaarte van slag-
velde van die Anglo-Boereoorlog. Die handelaar sê hy het haar
na die Boereoorlog se museum in Bloemfontein verwys. Bob
Sweeney sê hy vermoed sy wou vir hom so 'n kaart as aandenking
koop van hulle soektog na sy oupagrootjie Will Sweeney wat in
die Boereoorlog gesneuwel het, die doel van hulle reis.

Sy is verras om te sien dat meneer Lotz 'n ontwerpersonbril het,
lyk nie eintlik na die Hugo Boss-soort nie. Sy gee die sonbril vir
Jimmy Julies om te laat toets vir vingerafdrukke, miskien vir
DNS van epiteelselle van sy sweet aan die raam en die neusbrug,
selfs vir sy hare aan die oorstukke. Sy sal graag meneer Lotz se
vingerafdrukke wil hê, en 'n profiel van sy DNS om te vergelyk
met dié wat hulle reeds aan bewysstukke en die liggame van drie
slagoffers gekry het.

Sy het geen rede om meneer Lotz te verdink nie. Inteendeel,
hy is hulpvaardig, veral met die naam D. Eigelaar wat 'n Punu
kom koop het. Maar meneer Lotz se vingerafdrukke en DNS-
profiel in die databank sal help om hom as verdagte uit te skakel
wanneer die net om 'n verdagte al hoe nouer trek. Soos sy reeds
ook Dawid Eigelaar se vingerafdrukke en DNS-profiel het.

In haar dossier kry sy die fotostaat van die laaste bladsy van
die afspraakboek op Emma Adams se ontvangslessenaar. Langs
Dawid Eigelaar se naam is sy selnommer in Emma se netjiese
handskrif. Dieselfde nommer wat meneer Lotz gegee het. 'n Sel-
nommer, veral van 'n sakeman met status, is persoonlik en ver-
troulik, lê nie rond vir elke janrap nie.

Dawid Eigelaar se afspraak was om 09:45 daardie Maandag-
oggend by die bank.

Haar oog val opnuut op die afspraak van 'n vroeëre klant se
naam: A. Lotz, 08:15.

Sy het die bestuurder uitgevra oor elkeen wat op die dag van

Emma se verdwyning afsprake gehad het, ook oor meneer Lotz. Maar Dawid Eigelaar en sy blomme die enigste een met 'n moontlike verband met Emma. Die bestuurder het meneer Lotz beskryf as "saaklik en bot". En nie aantreklik of sjarmant nie, sou Ella wou byvoeg, noudat sy meneer Lotz al drie keer persoonlik ontmoet het; nie 'n man wat Emma Adams na haar woonstel en kooi sou uitnooi nie.

Sy bel Dawid Eigelaar op sy sel vir 'n afspraak op sy naweekplasie waar hy nou bly, tydelik van bed en tafel geskei. Hy is teensinnig vir nog 'n gesprek met die polisie, vra waaroor. Ella verswyg die maskers.

"Net nog een of twee sakies, meneer Eigelaar, en jammer om so te pla met jou besige skedule."

"Watse sakies?"

"Opheldering op 'n paar punte voor ek jou finaal as verdagte uitsluit, jou lêer toemaak, as 't ware."

"Dog ek's klaar uitgeskakel."

"Dis 'n lopende ondersoek, nuwe punte duik knaend op. Erg ingewikkeld."

Soos sy pogings om sy huwelik te probeer red, dink sy.

"Is dit nodig dat my prokureur weer bysit?"

"As jy wil, meneer Eigelaar. As jy ongerus is oor iets wat ons dalk nog nie weet nie. As jy jou prokureur teenwoordig wil hê, is dit jou goeie reg."

"Ek't alles vertel, steek niks weg nie."

Behalwe miskien etniese maskers teen 'n muur van sy kroeg in sy naweekhuis aan die Vaal?

"Kan ek jou kom sien, daar in jou huis by die rivier. Dis mos waar jy nou bly, nè? Tydelik."

"Hoekom daar?"

"Wil jou nie met nietighede op kantoor kom pla nie. Jy weet hoe mense is wanneer hulle die polisie by 'n sakeman se kantoor sien instap. Dink altyd die ergste. Gedog ons kan privaat gesels, uit sig van ander oë."

Aarsel, sê dan: "Goed . . ."

"Dankie, meneer Eigelaar. Wou nog altyd gesien het hoe 'n naweekhuis aan die Vaal lyk. Vanaand? Hoe laat?"

"Nie vanaand nie, adjudant. Ek's nou op pad lughawe toe. Vlieg Kaap toe. Afsprake by amptenare van behuising, en met die minister self ook. Is Vrydag terug. Jy kan Vrydagaand oorkom?"

Vier dae, te laat vir Lisa Sweeney.

"Geen kans vir vroeër nie? Kan jy die afspraak vir 'n dag uitstel?"

"Ek's 'n besige man, adjudant Neser. En die minister is óók 'n besige man. Ons kan nie net afsprake uitstel vir iemand wat 'n paar punte wil uitklaar nie."

"Vrydagaand dan."

Sy wil sien hoe die naweekplasie lyk, hom uitvra oor honde en molle, dassies en hase, sy versameling maskers besigtig, miskien opgestopte dierekoppe teen sy mure, sy trofeë as jagter.

Maar Lisa Sweeney kan nie tot Vrydag wag nie.

Sy gaan staan voor die groot kaart teen die bord waarin die spelde met die gekleurde koppe ingedruk is. Haar oë suidwaarts van Southgate af, waarheen Mia Vermooten op pad was om ou meubels te gaan valueer: in die landelike korridor tussen die N1 en die R59 na Vereeniging, met oop veld en kliprante vir hase en dassies: Eikenhof, Doradopark, Kliprivier, Daleside, Henley-on-Klip, De Deur, en die Vaalrivier waar vet katte aan die oewer nes maak.

Iewers dáár, is sy oortuig, lê die antwoord, lê Lisa Sweeney dalk, beangs, paniekbevange, in die hande van 'n man wat 'n stuk van haar vel gaan uitsny waarop twee koivisse getatoeëer is, en daarna sy hande om haar nek, sy duime op die slagare, om die bloedvloei en suurstof na haar brein af te sny. En waar gaan hy háár los? Hoe lank voor hulle háár liggaam kry?

Voetwerk, sê Fred Lange.

Sleurwerk, sê Silas Sauls.

Rotte, dassies, hase, molle, sê Trigologie.

Vervloë spoke, sê professor Papendorf; Ed Gein se liefde en haat; gebroke gesin, verlies van 'n pa of ma.

Sy draai van die kaart terug na haar lessenaar, kry 'n telefoongids, soek in die geelbladsye en begin bel. Sy bel munisipale kantore met jurisdiksies oor elke klein dorpie, village of landbougemeenskap tussen die suidelike buitewyke van die Johannesburgse metropool en die groter stedelike Vaaldriehoek-gebiede van Meyerton, Vanderbijlpark en Vereeniging. Sy vra dat opsigters, faktotums en derglike toesighouers registers nagaan van grafte. Selfs tien jaar of langer gelede as dit nodig is. Sy soek alle grafte waarin 'n afgestorwene begrawe is met die van "Eigelaar" of "Lotz".

Nee, nie Loots nie, ook nie Lotter nie: Lotz.

En spoedeisend. Onmiddellik. Summier. Pronto.

Sy besluit om streekkommissaris Pitso intussen te gaan vra vir 'n aansoek om twee lasbriewe. Een vir die deursoeking van Dawid Eigelaar se naweekhuis aan die Vaalrivier. Met so 'n aansoek behoort sy min probleme te hê, al het forensies niks in sy karre gekry nie. Die koop van 'n Punu-masker is voldoende rede, "vermoedelike betrokkenheid", is die regsrede.

Die tweede lasbrief is vir persoonlike banklêers en huurkontrakte by die Mall, en hiervoor sien sy swarigheid. Streekkommissaris Pitso het nie teen sy muur 'n pin-up van adjudant Ella Neser nie, en sy nie een van hom teen háár muur nie. Streekkommissaris Pitso tel die sente van sy operasionele begroting, traag dat 'n wag gehuur word vir haar beskerming. En wanneer die identiteit van die vermeende inbreker by haar huis op sy lessenaar beland, sal hy nie die ligter kant daarvan insien soos Fred Lange nie. Hy sal, om dit lig te stel, meen dat 'n kolossale gat van hom gemaak is. Streekkommissaris Pitso sal ook nie huiwer om die Onafhanklike Klagtedirektoraat op 'n adjudant se spoor te sit op suspisie dat sy die departement se tyd en geld verder vermors deur byvoorbeeld polisiekarre vir persoonlike gebruik uit die motorpoel te trek nie. Enigiets om sy beeld en status te herstel, waarop hy erg gesteld is.

Sy sal 'n inkwisisie moet deurstaan om 'n aansoek te motiveer – op grond van 'n vóórgevoel – vir 'n lasbrief aan 'n bank en die bestuur van 'n groot winkelsentrum om meneer Lotz se woonadres in die hande te probeer kry.

Net voor middagete begin die terugvoering, ses Eigelaar-grafte, vyf Lotz-grafte, versprei in Eikenhof, Doradopark, Kliprivier, Daleside, Henley-on-Klip, De Deur.

Sy klap haar skootrekenaar se deksel toe, vat haar geel bril en skouersak en stap uit. In haar eie Citi Golf vertrek sy suidwaarts op die R82. As dit 'n dwaalspoor is, hoef sy nie oor 'n polisiekar verslae in triplikaat op te stel nie.

Sy bring die middag in begraafplase deur in Eikenhof, Kliprivier en Daleside, waar haar selfoon halfses lui.

"Uitslae gekry van die vingerafdrukke op die sonbril. Drie stelle, ook joune," sê Jimmy Julies.

"Ja, Jimmy, kon nie anders nie."

"Van Emma Adams . . ."

Emma Adams se afdrukke op meneer Lotz se sonbril?

"Ook van Dawid Eigelaar."

"Dawid Eigelaar? En nog? Die derde stel?"

Van meneer Lotz.

"Dis al. Die vierde stel is joune."

"Dis al?"

"Dis genoeg, Ella. Daar was ook twee hare aan die raam. Trigologie het dit vergelyk met die hare in Emma se woonstel. Stem ooreen met dié wat op haar lakens gekry is, van Dawid Eigelaar."

Eigelaar se bril, nie Lotz s'n nie. Ja, dit klop. Die Hugo Boss toe tog nie meneer Lotz s'n nie. Maar dan was Dawid Eigelaar baie onlangs, dalk selfs Maandag, die dag van Lisa Sweeney se verdwyning, weer in meneer Lotz se galery. En dié besoek het die galery-eienaar verswyg. Daaroor sal sy hom moet gaan konfronteer. Maar eers die grafte, nie rondspring in sirkels nie.

Woensdagoggend vroeg ry sy terug na die begraafplase, begin in Doradopark.

Die twee grafte is langs mekaar, op die kopstene die inskripsies in wit letters op grys graniet gegraveer.

Op die eerste graf: *Bastiaan Petrus Lotz, 22.3.1926 – † 02.09.1975.* Met die grafskrif: *Oor jou skandelike onreinheid sal jy nie meer rein word totdat Ek my grimmigheid teen jou tot rus gebring het nie. – Esegiël 24:13.*

En langsaan: *Hermanus Petrus Lotz, 13.01.1957 – † 02.09.1975.* Dieselfde onsimpatieke afskeidsvers.

Bastiaan Petrus was nege en veertig jaar oud en Hermanus Petrus net agtien. Pa en seun, vermoed sy, wat op dieselfde dag gesterf het, dalk in 'n motorongeluk. Die twee grafte verwaarloos, duidelik word lankal nie meer oor dié twee getreur nie. En hulle siele na die hiernamaals vergesel op die wieke van 'n onheilspellende vers.

Sy stap na 'n derde graf van 'n Lotz wat in die grafregister gevind is. Hierdie graf ver verwyder van pa en seun en meer onlangs, die sterfte vyf jaar tevore:

Dorkas Johanna Lotz (née Linde), 11.12.1930 – † 11.08.2005. Rein is ek, sonder oortreding; suiwer is ek, en daar is geen skuld by my nie. – Job 33:9.

Die graf links van Dorkas het 'n ander van op die kopsteen, maar die vorms van die stene duidelik dieselfde, ook die lettersoort van die inskripsie en die van "Linde" wat haar oog vang.

Johanna (Hannie) Maria Linde (née Yssel), 24.05.1893 – † 16.03. 1981. Met dié vreemde vers: *En kyk, daar was 'n vaal perd. En hy wat daarop sit, sy naam is die dood, en die doderyk het hom gevolg. – Openbaring 6:8.*

Ella staar na hierdie twee grafte. Eers pa en seun, toe ma en dogter?

Drie geslagte Lotze, en waar pas meneer A. Lotz by hierdie prentjie in? Hoekom die woede oor die pa en seun se onreinheid?

Hoekom die klem op Dorkas se reinheid? En die visioen van die doodsruiter op die ou vrou s'n?

Sy voltooi haar aantekeninge, neem die foto's van die vier grafte, en stap na die opsigter se gebou tussen die sipresse. En hoekom altyd sipresse in 'n begraafplaas?

Hy het dae nie geskeer nie, plat, vuil hoed op sy kop, drink koffie uit 'n Thermosfles se geel plastiekbeker, hap aan 'n onaptytlike droë Marmite-toebroodjie, sy lessenaar leeg, afgesien van twee registerbundels waarin afgestorwenes se name, grafnommers en besonderhede van die ondernemers aangeteken is wat die liggame ter aarde bestel het. In die bloedige son waai 'n warm wind 'n stowwerige newel oor die troostelose stene van die begraafplaas. En áltyd 'n wind. Maar hierdie wind, weet sy, is die voorspel tot die reën wat kom.

Haar tande grinterig terwyl sy die naam en adres van Poppe & Son Undertakers & Embalmers van Fordsburg neerskryf wat die begrafnis van Dorkas Johanna Lotz (née Linde) in 2005 waargeneem het. In 1975 het hulle ook vir Bastiaan Petrus en Hermanus Petrus begrawe, en in 1981 vir Johanna (Hannie) Maria Linde (née Yssel), sewe en tagtig jaar oud, en gebore voor die Tweede Anglo-Boereoorlog, as sy haar geskiedenis reg onthou. Poppe & Son duidelik die verkore ondernemers van die Lotz-familie.

Ella bedank die morose begraafplaasopsigter vir sy hulp en begin self honger voel, nou drie-uur die middag al. Maar nie tyd nie, ry terug Johannesburg toe, na 'n adres in Fordsburg.

Meneer Poppe – sy vermoed senior en nie seun nie – doen die argetipiese beeld van sy beroep groot eer aan. Meneer Poppe, skat sy, moet diep in die tagtigs wees, 'n kadawer van 'n man met 'n ongesonde loodkleur, enkele grys donse om en uit sy ore. En 'n eierkop, wat jy nie van 'n opreggeteelde windhond wil hê nie. Maar hy het 'n sagte, gewyde deernis wat hy vermoedelik oor dekade lange betuigings van meegevoel aangeleer het.

Blaai met benerige vingers deur sy argiefregisters en mompel om die beurt en herhaaldelik "twee duisend en vyf" en "Lotz", asof hy bang is hy vergeet waarna hy soek.

"Is u familie van die oorledene, juffrou?"

"Nee," sê sy. "Ek's van die polisie. Ons ondersoek 'n saak."

"Twee duisend en vyf," sê hy. "Loots."

"Lotz," sê sy.

"Lotz," sê meneer Poppe senior. "Maar as sy al in twee duisend en vyf dood is, hoe kan sy in 'n saak help?"

"Ons soek naasbestaandes. Miskien 'n adres van 'n naasbestaande, 'n eggenoot, suster, broer, dalk 'n seun."

"Twee duisend en vyf. Ons begrawe dosyne elke maand. My seun, meneer Poppe junior, het in Mississippi gaan leer . . ."

"Dalk onthou u van 'n pa en seun wat saam begrawe is, ook Lotz. Dit was in negentien vyf en sewentig," sê sy hoopvol.

Meneer Poppe senior lig melkerige blou oë oor sy brilraam op haar.

"Vyf en sewentig. Hónderde mense sterf. Drie jaar gelede 'n hele gesin in 'n selfmoord. Dié kan ek onthou. Maar vyf en sewentig. Was jy toe al gebore? Nee, nog lank nie gebore nie. Dis vyf en dertig jaar terug, dis 'n lang tyd, duisende ander intussen begrawe. Hoe oud is jy, twee en twintig, drie en twintig?"

Hervat sy soektog.

"Dankie, meneer Poppe, vir die kompliment, maar darem bietjie ouer as dit."

"Vyf en sewentig. Dis omtrent die tyd toe my seun, meneer Poppe junior, in Mississippi gaan studeer het."

"Vir wat?"

"Vir wat?" vra meneer Poppe senior en loer weer na haar. "Vir ons besigheid, vir daardie sertifikate teen die muur, daar bokant sy lessenaar tussen die kiste. Funeral Director & Embalmer, dis wat hy gaan studeer het."

Sy los hom met sy soektog.

"Loots," mompel hy.

"Lotz," sê sy.

"Aha, Lotz. Hier's dit. Augustus twee duisend en vyf. Dis twee duisend en vyf, nie twee duisend en vier nie."

"Dis wat ek gesê het: twee duisend en vyf."

Hy draai die register na haar om en druk met sy voorvinger op die naam: Lotz, Dorkas Johanna, 11.08.2005.

"Die elfde Augustus . . ." Wat klink bekend aan dié datum? wonder sy.

"En daar's die naam van die begraafplaas waar haar graf is, en die nommer van die graf."

"Ja," sê sy, "ek sien dit. Ek was daar, die naam en datum hét ek. Ook die begraafplaas. Dis die naasbestaandes wat ek soek."

Haar selfoon lui. Stallie Stalmeester uit die radiokamer.

"Waar's jy, Ella? Die kolonel is rasend. Jy't weer net verdwyn. Hy wil met jou praat."

"Stallie, ek's net besig, sê ek bel hom nou terug."

"Is jy oraait?"

"Ja, ek makeer niks nie. Ek bel hom nou, sê hy moet afkoel."

Meneer Poppe senior grou nog 'n register uit 'n staalkabinet agter hom.

"Wat's daardie verwysingsnommer by haar naam?"

"LOT 08-05," lees sy dit vir hom.

Poppe & Son se boekhouding klaarblyklik erg ingewikkeld.

"Aha," sê hy. "LOT 08-05."

Hy draai die tweede register vir haar om sodat sy self kan lees: A. Lotz (seun), met 'n telefoonnommer en adres, dié van die galery in die Mall.

Teen vyfuur die middag is sy by Poppe & Son opnuut in 'n doodloopstraat, geen huisadres nie.

As die pa en seun, Bastiaan Petrus en Hermanus Petrus, saam in 'n ongeluk dood is – en dit kan nét 'n onnatuurlike oorsaak wees wat twee Lotz-lewens op dieselfde dag eis, veral dié van ook 'n agtienjarige seun – sal die polisie van Doradopark daarvan kennis dra. Daar sou 'n polisie-ondersoek gewees het, 'n dossier met 'n adres van die oorledenes, en dit sal nie 'n galery se adres wees nie.

Maar haar hart sink voortydig. Om daardie dossier opgespoor te kry, ná vyf en dertig jaar . . . daarvoor sal jy 'n goeie brekfis en 'n dik bos baard nodig hê. En dae in stowwerige argiewe. Nie met 'n eierkokertjie wat byna leeggeloop het nie. Maar sy het geen keuse nie.

"Dankie vir jou waardevolle tyd, meneer Poppe," sê sy.

Hy staan nie saam met haar op nie, rangskik net die registers voor hom op die lessenaar se blad, vee met 'n gefrommelde sakdoek die waterigheid uit sy ooghoeke.

"Ek sal my seun ook vra, meneer Poppe junior, of hy meer van hierdie geval kan onthou. Ek kan sien jy's teleurgesteld. Miskien onthou hy beter van mevrou Loots."

"Lotz," sê Ella, sonder veel hoop. "Daar's my kaartjie met my naam en nommer, as meneer Poppe junior iets onthou."

Sy het die seun nie gesien nie, maar junior se gedagtes, is haar spesmaas, kan ook al goed aan't dwale wees. As hy in '75 reeds sy opleiding in Mississippi gekry het, moet junior al in die sestig wees, as haar kopsomme reg is. Sy wonder oor mevrou Poppe.

"En 'n geseënde dag verder, adjudant Neser," groet meneer Poppe senior.

Voor die begrafnisonderneming sit sy in haar kar, warm, bedompig en misnoegd, maak haar skootrekenaar oop en soek na die elektroniese lêer met haar inligting oor Mia Vermooten.

Haar moord was op 11 Augustus.

Is dit toevallig, die dag en maand waarop Dorkas Johanna Lotz gesterf het, vyf jaar tevore?

Sy haal meneer Lotz se kaartjie uit en bel sy nommer.

"Steeds met die Punu gepla, adjudant Neser?"

"Jy't my nie alles van meneer Eigelaar vertel nie."

"Nie? Ek't jou gehelp; wat jy gevra het, het ek vir jou gegee."

"Jy't gesê hy was maande terug laas by jou, toe hy die masker kom koop het."

"Het ek dít gesê? Is jy seker, adjudant? Ek't gesien jy neem notas. Wat sê jou notas?"

Sy blaai in haar notaboek, kry dit.

Lotz: *Het al gister 'n oproep van jou verwag. Ek't hom toe opgespoor. Jou aanvoeling was reg, adjudant Neser. Ek't die beskrywing van 'n Punu in my rekords gekry, en die naam van 'n koper.*

Sy: *Dis goeie nuus.*

Lotz: *Dit was maande gelede.*

Sy: *Maak nie saak nie. Wie? Aan wie't jy die masker verkoop?*

"Adjudant Neser, jy nog daar?"

"Jy't gesê dit was maande gelede toe hy die masker gekoop het."

"Dis reg, dis wat ek gesê het."

"Het jy hom weer daarna gesien, meneer Lotz?"

"Ek hét."

"Wanneer?"

"Hy was Maandag weer by die galery."

"Jy't hom herken, ná al die maande?"

"Ek vergeet nie gesigte nie, adjudant. My geheue vir gesigte is baie goed. Veral iemand soos hy."

"Soos hy?"

"Arrogant, met sy duur klere en goue versierings. En grys hare, al lyk hy skaars veertig. Sout en peper, is dit wat sulke hare genoem word?"

"Goue versierings?"

"Duur horlosie, duur sonbril, asof hy vir iets wegkruip. Moes hom vra om die sonbril af te haal sodat ek sy oë kon sien."

"En het hy iets gekoop, nog 'n masker?"

"Nee. Soek weer 'n Punu. Soos ek vir jou gesê het, ek't nie nog 'n Punu nie."

Op die sypaadjie skop kinders 'n sokkerbal.

"Adjudant Neser? Is daar nog iets?"

"Nee."

Sy sit in die kar en dink aan haar pa. Waarom, weet sy nie. Miskien oor die kinders met die bal. Sy dink hoe lekker dit sou gewees het, hoe gerusstellend, as sy na hom toe kon ry, vir hom kon vertel van haar vrese en paniek dat sy nie betyds gaan wees om Lisa Sweeney se lewe te red nie. Hy sou weet hoe om haar te vertroos, om haar moed in te praat, miskien 'n opmerking wat 'n nuwe hoek op die ondersoek kan gee.

Sy het graag saam met seuns gespeel; sokkerballe, rugbyballe, tennisballe, krieketballe. Haar pa het gesê sy moes eintlik 'n seun gewees het. Sy was vernuftig met énige bal. Net te tenger, het hy gesê, anders kon sy in 'n balsport uitgeblink het.

Net nie hokkie nie, dink sy.

Sy mis haar pa. Sy wil sy stem hoor, sy klere ruik. Al klere wat sy ruik, is 'n rugbybroek en T-hemp.

Verlang Lisa Sweeney op hierdie oomblik ook na háár pa? Waar sy ook al is, as sy nog leef. Lisa Sweeney en haar pa, Bob, wat saam op 'n reis vertrek het, soos 'n pa en sy kind soms behoort te doen, net hulle twee. Maar hulle het nie verwag 'n mal maniak wag hulle in nie. Die foto's op die kamera vertel van die hegte band tussen pa en dogter, op die beelde wat hulle van mekaar geneem het laggende gesigte, opgewekte gesigte. Haar eie pa, dink Ella, dieselfde ouderdom as Bob Sweeney en Silas Sauls. Miskien kon hulle óók saam op 'n reis gegaan het, foto's van mekaar geneem het, as 'n koeël hom nie in sy supraorbitale foramen getref het nie.

Toe sy die kar aanskakel en voor Poppe & Son wegry, sien sy nie die bakkie ver agter haar geparkeer staan nie.

"Fred sal in die argiewe gaan soek vir die dossier oor die pa en seun," sê sy.

"En daarvoor moet jy geduld hê," sê kolonel Sauls. "Vir 'n dossier van vyf en dertig jaar gelede."

Sy weet daar word hard gewerk om alle papierargiewe in digitale databasisse te skandeer, maar dit is 'n tydsame proses, 1975 nog ligjare ver.

"En die aansoeke vir die lasbriewe, vir Dawid Eigelaar se naweekplaas en A. Lotz se huisadres?"

"Dit neem ek sélf vir streekkommissaris Pitso se handtekening," sê Silas. "En as jy weer rondry, vat iemand saam, vat vir Stallie. Hy's moeg vir die radiokamer. Ek wil jou nie alleen hê op jou volgende ekskursie nie."

"Almal is besig, kolonel. Ek't nie 'n baba-oppasser nodig nie."

Hy staan met sy arm op 'n kabinet geleun.

"Streekkommissaris Pitso het 'n mediakonferensie belê. Die hele wêreld se media bel. Die Generaal sal self ook teenwoordig wees. Die saak het 'n internasionale kleur gekry."

"Ek dink ons gaan haar ook verloor."

"Die Kanadese ambassadeur wil weet of ons leidrade het, of ons dink sy's ook 'n slagoffer van die Nagsluiper."

"Dit weet ons nie," sê Ella. "Ons weet net sy't verdwyn en sy't 'n tatoe. En sy't maskers gesoek om as soeweniers huis toe te vat."

"Bly weg van die mediakonferensie af. Dit gaan 'n sirkus wees."

Silas stap uit, draai om.

"O ja, die verslae het gekom oor die toetse op die bloed en vingerafdrukke van die inbreker by jou huis – terwyl jy op jou uitstappies was. Lê daar tussen al die papiere op jou lessenaar."

"'n Leidraad? Identiteit?"

"Kyk maar self."

Haar hart bons. En dan verligting. Die lab kon niks kry nie. 'n DNS-profiel wel van die bloed aan die klereflenter, maar geen ooreenstemming met enige profiel in die databank nie. Ook van die handpalm teen haar ruit geen ooreenstemmende afdruk op AFIS nie. Hy't geen vorige veroordelings nie. Skoon soos 'n maagd. Wel, miskien nie maagd nie, maar skoon.

Dan versnel haar hart se ritme opnuut. Die ontleding van die weefsel van die flenter aan die palissade op 'n aparte vel. Ewe onbevredigend vir die oningewyde oog. Maar sy is ingewy, benodig geen verdere bevestiging nie: die tekstiel is polikatoen, die kleur vlootblou. Sy kan die materiaal van die gholfhemp as't ware steeds onder haar vingers voel. En sy sal haar vermoedens aan kolonel Silas Sauls móét oordra.

Stap na sy kantoor toe, sku-skaam, druk die deur toe.

Hy sit agteroor, luister sonder om haar in die rede te val.

Haar skouersak, met 'n Kleenex, op die vloer in haar afskorting. Hy bied 'n groot wit sakdoek aan. Sy vee oor haar wange.

"Jy was nie by die berader nie," sê hy.

Sy vou die sakdoek oop, snuit haar neus.

"Dink ek kry verkoue, loopneus . . ."

"Ja," sê hy. "Nat hare by die gim in die oggendlug."

"Ek jaag hom weg, antwoord nie as hy bel nie."

"Hy kan opreg jammer wees, Ella. Om 'n fout te maak, is menslik."

"Sal ek hom weer kan vertrou?"

"Elkeen verdien 'n tweede kans. Een fout maak nie van iemand 'n reeksoortreder nie."

"Die professor praat van die dun grens tussen liefde en haat. Noem dit 'n kondisie met twee sye . . ."

"Haat is 'n sterk woord. Ek kan moorde oplos, nie sake van die hart nie," sê Silas. "Daarvan, is ek bevrees, is ek nie 'n kenner nie."

"Ek haat hom nie, het net meer verwag as wat hy kon gee. Hoe kan ek hom vergewe vir so 'n teleurstelling?"

"Om te vergewe, is 'n gawe. Dit vat 'n spesiale mens om vergifnis te gee; nie elkeen kan dit doen nie, nie elkeen het daardie grasie nie. Ek dink jy hét."

Sy kyk by die venster uit, buite nou al donker, hervou sy sakdoek oor die klam frommels.

"Die reën is aan die kom," sê sy.

"Wil jy 'n bietjie wag, nog 'n paar dae, oor die inbreker by jou huis?"

"Ja, tot ná die naweek, as dit reg is? Laat hy nog 'n bietjie stowe. Ek sal hom bel, Saterdagaand ná die rugby. Vir hom sê hy kan sy eie bier saambring, en kom sê wat hom besiel om met sy duur gholfhemp oor my heining te spring."

"Ek dink dis 'n goeie besluit," sê Silas Sauls. "Laat hy rekenskap gee. En laat hy 'n slag vir jóú iets koop, iets fyns, miskien 'n nuwe bloes. Jou T-hemde . . ."

"En as hy wil hê ek moet sy skrumwonde dokter, moet daar-die appelkoosboom betyds gesnoei word!"

Quid pro quo, is hoe Andy Collipepper dit gestel het.

"In die winter," sê Silas.

"Elke jaar in die winter moet hy die dêm boom snoei."

44

Abel bestudeer die swelsel en verkleuring aan haar wang, smeer van die arnika aan. Nou half bedwelmd, bied sy geen weerstand nie, bevlieg hom nie weer nie. Hy het ook sy eie wonde behandel. In die pakkamer hang 'n nuwe geur, skerp reuke van mediese preparate.

Oor die speurder wat hom so verpes, bekommer hy hom nie veel nie. Die polisie kan maar kom, selfs met 'n lasbrief. In die galery sal geen vingerafdrukke of hare gekry word nie, geen teken van Lisa Sweeney nie. Ook nie aan die Dogon en die Goli teen die muur nie. Natuurlik sal daardie Eigelaar ontken dat hy ooit 'n masker kom koop het, sy voete daar gesit het. Maar hy sal nie 'n verduideliking kan gee vir sy sonbril op die galery se mat nie.

Abel dink selde aan sy pa en broer. Maar die pakkamer herinner hom nou aan sy pa, al vermy hy die boonste rak. Dit is in die pakkamer waar sy pa en Maansie hulle brandewyn gedrink en hulle plan beraam het om sy moeder te laat opneem. Dit was in die pakkamer waar hulle, onbewustelik, die brandewyn met antivries gedrink het.

Hy was lief vir sy pa. Sy pa het sy hartstog vir die viool gekweek, hom van die sterre geleer en die wonderwêreld van die nag aan hom geopenbaar, die onmeetlikheid van die uitspansel. Van sy pa het hy die wêreld óm hom en veral bó hom leer ken, van sy moeder die wêreld ín homself.

Op die villagemark het hy die maskers gesien en by die smouse gaan sit. Hulle het na hom gekyk, na sy ronde maangesig en sy lui oog, en hulle het gedink hy is 'n bietjie simpel, maar hy het hulle laat begaan en hulle uitgevra oor die gesigte wat hulle verkoop. Hulle het vertel en elke naweek het hy sy pa gehelp om die groente uit die kratte uit te pak, en van sy pa se groentestalletjie af weggedros en by die maskers gaan sit. Die maskersmouse het wonderlike stories oor hulle maskers vir hom vertel, van nagtelike danse en geheime seremonies en die oproep van en gesels met voorvadergeeste. En Abel het begin droom oor ander gesigte wat hy kan opsit en wat mistieke magte aan hom sou verleen.

Toe sy pa en Maansie weg is, was daar nie meer 'n groentetuin en 'n groentestalletjie by die villagemark nie, maar Abel het steeds elke naweek by die maskersmouse gaan sit en na hulle stories geluister. En soos die sade van sy pa se groente ontkiem het, het sy eie plan ontkiem, en sy moeder het gedink dit is 'n goeie plan dat hy 'n besigheid met sy eie stalletjie begin, nie met groente nie, maar met etniese soeweniers. Vir die smouse se maskers en wilde diere uit hout gekerf en gebrand, het hy 'n nuwe afsetgebied gekry. En toe hy vir Jules Dagaari van Bujumbura ontmoet, het Abel sy galery begin.

Nadat hy die room aan haar gekneusde wang ingevryf het, voel Abel beter en dink nie meer aan sy pa nie. Wanneer die verkleuring van die kneusing weg is, wanneer sy genees is, haar vel weer sonder merk of vlek, besluit hy, sal hy haar toelaat om in sy badkamer op die eerste verdieping te gaan stort. Soos Emma gedoen het. Hy sal vir haar sjampoe gee vir haar lang hare en 'n skoon handdoek wanneer sy klaar gestort het. In haar skouersak het hy lipstiffie en 'n hareborsel gesien. Hy sal graag wil sit en toekyk hoe sy haar hare uitborsel en die kleur aan haar lippe sit.

Hulle kan gesels terwyl Lisa Sweeney haar vir hom opsmuk. Ja, hy ken nou haar naam. Haar naam is in die nuus. Hy sal Lisa uitvra oor haar besoek, hy sal graag meer wil weet van haar kennis van sy gelukbringer. Hulle kan dáároor ook gesels. Hy gee nie om om vir haar te vertel hoe dit in sy ouma Hannie se besit gekom het nie. Hy sal selfs die volledige storie vir haar vertel soos ouma Hannie en sy moeder dit by hom ingedril het. Van daardie verskriklike nag toe 'n man op 'n perd met 'n Stetson en Bowie by die kombuisdeur van 'n plaashuis inbars. Van die gebeure van daardie nag wat 'n onuitwisbare wond op 'n familie gelaat het, oorgedra en gekoester van geslag tot geslag. En van die man wat sy gelukbringer aan ouma Hannie gegee het.

Met nuustyd skakel Abel sy TV aan. Die verdwyning van Lisa Sweeney, Kanadese burger uit Halifax, is élke aand hoofnuus.

Lisa, dink hy. Hy hou van die naam, 'n onopgesmukte naam. Een van die grootste soektogte nog aan die Rand na haar, sê die nuusleser. Abel volg die nuus aandagtig, op TV en in koerante, maar nêrens word 'n moontlike verband met die Nagsluiper gemeld nie, geen verband met die dood van twee ander meisies nie. Nog nie. Maar hy weet dat die polisie dit ondersoek. Dit is die éérste ding wat adjudant Ella Neser sal ondersoek. 'n Verband.

Hy skakel die TV af, in die stilte hoor hy nou dofweg die geroep van die stoor af. A, dink hy, Lisa het weer bygekom. Sy kan opstaan en beweeg, haar vrugte eet, en gesond word. Môreaand, skat hy, behoort die verkleuring weg te wees. Vrydagaand, dan kan sy kom stort en haar hare was, haar vel 'n bietjie losser. En hulle kan eers 'n bietjie gesels voor hy haar na die werkbank met die plastieklakens vat.

* * *

In die donker binnekant van die bakkie wag Bam. Hy sit straataf geparkeer, byna by die hoek van haar straat. Hy durf nie nader gaan nie. Die kar is dag en nag voor haar huis, dieselfde naam en logo teen die bakwerk geskilder: Armed Response, 'Do you feel lucky, punk?'. 'n Slaperige wag ná die inbraak.

Hy is jammer oor die skeur aan sy duur hemp. Dit het haar 'n fortuin gekos. Maar hy het die hemp nie weggegooi nie, kon dit nie oor sy hart kry nie. Hy het dit saam met sy ander klere wassery toe gevat, saam met sy rugbyklere, en die strykvroue gevra of

337

hulle naaldwerk ook doen, of daar hoop is vir die winkelhaak aan die raglanmou. Gesê hulle sal probeer, met invisible mending. Hy hoop so, hy dra graag die hemp. Die wond aan die binnekant van sy boarm byna genees. Selfs die roof al weg. Dit kon erger gewees het. Die punte van die palissade is skerp, kon 'n aar oopgeruk het. Maar hy het weggekom, het geweet waar hy op die asblik kon oorspring in die bure se erf in, sonder honde en skerp palissades. Nou is hy versigtiger. Kon die ophef by haar huis nie glo nie, asof 'n moord gepleeg is.

Skop sy eie gat elke aand oor sy onbesonnenheid met die hokkiespeler, en sal met plesier gaan buk dat Ella óók, elke aand, 'n skop inkry. Maar nie eens dit gun sy hom nie, sny hom af, sluit hom uit. Om te probeer bel, dié help nie. Haar sel nou na die opskamer herlei. Hy stuur teksboodskappe, wonder of sy dit lees. Word deur die wag van haar huis weggekeer. Het selfs al 'n ompad gevat, by kolonel Silas Sauls gaan flikflooi, gevra of dié sy saak by haar kan bepleit. Maar nee, geen genade nie. Sy moet haar eie hart ondersoek, was sy advies. As hulle vir mekaar bestem is, sal hulle wel 'n weg vind om die huidige probleempies te oorbrug.

Probleempies. Silas se woord. Eerder 'n fokken fort met 'n grag om. Dit is die skanse wat sy teen hom opgebou het.

En toe merk hy hoe sy haar ineens laat opsmuk, ligstrepe in haar hare, byderwetse geel bril. Funky. Vir hóm het sy dit nooit gedoen nie. Daarom stel hy ook in haar besoekers belang. Hy vermoed sy het geheime besoekers. Die joernalis was vir hom 'n verrassing. Die joernalis het hy twee keer by haar huis sien aankom, ook 'n slag saam in 'n restaurant. Dit is nie hoe hy dit leer ken het nie, nie só 'n binneboudkuiery tussen joernaliste en die polisie nie, selfs nie met 'n ondersoek so groot as dié na die Nagsluiper nie. En hy wil graag weet wie sy nóg sien, nou met die joernalis se dood; wie nóg by haar huis kom kuier, of by wie sý gaan kuier. Haar bewegings. Dit is belangrik om haar bewegings te volg, om te weet waar hy met haar staan, wat sy strategie moet wees om haar te oortuig dat dit net 'n enkele afdwaling was, nie sy geaardheid nie. Dit was net één fout – en 'n gróte, dit gee hy toe – maar verdien hy nie 'n tweede kans nie? Sy strategie, het Bam hom voorgeneem, is om sy gevoelens aan haar te demonstreer, deur dade, nie net woorde nie.

45

"Meneer Poppe," sê sy Vrydagmiddag verras oor die stem oor die foon. As haar foon lui, ys sy, aarsel voor sy optel. Bang sy word ontbied na die toneel waar Lisa Sweeney se liggaam lê.

"Ons't vanoggend 'n begrafnis gehad. Op pad terug gesels ek en meneer Poppe junior . . . dis my seun."

"Ja, waaroor gesels julle toe?"

Al vier dae sedert Lisa vermis is.

"Oor die oorledene van die nagwaak. Dorkas Loots."

"Lotz," sê sy.

Sy wil glo dit is 'n goeie teken dat geen liggaam nog gekry is nie; wil glo dat dit tog toevallig is dat Lisa Sweeney, met 'n tatoe en op soek na maskers, vermis geraak het te midde van die ondersoek na die Nagsluiper van Alberts Farm. Dat haar verdwyning niks daarmee te doen het nie.

"Meneer Poppe junior kan Dorkas onthou. Hy kan onthou dat ons 'n versoek vir 'n balsem gehad het."

"Is dit uitsonderlik as iemand vra vir balsem?"

"Nie eintlik nie. Maar gewoonlik net 'n korttermyn-balsem. Soos vir vertragings voor 'n begrafnis, as familielede van ver moet kom en die liggaam moet wag. Dan balsem ons vir die afskeid. Hierdie versoek was vir 'n langtermyn. Die man wou sy ma gebalsem hê soos met Rosalia Lombardo gedoen is. Meneer Poppe junior het van Rosalia onthou."

"Wie's Rosalia Lombardo?" wonder Ella Neser. Maar vra dan: "Wat het meneer Poppe junior onthou van die balsemgeval van Dorkas Lotz?"

"Hy't onthou van die register waarin ons die spesiale versoeke aanteken. Ekstras kos geld. Ons buit nie bedroefdes se leed uit nie, verstaan. Maar ons moet ook 'n lewe maak. Vir ekstras word ekstra betaal."

"Watse ekstras, meneer Poppe?"

"In die register vir spesiale versoeke is 'n nagwaak aangeteken. Die versoek was dat sy gebalsem word en ons die liggaam na haar huis toe vat vir 'n nagwaak. Die volgende oggend weer die hele ent ry om die kis te gaan haal vir die begrafnis. Dis dubbele ry. Dis ekstra. Al was net haar seun alleen op die begrafnis."

"Waar was die nagwaak?"

"Ek't die adres gekry." 'n Hoes oor die foon, amegtig uit sy maer bors. "Adjudant Neser?"

"Ja, meneer Poppe?"

"Hierdie goed is eintlik vertroulik. Dis persoonlike besonder-hede, private inligting. Mevrou Loots se seun . . . as hy weet dis ek wat dit vir jou gegee het, hy kan ongelukkig wees."

"Meneer Lotz sal nie weet nie, meneer Poppe. Hierdie is 'n polisie-ondersoek, soos ek gesê het. Niemand sal weet waar ek my inligting kry nie."

"Dankie, adjudant Neser. Jy's so jonk vir 'n polisievrou. En 'n geseënde dag vir jou."

Doradopark, suid van Johannesburg, op koers na Dawid Eigelaar se naweekplasie aan die Vaalrivier.

Sy oorweeg of sy Silas moet inlig. Wat sal sy vir hom sê? Dat sy die adres gekry het waar 'n nagwaak vyf jaar tevore vir wyle Dorkas Johanna (née Linde) Lotz gehou is? Wat, sal kolonel Silas brom, het 'n nagwaak vir Dorkas te doen met die verdwyning van Lisa Sweeney? Wat is jou beheptheid met die tragedies van die Lotze? sal hy wil weet, sy aandag dalk 'n bietjie afgelei, want dit is Vrydag, sy aand by die hondjies.

En sy het nie 'n antwoord nie, kan dit nie in woorde uitdruk nie. 'n Gevoel wat haar nie wil los nie. Miskien moet sy wag, tot Fred Lange Maandag die dossier oor 'n pa en seun se dood uit die argiewe opgediep het. Maar sy weet sy kan nie wag nie. Al is dit dan net om te gaan kyk of alles pluis is by daardie adres. As alles daar pluis is, trek sy 'n kruis deur die naam Lotz, beweeg sy aan, ry Vaalrivier toe. Sy sal ry en gaan kyk. Sy sal vir meneer Lotz sê sy kom haal die kwitansie vir die verkoop van die Punu aan D. Eigelaar, dat sy op pad is na D. Eigelaar en die kwitansie nodig het. En miskien, as meneer Lotz so vriendelik sal wees, kan hy sommer van sy ander maskers ook vir haar wys, terwyl sy nou, toevallig, hier by sy huis aangekom het. Hy hét haar tog uitgenooi om te kom kyk of sy een wil aanskaf. As aandenking aan die Nagsluiper-saak, het hy selfs bygevoeg.

Sy kry Jimmy Julies en Fred Lange.

"Hier's die lasbrief, Jimmy, vir die deursoeking van Dawid Eigelaar se huis. Ek sal julle by sy huis kry, agtuur vanaand, daar by die Vaalrivier."

"Jy ry nie saam met ons nie?"

"Eers ander draaie. Sal julle daar kry, hy't gesê hy behoort agtuur tuis te wees. As die vliegtuig uit die Kaap betyds is."

Sy bestudeer die padkaart en net ná vyf Vrydagmiddag vertrek sy suidwaarts. Op pad praat sy met Stallie Stalmeester in die radiokamer sodat daar nie weer pandemonium is wanneer die kolonel oor haar bewegings navraag doen nie.

Sy is nie paranoïes nie en wanneer sy in haar truspieël kyk, is dit vir haar gewone versigtige manier van bestuur, nie om na moontlike agtervolgers te soek nie. Sy merk nie die bakkie twee karre agter haar op nie.

Sy soek Opaalstraat, wens sy het GPS gehad. 'n Doolhof van naamlose strate. By 'n vulstasie word links en regs beduie tussen groot erwe deur, tussen ou huise langs hoë bloekoms, sipresse en kameeldorings. Verby 'n laerskool op 'n gruispad wat lanklaas geskraap is.

Sy soek 'n nommer, kry Nr. 9 teen 'n moeë posbus. Soek Nr. 11, vermoed dit is die volgende perseel, die een met die plaashek en draadheining. Dit het nie 'n nommer nie, maar agter bloekoms sien sy 'n huis uitsteek. Eers toe sy deur is, die hek agter haar toestoot, merk sy die twee honde aankom, sonder blaf of grom. Die twee pit bulls kom geluidloos op haar afgedraf, groot koppe laag oor die grond. Haastig terug in die kar tussen die bloekoms na die huis toe, die honde in die truspieël agterna soos hiënas wat 'n karkas geruik het.

Voor die huis 'n verwaarloosde tuin, skaars herkenbaar as eens 'n blomtuin met beddings. Die fasade toegerank, die klimop ook oor die voordeur, duidelik lankal in onbruik. Skuins agter die dak van 'n stoor en verder agtertoe, tussen die huis en die stoor deur, nog tuine, ook onversorg.

Sy sit 'n oomblik onseker. Die werf verlate, net die honde. Durf nie uitklim nie, wonder hoe sy weer by die hek gaan uitkom as niemand tuis is om haar teen die honde te beskerm nie. Sy kyk by die venster uit. Die twee pit bulls wag dat sy die deur oopmaak, begluur haar met rooi oë. Sy druk die toeter kortliks, dan weer twee keer.

* * *

Lisa Sweeney word wakker toe hy inkom, saam met die vars lug by die oop deur in, en die lig van die laatmiddag wat die donker skadu's uit die hoeke verdryf. Sy lê en volg sy bewegings met skrefiesoë, na die plank voor die venster, na die skottel waarin die vrugte en water was. Toe hy op die boks gaan sit, klik hy met sy tong.

Sy sluit haar oë, voel hoe hy oorleun, sy asem oor haar gesig, sy vingers aan die vel van haar wangbeen.

"Is jy wakker?" vra hy.

Sy draai haar gesig weg na die hurkende honde op die drempel van die oop deur.

"Jou kneusing het mooi genees," sê hy agter haar kop op die boks. "Alles is reg vir vanaand."

"Reg vir wat?"

Haar wang op die stinkende matras.

"Is jy honger, Lisa? Jou vrugte is op. Nog water?"

"Wat gebeur vanaand?"

"Vertel my van die muntstuk. Jou ouma se Victoria-munt. Die een wat soos my gelukbringer lyk."

"Watse dag is dit? Hoe lank is ek al hier?"

"Jy moes dit nie gedoen het nie. Ek moes jou halfbedwelm hou. Dis Vrydagaand."

"My pa sal rasend van kommer wees."

"Jou pa sal verstaan, Lisa."

"Wat verstaan? Wat sal my pa verstaan?"

"Dis 'n bestiering dat ons bymekaar uitgekom het. Ons kan nie teen 'n hoër wil skop nie."

"Is dit oor die muntstuk dat jy my gevat het?"

"Dis waar alles begin het, by die pendant. Wil jy die storie van die pendant hoor?"

"Sal jy my dan los?"

"Ek wil jou aan my moeder gaan voorstel. Sy's nuuskierig om jou te ontmoet, jou gesig te sien. Ek dink sy gaan baie van jou gesig hou."

Sy draai terug na hom toe.

"Jou ma? Sy weet van my?"

Hy sit op die boks, die knieë van sy vet bene preuts teenmekaar aangedruk, in sy hande 'n bruin botteltjie met 'n lap.

"My moeder weet van jou, nie jou naam nie, maar sy weet van jou. Ons kan netnou vir haar gaan kuier, miskien kan sy die storie van die pendant self vir jou vertel. Sy kan dit so goed vertel, beter as ek. Van ouma Hannie se pendant."

"Jou ouma Hannie?"

"Mý pa't gesê dis wat ouma Hannie so gemaak het ... so kêns, is die woord wat hy gebruik het. Nooit reggekom ná daardie nag nie. Net sewe jaar oud toe sy moes kyk hoe haar pa se kopvel en haar ma se keel afgesny word, hoe hulle in 'n stal verkool."

Klein Hannie Yssel? Kan dit wees, dink Lisa Sweeney, dat sy

gekry het waarna sy en haar pa kom soek het? Dat sy, deur astro-
nomiese toeval, Will Sweeney se spoor gekry het?

"Hannie Yssel?" vra sy.

Die honde by die drempel meteens orent. Hy kyk op van die
boks af, draai sy kop skeef. Die honde vlieg om, geluidloos uit
sig uit. Nou hoor sy dit ook, die aankomende gedreun van 'n
voertuig, en sit regop op die matras.

Hy kom orent, plaas sy vinger voor sy lippe.

Sy hoor die enjin sag luier.

Dan die toeter, nog twee keer. Sy spring op, maar die lap is om
haar mond toe sy wil uitroep en gil.

"Stil," sê hy.

Stoei in sy arms, wriemel, probeer die hand voor haar mond
wegrem.

* * *

Hy kom van die stoor af. Sy herken meneer Lotz van haar besoeke
aan sy galery. Hy fluit vir die twee pit pulls, sy gesig blosend asof
hy besig was met iets wat groot inspanning verg.

"Meneer Lotz?" sê sy.

"O . . . jý," sê hy by haar oop venster.

"Dis ek, adjudant Neser," sê sy.

"Ja," sê hy, "ek sien."

Hy nooi haar nie in nie, staan net daar met die honde om sy
voete.

"Ek was hier in die omgewing."

"Ongenooi?"

"Jy't gesê ek kan na die maskers kom kyk, die wittes."

"Hoe't jy my adres gekry?"

"En die kwitansie van D. Eigelaar wat 'n Punu by jou gekoop
het. Ek sal dit graag wil hê. Pla ek?"

Hy peins 'n oomblik. Die frons verdwyn, 'n glimlag nou om
sy lippe.

345

"Is jy alleen? Ry jy alleen rond?"

"Op pad om my kollegas te gaan ontmoet. Polisiebesigheid, jy weet. Gedog ek kom gou hier aan terwyl ons in die kontrei is."

"Kom," sê hy. "Het jy tyd? Miskien vir koffie?"

"Hoe lank vat dit hiervandaan Vaalrivier toe."

"Halfuur, dalk 'n uur, hang af waar?"

"Dan't ek genoeg tyd, kry hulle eers heelwat later."

Sy klim uit die kar, oë op die honde.

"Moenie na hulle kyk nie. Hou nie van oogkontak nie."

Sy stap agter hom aan om die huis, agter sy ronde boude en kort, vet dye, verby 'n buitetrap en 'n braaiplek. Sy wonder: as die pit bulls haar van agter bekruip, sal hulle haar enkels eerste teiken, of haar kuite? Ver agter die eertydse groentetuine die veld. In die lug bo die veld versamel die wolke, hulle vliese gekleur in vermiljoen skakerings van die ondergaande son. Maar sy kan reeds die reën in die lug ruik. By die oop kombuisdeur begroet 'n stank van verrottende kosafval haar.

"Kom sit," nooi hy.

Die kombuis in chaos. Hy stoot koerante en borde weg, 'n vlaag stof stuif in die lug op.

"Sit," sê hy weer, byna 'n bevel.

Sy merk twee binnedeure, albei toe, wonder of sy wel die aanbod vir koffie moet aanvaar, wonder of hy 'n skoon koppie het. Sien die vuil borde, die aanpaksel in die versapper, die aanpaksels van kosreste in foeliepakke waarvan die sellofaan weggeskeur is.

Hy skakel die ketel aan, soek in 'n kas na koppies.

"Ek't nie melk nie," sê hy.

"Dis reg, ek drink nie melk nie."

"Ook nie suiker nie."

"Ek gebruik nie suiker nie. Ek drink my koffie swart en bitter."

"Te veel kafeïen is nie goed vir die vel nie."

"Hou my wakker. Is dit die honde waarmee jy speel?"

"Speel?"

"Die pit bulls, die krapmerke aan jou wang en ken."

346

"Ja."

In die stof op die vloer stukke modder, nou verhard, wat sy skoene ingetrap het. Sy sluk aan die koffie.

"Woon jy alleen hier, meneer Lotz? Nie getroud nie?"

"Jy bedoel oor die toestand van die kombuis?"

"Wonder net."

Dooie vlieë en brommers en kakkerlakke, en sy merk die Doom Fogger op die vloer langs die stoof. Probeer ten minste die insekte bestry, dink sy. Maar vee nie uit nie. Langs die Doomkannetjie nog ou modderspore. Van sy verwaarloosde groentetuin, vermoed sy.

"Ek bly alleen," sê hy. "Lanklaas iemand gekry om te kom skoonmaak."

Hoe het professor Papendorf die profiel opgesom?

Waarskynlik in sy middeljare, intelligent, eensaam, 'n vrygesel. Dalk geskei . . . nee, eerder 'n wewenaar. Die dood het hom van 'n geliefde ontneem. Hierdie sluimerende gemis begin nou sy gemoed en sy denke oorheers. As jy hom nie gou kry nie, adjudant, is dit net die begin.

"Watse polisiebesigheid?"

"Meneer Eigelaar, wat die Punu by jou kom koop het."

"Hy bly in Sandton."

"Hy't ook 'n plaas aan die Vaalrivier."

"Is jou besoek hier by my óók polisiebesigheid?"

"Nee, nee. Net 'n sosiale besoek. Om die kwitansie te kom haal, vir meneer Eigelaar die kwitansie te gaan wys, as hy wil stry oor die masker."

"Hier's jou koffie. Drink solank. Ek gaan haal die kwitansie."

Hy stap uit. Sy hoor sy voetstappe op die buitetrap, die deur wat bo oopgaan, sy skoene op die plankvloer. Dan stilte terwyl sy wag. In die opening van die kombuisdeur sit die twee pit bulls op hulle agterpote gehurk, oë stip op haar, lewelose sfinkse, allermins spelerig. Agter die honde die lug nou 'n grouer sinnaber soos 'n laag as oor die laaste gloeiing van kole.

Beskou weer die kombuis, die plek wat sy sukkel om met

meneer Lotz te laat rym. Die galery so skoon en netjies, pynlik georden, kompleet met sagte musiek. En hier, die ou kos, stof, vlieë, modder op die vloer. In 'n klont modder, vang iets haar oog, 'n verige blaar asof versteen in hars. Kan ook 'n donsveer van 'n voël wees.

Ineens die musiek van bo af, onmisbare klanke van 'n viool. En sy hoor sy voetstappe, terug, af met die trap.

"Hier's dit," sê hy, maar hou die drukstuk van die rekenaar in sy hand, leun met sy rug teen die wasbak. "Nog koffie?"

"Nee, dan gaan my hart aan't galop."

"Is hy 'n verdagte? Dink jy hy't iets te doen met . . . wat noem julle hom nou weer? Die Nagsluiper?"

"Ons probeer net moontlike verdagtes uitskakel."

"'n Lafaard en mal maniak, dis hoe julle hom beskryf. Nie D. Eigelaar nie, die Nagsluiper."

"Joernaliste hou daarvan om kleur te gee."

Haar blik terug op die modderklont op die vloer. Parrot's Feather wat die leliedam op Alberts Farm verdring, die blaar-stingel in die RAV van Mia Vermooten, deur die plantkundige geëien as Waterduisendblaar.

"Wat noem jý hom, adjudant? Wat's jóú beskrywing van hom, in jou aantekeninge wanneer jy na leidrade soek?"

'n Stukkie plantmateriaal in 'n gedroogde klont modder kan toevallig wees, is geen bewys van 'n moord nie. Maar hulle sal die afdrukke van sy skoensole vergelyk met afdrukke in die modder van die leliedam, en by die toneel onder die boom waar Andy Collipepper in die rolstoel gesit het. Jimmy Julies en sy forensiese manne het verskillende soolafdrukke gekry. Een van hulle kan meneer Lotz s'n wees. Nou is daar rede vir 'n dringende lasbrief vir die deursoeking van sy huis, want sy het die adres, die lasbrief vir die bank en Mall nie meer nodig nie. Streekkommissaris Pitso sal sy goedkeuring gee, 'n landdros tuis opspoor vir sy handtekening.

"Ek moet gaan."

As hulle kom en dit is wél Parrot's Feather, sal hulle ook ander leidrade en bewyse kry, daarvan is sy nou oortuig. Soos diere-hare, van honde en dassies, molle en hase.

"Maar wat van die maskers? Jy't tog gesê jy wil die maskers sien. Nou's jy skielik haastig."

"Ek't van iets vergeet, iets wat my nou net bygeval het."

"Maar jy't tog baie tyd, het jy gesê. Hoe laat's jou afspraak met jou kollegas?"

"Agtuur."

"Kom kyk eers na die maskers. Net hier langsaan, langs die kombuis, by daardie deur in. Sal nie lank vat nie."

Sy staan op, vermy sy gesig. Sy moet uitkom. In haar kar in. By die hek uit. Die oproep na Fred Lange en Jimmy Julies. Los die N1 Vaalrivier toe. Vat die R82 na Doradopark. Opaalstraat 11. Laat weet vir kolonel Sauls . . .

"Miskien anderdag. Dankie vir jou tyd, en vir die kwitansie."

Steek haar hand uit vir die vel papier. Kyk op, ontmoet meneer Lotz se oë.

En op daardie moment, in daardie blik tussen hulle oë, wéét hulle albei.

Die muis, verlam en bewend soos 'n snaar wat deur 'n plektrum gepluk is, vasgenael deur die oë van die slang.

* * *

Die haker met die letsel aan sy voorkop parkeer sy grys vier-by-vier met die dik uitlaatpyp van chroom op die skouer van die gruis-pad, langs die heining van die laerskool. Hy het gesien toe sy by die hek sonder nommer indraai. Dit was nog lig, in die weste was die lug nog gekleur, die wolke wat in die laatmiddag opgesteek het, in skakerings van oranje en geel, en later teen sonsondergang in die meer delikate koraalpienk en roesbruin, voordat die grys oorgeneem het.

Bam, nie besonder ingestel op die fyner nuanses van die natuur nie, kon opmerk die reën is aan't kom. Nou in die aandlug geen flikkering van sterre nie, die lug betrokke van die lae wolke vir die Hoëveld se eerste vroeë lentereën. Nie die groot, donker, hoë wolke nie, die ligter, laer nimbostratus wat lyk of hulle al die warm tinte van die sonsondergang absorbeer.

Deur die oop venster ruik hy die reën, loer in die rigting van die huis, agter die bloekoms byna ingesluk deur die skemering. Al twee ure sedert sy daar ingedraai het. Het selfs haar toeter agter die bome gehoor. Hy wonder of sy hier gaan oornag, twyfel of dit vriende of familie is. Sou van hulle geweet het. Buitendien, mens dwaal nie in strate op en af en doen navraag by 'n vulstasie om die adres van vriende of familie te soek nie. Tensy dit núwe vriende is. Ja, dit is moontlik.

Bam klim uit sy kar uit, drentel op die skouer van die pad in die rigting van die hek. Hy tuur deur die dalende donkerte na die huis.

Die heining is nie van palissades wat die sny aan sy arm ver-oorsaak en sy Ping-hemp geskeur het nie. Maar die strykvroue by die wassery het goeie werk gedoen en die hegwerk aan die mou van die vlootblou hemp skaars sigbaar. Die heining is van gewone doringdraad tussen houtpaaltjies gespan, onder ogiesdraad, waar-skynlik om honde binne te hou. Hy staan met sy hand op die hek en bespied. Op die stil, bewolkte aand hoor hy die vae geruis van karre op die R82-deurpad, die gekef van 'n hond uit 'n erf, ruik die rook van houtvure wat oor die landskap aansweef, sien die enkele straatligte van die village, in ligkringe van halo's, en dowwe geel gloeiings agter toegetrekte gordyne van die ylverspreide huise in hulle groot, boomryke erwe. 'n Landelike atmosfeer skaars 'n uur se ry buite die stad.

Hy hoor hulle nie, sien hulle nie, maar is ineens bewus van die twee figure van die geruislose honde agter die hek, die sagte, amegtige geruis van hulle asem. Hy sak op sy hurke af, kyk deur die hek na die honde, praat sag met hulle, paai hulle. Hulle reageer nie, gaan sit bloot ook op hulle agterpote en gluur hom aan. Onvoorspelbare goed, pit bulls. As hy die hek vir hulle oopmaak, gaan hulle hom aanval, of gaan hulle buite, bevry van hulle territoriale gebied, gedwee die pad vat?

Hy kom orent toe die eerste druppels val, gaan klim in sy voertuig terug. Hy bepeins wat hy moet doen, hoor die reën op die kajuit se dak, sien die water teen die voorruit afloop. In die twee uur sedert sy by die hek in is, het nog net 'n enkele kar op hierdie verlate Opaalstraat verbygekom.

Hy maak 'n U-draai. In die vulstasie se deurnagkafee koop hy twee vleispasteie. En ry terug, skakel sy ligte af en luier tot by die hek, sy oë soekende na die honde. Hy sien hulle nie. In die reën klim hy uit, plaas die pasteie agter in die bak onder die kappie. Toe hy die hek oopstoot, kom hulle aangedraf, asof hulle geweet het hy gaan terugkom, daar waar hulle onder die beskerming van die boomtakke teen die reën op hom gaan sit en wag het.

Uit die oop deur van die bak ontsnap die geur van die vleispasteie in die nat, vars lug uit. Met die wielsleutel in sy hand hou hy die honde dop wat nou onseker is. Die hek is oop na vryheid, maar die man is daar, en die reuk van kos.

46

Abel teug na asem, die kombuis leeg van lug vir sy longe. Asof in daardie oomblik van herkenning tussen jagter en gejagde alle suurstof in 'n groot galaktiese fusie opgebruik is. In Abel is 'n gewaarwording dat sy liggaam op die punt is om uitmekaar te spat. Maar dan, met 'n snak uit sy bors, is die moment verby, hervat die pendulum sy ritme, daal 'n groot kalmte oor hom neer. Sy wasige visie nou skerper op die jong vrou met haar voorkop op die tafel. Van die wasbak af 'n tree nader, nog een. Hy kan homself nie help nie, strek sy hand na haar agterkop uit. Haar hare sag teen die vlesige moot van sy handpalm voor hy dit fermer op haar kop plaas en die ronding van haar skedel voel. Onder sy palm voel hy nou ook reeds die knop. Toe sy haar hand uitstrek en oorleun om die papier te vat, was dit maklik en vinnig om haar agter die nek te gryp en haar kop teen die porselein van die wasbak te stamp. Hy was besorg dat hy haar skedel gekraak het. Maar haar pols is sterk en wanneer hy haar ooglede oplig, is daar geen teken van bloeding in die sklera nie. Hy het 'n afsku aan sulke hardhandigheid, dit is nie hoe hy is nie. Dit bring trane in sy oë, soos toe hy die waterbottel moes gebruik om homself teen Lisa Sweeney te verdedig.

Miskien harsingskudding. Hy buk, druk sy plat neus in haar warm hare, adem diep aan die geur van haar sjampoe, ruik die aroma van haar kopvel. Harsingskudding nie so erg nie. Beter, baie beter, as bloeding op die brein, konvulsies, die dood. Dit sal nie deug nie. 'n Pragtige blom word nie van 'n dooie plant af gepluk nie. En sy moeder was so lief vir dahlias.

"A . . ." sug Abel salig. Moeder, moeder, dink hy, wat het ek gedoen om al hierdie gawes te verdien?

Hy lig haar van die stoel op en dra haar in sy sterk arms by die werkkamer in. Hy het nie verwag dat nóg 'n donateur haar só gou by hom sou kom aanmeld nie. Hy plaas haar op die werkbank, bind haar met kleefband vas en gaan trek haar Citi Golf by die stoor in, langs sy Datsunbakkie en verbleikte rooi Mazda. Hy is gerus toe hy merk dit is nie 'n polisiekar nie.

Uit die kombuis die gelui van 'n foon. Abel het nie 'n foon in die huis nie, selfs nie 'n sel nie. Hy vroetel in adjudant Neser se sak en kry haar sel. Hy sien die naam van die beller: *Silas Sauls*.

Hy weet wie Silas Sauls is. Kolonel Silas Sauls, takbevelvoerder van die eenheid vir ernstige en geweldsmisdade, is op TV en in die koerante. Die soektog na Lisa Sweeney is prioriteit, inligting daaroor word nie oorgelaat aan onbekende segsmanne van die media-afdeling nie. Dit lyk nie reg nie, dink Abel, nie vir so 'n saak met internasionale gevolge nie.

Hy wag totdat die stemboodskap vir die onbeantwoorde oproep deurkom en luister met die sel styf teen sy oor, die stem grof, diep en grimmig: "Adjudant, as jy nie op hierdie boodskap reageer nie, kom ek jou soek, en die gevolge sal nie aangenaam wees nie. Bel my."

Hy kom haar soek? Weet hy waar sy is? Met die sel in sy hand bepeins Abel die implikasies, draai 'n slag sy gesig na die werkkamer toe, eens, lank terug, die Lotz-gesin se eetkamer.

Hy luister ook na ander stemboodskappe op haar sel.

"Ella, bel my. Kan ons Saterdagaand ná die rugby gesels?"

"Waar's jy, adjudant? Ons is op pad Vaalrivier toe. Bel my. Jimmy."

Abel staar na die sel in sy hand.

Hy kon dit in haar oë sien. Iets in haar kop wat in plek val, iets het gebeur. En sy wou skielik uitkom, in haar kar wees om nommers op haar selfoon te bel. Maar te laat. En hulle weet nie waar sy is nie.

353

Kolonel Sauls sê: ". . . kom ek jou soek."

As hy geweet het, sou hy sê: ". . . kom ek jou háál."

Ene Jimmy, kollega wat sy by die Vaalrivier moet ontmoet, vra: "Waar's jy, adjudant?"

Maar nou is Abel haastig. Hy het baie werk. Hy besluit om met haar te begin, die verskietende ster te oes. Daarna die delikate werk met Lisa Sweeney, wat meer tyd gaan vat.

Hy soek sy koki, trek haar bloes op, haar jeans af tot op haar heupe, en begin met sy omlyning van die verskietende ster wat hy wil oes, bietjie groter as A5, om vir krimping van die vel voorsiening te maak wanneer hy dit brei en looi. En natuurlik kan hy háár nie twee dae laat vas sodat haar vel losser is wanneer hy begin sny nie.

Weer die gelui uit die kombuis. Gesteurd sit Abel die koki neer. Dié keer is die beller se naam *Konstabel Stallie*. Hy wag vir die stem, maar dié slag teks.

Ella, kolonel Silas blaas sy gasket. Waar op die R82 is jy?

Nee! Abel se hand bewe toe hy die sel neersit. Hulle wéét in watter koers. Hy teug diep, loer na sy horlosie. Buite, agter die oop deur, is dit nou donker. Hy wonder waar die honde is. Hy druk die agterdeur toe en sluit dit van binne. Die honde, dink hy, het in die stoor op hulle lêplek gaan skuiling soek teen die eerste druppels wat val.

Hy begin met sy mengsels, meet hulle sorgvuldig af en roer. Hy wou eers heelwat later met Lisa Sweeney begin het. Hy wou eers, soos sy gewoonte is, gaan eet en 'n paar uur met sy musiek ontspan het. Hy het altyd 'n fladdering van ekstase net voor hy die eerste snit maak. Die klanke van die viool kalmeer hom, verplaas hom na 'n toestand van groot vrede en 'n hoër bewussyn.

Nou sal dit nie kan gebeur nie. 'n Gevoel van ergernis stoot in hom op. Hy stap uit, klim met die buitetrap op en gaan soek sy musiek uit. Hy kan nie langer wag nie. Hy weet nie wat die nag gaan bring nie. Terug in die werkkamer kyk hy na adjudant Ella Neser op die plastieklaken, voel weer haar pols, hou sy oor by haar mond en neus, voel haar sagte asem op sy wang. Hy dink nie dit sal nodig wees om haar in te spuit nie. Net vyftien, twintig minute vir die verskietende ster, en sy sal niks voel in haar toestand van bewusteloosheid nie. Ook nie sy duime daarna aan haar keel nie.

Abel, sy roetine en fokus versteur, sluit nie die blindings dig voor die smal venster van die eertydse eetkamer nie.

Ná adjudant Neser sal hy vir Lisa gaan haal. Sy sal nie die voorreg hê om eers te stort en haar hare te was nie. Daarvoor is daar nie meer tyd nie. Eers haar Pisces, vir die omslag van sy *Kosmiese Reise, Vol. IV*, saam in die emmer met die looimengsels, saam met *Kosmiese Reise, Vol. III* oor asteroïede, komete en meteore. Daarna sal hy haar gesig oes en die huis sluit, besluit hy. Ja, dit is wat hy sal doen. Hy sal 'n kort vakansie neem. Net 'n week. 'n Week is genoeg. Hy sal 'n paar goed inpak, ook sy teleskoop, en hulle by sy nuwe dumpplek gaan aflaai. Hy het 'n goeie aflaaiplek gekry. Dan sal hy 'n kort vakansie vat. Hy verdien 'n kort vakansie. Sy moeder sal dit verstaan. Hy sal na die sterre gaan kyk en aan sy kosmiese joernale werk.

Hy soek 'n skalpel uit die laaie by die koppenent van die werkbank waarin hy sy instrumente bêre. Hy skuif 'n nuwe lem in, die fynste wat hy het. Hy druk met sy linkerhand se vingers sag aan haar vel, duim en wysvinger weerskante van die pers lyn van die koki om die vel te strek vir 'n skerp, skoon snit, op haar naeltjie die wattedeppers gereed vir die bloed. Op Abel se gesig verskyn fyn druppels sweet toe die reën soos braaivet in 'n warm pan teen die ruit begin kletter.

* * *

Een kom snuiwende nader. Hy praat en paai en lok hulle uit na die bak toe. Hulle draal, dan kry die reuk van kos die oorhand. Toe hulle inspring, klap hy die deksel toe, die voertuig op die skouer, uit die pad van verkeer, as nog iemand dit op hierdie donker, reënerige nag buite sou waag.

Hy stap onder die bloekoms deur na die ou, donker huis. En sien haar kar is weg, die wit Citi Golf. Kon sy vertrek het terwyl hy die vleispasteie gaan koop het? Vies vir homself dat sy hom kon ontglip het. Sluip om die huis, kyk op na die bopunt van 'n trap van waar die klanke van musiek nou sy ore bereik, en 'n flou lig agter gordyne. Sien geen ander ligte onder nie. Ook by die stoor is dit donker en stil, maar toe hy naderstap, herken hy haar Citi Golf.

Só, dink hy, sy het tog kom oorslaap. En nou kuier hulle met vioolmusiek.

In die reën sluip Bam om na die kombuisdeur toe. Hier val die skynsel van lig deur twee syvensters. Hy loer by die eerste in, deur die kantgordyn na die chaos van 'n kombuis. By die tweede venster langsaan is blindings, maar nie dig toegetrek nie. Hy buk om deur die hortjies in te loer.

Die vrou lê op 'n bed, vas met kleefband. Ineens beweging van 'n tweede figuur. Hy buk, soek beter uitsig tussen die horisontale hortjies. Kan die man se gesig nie sien nie, wel die voorskoot en die hand met 'n mes, nee, skalpel.

Bam verstar. Haar bloes is opgetrek en vingers druk teen 'n merk op haar vel, volg die lyne van 'n reghoek van omtrent 'n A5-grootte om die tatoeëring. Die vingers beweeg van die sagte vel van haar lies, langs die sy oor die ribbes, oor die maag langs die naeltjie, weer af tot by die donker donserigheid van die pubis. Staan effe tru asof hy tevrede is voordat sy hand met die skalpel naderkom.

Bam kan haar gesig nie sien nie, maar herken die tatoe. Dié tatoe ken hy báie goed. Hy het selfs al met sy lippe oor daardie tatoe gestreel, die souterigheid van haar warm vel aan sy tong geproe.

Die skalpel sny in die vel in en 'n dun lyn bloed verskyn.

Bam versteen, voel geen krag in sy bene nie, bene wat in 'n skrum kan stoot met 'n teenkrag van byna 900 kg. Dan, in die reën, sy hare nat teen sy kop, sy hemp met die raglanmoue deurdrenk, hoor hy die gil van die stoor se kant af. Asof die histerie in die vrou se stem oor die nagwerf die impulse van sy brein na sy bene stimuleer. Hy storm terug na die agterdeur, voel aan die handvatsel, huiwer, verstaan nie mooi wat aangaan nie. Een lê binne, een roep van buite. Wie se nood is die grootste? Die tatoe, die ster aan haar maag, dié ken hy; dit is sy Ella. Die slot versplinter uit die kosyn van Bam se fris skouer teen die deur.

*   *   *

Voor 'n ornate veiligheidshek van 'n naweekplasie langs die Vaal-rivier is luitenante Jimmy Julies en Fred Lange erg moerig. Dit het begin reën, die kar se ruite binne toegewasem, die wit van die heksuile skaars agter die reën in die kar se ligte sigbaar. Binne gloeiende kooltjies wanneer hulle aan hulle sigarette suig, be-dompig van die rook.

Fred Lange oor die polisieradio na die radiokamer: "Wat, Stallie? Praat harder. Die vliegtuig vertraag? Het jy self die lug-hawe gebel? O, 'n storm in Kaapstad van die koue front. En waar's Neser? Het jy haar gebel? O, jy kry haar nie op haar sel nie."

Fred Lange suig sy kooltjie rooi.

"Wat nou?" vra Jimmy Julies.

"Die vlug is vertraag."

"En ons sit maar net en wag?"

"Soos twee drolle," sê Fred Lange.

"Twee nat drolle," sê Jimmy Julies.

"Het jy Neser weer gebel?"

"Ja, jy't mos gehoor."

"Hoekom antwoord sy nie haar fokken foon nie?"

"Kuier seker by daardie rugbyspeler van haar."

"Stallie probeer Kaapstad in die hande kry om te hoor of die vlug gaan opstyg as die weer opklaar."

"Nog nie eens opgestyg nie! Nee, gots, man. Hy kan eers teen ligdag hier aankom."

"Ons kan nie die hele nag hier sit nie."

"Hy't dalk vir Neser gebel."

"En sy't vergeet om ons te laat weet."

"Terwyl sy en die haker in 'n warm kooi lê," sê Jimmy. "Kry vir Stallie, sê ons gaan huis toe. Ek't nog bier. Wil jy 'n bier kom drink voor ek jou gaan aflaai?"

"Ja," sê Fred Lange, "ek't nou 'n bier fokken nodig."

47

Abel kyk op, lig die skalpel van haar vel weg, dep die bloed. 'n Beweging, maar miskien verbeel hy hom, buite die venster. Kon niks hoor nie, net die musiek en gekletter van reën teen die ruit. Hy strek sy hand oor die adjudant se liggaam na die hortjies om uit te kyk, sien net die water teen die ruite, en die weerkaatsing van sy eie gesig. Die beeld in die venster nie 'n mooi gesig nie; die trekke van die gelaat soos hompe deeg, haastig aangelap en aangeplak.

Los die hortjies en die venster, sy aandag terug by sy werk. Klaar met die insnydings van die vier lyne van die reghoek, nou die fyn werk in 'n hoek op die maag om 'n klein flap los te kerf sodat hy dit tussen duim en wysvinger kan oplig, om die onder-liggende weefsel van die hipodermis los te sny en die vel af te stroop. Vergeet, in sy haas, van handskoene. Maar dit maak nie saak nie. Geniet die aanraking van haar vel onder sy kaal vingers.

Hy ruk toe die kombuis se deur oopbars, sien uit die werk-kamer die figuur wat oor die bokse en stoele op die vloer val toe die deur meegee. Abel 'n oomblik lank versteen, laat val die skal-pel, raap die Russell-mes op.

Die man kom orent. Abel sien die wit letsel teen sy voorkop.

Die polisie! dink Abel. Die polisie is hier, die polisie het hom gekry. Waar's die honde dan?

Die man is jonk en groot, Abel sien sy sterk skouers, die spiere van sy arms. Kan nie met hom in 'n stoeiery betrokke raak nie, en die .22 is bo in sy kamer, in sy hangkas. Hy druk die Russell-mes in die buidelsak van sy voorskoot, vee sy hande met adjudant

Neser se bloed aan die voorskoot af wat gevlek is met droë bloed waaraan die hare van diere steeds kleef.

Sy oog knipper, die man stut hom met 'n hand op die kombuistafel, tree nader.

"Wat's hier aan die gang?" vra hy. 'n Wilde uitdrukking in sy oë, sien Abel. Groot verwarring.

"Het jy adjudant Neser kom soek?" vra Abel.

"Wie skreeu so daar buite van die stoor af? Hoeveel is julle?"

"Is jy van die polisie?"

"Is sy . . . is sy . . .?"

"Nee, sy's nie dood nie. Sy slaap net." Abel haak sy duime by die voorskoot se sak in. "Ek's nie alleen nie. Miskien het hy in die stoor gehoor toe jy die deur opbreek. Dit was 'n groot geraas."

Die man kyk om, by die deur uit.

"Hoeveel? Hoeveel is julle?"

"Twee," sê Abel. "En hy's gewapen."

Hy kom by die werkkamer in. Abel staan tru.

"Waar's die mes?"

Abel hou sy hande uit, palms na bo, wys na die skalpel langs adjudant Neser op die plastieklakens.

"Ek's ongewapen. Is jy van die polisie? Waar's jou dienspistool?"

"Wat dóén jy met haar?"

Abel se hande terug by sy voorskootsak.

"Sy't uit haar eie hier aangekom, ongenooid. Sy't gebloei, ek probeer haar help."

"Jy lieg."

Dit is wat sy moeder vir hom gesê toe hy 'n leuen vertel oor die bloedneus wat Barrie Senekal hom gegee het. Een Petrus drie vers tien, sal hy dit óóit vergeet?

Want wie die lewe wil liefhê en goeie dae wil sien, moet sy tong bewaar vir wat verkeerd is, en sy lippe dat hulle geen bedrog spreek nie.

"Sal jy dit onthou, Abel?"

"Ek sal dit onthou, Moeder, vir altyd."

"Staan stil." Die man kyk rond, tel die rol kleefband van die laaikas op. "Hou jou arms uit."

Laat hom begaan, dink Abel. Teen so iemand het hy nie 'n kans nie. Wel sterk, kan 'n vrou optel, maar teen hierdie man kan hy nie sy kragte meet nie.

"Gaan sit op die vloer."

Hy bind ook Abel se enkels vas, en gaan staan langs die werkbank.

"Ella . . ." Hy buk oor haar, voel haar pols. "Ella . . . dis ek, dis Bam. Ek't jou kom haal."

Dit is vir Abel 'n aandoenlike toneel.

"Sy's besig om haar dood te bloei, kyk al die bloed," sê hy.

Die man kom orent, begin die bloed met die wattepluise dep.

"Dit sal nie help nie, sy't steke nodig, hegting. Maar jy sal moet gou maak . . ."

Die man loer deur toe, in die nag uit waar die reën nog val. Abel kan die paniek op sy gesig sien. Hy is miskien groot en sterk, maar weet nie wat om in 'n geval van nood te doen nie. Sy hande, vingers, rooi van die adjudant se bloed, blikke terug agterdeur toe.

"Hy gaan nou hier wees, uit die stoor uit."

"Shaddap! Hou jou bek, laat ek dink." Hy druk die watte op die bloeding aan haar maag. "Ella . . . Ek's nou terug. Ek sal jou nie los nie, Ella."

Kombuis toe, skop bokse uit sy pad, uit by die deur.

"Roep hom, Lisa," fluister Abel. "Roep hom."

Sy polse teenmekaar vas, maar hy kry sy elmboë gedraai om sy hande by die voorskoot se sak in te kry, voel die Russell-mes tussen sy vingers. Trek sy knieë op om die mes se hef te stut, kry die lem by die kleefband, begin kerf. Die lem is skerp, van die beste staal.

Maar dan is hy terug in die kosyn van die kombuisdeur, water druppende van sy kop en skouers. Kom staan bokant Abel sodat Abel die druppels op hom voel.

"Jy't gelieg," sê hy weer, sy hand klem om Abel se skouer. "Daar's niemand anders nie, net 'n vrou in die pakkamer. Waar's die sleutel?"

Abel se hande in die voorskoot se sak.

"Hier. Hier in my sak."

* * *

Omstreeks middernag kom die eensame motoris met Opaalstraat terug. Hy merk dieselfde vier-by-vier op, nou aan die oorkant van die skool langs die pad. Hy besluit om stil te hou; ná die harde bui van vroeër nou net 'n motreën. Die voertuig verlate, maar agter in die bak onder die kap twee honde. Teenspoed, meen hy. Die bestuurder moet seker teruggestap het village toe vir hulp.

By die vulstasie doen hy navraag. Alles rustig, verseker die petroljoggies op nagdiens hom. Geen noodgeval van iemand wie se kar onklaar geraak het nie. Hy stop by die polisiekantoor en meld die voertuig in Opaalstraat aan. Hy is veral bekommerd oor die honde. Ook by die polisiekantoor is alles rustig, soos polisiemanne van klein satellietkantore daarvan hou. Maar die aanmelding van 'n verdagte voertuig moet in die voorvallebook aangeteken word en die konstabel stuur pligshalwe ook 'n radioboodskap uit na die patrollievoertuig wat die nagtelike strate verken.

Die twee konstabels in die patrollievoertuig is nie haastig nie. Hulle kry die boodskap, hou by die vulstasiekafee stil, koop koffie en slap tjips. Hulle eet die tjips by die patrollievoertuig, drink hulle koffie uit polistireenkoppies en gesels met die petroljoggies. Hulle vra terloops uit oor 'n vier-by-vier.

'n Petroljoggie onthou een, 'n gryse, waarin 'n man gery het wat vleispasteie kom koop het. 'n Mooi kar, bullbars, dik uitlaatpyp van chroom wat grom soos 'n dier.

Ja, sê 'n konstabel, dit is 'n gryse wat verlate naby die laerskool langs Opaalstraat aangemeld is.

Opaalstraat? Vroeër die aand, dit was nog lig, onthou 'n ander petroljoggie nou, was daar óók 'n navraag oor Opaalstraat. 'n Vrou, gemeld sy is van die polisie en soek na 'n adres.

Die twee konstabels bespreek dit. By hulle polisiekantoor is twee vrouekonstabels, nie een aan diens nie, nie een uitgeroep na 'n huis in Opaalstraat nie. En as een uitgeroep is, sou sy nie by 'n vulstasie oor die adres navraag doen nie, sê die twee konstabels vir mekaar, en vertrek. By die laerskool geen teken van 'n grys voertuig nie. Hulle ry met Opaalstraat uit tot waar dit in afdraaipaaie tussen landbouhoewes in verdwyn. Hulle draai om, ry terug tot by die laerskool, kry steeds geen verlate vier-by-vier met honde agter onder 'n kappie nie, wonder of hulle vir die gek gehou word. Oor die radio laat weet hulle dat alles rustig is, maar ry nietemin om die skoolterrein, bedag op 'n moontlike inbraak, lig met sterk flitse na deure en vensters, sien niks verdags nie en hervat hulle roetinepatrollie deur die strate.

* * *

Ongeveer die tyd toe die konstabels van die skool af wegry, bel kolonel Silas Sauls die derde keer na die radiokamer toe. Halftwee die nag, lank reeds tuis van die hondjies af, maar kan nie slaap nie, wag vir 'n oproep of sms.

"Dawid Eigelaar se vlug is gekanselleer. Jimmy en Fred is terug huis toe."

"Wat van adjudant Neser?"

"Nog niks nie, kolonel," sê konstabel Stallie Stalmeester. "Ek sal jou dadelik laat weet as ek van haar hoor. Miskien is sy terug in haar bed, vas aan die slaap. Sy en die haker."

Silas Sauls kry net haar stem op haar sel: "Ek's nie nou beskikbaar nie. Los 'n boodskap en ek bel so gou moontlik terug."

In die loop van die aand het hy al drie boodskappe vir haar gelos, drie keer na haar huis in Westdene gery, nou 'n derde keer radiokamer toe gebel.

"Sê weer wat sy vir jou gesê het. Haar presiese woorde."

"Sy't gesê: 'Stallie, ek's op die R82. Doen net 'n bietjie verken-ning. Ek't nuwe inligting gekry. Net 'n bietjie recce-werk.' Dis wat sy gesê het."

"Recce-werk? Het sy gesê wáárheen sy op pad is, presies?"

"Sy't nie gesê nie. R82, op haar pad om later vir Jimmy en Fred by Dawid Eigelaar se huis te gaan ontmoet."

"Het jy gevra?"

Die R82 is suidwaarts, na Walkerville, Doradopark, De Deur, daardie plekke, weet Silas. Wat sou sy gaan doen het?

"Ek't gevra, kolonel. Sy't nie gesê nie. Ek't die gevoel gekry sy wil nie spoke opjaag as sy op 'n dwaalspoor is nie. Sy wou net die plek gaan uitsuss."

"Uitsuss? Watse plek?"

"Gaan deurkyk, gaan kyk uit watter hoek die wind waai. Nie gesê watse plek nie."

"Wat het sy nóg gesê?"

"Sy . . . sy't gesê . . ."

"Wat? Wat het sy gesê?"

"Sy't gesê: 'En Stallie, moet tog nie vir die kolonel sê ek ry wéér alleen nie. Anders . . .' "

"Anders wat?"

" 'Anders blaas hy wéér sy gasket.' Dis wat sy gesê het, kolonel."

"En konstabel Stalmeester," sê Silas Sauls, "het jy haar aan my opdrag herinner, dat sy nie weer alleen mag ry nie."

"Ja, kolonel, ek hét. Maar jy ken mos vir adjudant Neser. Nes jy: steur julle nie aan reëls en orders nie."

Hy ignoreer die veeg.

"Is dit nie reëls en orders dat 'n logboek gehou word van amptelike reise en besoeke nie? Is dit nie reëls en orders dat sulke reise en besoeke noukeurig aangeteken word nie, datum, tyd, plek?"

"Dis so, kolonel. Maar sy't met haar eie kar gery. Gesê dis haar private besigheid, wil nie weer streekkommissaris Pitso op haar nek hê as sy dalk op 'n dwaalspoor is nie."

"Private besigheid," sê Silas Sauls.

"Wil nie beskuldig word dat sy in die polisie se dienstyd die polisie se karre misbruik en die polisie se petrol uitry op 'n dwaaltog van vroulike intuïsie nie. As haar uitsuss iets oplewer, het sy gesê, sal sy terugkom en dan sal sy dit polisiebesigheid maak."

"R82, suidwaarts," sê Silas Sauls.

"Dis haar eerste as ondersoekbeampte, kolonel. En nou hierdie ding met die Kanadese meisie. Sy probeer haar bes. Sy wil wys dat sy dit kan doen. Dis wat ek dink. Al moet sy dit in haar eie tyd en in haar eie kar doen."

"Ja, Stallie, maar sy leer nog. Sy sal nog moet leer om nie so koppig te wees nie, nie dinge op eie houtjie te wil doen nie. Maak my oud."

"Sy kon, op haar eie tyd en in haar eie kar, by iemand gaan oorslaap het, kolonel. Sy hou nie daarvan om so opgepas te word nie. Sy hou nie van die wag by haar huis nie. Sy háát dit."

"Ek weet, maar dis die beste vir haar."

"Het sy nie 'n rugbyspeler gehad nie? Miskien het hulle opgemaak, miskien is sy by hom."

"Hy't haar verneuk," sê die kolonel.

"O," sê Stallie.

"Dis private besigheid, daaroor praat jy nie, gehoor?"

"Nooit nie!"

"Bel my as jy iets van haar hoor."

"Ek sal bel, kolonel."

"As ons ligdag nog niks gehoor het nie, sal ons haar gaan soek."

"Waar?" vra Stallie.

"Dit weet ek nog nie, Stallie. Sy's iewers daar, in die suidelike rigting op die R82, dis al wat ek weet. Maar ek sal haar kry."

48

In die huis in Opaalstraat is Abel met opruiming besig. Teen lig-
dag, besef hy, gaan hulle op Doradopark toesak, voertuie, heli-
kopters, honde, reaksie-eenheid, die lot. Teen ligdag wil Abel al
ver van Opaalstraat af weg wees.

Dit is 'n seën, dink Abel, dat hy nou die vier-by-vier het; die ou
Mazda of Datsun is ongerieflik en sou gesukkel het. Niemand
weet van die vier-by-vier nie, en hulle gaan lank soek na die
huis. En wanneer hulle die huis kry, sal dit ure duur voordat die
kopratte in plek begin kliek. Hy skat ten minste vier en twintig
uur sal verstryk, indien so vinnig, voordat hulle die stukke van
die raaisel ingepas kry, die noodsein uitstuur grensposte en lug-
hawens toe. Jules Dagaari het hom uitgenooi, en hy sal hom
graag in Bujumbura gaan besoek, miskien 'n ruk oorbly, saam
met hom in Afrika reis op soek na unieke maskers, voor hy met
sy perkamente na Ignaz Bouts in Brugge in België gaan vir die
omslae van sy *Kosmiese Reise*.

Alles het so goed verloop, totdat die man met die letsel ineens
by sy kombuisdeur ingestorm en alles bederf het. Bam, het hy
gesê. Dit is hoe almal hom noem.

Hy was buite beheer, erken Abel nou aan homself terwyl hy
sy skootrekenaar, met die aantekeninge van sy sterrejoernale op
die harde skyf, in die drasak toerits. Hy het nie gedink hy is tot
so iets in staat nie. Maar noudat hy weet, voel hy beter. Hy het sy
reserwekrag ontdek.

Abel glo vir Bam, toe hy sê hy is 'n rugbyspeler, nie 'n polisie-
man nie. Hy glo hom toe hy sê hy is hier vir private sake, nie

polisiebesigheid nie, dat hy Ella Neser kom soek het, niks te doen het met 'n ondersoek na moorde nie. Ja, van die Nagsluiper het hy wel gehoor, álmal weet van die Nagsluiper, maar hy het g'n intieme kennis nie. Hy en die adjudant deel al langer as vier weke nie meer bedgeheime met mekaar nie.

Abel glo hom. In Bam se vier-by-vier het hy sy twee honde gekry, maar geen dienspistool of enige polisie-identiteit nie. Ella Neser se wapen was onder haar sitplek. Hy vermoed sy wou nie gewapen 'n sosiale besoek by meneer Lotz kom aflê nie, om hom gerus te stel van haar goeie trou wanneer sy die kwitansie vir die verkoop van die Punu aan D. Eigelaar kom haal.

Bam sou nie lieg nie. Die handelaar in taksidermiese toerusting was toe reg oor die chirurgiese tang met die krom bek, die een wat hy gesê het 'n skilpad se nek kan afknip, of sy bene. Abel het dit, met sy nuutgevonde reserwekrag, op die haker uitgetoets; nie op sy nek of bene nie, verreweg te dik vir dié tang. Maar die tang het die toets geslaag. Eintlik nie 'n tang nie, eerder 'n bek soos 'n skêr, en sonder té veel inspanning was die hefboomkrag genoeg vir 'n harige pols, dikker as 'n skilpad se nek.

Dáárom glo Abel hom.

En hy het stil op die vloer bly lê.

Toe hy oorleun om in die voorskoot se sak vir die sleutel te soek, was Abel se hand met die Russell-mes gereed. Hy het die mes in sy kuiltjie gelos terwyl hy sy vrae gevra het. Bam het dit moeilik gevind om te antwoord, maar Abel meen hy het die antwoorde gekry wat hy gesoek het. En het min tyd. Hy doen nie moeite met die vloer nie, maar ruim sy persoonlike sake op. Die vloer is 'n gemors. Die hele werkkamer is 'n gemors. Hy was so vol vertroue dat hy sy delikate taak met Ella Neser en Lisa Sweeney sou afhandel, sy kosbare velle sou oes, en gaan uitrus.

Toe bars dié Bam by sy kombuis in.

Dit, die vertrapping van sy huis deur 'n onwelkome, ongenooide, die wete dat hy sy taak onvoltooid sou moes agterlaat – dit is wat die woede in hom ontketen het. Die versteuring van sy werk toe sy droom binne sy bereik was. Nog net een keer tevore het hy vaagweg so 'n gevoel ervaar, ook toe iets kosbaars hom ontneem sou word – sy moeder. Dit kon hy stuit. Hy kon 'n plan beraam. Nie vanaand nie, vanaand het 'n blinde woede van hom besit geneem.

Abel besluit om nie te veel bagasie vir sy reis saam te vat nie, al is die versoeking groot. Nou nie meer net vir 'n vakansie nie. Die saggebreide huide en velle, natuurlik. En 'n paar CD's, sy gunstelinge. Die capricci 'n moet, Accardo se weergawe, en *Concerto Nr. 1*, Ashkenasi saam met die Weense Simfonie-orkes, en beslis die *Grand Sonata* met Segovia. Abel soek sy Paganini-CD's uit en wonder oor sy teleskoop. Nee, dié sal hy moet los. In elk geval van plan om 'n nuwe een te koop.

En die twee honde moet ook bly. Vir hulle sal hy vir laas gaan voer net voor sy vertrek. Vir hulle het hy vanaand spesiale snoepery wat hy sal voorsit daar by hulle eetplek, daar waar al die bene verbleik lê van die karkasse van die diertjies wat hy afgeslag het vir sy huide.

Hy loer na sy horlosie: 02:16, vroeë oggendure. Bo in sy sitkamer gaan sit hy in sy leunstoel en probeer sy eie gemoed ondersoek, noudat die afskeid aangebreek het. Hy sit in diepe meditasie voor hy opstaan, sy koffertjie oplig en uitstap in die motreën, af met die trap. Die koffertjie is swaar, nie net van sy paar stukkies klere, CD's en opgerolde maagdeperkamente en huide in sneespapier in kartonkokers nie, maar van die groot bedrag in dollars en euro's en rande, vir sy besoeke aan die observatorium in Chili, die museums in Amerika, Engeland en Europa, die restant van sy onttrekking aan sy geldmarkrekening. Weens die onvoorsiene gebeure van vroeër die aand sal hy later, moontlik in Bujumbura, sy vlugbesprekings moet wysig, selfs kanselleer. Wanneer die son opkom, wil hy al by Middelburg wees, verkieslik reeds op die N4 op pad na Machadodorp. Wanneer die grenspos by Komatipoort toemaak al diep in Mosambiek in.

Die laaste taak is die moeilikste. En dit was deurentyd in sy gedagtes vandat hy besef het dat die einde van sy lewe hier aangebreek het. En dit, vermoed hy, is wat sy besetenheid vererger het. Die wete, toe daardie man by die kombuis inval, dat iets onherroepliks gebeur het.

Hy sit die koffertjie in die grys vier by vier en stap by die kombuis in. Hy vermy die toe deur na die werkkamer en sluit die binnedeur oop na sy moeder se voorhuis. Skakel die lig aan, gaan sit op sy kinderplek op die dagbed. Hy hoor hulle stemme; ouma Hannie en sy moeder se stemme is in die meubels, in die gordyne, in die portrette teen die muur, in die gehekelde kniekombersies, opgevou op die skommelstoel en die lêstoel van essehout. Hulle stemme praat met hom, vertel vir hom van die groot historiese onreg wat aan die familie aangedoen is, van die mirakel van ouma Hannie se oorlewing, van hoe sy, sewe jaar oud, aanskou het hoe haar pa en ma sterf, hoe 'n man met sy knie teen haar pa se rug druk, sy een hand in 'n greep aan sy hare, die mes in sy ander hand, hoe hy met die kopvel orent kom soos 'n trofee. Voor hy hulle uitsleep stalle toe, sy in die kombuis langs die stoof gaan hurk, deur die oop deur sien hoe die vlamme by die stalle in die naglug begin oplek.

Abel staan op om sy moeder te gaan groet. Sy koningin.

Hulle gesels. Dit is asof hy haar gedagtes kan lees, haar stem kan hoor. Sy moeder besef hy het geen keuse nie, en sy vertroos hom, sê hy hoef nie hartseer te wees nie. En sy sê 'n baie belangrike ding, wat sy nog nooit vantevore gesê het nie. Vandat hy as kleuter sy verstand en geheue gekry het, kan hy nie onthou dat sy moeder al ooit só iets vir hom gesê het nie.

Abel, hoor hy sy moeder van agter haar Idia-masker, jy's 'n goeie seun, ek's so trots op jou.

Sy is trots op hom! Sy het hom nooit teen haar aangedruk en gekoester nie, maar hy is 'n seun op wie sy moeder trots is.

Nou eers vee hy oor sy nat wange, buk oor haar, kus haar op die voorkop, op die twee parallelle inlegsels soos 'n frons tussen haar oë.

"Dankie, Moeder," fluister hy.

Hy betrag haar, staande langs haar marmerbed, traag om haar agter te laat. Sy oë oor haar uitgestrekte figuur, so onverwags weerloos, die eens stoetse figuur so uitgeteer. Maar terselfdertyd so vorstelik met haar Idia-gesig. Hy moet sterk wees, dit is wat sy van hom, haar klein Abel, verwag. En hy mag haar nie teleurstel nie.

Hy draai van haar weg, stap oor die stowwerige houtvloer na die skakelaars van die lugversorger en bevogtiger, draai vir laas na haar om, skakel dit af. Die geruis plotseling stil. Abel sluit haar kamerdeur, draal nie weer in die voorhuis nie, sy voetstappe luid deur die ou huis. Hy weet hulle sal haar met respek behandel, miskien tog wel in die dennehoutkis langs ouma Hannie tot ruste laat kom.

Hy sluit die binnedeur. In die kombuis tel hy die plastiekskottel langs die wasbak op en stap uit. Die agterdeur los hy oop, die slot en 'n skarnier uit die kosyn gestamp. Hy fluit vir die twee pit bulls en plaas die skottel met hulle snoepery op hulle eetplek. Hy kyk hoe hulle gulsig begin vreet, draai dan na die pakkamer se deur. Hy het nog één taak om af te handel. Soek na die regte sleutel vir die nuwe slot, in sy hand die mes met Bam se bloed aan. Hy vertrou haar nie, hy vertrou niemand nie, net sy moeder.

* * *

In die pakkamer sit Lisa Sweeney op die ou matras, nat en bedremmeld van die lekkasie van reën deur die ou sinkdak vol roesgate. In die nag het stemme, soms luid, oor die werf in die git van die pakkamer ingedring. 'n Man het vroeër selfs buite by die deur kom uitvra oor haar geroep.

"Is jy alleen?" het hy gevra.

"Ja, help my!" het sy uitgeroep.

"Niemand anders nie? Het jy iemand anders gesien?"

"Nee, net die een man. Abel. Hy noem homself Abel. Net hy."

"Ek sal jou uitkry. Ek gaan die sleutel haal. Hy's vas. Ek't hom vasgebind."

"Dankie, dankie," het sy geprewel.

Maar hy het nie teruggekom nie. Nou wag sy vir Abel. Sy weet, sy kan aanvoel, dat haar redder weg is. Hy sou al teruggekom het. Uit die rigting van die huis is alles nou stil, geen stemme nie, geen musiek nie.

Sy hoor die fluit. Sy ken sy fluit vir die honde. Sy krimp op die matras ineen, in die hoek met haar rug teen die muur aangedruk. Sy hoor sy stem met die honde praat. Dan die sleutel buite in die slot. Hy het gekom, sy het geweet hy gaan kom.

"Lisa," sê hy, "is jy wakker? Ek weet jy slaap nie. Ek gaan die deur oopmaak. Hoor jy my, Lisa? Nie weer streke nie. Genoeg vir een aand."

Die deur gaan oop, net op 'n skreef, die flits se lig vang haar op die matras teen die oorkantste muur.

"Dis goed, dis goed," sê hy. "Bly net daar sit."

Die flits se lig, asof toevallig, terloops om háár onthalwe, oor die mes in sy hand.

* * *

Abel klim in die vier-by-vier, die tyd op die paneelbord 02:56, tyd om te gaan. Hy sit die vioolkis op die sitplek langs hom neer. Sy koers, en nie net die pad in die ligte van die kar nie, vir hom duidelik. En agter hom, koppig, kwetsend, kwaad, begin vervloë spoke die wyk neem.

49

Die twee konstabels, op nagdiens in 'n patrollievoertuig in Doradopark se strate, hoor net ná ses die oggend, op die punt om huis toe te gaan, oor die polisieradio die oproep aan alle polisiesektore in die suidelike streke wat deur die R82 gevoed word. 'n Soektog geloods na 'n vermiste vroue-adjudant. Die twee konstabels onthou van die petroljoggies by die vulstasie, van 'n vrou wat haar as 'n adjudant voorgedoen het op soek na Opaalstraat.

Hulle hoor ook dat 'n taakmag onder bevel van kolonel Silas Sauls van moord-en-roof op pad is, dat 'n helikopter gereed staan. Hulle besef 'n groot skroef het in die nag in Doradopark losgegaan. Hulle jaag vulstasie toe. Dáár is ook die nagskof se petroljoggies reg vir huis toe gaan.

"Die adres in Opaalstraat, watter nommer het die vrou gesoek wat haar as 'n polisie-adjudant kom voordoen het?"

"Nommer nege," sê een.

"Nee, elf," sê 'n ander een.

"Ja, elf," sê die eerste een. "Beslis elf."

Die twee konstabels ry uit met Opaalstraat by die skool verby waar hulle laas nag vergeefs na 'n grys bakkie gesoek het. Die oggendlug nou oopgetrek ná die nag se reën. By die plaashek hou hulle stil, sien geen honde nie en ry in. Hulle klop aan die voordeur, toegerank onder klimop, en die twee pit bulls verskyn geruisloos soos skaduwees om die hoek.

Dan hoor hulle die uitroep van die stoor af, 'n dowwe geroep uit die pakkamer. 'n Vrouestem wat die enjin van hulle voertuig moet gehoor het.

Kolonel Silas Sauls blaf sy opdragte op pad oor die radio na Stallie in die radiokamer, Stallie herlei dit na die bevelvoerders van ander eenhede, na streekkommissaris Pitso, van hóm verder op met die gesagslyn tot by die Generaal self: die vermiste Kanadese toeris is gekry, ook die polisie-adjudant, geen bevestiging van hulle toestand nie, maar kolonel Silas Sauls is onderweg en sal terugvoering gee. Die verdagte? Die plaaslike polisiesektor het die toneel beveilig en afgesonder, is kolonel Sauls se versekering, maar sal dié feite met sy aankoms bevestig. Die Generaal is tevrede, en gee opdrag dat streekkommissaris Pitso persoonlik na die toneel vertrek.

By die huis in Opaalstraat is die kar van die distriksgeneesheer en twee bakkies van die plaaslike polisie op die werf toe Silas Sauls stilhou, ver oor die veld op die R82 die gekerm van sirenes van ambulanse, reddings- en polisievoertuie, 'n noodhelikopter reeds geaktiveer, en die traumapersoneel van 'n hospitaal.

Hy sien die honde langs 'n muur van die stoor by 'n plastiekskottel sit. Selfs die pitt bulls afgeskrik deur hierdie bohaai op hulle gewoonlik besadigde lap grond.

"Waar's hulle?"

Die konstabel op wag by die stoor kom nader.

"Een is hier, die dokter het haar met 'n kalmeermiddel ingespuit. Sy rus, half wakker, half aan die slaap."

"Watter een? Is sy oukei?"

"Dis wat die dokter sê. Die toeris."

Hy is in die deur van die pakkamer, sien haar op die matras lê, kombers oor haar.

"Waar's Ella, waar's adjudant Neser?"

"In die huis."

Vyftig treë deur die modder huis toe, hou hom in om nie aan't draf te gaan nie, die agterdeur oopgestamp. Deur die kombuis sien hy die werkkamer, die dokter oor die liggaam op 'n bank. Maar wat hom laat vassteek, is al die bloed, en die liggaam op die vloer.

"Is sy beseer?"

"Ja," sê die dokter, "ek doen my bes. Waar's die ambulanse met die toerusting?"

Silas tree nader, trap versigtig om nie forensies se toneel verder te kontamineer nie.

"Gots," sê hy langs die dokter, "wat het hy met haar gedoen? Het hy haar maag oopgeslag? Is sy . . ."

"Kolonel, ek soek spasie. Sy't bygekom, maar ek't haar 'n inspuiting gegee."

Die soel vel van haar gesig bleek, die swart hare nat van sweet en koors.

Die dokter is met die wond besig, ontsmet dit, heg dit, nog antibiotika.

"My grootste vrees is infeksie, kyk hoe lyk hierdie plek, onhigiënies, ou bloed, hare van diere, vlieë. Die goed in al daardie houers wil ek nie eens raai nie. Watse plek is dit dié?"

"Is daar goeie nuus?" vra Silas, sy hand op haar voorkop. "Sy gloei soos kole."

"Ek doen my bes. Ek probeer die koors afbring. Sy't ook 'n harde hou teen die kop gekry, moet by X-strale uitkom vir moontlike skedelfraktuur. Goeie nuus?"

"Gee my goeie nuus oor haar, dokter."

"Haar bloeddruk val nie, haar hartritme is vinnig, maar binne perke. Jou adjudant is baie fiks, sorg goed vir haar liggaam. Weerstand teen infeksie. Dis die goeie nuus."

"En?"

"Kanse op herstel goed, as ons haar vinnig in 'n hospitaal kan kry, maar die wond gaan 'n onooglike letsel agterlaat."

Die sirenes buite nou harder.

"Hier's hulle nou," sê Silas.

"Bring 'n draagbaar dat ons haar in die ambulans kan kry, op 'n drup."

"'n Helikopter is op pad. Ek stuur haar met die helikopter hospitaal toe."

"Moet haar eers in die ambulans stabiliseer."

"Vat die Sweeney-meisie saam in die helikopter hospitaal toe. Het sy ook wonde?"

"Nie uitwendig nie. Skok en dehidrasie, maar laat sy trauma toe gaan vir 'n deeglike ondersoek, selfs oornag."

Meer voertuie kom aan, ook Jimmy Julies en Fred Lange. Maar steeds draal kolonel Sauls totdat die twee vroue in die ambulanse is, die dokter en paramedici om hulle gekoek.

Hy stap terug by die kombuis in. Die liggaam van die man op die werkkamer se vloer word met rus gelaat terwyl hulle vir dokter Koster wag. Dié liggaam vereis 'n forensiese patoloog; die distriksgeneesheer kan hóm nie meer help nie. Die polisiemanne, selfs Silas Sauls en Fred Lange, ou hande en al gewoond aan die geweld wat een mens 'n ander kan aandoen, is sprakeloos oor wat met hierdie slagoffer gebeur het.

Die handewerk van die Nagsluiper, weet Silas, is besonder delikaat, met presisie, byna deernis. Asof hy die lewe van sy slag-offers – ook dié van Andy Collipepper – genadig neem, as so iets moontlik is in 'n onnatuurlike dood. Spuit hulle in sodat hulle geen pyn voel nie. Wat aan hierdie liggaam gedoen is, is 'n byna waansinnige uiting van woede.

"Nog 'n slagoffer van die Nagsluiper?" wonder Fred Lange.

"Of is dit die Nagsluiper self?" vra Jimmy Julies. "En as dit hy was, wie't dit aan hom gedoen?"

Hulle staan opsy vir die polisiefotograwe, een vir stilfoto's, een met 'n videokamera.

Silas betrag die liggaam in die flitse van die kamera en skud sy kop. Lyk of sy gesig afgekerf is. G'n herkenbare gelaat nie. Maar 'n groot man, fris gebou. Hy wens hy het Ella oor meneer Lotz se liggaamsbou uitgevra.

"Geen fyn snye met 'n skalpel om dit heel af te stroop nie," sê Silas. "Hierdie een is g'n trofee nie."

"En geen hande nie. Waar's die hande?" vra Jimmy Julies.

"Hoekom die gesig en hande vat?" vra Fred Lange.

375

"Ella was toe reg met haar intuïsie oor meneer Lotz," sê Silas. "Ten minste het ons die Nagsluiper se identiteit."

"Maar is dit hý wat hier lê?" wonder Fred Lange. "Is dit meneer Lotz dié?"

"Het een van julle meneer Lotz vroeër gesien?"

Skud hulle koppe.

"Net Ella het," sê Fred Lange.

"Sonder gesig en sonder vingerafdrukke sal uitkenning moeilik wees. Miskien met DNS van sy bloed," sê Jimmy Julies van forensies. "Van sy bloed het ons baie."

Ook van Ella s'n, dink Silas.

"Ons't die Nagsluiper se identiteit, maar nog 'n liggaam. Meer vrae as antwoorde," sê hy. "Professor Papendorf sal 'n teorie hê, miskien meer as een. Een sal wees dat dit iemand anders se werk is. Dat die Nagsluiper sy loon gekry het."

"Die Nagsluiper het baie vyande gemaak," sê Fred. "Dit kan wraak wees."

"Hy't vel uitgesny; sý vel is gevat," sê Silas. "Hy was met maskers behep; sý gesig is weg. Hy't sy hande gebruik om te spuit, te sny en te wurg; sý hande is af."

"Dit staan in die Bybel," sê Jimmy. "'n Lewe vir 'n lewe, 'n oog vir 'n oog, 'n tand vir 'n tand, 'n hand vir 'n hand . . ."

"Miskien staan daar ook iets van 'n gesig vir 'n gesig," sê Fred. "Wraak van 'n naasbestaande, is dit wat jy ook dink, kolonel?"

"Ons sal vir dokter Koster wag, maar die wond aan sy keel, dis die oorsaak van dood. Geen genadige inspuiting en verwurging nie. Nie die Nagsluiper se MO nie."

Silas merk skielik iets op, stoot die fotograaf opsy, hurk langs Jimmy by die liggaam.

"Wat's daar om sy nek? Bring 'n lig."

Jimmy steek 'n vinger in lateks uit.

"'n Nekhanger met pendant, lyk soos 'n ou muntstuk."

"Nabyfoto's van die hangertjie," sê Silas vir die fotograaf.

"Miskien het Ella of Lisa Sweeney dit vroeër opgemerk, dalk herken hulle dit."

So naby aan die liggaam om die pendant te beskou en af te haal, ruik hy nou iets anders as net al die bloed om hom. Hy kan sweer dit is wintergroen wat hy aan daardie gholfhemp ruik, so vol bloed. Hy staar na die fris bors onder die gholfhemp, die gespierde arms, dié van 'n jong man. Meneer Lotz moet ouer wees, as sy pa al vyf en dertig jaar in sy graf is.

Silas stap uit na 'n ambulans toe. Lisa Sweeney se oë swaar van die kalmeermiddel, aan haar arm 'n druppyp. Klim in, gaan sit langs haar, plaas sy groot hand oor hare.

"My pa?" vra sy.

"Ek't hom self gebel, vroeg al, om te sê ons't jou gekry. Hy wag by die hospitaal vir jou."

"Is hy oukei?"

"Jou pa's 'n sterk man."

Sy knik, sluit haar oë. Die lemme van die aankomende helikopter kerwende deur die lug.

"Ek't Will Sweeney se spoor gekry," sê sy.

Yl sy, wonder Silas.

"Ons kan maar huis toe gaan, ek en my pa. Hoef nie verder te soek nie."

Hy vra nie uit nie.

"My pa't afgetree, kan nie alleen bly nie. Ons sal saam 'n blyplek kry."

Hy moet oorleun met sy oor om haar sagte stem te hoor, skaars 'n fluistering bo die gedruis van die helikopter buite.

"Nie 'n nuwe plek nie, 'n plek waar mense al geleef het. Dis wat my pa wil hê."

Hy druk haar hand. "Dis goed, Lisa, dat jy en jou pa saam gaan bly. Dis wat 'n pa van sy dogter verwag. Om hom nie alleen te laat nie."

Haar oë oop. "Dink jy so?"

"Ek dink so, ja. En as jy eendag trou en kinders het. Onthou, 'n oupa wil sy kleinkinders graag sien. Kleinkinders is belangrik vir 'n oupa."

Sy knik weer, sluit weer haar oë.

Hy druk die hare van haar voorkop weg voor hy opstaan en uitklim. Silas is nie seker waaroor die gesprek gegaan het nie, ken haar nie, ken nie haar familie se agtergrond nie. Maar hulle het gesels en hulle verstaan mekaar, en dit is die belangrikste.

Dan steek hy vas, klim terug.

"Lisa," sê hy. "As jy nie omgee nie, net nog een ding. Maar as jy verkies om eers uit te rus, te herstel, sal ek verstaan."

"Ek's oukei, vra maar."

"Jy't hom gesien, van naby. Ek wil iets vir jou wys, dit sal help as jy dit dalk herken, as jy so iets by hom gesien het."

Hy hou die pendant in sy palm vir haar uit.

"Ja . . . " Baie sag. "Ja, hy't dit om sy nek gehad, vir my gewys. Sy gelukbringer, het hy gesê."

"Dankie, Lisa, rus nou. Die helikopter is hier. Vat julle hospitaal toe."

Reik met haar vingers na sy arm. "My pa sal dit graag wil sien. Sal jy dit vir hom wys?"

"Ek sal dit doen."

Hy klim weer uit, bel Bob Sweeney se sel om vir hom te sê sy dogter is veilig, gesond en op pad, maar moet oornag in die hospitaal bly vir observasie. En hy kan maar die bespreking van die retoervlug vervroeg en haar huis toe vat. Dit is waarheen sy nou wil gaan, terug huis toe. Natuurlik eers, wanneer hy en sy dogter uitgerus het, die verklarings, altyd die amptelike rompslomp, onvermydelik.

Hy klim in die tweede ambulans.

"Het sy bygekom?"

"Sy het, sy vra oor jou," sê die dokter. "As jy klaar is, en moenie tyd mors nie, is die helikopter gereed om hulle weg te vat."

Buise in haar neus, druppyp aan haar arm.

"Silas."

"Ek's hier."

"Het julle hom, die Nagsluiper?"

Hét hulle hom? Hy glo nie. Nog nie.

"Moenie praat nie, hulle vat jou nou hospitaal toe. Ons kan dáár praat."

"Lisa Sweeney?"

"Vir haar't ons gekry. Sy's veilig, ongedeerd."

"Ek's bly."

"Goeie werk, adjudant."

"Silas?"

"Jy praat te veel, hulle wag."

"Sê vir Bam . . . bel hom . . ."

"Wat, Ella, wat moet ek vir hom sê?"

"Sê hy kan maar kom, hospitaal toe."

Hy tas na haar hand.

"Sê hy kan kom, as hy wil. Sê ek sal hom nie weer wegjaag nie."

Hy beduie na die ambulansmanne om haar oor te dra helikopter toe.

"Ella . . ."

Nie die plek of die tyd om haar uit te vra oor 'n blou gholfhemp nie, Ping op die sak, kon hy uitmaak tussen die vlekke van sy bloed.

"Ek sal hom sê, Ella."

Jimmy Julies is langs hom toe hy wegbuk vir die skroef wat die hoë rewolusies bereik vir opstyg.

"Kolonel, forensies is in die kombuis en op die boonste verdieping besig, sal ons in die res van die huis begin? Ons sal die binnedeur moet oopbreek. Kyk of daar nie nóg mense is nie, miskien onder sedasie."

Die helikopter kantel, swiep weg.

"Het jy versterkings laat kom? Jou paar manne gaan 'n jaar vat om die hele huis te prosesseer, en die stoor én die pakkamer."

"Hulle's op pad."

"Breek die deur oop," sê Silas.

379

Hy stap saam met Jimmy Julies die donker, bedompige huis in, duidelik vir jare onbewoon. In die gang verby die trap. Uit die portaal 'n slaapkamer regs. 'n Ou katel met knoppe van porselein, oorgetrek met 'n deken van linne. Sy ma het so 'n deken van gekeperde linne gehad. Wastafel met lampetbeker in 'n kom. Staanhangkas. Badkamer met swaar bad van gietyster, bal-en-klou-pote.

In die voorhuis 'n skommelstoel, 'n lêstoel, dagbed; gehekelde kniekomberse, opgevou. Ella Neser sou eers, soos sy dit noem, die vista beskou, die bome van die bos probeer onderskei, dink Silas. Of is dit die bos van die bome? Ou wolmat, dun en verweer deur baie voete. Of min voete oor 'n lang tyd. Twee pare pantoffels, skeef uitgetrap, een paar netjies voor die skommelstoel, die tweede paar voor die lêstoel, asof gereed, wagtende op die knokkels en eelte van ou voete.

'n Kamerdeur gesluit. Dié kosyn ook van hout, oud en verdroog, splinter by die slot van Jimmy Julies se skouer. Die reuke vreemd, vaag, onherkenbaar, nie dié van verrotting in die kombuis nie, nie dié van nat dierepelse en afgeslagte huide, van vars bloed en dood in die werkkamer nie. Iets amper soet, soos 'n mengsel van teer en chemikalieë, met 'n ondertoon van babapoeier.

Hulle staar na die liggaam in die lang, dun nagjurk op die swart marmerblad, arms teen die lyf uitgelê, soos dié van Mia Vermooten en Emma Adams op Alberts Farm. Bef van geborduurde kant styf gestysel op haar bors. Hulle staar woordeloos na die masker oor haar gesig, die delikate kerwings en reliëfs, die vol lippe en oop oë.

Kolonel Silas Sauls stamp aan Jimmy Julies. Hulle stap uit, trek die deur agter hulle toe. Sluit ook weer die binnedeur uit die kombuis. Hierdie deel van die huis, met sy vonds, sal moet wag.

Silas stap by die kombuis uit buite toe. Die ambulanse is weg, in hulle plek nou 'n lugversorgde bakkie van Patologiedienste. Hy wag vir dokter Koster, en sy in situ-bevindinge oor die liggaam op die vloer van die werkkamer.

In sy kar, uit die pad van die forensiese ondersoekers, begin hy aantekeninge maak van sy waarnemings en eie teorie oor wat die nag in hierdie huis gebeur het. Die doodsfabriek, is hoe Ella en Jimmy dit noem.

Nog baie vrae, meer antwoorde wat ontbreek, maar hy is oortuig dat streekkommissaris Pitso, met die Generaal aan sy sy, op 'n mediakonferensie sal kan aankondig dat die vermiste vrou uit Kanada opgespoor is, ongedeerd, dat die identiteit van die Nagsluiper gekry is, saam met die moordtoneel waar Mia Vermooten, Emma Adams en die joernalis Andy Collipepper gesterf het. Die aankondiging sal versigtig bewoord word. Daar sal gemeld word dat nog 'n liggaam gevind is, maar dat forensiese toetse gedoen word. Nee, nog geen arrestasie nie.

En beslis niks oor 'n gebalsemde kadawer in die huis nie.

Hy druk 'n nommer op sy persoonlike selfoon se Speed List. Sy is al by die werk.

"Mara . . ." sê Silas.

"Wat's fout?"

"Niks is fout nie," sê hy, hou daarvan dat iemand oor hom besorg is.

"Jy't haar gekry," sê Mara Alkaster.

"Ja."

Hy hou ook daarvan dat sy soveel vertroue in hom het, dat sy nie vra nie, dit as 'n feit stel dat hy Ella Neser gekry het, asof sy nooit aan hom getwyfel het nie.

"En sy's oukei, nè?"

"Sy's oukei."

"Wat moet ek doen? Jy bel oor iets anders."

Dit, hierdie intuïsie, hierdie aanvoeling van vroue, dáároor sal hy nog baie moet leer. Hy sal haar vra, noudat ou Herkie finaal ter ruste is, om hom daarvan te leer.

"Ek't gewonder of jy hospitaal toe kan gaan."

"Ek sal gaan. Ek ry nou dadelik," sê sy. "En ek vat vir haar blomme saam."

"Dankie, Mara," sê Silas. "Miskien met 'n kaartjie van beter-skap, net één kaartjie van ons albei."

Sy Mara besef, dink Silas, dat hy iemand langs Ella se bed wil hê wanneer sy in trauma bykom. Sy Mara kan áánvoel dat Ella 'n vriendelike gesig wil sien wanneer sy haar oë oopmaak, dat sy die geur van vars blomme wil ruik.

Ná sy gesprek bly Silas Sauls in die kar sit, kyk hoe die intense tinte van die rooi en oranje en geel van sonop in die wolklose lug nou plek maak vir die skoon hemelse asuur ná die nag se reën. Ja, dit is wat Ella nodig het: iets fleurigs, iets geurigs, iets moois.

50

Abel ry en kyk nie een keer terug na die slingerpaaie van sy lewe nie. Nou, in die blou oggendlug, geen sterre nie, maar hy weet hulle is daar, hulle is áltyd daar, ligjare ver in die onmeetbare diepte van die hemel. Ook die rooi reus Betelgeuse wie se einde in 'n galaktiese skouspel van vuur en lig reeds voorspel word. Hy vee die laaste klammigheid van die afskeid van sy wange af, druk sy rug agteroor teen die sitplek vas, tussen sy lippe met die sweem van 'n glimlag die punt van 'n vet tong; die lui knip van 'n oog.

Dit is asof hy ineens verlos voel van 'n swaar las; herbore soos 'n nuwe ster, sy groot kragte nog ongeorden en ongetoets.

EINDE

Geraadpleegde bronne

Chown, M. 2002. *The Universe Next Door.* Londen: Headline.

Doyle, A.C. 1902. *The Great Boer War.* Londen: Smith, Elder & Co.

Egharevba, J. 1968. *A Short History of Benin.* Nigerië: Ibadan University Press.

Jandial, R., Hughes, S.A., Aryan, H.E., Marshall, L.F., Levy, M.L. 2004. "The science of shrinking human heads: tribal warfare and revenge among the South American Jivaro-Shuar." *Neurosurgery,* vol. 55, no. 5, November 2004.

Jepson, T. 2006. *Explorer Canada.* Basingstoke: AA Publishing.

Moore, P. 1996. *Brilliant Stars.* Londen: Cassell.

Nzegwu, N. 2006. "Iyoba Idia: The Hidden Oba of Benin." *Jenda: A Journal of Culture and African Women Studies,* uitg. 9. Africa Resource Center Inc.

Schechter, H. 1989. *Deviant, The shocking true story of Ed Gein, the original "Psycho".* New York: Pocket Books.

Sky Guide Africa South. 2009. Kaapstad: The Astronomical Society of Southern Africa.

Snedden, P. 2008. *Nicolò Paganini Discopgraphy.* http://paganiniana.org.uk.

The Canadian Encyclopedia. 2009. Kanada: Historica Foundation. http://thecanadianencyclopedia.com.

www.ingramcontent.com/pod-product-compliance
Lightning Source LLC
Chambersburg PA
CBHW022244020726
47496CB00004B/1050